ALDOUS HUXLEY

ALDOUS HUXLEY

Folhas inúteis

tradução
Lino Vallandro
Vidal Serrano

BIBLIOTECA AZUL

Texto fixado conforme as regras do novo Acordo Ortográfico da Língua Portuguesa (Decreto Legislativo nº 54, de 1995).

Editor responsável: Ana Lima Cecilio
Editor assistente: Erika Nogueira Vieira
Preparação: Thiago Blumenthal
Revisão: Rogério Trentini
Diagramação: Jussara Fino
Capa: Thiago Lacaz
Foto do autor: Fred Stein Archive/Archive Photos/Getty Images

CIP-BRASIL. CATALOGAÇÃO NA PUBLICAÇÃO
SINDICATO NACIONAL DOS EDITORES DE LIVROS, RJ

Huxley, Aldous, 1894-1963
H989f 2. ed. Folhas inúteis / Aldous Huxley ; tradução Vera Caputo. - 2. ed. - São Paulo: Biblioteca Azul, 2014.

432 p. : il. ; 21cm.

Tradução de: Those Barren Leaves
ISBN 978-85-250-5797-6

1. Romance inglês. I. Caputo, Vera. II. Título.

CDD: 813
14-14941 CDU: 821.111(73)-3

2ª edição, 2014 - 1ª reimpressão, 2021

Editora Globo S.A.
Rua Marquês de Pombal, 25 – 20230-240 – Rio de Janeiro – RJ – Brasil
www.globolivros.com

SUMÁRIO

PRIMEIRA PARTE

Uma noite na casa da sra. Aldwinkle

CAPÍTULO 1

A pequena cidade de Vezza fica na confluência de duas torrentes que, dos montes Apuan, descem por dois vales profundos. Turbulentamente — porque ainda trazem na memória suas nascentes na montanha —, os rios, unidos, atravessam a cidade; em Vezza, o silêncio é o som contínuo das águas. Depois, aos poucos, o pequeno rio muda de caráter; o vale se alarga, as montanhas são deixadas para trás e as águas, plácidas como as de um canal holandês, deslizam suavemente pelas campinas da planície costeira e se misturam ao calmo Mediterrâneo.

Dominando Vezza, um íngreme promontório se projeta como uma cunha entre os dois vales. Próximo ao topo e instalado em meio aos azinheiros e aos altos ciprestes, que sombriamente se destacam acima das oliveiras envoltas pela bruma, há uma grande casa. A fachada solene e irregular, com vinte amplas janelas, mira a cidade do alto, por sobre os ciprestes e as oliveiras. Atrás e além, como que escalando os taludes posteriores, vê-se um conjunto de construções irregulares. Tudo isso é dominado por uma torre alta e estreita que, à maneira das torres italianas, se alarga no topo, formando balestreiros ameaçadores. É o palácio de verão dos Cybo Malaspina, outrora príncipes de Massa e de Carrara, duques de Vezza e marqueses, condes e barões de outros povoados vizinhos.

A estrada que vai de Vezza ao palácio dos Cybo Malaspina é íngreme, empoleirada na montanha sobre a cidade. O sol da Itália é capaz de brilhar mais poderosamente mesmo em setembro, e pouca sombra podem proporcionar as oliveiras. O jovem com chapéu em ponta e sacola de couro pendurada no ombro empurra lenta e fatigantemente sua bicicleta montanha acima. A todo instante para, enxuga o rosto e suspira. Foi um dia maldito, vai pensando ele, um dia muito, muito negro para os pobres carteiros de Vezza aquele em que a velha inglesa louca, com um nome impossível, decidiu comprar o palácio; ainda pior foi o dia em que ela escolheu viver nele. Antigamente o lugar ficava quase vazio, não fosse pelas poucas famílias de camponeses que habitavam as casas externas; era só isso. Nada além de uma carta por mês entre todas aquelas famílias, e quanto aos telegramas... jamais houvera um único telegrama para o palácio de que ele se lembrasse. Mas esse tempo feliz havia terminado, e eram cartas, eram pacotes de jornais e encomendas, eram correspondência expressa e telegramas — não passava um único dia, nem mesmo uma hora em todo o dia, sem que alguém do correio estivesse subindo para aquela amaldiçoada casa.

É bem verdade, seguia pensando o jovem, que há sempre uma boa gorjeta por um telegrama ou uma carta expressa. Mas, sendo um jovem sensato, preferia o ócio, se pudesse escolher, ao dinheiro. A energia despendida não valia os três francos que receberia no final da subida. O dinheiro não traz satisfação quando é preciso trabalhar por ele; porque quando se trabalha para ganhá-lo não há tempo para gastá-lo.

O ideal, refletia ele, ao recolocar o chapéu e mais uma vez retomar a subida, o ideal seria ganhar um grande prêmio na loteria. Um prêmio realmente grande.

Tirou do bolso um pedaço de papel que lhe fora dado naquela mesma manhã por um mendigo em troca de alguns tostões. Nele estavam impressas rimas proféticas de boa fortuna — e que fortuna! O mendigo fora bastante generoso. O jovem casaria com a moça que amava, teria dois filhos, tornar-se-ia um dos mais prósperos comerciantes da cidade e viveria até os oitenta e três anos. Nesse oráculo ele pouco acreditava. Somente a última estrofe lhe parecia — embora fosse difícil explicar por quê — digna de atenção. Ela dava especificamente um bom conselho:

Para quem quer fazer
Um belo terno na Loto,
Jogue o sete e o dezesseis,
Unidos ao cinquenta e oito.[1]

O jovem releu várias vezes até decorar; depois dobrou o papel e tornou a guardá-lo. Sete, dezesseis e cinquenta e oito — havia nesses números algo de realmente atraente.

Jogue o sete e o dezesseis,
Unidos ao cinquenta e oito.

Ele estava bastante disposto a fazer o que aconselhava o oráculo. Era um encantamento, uma fórmula mágica para agarrar a fortuna: não havia como perder com aqueles três números. Ele pensava no que faria quando ganhasse. Decidia-se quanto ao carro que compraria — um dos novos Lancias com motor 14/40 cavalos seria mais elegante, do que um Fiat e menos caro (mesmo diante de sua grande fortuna ele mantinha a sensatez e os hábitos de economia) do que um Isotta Fraschini ou um Nazzaro — quando chegou às escadarias do palácio. Encostou a bicicleta ao muro, subiu e, soltando um longo suspiro, tocou a campainha. Dessa vez o mordomo deu-lhe apenas dois francos em vez de três. Assim é a vida, pensou o jovem, descendo a encosta pela floresta de oliveiras prateadas em direção ao vale.

1. Em italiano no original: "Intanto se vuoi vincere/ Un bel ternone al Lotto,/ Giuoca il sette e il sedici,/ Uniti al cinquantotto". (N. T.)

O telegrama era para a sra. Aldwinkle; mas na ausência da dona da casa, que viajara de carro com todos os seus outros convidados à marina de Vezza para passar o dia na praia, o mordomo entregou-o à srta. Thriplow.

A srta. Thriplow estava na pequena e sombria sala gótica, na parte mais antiga do palácio, compondo o décimo quarto capítulo do seu novo romance numa máquina de escrever Corona. Ela usava uma túnica de algodão estampada — de um enorme xadrez azul sobre fundo branco, no estilo escocês —, longa e bastante ampla; uma túnica que era ao mesmo tempo fora de moda e tremendamente contemporânea, juvenil e avançada, recatada e mais liberada que as das moças de Chelsea. O rosto que ela voltou em direção ao mordomo, quando ele entrou na sala, era muito suave, redondo e pálido, tão suave e redondo que ninguém o atribuiria a ela, com seus trinta anos de idade. As feições eram delicadas e regulares, os olhos, castanho-claros; e as sobrancelhas arqueadas pareciam desenhadas em uma máscara de porcelana por um pincel oriental. Os cabelos eram quase negros, e ela os usava esticados para trás desde a testa e amarrados num grande coque na nuca. As orelhas descobertas eram alvas e pequenas. O rosto era inexpressivo como o de uma boneca, mas o de uma boneca extraordinariamente inteligente.

Ela pegou o telegrama e abriu-o.

— É do mr. Calamy — explicou ao mordomo. — Ele diz que chegará às três e meia e virá para cá. Acho bom preparar o quarto dele.

O mordomo retirou-se; mas, em vez de continuar seu trabalho, a srta. Thriplow recostou-se na cadeira e acendeu um cigarro.

A srta. Thriplow desceu às quatro horas, depois da sesta, vestida não com a túnica azul e branca que usava pela manhã, mas com sua melhor túnica de noite — de seda preta, debruada de branco na extremidade da saia e das mangas. Suas pérolas, contra o fundo negro, pareciam especialmente brilhantes. Elas estavam também nas alvas e pequenas orelhas, e as mãos encontravam-se cobertas de anéis. Depois de tudo o que a dona da casa lhe contara a respeito de Calamy, ela sentira necessidade de todos esses preparativos, e estava feliz de que sua chegada inesperada acontecesse quando não houvesse mais ninguém na casa; desse modo teriam a oportunidade de se conhecer melhor. Seria mais fácil para ela fazer o que fosse certo, pois uma primeira impressão favorável é sempre muito importante.

Pelo que a sra. Aldwinkle dissera a respeito dele, a srta. Thriplow tinha certeza de já saber que tipo de homem era. Rico, bonito e muito galante! A sra. Aldwinkle se estendera, é claro, ampla e admiravelmente quanto à última qualidade. As damas mais requintadas o haviam perseguido; era bastante conhecido nas melhores e nas mais brilhantes rodas sociais. Mas não se tratava meramente de uma dessas mariposas, insistira a sra. Aldwinkle. Ao contrário, ele era inteligente, basicamente sério, interessado em artes e assim por diante. Mais do que isso, havia saído de Londres no auge de seu sucesso e viajara pelo mundo para enriquecer seus conhecimentos. Sim, Calamy era mesmo uma pessoa séria. A srta. Thriplow ouvira tudo isso com reservas; conhecia a fraqueza da sra. Aldwinkle de se fazer parecer íntima de grandes homens e seu hábito, quando estes estavam reconhecidamente em falta, de promover seus amigos comuns à categoria de celebridades. Abatendo os habituais setenta e cinco por cento de elogios, a srta. Thriplow imaginava um Calamy que era um dos Guardiões da Natureza, dotado, como o são em geral os Guardiões, daquele respeito e da simples reverência pelos mistérios da arte que fazem esses aristocratas autodidatas frequentarem os salões em que se pode encontrar intelectuais, convidarem poetas para jantares caríssimos, comprarem quadros cubistas e até tentarem, secretamente, escrever versos ou pintar suas próprias telas. Sim, sim, pensou a srta. Thriplow, conhecia muito bem o tipo. Foi por isso que se preparara daquela maneira — vestindo aquela obra-prima de elegância, aquelas pérolas, aqueles anéis. Por isso procurara ao mesmo tempo parecer extravagante, como as mulheres brilhantes, bem-nascidas e de olhar ambíguo à custa das quais, segundo a sra. Aldwinkle, ele conseguira seus maiores triunfos amorosos. Porque a srta. Thriplow não queria dever nenhum de seus sucessos com esse jovem — e ela gostava de ser bem-sucedida com todo mundo — ao fato de ser uma romancista de reputação muito boa. Queria, já que ele era um Guardião da Natureza com uma fraqueza fortuita por artistas, apresentar-se como uma Guardiã da Natureza cujo talento para escrever era igualmente fortuito e superficial. Queria mostrar a ele que estava à altura de todo aquele ambiente da alta sociedade, apesar de um dia *ter sido* pobre e mesmo uma governanta (e, conhecendo-a, a srta. Thriplow tinha certeza de que a sra. Aldwinkle não deixara de contar isso a ele). Ela iria recebê-lo em igualdade de condições, de Guardiã para Guardião. Depois disso, quando ele a tivesse apreciado por essas qualidades, poderiam falar de arte e ele teria a chance de admirá-la pelo seu estilo, assim como uma jovem brilhante de sua própria classe.

A primeira visão que teve dele confirmou sua certeza de que acertara em usar todas as joias e o traje vistoso. Porque o mordomo fez entrar na sala decididamente um jovem daqueles que, nas capas das revistas, tocam com seus lábios vermelhos os da mulher que escolheram. Não, isso era indelicado. Ele não era nem tão incrivelmente bonito nem tolo como eles costumam ser. Era apenas uma dessas criaturas muito atraentes, bem-educadas e incultas que às vezes são um refrigério num grupo de intelectuais. Moreno, olhos azuis, alto e empertigado. Perigosamente superior e dono da gloriosa segurança dos que nasceram ricos, numa posição forte e privilegiada; um pouco insolente, talvez, na certeza de sua boa aparência, na lembrança de seus sucessos amorosos. Mas de uma insolência preguiçosa; as codornas assadas caíam em sua boca; qualquer esforço era desnecessário. Seus longos cílios se juntavam numa arrogância sonolenta. À primeira vista ela soube tudo sobre aquele homem; ah, soube, sim.

Ele parou diante dela, olhando-a no rosto, sorrindo, com as sobrancelhas erguidas inquisitivamente, completamente à vontade. A srta. Thriplow o fitou de modo quase igualmente atrevido. Ela também sabia ser insolente quando queria.

— É o mr. Calamy — finalmente ela lhe informou.

Ele inclinou a cabeça.

— Meu nome é Mary Thriplow. Todos estão fora. Farei o possível para entretê-lo.

Ele se curvou novamente e apertou a mão que ela lhe estendia.

— Lilian Aldwinkle já me falou muito a seu respeito — disse ele.

Que ela tinha sido governanta?, imaginou a srta. Thriplow.

— Muitas outras pessoas também me falaram a seu respeito — continuou ele. — Além de seus livros, é claro.

— Ah, não falemos deles — disse ela, movendo a mão, como que afastando o assunto. — São irrelevantes, são só velhos livros que alguém escreveu. Irrelevantes porque foram escritos por uma pessoa que cessou de existir. Deixe que os mortos enterrem seus mortos. O único livro que conta é aquele que está sendo escrito. E, no momento em que é publicado e as pessoas o leem, esse também se torna irrelevante. Portanto, não há qualquer livro escrito por alguém sobre o qual valha a pena conversar. — A srta. Thriplow falava langorosamente, arrastando um pouco as palavras, sorrindo enquanto as pronunciava e fitando Calamy com os olhos semicerrados. — Falemos de coisas mais interessantes — concluiu.

— Do tempo — sugeriu ele.

— Por que não?

Bem, é um assunto sobre o qual posso falar neste momento com grande interesse, eu diria mesmo com um certo calor. — Ele tirou do bolso um lenço de seda colorido e passou-o pelo rosto. — Essas estradas poeirentas da planície são como o inferno. Nunca vi nada igual. Confesso que às vezes, sob o sol ofuscante da Itália, chego a ansiar pelo cinza melancólico de Londres, o guarda-sol de fumaça, a neblina que esconde um edifício a poucos metros de distância e faz desaparecer de vista qualquer vestígio de mosquitos.

— Lembro-me de ter conhecido um poeta siciliano — disse a srta. Thriplow, inventando irrefletidamente esse sucessor de Teócrito — que disse a mesma coisa. Só que ele preferia Manchester. *Bellissima* Manchester! — Ela revirou os olhos, juntando as palmas das mãos. — Ele era um espécime da gloriosa coleção de animais estranhos que costuma frequentar a casa de lady Trunion. — A casa de lady Trunion era um desses salões em que os Guardiões e Guardiãs da Natureza podiam encontrar o que havia de mais cômico e estranho; em outras palavras, os artistas. Ao usar a palavra "coleção", a srta. Thriplow se colocou, juntamente com Calamy, do lado dos Guardiões.

Mas o efeito que o nome talismânico causou em Calamy não foi o esperado.

— Essa assustadora senhora continua recebendo? — perguntou ele. — Você deve se lembrar de que eu estive fora por mais de um ano; não estou muito atualizado.

A srta. Thriplow alterou rapidamente a expressão do rosto e o tom da voz. Sorrindo com sabido desdém, disse:

— Mas ela não é nada diante de lady Giblet, não? Se quiser horrorizar-se verdadeiramente não deixe de frequentá-la. Sua casa é definitivamente um *mauvais lieu*. — Ela moveu a mão cheia de anéis de um lado para o outro, gesticulando como uma especialista em horrores.

Calamy não concordou inteiramente.

— Giblet talvez seja a mais vulgar, mas não a pior — disse ele num tom de voz e com uma expressão reveladora de quem sabia o que dizia, e que no fundo da alma não adorava esses prazeres sociais. — Depois de estar fora como eu estive por um ano ou mais, voltar à civilização e encontrar as mesmas velhas pessoas, fazendo as mesmas coisas idiotas, é surpreendente! Espera-se no mínimo que tudo esteja muito diferente. Não sei por quê; talvez porque eu mesmo esteja muito diferente. Mas tudo continua exatamente igual. Giblet, Trunion ou mesmo, sejamos francos, a nossa anfitriã, embora honestamente eu sinta profundo carinho por nossa pobre e querida Lilian. Não há a menor mudança. Oh, é muito mais do que surpreendente, é decididamente terrível!

Foi a essa altura da conversa que a srta. Thriplow percebeu estar cometendo um enorme engano, seguindo pelo caminho errado. Um segundo mais e ela teria consumado um terrível equívoco num julgamento social; teria cometido o que ela chamava, em seus momentos mais joviais, de "gafe". A srta. Thriplow era muito sensível a respeito das suas gafes. A lembrança desses lapsos tinha um jeito de se agarrar firmemente a seu espírito, criando feridas que custavam a fechar. Cicatrizadas, as velhas marcas ainda doíam de vez em quando. De repente, sem razão nenhuma, no meio da noite ou da mais animada festa — assim, sem mais nem menos, *à propos de bottes* —, ela se lembrava e era dominada por um sentimento de autorreprovação e de vergonha retroativos. E para isso não existia remédio, nenhuma profilaxia espiritual. Tinha-se que fazer de tudo para inventar alternativas triunfalmente certas e diplomáticas para a gafe — imaginar-se, por exemplo, sussurrando ao ouvido da irmã Fanny uma frase açucarada em vez da outra amarga e ofensiva; ver-se deixando com toda a dignidade o estúdio de Bardolph e saindo para a ruazinha de terra, passando pela casa com o canário pendurado na janela (um toque primoroso, o canário) e seguindo em frente, para longe — quando, na verdade (oh, Senhor, que tola fora e como se sentira miserável depois daquilo!), deveria ter ficado. Tinha-se que fazer o que fosse possível; só não era possível se convencer de que a gafe não acontecera. A imaginação lutava para aniquilar a odiosa lembrança, mas não tinha forças para conseguir uma vitória decisiva.

E agora, se não tivesse sido cuidadosa, teria cometido outra gafe para ocupar e supurar sua memória. Como pude ser tão estúpida, pensou ela, como isso foi possível? Porque era óbvio que a atitude extravagante, o disfarce elegante eram totalmente impróprios para a ocasião. Calamy deixara bem claro que não apreciava esse tipo de coisa; talvez o fizesse antes, mas não agora. Se continuasse a agir dessa maneira, seria considerada meramente frívola, mundana e esnobe; e seriam precisos muito tempo e enormes esforços para obliterar essa desastrosa primeira impressão.

Sub-repticiamente a srta. Thriplow fez escorregar o anel de opala do dedo mínimo da mão direita, segurou-o por um momento e escondeu-o no seu lado esquerdo; então, quando Calamy não estava olhando, empurrou-o para o vão entre a almofada do assento e o braço estofado de sua poltrona.

— Terrível — repetiu ela. — Sim, é exatamente a palavra. Essas coisas são terríveis. O tamanho dos lacaios! — Ela ergueu a mão acima da cabeça. — O diâmetro dos morangos! — Abriu as duas mãos à sua frente (ainda muito cintilantes, notou arrependida, com todos aqueles anéis), a trinta centímetros uma da outra. — A futilidade dos caçadores de leões! E o rugido dos leões! — Era desnecessário fazer qualquer coisa com as mãos agora; deixou-as cair novamente no colo e aproveitou a oportunidade para se livrar do anel em forma de escaravelho e dos brilhantes. Assim como o mágico faz movimentos e ruídos para distrair a atenção da plateia ao realizar seus truques, ela se inclinou para a frente e começou a falar com rapidez e convicção. — Agora, falando sério — continuou, pondo seriedade na voz e fazendo desaparecer o sorriso do rosto, que se tornou maravilhosamente redondo, grave e ingênuo —, como rugem aqueles leões! Acho que foi uma tremenda ingenuidade de minha parte, mas sempre imaginei que as pessoas famosas fossem mais interessantes do que as outras. Elas não são! — Deixou-se cair para trás, quase dramaticamente, na poltrona. No processo, uma das mãos pareceu ficar acidentalmente presa às suas costas. Ela a desenganchou, mas não antes de o escaravelho e os brilhantes terem escorregado para o esconderijo. Não restava mais nenhum agora, a não ser uma esmeralda, mas ela podia ficar; era bem discreta e austera. No entanto, ela jamais se livraria das pérolas sem que Calamy percebesse. Nunca, por mais que os homens fossem inconcebivelmente tão pouco observadores. Os anéis eram fáceis de ser tirados, mas o colar... E nem sequer eram pérolas verdadeiras.

Calamy, enquanto isso, estava rindo.

— Lembro-me de já ter feito essa mesma descoberta — disse. — A princípio chega a ser dolorosa. De certa forma é como ter se deixado envolver por uma farsa e participado dela. Você se lembra do que disse Beethoven, que ele raramente encontrava no desempenho dos mais notáveis virtuoses a qualidade que supunha ter o direito de esperar. Tem-se o direito de esperar que as pessoas famosas vivam de acordo com sua reputação, elas *deveriam* ser interessantes.

A srta. Thriplow inclinou-se outra vez à frente, assentindo enfaticamente, numa animação quase infantil. — Conheço muitas pessoas insignificantes e obscuras — disse ela — que de alguma forma são muito mais interessantes e genuínas que as famosas. É a autenticidade que conta, não?

Calamy concordou.

— Acho difícil ser autêntica — continuou a srta. Thriplow — quando se é uma figura pública ou muito conhecida. — Nesse momento ela se tornou realmente íntima. — Chego a sentir medo quando vejo meu nome nos jornais, os fotógrafos insistindo em fotografar-me, ou sou convidada para jantares. Temo sair da minha obscuridade. A autenticidade somente floresce à sombra. Como o aipo. — Quão insignificante e obscura ela era! Como, por assim dizer, era humilde e honesta! Aqueles leões rugidores da casa de lady Trunion e seus desagradáveis caçadores... não teriam chance de passar pelo buraco de uma agulha.

— Estou encantado por ouvi-la dizer tudo isso — disse Calamy. — Se todos os escritores pensassem como você...

A srta. Thriplow meneou a cabeça, declinando modestamente do cumprimento implícito.

— Sou como Jeová — disse ela. — Sou o que sou. Só isso. Por que me faria passar por outra pessoa? Mas tenho que confessar — acrescentou com uma sinceridade quase audaciosa —, fiquei tão intimidada pela sua reputação que me senti inclinada a fingir ser mais *mondaine* do que realmente sou. Imaginei-o um homem tremendamente requintado e convencido. É um grande alívio descobrir que me enganei.

— Convencido? — repetiu Calamy com um esgar.

— Por tudo o que ouvi da sra. Aldwinkle, você me parecia estonteantemente mundano. — Enquanto ela dizia essas palavras, sentia-se, de modo correspondente, tornar-se mais obscura e insignificante.

Calamy riu.

— Talvez um dia eu tenha sido um desses imbecis. Mas agora, bem, espero que tudo esteja terminado.

— Imaginei-o — continuou a srta. Thriplow, esforçando-se, apesar de sua insignificância, para ser brilhante —, imaginei-o como uma daquelas pessoas da esquete, "caminhando pelo parque com uma amiga", você sabe: uma amiga que vem a ser no mínimo uma duquesa ou uma escritora famosa. Pode imaginar como fiquei nervosa? — Ela mergulhou nas profundezas da poltrona. Pobrezinha! Mas as pérolas, que não tinham vindo do mar, ainda lhe causavam constrangimento.

CAPÍTULO 2

Ao retornar, a sra. Aldwinkle os encontrou no terraço superior, desfrutando a vista. A seus pés, a cidade de Vezza já estava eclipsada pela sombra da grande montanha escarpada que se projetava sobre a planície no extremo oeste dos dois vales. Mais além, a planície ainda brilhava. Estendia-se abaixo deles a perder de vista, como um mapa de si mesma — as estradas desenhadas em branco, os rios em filetes prateados, os pinheiros em verde-escuro, as campinas e as terras cultivadas formando um xadrez marrom e esmeralda, os trilhos do trem numa linha marrom-escura que cortava toda a extensão. E adiante da última franja de pinheiros e areia, de um azul-escuro e opaco, estava o mar. Na direção dessa vasta paisagem emoldurada pelas duas montanhas — a do leste ainda brilhando em tons de rosa e a do oeste já profundamente escura —, outra escadaria conduzia a um terraço embaixo e seguia descendo, por entre as colunas de ciprestes, até o portão ornado com esculturas, a meio caminho do sopé da montanha.

Eles estavam lá em silêncio, debruçados sobre a balaustrada. Desde que resolvera se livrar da Guardiã, pensou a srta. Thriplow, as coisas estavam indo muito bem entre os dois. Podia ver que ele apreciava sua combinação de ingenuidade moral com sofisticação mental, de brilhantismo com autenticidade. Não era capaz de entender por que lhe ocorrera fingir ser qualquer outra coisa além de simples e natural. Afinal, isso é o que ela realmente era — ou pelo menos determinara que devia ser.

Do pátio de entrada na ala oeste do palácio, chegaram até eles os sons de uma buzina e de vozes.

— Aí estão eles — disse a srta. Thriplow.

— Preferia que não estivessem — protestou ele com um suspiro. Erguendo-se, deu as costas para a paisagem e voltou-se para a casa. — É como atirar uma pedra nas águas de um lago; refiro-me a todo esse barulho.

A srta. Thriplow incluiu-se mentalmente entre os encantos da tranquilidade vespertina e tomou o comentário como um cumprimento.

— Quando se é sensível, a todo instante é preciso suportar o estilhaçar dos cristais.

Pelos imensos salões ecoantes do palácio, podia-se ouvir o som de uma voz que se aproximava.

— Calamy — alguém chamava —, Calamy! — Cada sílaba do nome era pronunciada numa modulação que ia do grave ao mais agudo, sem nenhuma musicalidade, mas numa sucessão de tons incertos e não encadeados. — Calamy! — Era um chamado tão vago e atonal quanto um sopro articulado. Ouviram-se passos apressados e um farfalhar de tecidos. No alto dos degraus do terraço, na enorme e imponente entrada, surgiu a sra. Aldwinkle.

— Aí está você — disse ela, eufórica. Calamy se adiantou para cumprimentá-la.

A sra. Aldwinkle era uma dessas mulheres senhoriais, grandes e bonitas, que parecem ter sido construídas com partes de duas pessoas diferentes: que ombros largos elas possuem, que formas jônicas; e, projetando-se dentre os ombros, um pescoço tão fino, uma cabeça tão pequena e compacta, quase infantil! Sua melhor fase é entre os vinte e oito e, digamos, trinta e cinco anos, quando o corpo está em plena maturidade e o pescoço, a cabeça pequena, as feições intocadas parecem pertencer a outra jovem. A beleza dessas mulheres se torna muito mais notável, muito mais atraente, devido à incongruência de seus componentes.

— Aos trinta e três anos — costumava dizer o mr. Cardan —, Lilian Aldwinkle atraía de uma só vez todos os bígamos. Era como se da cintura para cima tivesse dezoito anos e, para baixo, fosse a viúva Dido. Tinha-se a impressão de estar com duas mulheres ao mesmo tempo. Era extremamente estimulante.

Ele falava, infelizmente, no pretérito; porque a sra. Aldwinkle não tinha mais trinta e três anos nem doze nem quinze nem algo em torno disso. As formas jônicas ainda estavam presentes, mas não tão evidentes. É verdade que, vista por trás, a cabeça pequena parecia pertencer a uma criança, apoiada sobre os ombros largos. Mas o rosto, que já fora o membro mais jovem de toda a parceria, ultrapassara o corpo na corrida contra o tempo e estava mais destruído e gasto do que deveria. Os olhos eram o atributo mais jovial. Grandes, azuis e bastante expressivos, destacavam-se no rosto pelo brilho intenso. Mas ao redor deles haviam se formado bolsas e pés de galinha. A testa larga era cruzada por algumas rugas horizontais. Dois sulcos profundos desciam ao lado das narinas, passavam pela boca e aí eram parcialmente interrompidos por outro sistema de vincos, que acompanhava o movimento dos lábios até a extremidade inferior do maxilar, formando uma linha nítida de demarcação entre as faces descaídas e o queixo forte e proeminente. A boca era grande, os lábios, de contornos vagos, tinham sua indefinição acentuada pelo batom vermelho que a sra. Aldwinkle aplicava sem muito cuidado. Porque a sra. Aldwinkle era uma impressionista; eram o efeito a distância, o esplendor teatral que a interessavam. Ela não tinha a paciência, nem mesmo diante da penteadeira, para preocupar-se com detalhes pré-rafaelitas.

Ela permaneceu por um momento no alto da escada, uma figura imponente e majestosa. O vestido longo e amplo, de linho verde-pálido, pendia em pregas largas ao seu redor. Um véu esverdeado, amarrado em volta do amplo chapéu de palha, flutuava sobre os ombros. Ela trazia uma grande bolsa pendurada no braço, e na cintura, balançando na extremidade de finas correntes, todo um tesouro de objetos de ouro e prata.

— Aí está você! — Ela sorria enquanto Calamy se aproximava, sorriso esse que outrora já fora de uma doçura penetrante, de um encanto sedutor. Infelizmente, seu interesse agora era principalmente histórico. Com um gesto teatral, ao mesmo tempo exagerado e inexpressivo, estendeu as duas mãos e desceu rapidamente os degraus ao encontro dele. Os movimentos da sra. Aldwinkle eram tão desarmônicos e incertos quanto sua voz. Ela se movia com rigidez e de maneira desajeitada. A majestade do repouso se dissipara.

— Meu querido Calamy! — gritou ela, abraçando-o. — Deixe-me beijar você. Faz um século desde a última vez que o vi. — Em seguida olhou desconfiada para a srta. Thriplow. — Quanto tempo faz que ele está aqui? — perguntou.

— Chegou antes da hora do chá — disse a srta. Thriplow.

— Antes do chá? — A sra. Aldwinkle repetiu estridentemente, como se tivesse sido insultada. — Mas por que não me avisou a tempo quando chegaria? — continuou, dirigindo-se a Calamy. A ideia de que ele chegara enquanto ela não estava e, acima de tudo, que havia passado todo o tempo conversando com Mary Thriplow a aborrecia. A sra. Aldwinkle era constantemente perseguida pelo medo de estar perdendo alguma coisa. Havia muitos anos que o universo parecia conspirar para mantê-la afastada dos lugares em que as coisas excitantes aconteciam e as palavras mais maravilhosas eram ditas. Ela havia relutado muito naquela manhã em deixar a srta. Thriplow sozinha no palácio; a sra. Aldwinkle não queria que seus hóspedes tivessem existências independentes, longe de suas vistas. Mas se ela soubesse, se tivesse a mais leve desconfiança de que Calamy iria chegar enquanto estivesse fora, que passaria horas em um *tête-à-tête* com Mary Thriplow, ora, jamais teria descido para a praia. Ficaria em casa, por mais tentador que fosse o projeto de um banho.

— Pelo que vejo, você se preparou muito para a ocasião — continuou a sra. Aldwinkle, olhando as pérolas da srta. Thriplow e a túnica de seda preta debruada de branco.

A srta. Thriplow desviou os olhos para a paisagem e fingiu não ter ouvido. Não tinha vontade de entabular uma conversa sobre esse assunto em particular.

— E agora — a sra. Aldwinkle voltou-se para o novo hóspede — preciso mostrar-lhe a casa, a paisagem e tudo o mais.

— A srta. Thriplow já fez a gentileza de mostrar-me — disse Calamy.

Diante dessa informação, a sra. Aldwinkle ficou ainda mais aborrecida.

— Mas ela não deve ter lhe mostrado tudo — disse —, porque não sabe o que há para mostrar. Além disso, Mary não conhece a história do palácio, ou dos Cybo Malaspina, ou dos artistas que trabalharam no palácio, ou... — ela gesticulou com a mão, indicando que, em suma, Mary Thriplow não sabia absolutamente nada e era totalmente incapaz de mostrar qualquer canto da casa ou de seus jardins.

— Seja como for — Calamy fazia o possível para dizer a coisa certa —, já vi o suficiente para achar o lugar adorável.

Mas a sra. Aldwinkle não se satisfez com essa admiração simples e espontânea. Tinha absoluta certeza de que ele não vira realmente a beleza da paisagem, não a entendera, não soubera analisar o profundo encanto de seus componentes. Começou então a interpretar o espetáculo.

— Os ciprestes criam um maravilhoso contraste com as oliveiras — explicava, mostrando a paisagem com a ponta da sombrinha, como se estivesse dando uma aula com projeção de *slides* coloridos.

Ela entendia daquilo, é claro; *ela* estava inteiramente qualificada para apreciar tudo nos mínimos detalhes. Porque a vista agora era sua propriedade. E, por essa razão, a mais bela do mundo; ao mesmo tempo, somente ela tinha o direito de permitir que alguém soubesse desse fato.

Todos nós ficamos propensos a valorizar excessivamente o que por acaso nos pertence. As galerias de arte provincianas estão sempre repletas de Rafaéis e Giorgiones. A metrópole mais brilhante da cristandade, de acordo com seus habitantes, é Dublin. O meu gramofone e o meu Ford são melhores do que os seus. E como são aborrecidos e patéticos aqueles turistas pobres, porém cultos, que nos mostram orgulhosos sua coleção de cartões-postais, como se eles próprios possuíssem as obras de arte neles representadas.

Com o palácio, a sra. Aldwinkle adquirira vastos domínios não mencionados em contrato. Comprara, para começar, os Cybo Malaspina e toda a sua história. Essa família, cuja única pretensão à fama foi ter produzido, pouco antes de sua extinção, aquele príncipe de Massa Carrara a quem a Velha, em Cândido — quando ainda era a jovem e encantadora filha de um papa —, estivera prometida em casamento; a família se tornara agora, para a sra. Aldwinkle, tão esplêndida quanto os Gonzaga, os Este, os Médici ou os Visconti. Até os obscuros duques de Modena, arrendatários do palácio (exceto durante o breve interlúdio napoleônico) entre a extinção dos Cybo Malaspina e a fundação do reino da Itália, até eles lucraram muito por estarem ligados ao lugar; para a sra. Aldwinkle, passaram a ser patronos das letras e pais de seu povo. E a irmã de Napoleão, Elisa Baciocchi, princesa de Lucca, que passara mais de um verão naquelas montanhas, veio a ser creditada pela atual proprietária com um ilimitado entusiasmo pelas artes e, o que era mais esplêndido aos olhos da sra. Aldwinkle, um ilimitado entusiasmo pelo amor. Em Elisa Bonaparte-Baciocchi, a sra. Aldwinkle encontrara sua alma gêmea, a quem somente ela entendia.

O mesmo se dava com a paisagem. Pertencia-lhe até o mais remoto horizonte, e ninguém mais estava capacitado a dar-lhe o devido valor. E como ela apreciava os italianos! Desde que comprara sua casa na Itália tornara-se a única estrangeira a conhecê-la intimamente. Toda a península e tudo o que nela estava contido eram propriedade sua e seu segredo. Comprara as artes, a música, a linguagem melódica, a literatura, os vinhos e a comida, a beleza de suas mulheres e a virilidade de seus fascistas. Adquirira a paixão italiana: *cuore, amore* e *dolore* eram seus. Também não se esquecera de comprar o clima — o melhor da Europa —; a fauna — com que orgulho lera nos jornais que um lobo devorara um esportista de Pistoia a vinte quilômetros de sua casa —; a flora — em especial as anêmonas vermelhas e as tulipas selvagens — os vulcões —; ainda maravilhosamente ativos; os terremotos...

— E agora — disse a sra. Aldwinkle, depois de decantar a paisagem —, agora precisamos ver a casa.

Ela deu as costas para a vista.

— Esta parte do palácio — disse, continuando sua aula — data de cerca de 1630. — Ela apontou para cima com a sombrinha; os *slides* coloridos eram agora sobre arquitetura. — Um exemplo muito especial do antigo barroco. O que resta do velho palácio, com a torre, constitui a ala leste da casa atual...

A srta. Thriplow, que já ouvira tudo isso antes, fazia-o novamente; contudo, com a expressão de arrebatado interesse que pode ser encontrada no rosto das crianças durante as palestras do Instituto Real; em parte para compensar, aos olhos da sra. Aldwinkle, a ofensa por ter estado em casa quando Calamy chegara, e também para impressionar o próprio Calamy com sua capacidade de estar franca, total e acriticamente absorvida nas pequenas questões do momento.

— Agora vou mostrar-lhe o interior do palácio — disse a sra. Aldwinkle, subindo os degraus do terraço para a casa. Seus tesouros tilintavam na ponta das correntes. Obedientes, a srta. Thriplow e Calamy a seguiram.

— A maior parte dos quadros — proclamou a sra. Aldwinkle — são de Pasquale da Montecatini. Um grande pintor, terrivelmente menosprezado — concluiu, meneando a cabeça.

A srta. Thriplow ficou de certa maneira embaraçada quando, diante desse comentário, seu companheiro sorriu-lhe de modo visivelmente zombeteiro. Se devolveria o sorriso de forma confidencial e irônica ou se o ignoraria e preservaria sua expressão do Instituto Real, essa era a questão. Afinal decidiu ignorar a cumplicidade tácita.

Na entrada do grande salão eles foram recebidos por uma jovem vestida com uma túnica de linho rosa-pálido, de rosto redondo e infantil (uma ingenuidade diferente daquela da srta. Thriplow), que olhava por entre uma fresta retangular de seu liso cabelo cor de cobre cortado em forma de cuia. Um par de olhos grandes e azuis fitava por trás da franja metálica. O nariz era pequeno e levemente arrebitado. O lábio superior, estreito, dava-lhe uma aparência ao mesmo tempo patética e feliz, como a de uma criança. Era Irene, a sobrinha da sra. Aldwinkle.

Calamy e ela apertaram-se as mãos;

— Acho que deveria dizer — adiantou-se ele — que você cresceu bastante desde a última vez que a vi. Mas a verdade é que não acho que tenha crescido.

— Nada posso fazer quanto a isso — respondeu ela. — Mas interiormente... — Interiormente Irene era mais velha que as pedras sobre as quais pisava. Não fora por nada que passara os cinco anos mais impressionantes da sua vida sob a guarda da tia Lilian.

A sra. Aldwinkle interrompeu impacientemente o diálogo.

— Quero que você veja este teto — disse a Calamy. Como galinhas bebendo água eles ergueram a cabeça para o Rapto de Europa. A sra. Aldwinkle baixou o olhar. — E este trabalho rústico com um grupo de divindades marinhas. — Num par de grandes nichos emoldurados com conchas e pedras esponjosas, dois grupos de peixes se contorciam furiosamente. — Que estupendo *seicento*! — disse ela.

Irene, enquanto isso, sentindo-se dispensada pela longa convivência de ter que prestar muita atenção às divindades marinhas, havia notado que as capas de cretone das poltronas estavam amarrotadas. Sendo naturalmente ordeira — e desde que fora morar com tia Lilian tornara-se duplamente ordeira —, ela caminhou pela sala na ponta dos pés para alisar as capas. Curvando-se sobre a poltrona mais próxima, segurou o tecido solto na parte da frente da almofada e puxou-o com força para que se soltasse completamente a fim de, em seguida, poder alisá-lo como deveria. O pano soltou-se como a vela de um navio subitamente enfunada pelo vento e junto com ele veio — praticamente do nada, como se Irene tivesse feito um passe de mágica — uma chuva cintilante de joias. Elas se espalharam pelo chão, rolando pela cerâmica. O barulho arrancou a srta. Thriplow do arrebatamento quase infantil com que contemplava os nichos de pedras esponjosas. Ela se virou bem a tempo de ver o anel em forma de escaravelho rolar em sua direção, com o movimento vacilante de um aro excêntrico. Perto de seus pés ele perdeu a velocidade, oscilou e caiu de lado. A srta. Thriplow abaixou-se imediatamente para pegá-lo.

— Oh, são apenas meus anéis — disse aereamente, como se fosse a coisa mais natural do mundo que seus anéis saltassem da poltrona quando Irene fosse esticar as capas. — Apenas isso — acrescentou, para tranquilizar Irene, que ficara imóvel, como que petrificada pela surpresa, olhando as joias espalhadas.

A sra. Aldwinkle, por sorte, estava totalmente absorto em sua explanação a Calamy sobre Pasquale da Montecatini.

CAPÍTULO 3

O jantar foi servido no Salão dos Ancestrais. Na entusiástica imaginação da sra. Aldwinkle, que maravilhosos banquetes teriam acontecido entre aquelas paredes — mesmo séculos antes de elas terem sido erguidas —, que festins intelectuais! Lá, Aquino teria confiado a um ancestral Malaspina sua dúvida secreta sobre a previsibilidade das rotações e repreendido a marquesa ladra, por cima de uma taça de vinho, com a delicadeza de sua sindérese. Dante insistira nas vantagens de ter uma amante platônica que jamais se conhecia e que poderia, quando necessário, ser identificada com a teologia. Nesse ínterim, a caminho de Roma, Pedro da Picardia recitara, de sua versão rimada do *Physiologus,* os versos sobre a Hiena, a besta que, além de ser hermafrodita, trazia no olho uma pedra que, colocada na boca de um homem, dava-lhe poderes para ver o futuro; a pedra simbolizava sobretudo a avareza e a lascívia. O douto Boccaccio havia discursado sobre a genealogia dos deuses. Picco della Mirandola citara a cabala por cima da cabeça de um javali, apoiando a doutrina da Trindade. Michelangelo expusera seus planos para a fachada de San Lorenzo, em Florença. Galileu indagara por que a natureza repelia o vácuo somente até nove metros e sessenta. Marini teria se espantado com esses conceitos. Luca Giordano, numa aposta, havia pintado, entre o assado e a sobremesa, um retrato em tamanho natural de Aníbal cruzando os Alpes... Além disso, que damas brilhantes teriam engrandecido o lustro daqueles festins! Adoráveis, perenemente jovens, perfeitas como as protagonistas do *Cortesão* de Castiglione, amorosas ao extremo, elas haviam inspirado os homens de gênio a fazerem voos ainda mais altos e coroado as mais duras observações com uma palavra de cortesia feminina.

Desde que comprara o palácio, a sra. Aldwinkle ambicionava reviver essas glórias ancestrais. Via a si mesma como uma princesa não oficial, rodeada de uma corte de poetas, filósofos e artistas. E os grandes salões e jardins sendo singrados por belas mulheres, reluzentes de amor pelos homens de gênio. Periodicamente — porque o aposento dos anões, que Cybo Malaspina, imitando os Gonzaga, havia incluído no palácio, exigia hóspedes apropriados para habitá-lo —, periodicamente elas trariam à luz, sem qualquer dor, os filhos desses gênios: todos com cabelos cacheados, já com dois anos de idade ao nascer e todos os dentes na boca, todos crianças prodígios. Coleções de Mozarts em miniatura. Em resumo, o palácio de Vezza deveria voltar a ser o que jamais fora, exceto na fantasia da sra. Aldwinkle.

O que ele realmente fora podia-se apenas imaginar ao se ver os rostos dos ancestrais que davam nome ao salão de festas.

De nichos circulares incrustados no alto das paredes da imensa sala quadrada, filas de bustos dos senhores de Massa Carrara espiavam através dos séculos intermediários. Davam a volta ao salão, partindo do lado esquerdo da lareira e concluindo do lado direito com o penúltimo Cybo Malaspina, que havia construído o salão. E, enquanto marquês sucedia a marquês e príncipe a príncipe, uma expressão de imbecilidade cada vez mais profunda aparecia no rosto dos Ancestrais. O nariz de abutre e a fantástica mandíbula da primeira marquesa ladra iam se transformando gradualmente em imprecisas trombas de tamanduás, em deformidades criminalmente prognatas. A testa se tornava mais baixa a cada geração, o olhar arregalado e marmóreo ficava mais estúpido, e a altivez intencional, mais forte em todas as fisionomias. Os Cybo Malaspina gabavam-se de jamais terem se casado com alguém abaixo deles e de que seus herdeiros sempre foram legítimos. Bastava ver o rosto dos três últimos príncipes para se ter certeza de que a bazófia era amplamente justificada. Teriam eles sido amigos das Musas?

— Imagine o esplendor das cenas — disse a sra. Aldwinkle, enlevada, ao entrar no Salão dos Ancestrais levada pelo braço de Calamy. — Velas inumeráveis, sedas, joias! E o movimento das pessoas, os maneirismos mais pomposos, sempre de acordo com as mais rígidas regras de etiqueta! — Como última representante, embora adotiva, desses magníficos seres, a sra. Aldwinkle ergueu ainda mais a cabeça e, adquirindo um porte mais avantajado, navegou pelo salão em direção a uma pequena mesa, onde, com esplendor encolhido, os sucessores dos Cybo Malaspina deveriam jantar. A cauda do vestido de veludo coral se arrastava atrás dela.

— Devia ser tudo muito bonito — concordou Calamy. — Tenho certeza de que, do ponto de vista pitoresco, perdemos muito com o abandono da etiqueta. É surpreendente como o informalismo ganhou espaço. O mr. Gladstone, depois de velho, fez uma visita a Oxford e ficou horrorizado diante dos novos modismos nas roupas dos estudantes. Na sua juventude, qualquer rapaz de respeito possuía ao menos um par de calças com o qual nunca se sentava, para evitar que se formassem bolsas nos joelhos, e até o terno com que andava normalmente pelas ruas jamais custava menos de setenta ou oitenta libras. E olhe que na ocasião da visita do mr. Gladstone os estudantes ainda usavam colarinho duro e chapéu-coco. O que diria ele se os visse agora? E o que diremos nós daqui a cinquenta anos?

Os convidados se dispuseram ao redor da mesa. Calamy, como recém-chegado, ocupou o lugar de honra, à direita da sra. Aldwinkle.

— Você mencionou um assunto muito interessante — disse o mr. Cardan, que se sentara do lado oposto, à esquerda da anfitriã. — Muito interessante — repetiu, desdobrando o guardanapo. O mr. Cardan era um homem de altura mediana e sólida compleição física. A circunferência superior de suas calças seguia uma ampla geodésica; seus ombros eram largos; o pescoço, curto e poderoso. O rosto era uma protuberância arredondada e rija, como o punho de um cassetete. Era um rosto enigmático e equívoco, cuja expressão normal mostrava-se ao mesmo tempo grosseira e sensivelmente refinada, séria e irônica. Na boca pequena, os lábios finos se encaixavam firmemente um no outro, como se fossem partes móveis de uma peça de mobília muito bem-feita, e se fechavam numa linha quase reta, embora num dos lados a gravidade horizontal defletisse um mínimo para baixo, de modo que o mr. Cardan parecia estar num eterno processo de suprimir um sorriso esquivo, sempre a importunar sua compostura. Os cabelos eram lisos, prateados e impecáveis; o nariz, curto e reto, como o de um leão — mas um leão que se tornara, com o tempo e a boa vida, um tanto indolente. Fitando a partir do centro de uma teia de rugas finas, os olhos eram pequenos, brilhantes e muito azuis. Em consequência, talvez, de uma doença — ou talvez fosse meramente o peso dos sessenta e seis anos —, uma sobrancelha branca se instalara permanentemente mais baixo que a outra. Com o lado direito do rosto o mr. Cardan olhava de uma maneira misteriosa e confidencial, por uma fresta, numa espécie de piscadela crônica. Mas do lado esquerdo o olhar era arrogante e aristocrático, como se a órbita ocidental estivesse esticada por um monóculo invisível, pouco maior do que ela. Uma expressão de benevolência misturava-se a uma certa malícia quando ele falava; e quando ria todas as facetas do rosto em forma de punho de cassetete, de um vermelho brilhante, cintilavam com a hilaridade, como se de repente fossem iluminadas por dentro. O mr. Cardan não era poeta nem filósofo, tampouco pertencia a uma família notadamente brilhante; mas a sra. Aldwinkle, que o conhecia intimamente havia muitos anos, justificava sua inclusão entre seus cortesãos por ele ser um dos Grandes obscuros: potencialmente, podia ser qualquer coisa que quisesse, mas na realidade era indefinido, por indolência.

O mr. Cardan tomou algumas colheradas de sopa antes de prosseguir:

— Um assunto muito interessante — repetiu. Sua voz era melodiosa, madura, vigorosa, suculenta e levemente rouca; a rouquidão lânguida daqueles que beberam bem, comeram bem e fizeram amor copiosamente. — Formalismo, pompa, etiqueta: seu quase desaparecimento da vida moderna é realmente extraordinário, quando paramos para pensar. Formalismo e pompa eram alguns dos traços essenciais dos antigos governos. Tirania temperada com cenas de transformação era a fórmula de todos os governos do século XVII, particularmente na Itália. Contanto que o povo se divertisse assistindo a um cortejo ou a qualquer função similarmente espetacular ao menos uma vez por mês, podia-se fazer tudo o que se quisesse. Era o método papal *par excellence*. Mas foi imitado por todos os grandes senhores, até o mais insignificante condado da península. Observem como toda a arquitetura do período é condicionada pela necessidade de exibição. O arquiteto existia para criar os cenários das incessantes representações amadorísticas de seus senhores. Vastos panoramas avistados ao se caminhar por salões interligados, alamedas para os cortejos, largas escadarias para o Grande Monarca descer das alturas. Nenhum conforto, uma vez que o conforto era apenas privado, mas muito esplendor, para impressionar o espectador. Napoleão foi o último governante a adotar essa prática de forma sistemática e científica em grande escala. Aquelas inspeções, as entradas e saídas triunfais, as coroações, os casamentos e as cerimônias de crisma, todos com efeitos cênicos cuidadosamente preparados; estava aí o seu segredo. Hoje a pompa não existe mais. Serão nossos governantes tão estúpidos a ponto de não aprenderem com a história e negligenciarem esses auxílios aos governos? Ou será que os gostos mudaram, que o público não exige mais espetáculos, não se impressiona mais com eles? Coloco essa questão aos nossos amigos políticos. — O mr. Cardan curvou-se para a frente e, passando os olhos pela srta.

Thriplow, sentada à sua esquerda, sorriu para o jovem além dela, depois para o homem mais velho que ocupara o lugar exatamente do lado oposto da mesa, ao lado de Irene Aldwinkle.

O rapaz, que parecia ainda mais jovem do que realmente era — e fazia no máximo dois ou três meses que lorde Hovenden atingira a maioridade —, sorriu amavelmente para o mr. Cardan e olhou, esperançoso, para a pessoa sentada diante dele.

— Pergunte-me outra — disse. Lorde Hovenden ainda tinha dificuldade em pronunciar o *tr.* — O que tem a dizer, mr. Falx? — Uma expressão de respeito atencioso surgiu-lhe no rosto infantil e coberto de sardas enquanto esperava a resposta. Fosse qual fosse, era óbvio que lorde Hovenden aguardava-a como um oráculo. Ele admirava, venerava o mr. Falx.

O mr. Falx realmente inspirava admiração e respeito. Com sua barba branca, os cabelos longos e crespos, os grandes olhos agudos, a testa lisa e ampla, o nariz aquilino, tinha o ar de um profeta menor. As aparências não enganavam. Com outra idade, em outro ambiente, o mr. Falx teria sido provavelmente um profeta menor: o anunciador, o porta-voz do Senhor, o clamante da salvação, o ameaçador da ira que recairia sobre todos. Nascido no meio do século XIX e tendo passado os melhores anos de sua vida numa profissão que entre os três e os sete anos todos os meninos desejavam abraçar — operador de máquinas —, ele se tornara não exatamente um profeta, mas um líder trabalhista.

Lorde Hovenden, cujas pretensões a pertencer à corte da sra. Aldwinkle baseavam-se no fato de ela conhecê-lo desde que nascera, de ele descender de Simon de Montfort e ser imensamente rico, conquistara ainda outro mérito: tornara-se ardente ativista da Liga Socialista. Um antigo professor, ainda jovem, fora o primeiro a informá-lo do fato — até então imperfeitamente compreendido por lorde Hovenden — de que havia muita gente miserável vivendo de modo extremamente desagradável e árduo e que, se houvesse justiça, poderia estar numa situação muito melhor. Os impulsos generosos de lorde Hovenden foram atiçados. Jovialmente, ele desejava apressar um novo milênio. Talvez, também, uma certa ambição egoísta de se distinguir dos colegas tivesse algo a ver com esse entusiasmo. Entre as pessoas nascidas em posições privilegiadas, cercadas de riqueza, o esnobismo muitas vezes assume uma forma diferente da habitual. Nem sempre, é verdade; porque existem muitas pessoas ricas e tituladas para quem a riqueza e o título merecem o mesmo respeito abjeto demonstrado por aqueles cuja familiaridade com a nobreza e a plutocracia só existe na ficção e nas páginas dos jornais. Mas outros, que ambicionam afastar-se do ambiente familiar para atingir, quase sempre intelectualmente, esferas mais altas, acabam infectados por um esnobismo apaixonado em relação ao mundo artístico e político. Esse esnobismo — o esnobismo do sangue que corre para o cérebro — estava misturado, sem que lorde Hovenden se desse conta, aos seus ardores puramente humanitários e lhe conferia uma forma adicional. O prazer que lorde Hovenden sentira ao ser apresentado ao mr. Falx fora enorme, e o pensamento de que somente ele, entre todos os seus amigos e conhecidos, gozava do privilégio de manter relações com o mr. Falx, de que somente ele estava livre do excitante mundo político no qual o mr. Falx vivia, tudo fazia crescer ainda mais o seu entusiasmo pela causa da justiça. Houve ocasiões, entretanto, e nos últimos tempos elas tinham se tornado mais frequentes, em que lorde Hovenden descobrira que as exigências de sua extenuante vida social deixavam-lhe pouco tempo para o mr. Falx ou para a Liga Socialista. Para alguém que dançava tanto quanto ele normalmente o fazia, era difícil dar atenção a qualquer outra coisa. Nos intervalos entre um compromisso social e outro ele se lembrava, envergonhado, de que não cumprira os deveres impostos por seus princípios. Fora para compensar o amortecimento de seu entusiasmo que ele abreviara uma temporada de caça a perdizes para acompanhar o mr. Falx em uma Conferência Internacional do Trabalho em Roma.

O encontro se estenderia até o final de setembro, mas lorde Hovenden decidira sacrificar mais um mês de caça, além do necessário, sugerindo que, antes da conferência, o mr. Falx e ele fossem passar algumas semanas com a sra. Aldwinkle. "Venha quando quiser e traga quem quiser", foram as palavras do convite feito por Lilian. Ele telegrafou à sra. Aldwinkle dizendo que o mr. Falx precisava de um descanso e que gostaria de levá-lo; a sra. Aldwinkle respondeu que adoraria recebê-los. Assim, lá estavam eles.

O mr. Falx pensou um momento antes de responder à pergunta do mr. Cardan. Correu os olhos brilhantes pela mesa, para ter a atenção de todos, e então falou com a penetrante sonoridade com que já levara tantas plateias ao auge do entusiasmo.

— Os governantes do século XX — disse ele — respeitam demais a democracia para ludibriá-la, mantendo o povo satisfeito com meros espetáculos. As democracias exigem razão.

— Ora, vamos lá — protestou o mr. Cardan. — O que me diz, então, da agitação do mr. Bryan contra a Evolução?

— Além disso — continuou o mr. Falx, ignorando a pergunta —, nós, no século XX, já superamos essas coisas.

— Talvez tenhamos superado — disse o mr. Cardan —, mas nem imagino como conseguimos fazê-lo. As opiniões mudam, é claro, mas gostar de assistir a um espetáculo não é uma questão de opinião. Fundamenta-se em algo mais profundo, que nada tem a ver com mudança. — O mr. Cardan balançou a cabeça. — Isso me faz lembrar — continuou, após uma pequena pausa — de outra mudança, tão profundamente enraizada que nunca me dou conta: a mudança da nossa suscetibilidade à adulação. É impossível ler qualquer artigo moralista sem encontrar inúmeras advertências contra os aduladores. "Uma boca aduladora produz a ruína", isso está na Bíblia. E a recompensa do adulador também está especificada nela: "Os que adularem os amigos, os olhos de seus filhos serão cegados", embora se possa pensar que a vicariedade da punição ameaçada a torna um pouco menos terrível. Seja como for, nos tempos antigos os grandes e prósperos pareciam estar positivamente à mercê dos aduladores. E estes exageravam demais, faziam um trabalho, no final das contas, extremamente grosseiro. Será que a plutocracia educacional daquela época deixava-se realmente enganar por esse tipo de coisa? Agora é diferente. Nos dias de hoje a adulação tem que ser muito mais sutil para produzir o mesmo efeito. Além disso, nunca encontrei nos moralistas modernos qualquer advertência contra os aduladores. Houve alguma mudança, mas como ela aconteceu realmente não sei.

— Talvez tenha havido um progresso moral — sugeriu o mr. Falx.

Lorde Hovenden afastou o olhar do rosto do mr. Falx, no qual estivera reverentemente fixado enquanto ele falava, e sorriu triunfante para o mr. Cardan, querendo saber se ele tinha alguma resposta para isso.

— Talvez — repetiu o mr. Cardan, de maneira bastante dúbia.

Calamy sugeriu outro motivo:

— Talvez se deva à mudança de posição dos grandes poderosos. No passado, eles viam a si próprios, e eram vistos pelos outros, como sendo o que eram por direito divino. Consequentemente, as adulações mais grosseiras nada mais eram do que o que mereciam receber. Mas hoje o direito de ser príncipe ou milionário é um pouco menos divino do que antes. A adulação, outrora uma expressão do respeito merecido, hoje soa exagerada; e o que no passado era tido como quase sincero hoje é visto como irônico.

— Acho que você está certo — disse o mr. Cardan. — Seja como for, o resultado da queda repentina da adulação foi a grande alteração sofrida pela técnica do parasitismo.

— Essa técnica foi alguma vez alterada? — perguntou o mr. Falx. Lorde Hovenden transferiu a pergunta ao mr. Cardan com um sorriso inquisidor. — O parasita não tem sido sempre o mesmo, vivendo do trabalho da sociedade sem contribuir para o bem comum?

— Estamos falando de tipos diferentes de parasitas — explicou o mr. Cardan, piscando genialmente para o profeta menor. — Os seus parasitas são os ricos ociosos; os meus são os pobres ociosos que vivem dos ricos ociosos. Os pulgões e as pulguinhas; refiro-me ao verme dos vermes. Posso lhe assegurar que é uma classe muito mais interessante e que, na verdade, nunca foi devidamente reconhecida pelos historiadores naturais da humanidade. Existe o grande trabalho de Lucian sobre a arte de ser parasita; um trabalho sem dúvida excelente, mas um pouco fora de moda, particularmente no que diz respeito à adulação. Melhor que Lucian é Diderot. Mas *O sobrinho de Rameau* trata somente de um único tipo de parasita, e um dos menos bem-sucedidos ou dignos de imitação. O mr. Skimpole, em *Casa desolada*,[2] não é mau. Mas falta-lhe sutileza, não é o exemplo perfeito do verme florescente. O fato é que nenhum escritor, que eu saiba, se aprofundou realmente na questão do parasitismo. Eu sinto falta disso — acrescentou o mr. Cardan, dando antes uma piscadela para a sra. Aldwinkle e depois, olhando ao redor da mesa, para os convidados — quase como uma afronta pessoal. Abraçando como eu, ou, quem sabe, tentando abraçar fosse mais exato, o mistério do parasitismo, encaro esse silêncio conspiratório como um insulto.

— Mas que absurdo! — disse a sra. Aldwinkle. As referências complacentes aos próprios defeitos e fraquezas morais eram frequentes no discurso do mr. Cardan. Antecipar-se às críticas a fim de desarmá-las, chocar e causar embaraço aos mais suscetíveis, declarar sua liberdade diante dos preconceitos comuns, expor tranquilamente defeitos que outros desejariam ocultar, era com esses objetivos que o mr. Cardan se expunha com tanta displicência. — Absurdo! — repetiu a sra. Aldwinkle.

— Nem tanto — disse o mr. Cardan, balançando a cabeça. — Estou apenas dizendo a verdade. Também é verdade que nunca

2. Novela de Charles Dickens. (N. E.)

fui um parasita bem-sucedido. Poderia ter sido um adulador competente, mas infelizmente tenho que viver numa época em que a adulação não funciona. Talvez eu pudesse ter sido um bufão razoavelmente bom, se fosse um pouco menos estúpido e um pouco mais engraçado. Mas nesse caso certamente eu pensaria duas vezes antes de abraçar esse tronco do parasitismo. É perigoso ser um bobo da corte, é precário demais. Pode-se agradar por um tempo, mas no final ou você se torna entediante ou ofende seu protetor. *O sobrinho de Rameau,* de Diderot, é o maior exemplo literário do gênero; vocês conhecem o tipo de vida miserável que ele levava. Não, os parasitas permanentemente bem-sucedidos, mesmo nos tempos atuais, pertencem a um tipo muito diferente, um tipo, infelizmente, ao qual nem por ingenuidade poderia me adaptar.

— Espero que não — disse a sra. Aldwinkle, defendendo o Melhor Ego do mr. Cardan.

Ele assentiu em sinal de gratidão e continuou:

— Todos os parasitas bem-sucedidos que conheci nos últimos tempos são da mesma espécie. São quietos, gentis, quase patéticos. Despertam instintos maternais de proteção. Em geral possuem algum talento adorável, jamais apreciado pelo mundo vulgar, mas reconhecido por seu protetor porque convém a ele, é claro (essa é uma adulação delicadíssima). Esses parasitas não são ofensivos como os bufões; nunca se intrometem, mas espreitam com olhos de cão; quando sua presença é cansativa, sabem se tornar praticamente inexistentes. Sua proteção satisfaz o desejo de posse e o instinto altruístico paternal que nos impele a amparar o fraco. Você poderia escrever sobre isso — continuou o mr. Cardan, dirigindo-se à srta. Thriplow. — Daria um livro muito profundo. Eu mesmo o teria feito, se fosse um escritor; só não o fui porque Deus não quis. Estou lhe dando uma sugestão.

A srta. Thriplow agradeceu com palavras monossilábicas. Durante todo o jantar ela se mantivera calada. Depois de todos os riscos que correra naquela tarde, das gafes que estivera a ponto de cometer, achou melhor ficar quieta e parecer tão simples e genuína quanto possível. Algumas leves alterações na toalete, antes do jantar, fizeram toda a diferença. Começara por tirar o colar de pérolas e também, apesar da simplicidade do modelo, o anel de esmeralda. Melhor assim, dissera a si mesma ao olhar no espelho sua figura obscura, de túnica negra, sem uma única joia, as mãos brancas e frágeis, o rosto plácido e suave. "Que expressão franca e inocente ela tem, com seus olhos grandes e castanhos!", ela imaginava Calamy dizendo ao mr. Cardan; mas não sabia o que o mr. Cardan poderia responder; ele era um cínico. Abriu a gaveta e tirou dela um xale de seda preto — não o veneziano de franjas longas, mas outro muito menos romântico. Colocou-o sobre os ombros e com as duas mãos prendeu-o na altura dos seios. A imagem no espelho lembrava a de uma freira; melhor ainda, pensou, uma menina de colégio de freiras a caminhar aos pares numa fila muito longa, de uniforme preto, e por baixo da saia um calção bufante de babados, descendo até os calcanhares. Mas se cobrisse a cabeça com o xale, como um capuz, ficaria ainda mais obscura, mais pobre e mais honesta — uma operária de tamancos, andando a caminho da fábrica de tecidos. Talvez estivesse indo longe demais. Afinal, não era uma operária de Lancashire. Era uma mulher muito culta, mas não convencida; inteligente, mas simples e genuína. Isso é o que ela era. Por fim, desceu para o jantar com o xale preto amarrado com firmeza sobre os ombros. Muito pequena e retraída. A aluna de colégio de freiras tinha todos os talentos; mas, por ora, só falaria quando lhe dirigissem a palavra. E então, modesta e recatadamente, ela agradeceu ao mr. Cardan.

— O mais triste de tudo isso — continuou ele — é o fato de eu jamais ter conseguido persuadir alguém a tornar-se totalmente responsável por mim. É verdade que comi quilos e quilos da comida de outras pessoas, bebi litros e litros de seus licores — ergueu o copo e olhou por cima dele para a anfitriã, esvaziando-o à saúde dela —, pelos quais sou imensamente grato. Mas nunca planejei viver permanentemente à custa dessas pessoas. E nem elas, de sua parte, deram o menor sinal de me querer para sempre a seu lado. Infelizmente não tenho esse tipo de caráter. Não sou patético. Nunca despertei nas mulheres a necessidade de exercitarem seus cuidados maternais. Na verdade, se tive algum sucesso com elas, estou certo de que posso dizer isso sem vaidade, foi devido à minha força mais do que à minha fragilidade. Aos sessenta e seis anos, entretanto... — balançou a cabeça tristemente. — Ainda assim, para compensar, não se é outra coisa além de mais patético.

O mr. Falx, cujos princípios morais eram simples e ortodoxos, balançou a cabeça; ele não gostava disso. O mr. Cardan, ainda por cima, o confundia.

— Bem — pronunciou ele —, tudo o que posso dizer é que enquanto estivermos temporariamente no poder não haverá nenhum parasita da espécie do mr. Cardan, pela simples razão de que não haverá parasitas de espécie alguma. Todos estarão fazendo a sua parte.

— Felizmente — disse o mr. Cardan, atirando novamente o outro na confusão — eu estarei morto quando isso acontecer. Não poderei encarar o mundo depois que os amigos do mr. Falx o tiverem medicado com vermífugos. Ah, vocês jovens! — continuou ele, dirigindo-se à srta. Thriplow. — Que erro terrível cometeram por terem nascido nesta época!

— Eu não me arrependo — disse a srta. Thriplow.

— Nem eu — concordou Calamy.

— E nem eu — repetiu a sra. Aldwinkle, incluindo-se ardorosamente na ala da juventude. Ela se sentia tão jovem quanto os outros. Muito mais, até. Por ter sido um deles quando o mundo era mais jovem, tivera os pensamentos e os sentimentos de uma geração que crescera tranquilamente em ambientes seguros — talvez nem tivesse crescido. As circunstâncias que haviam feito a geração abaixo da sua amadurecer tão violenta e desnaturadamente haviam-na deixado intocada em seu molde definitivo, enrijecida como já estava nessa época. Espiritualmente, eles eram mais velhos que ela.

— Não imagino que seja possível viver numa época mais excitante — disse Calamy. — A sensação de que todas as coisas são perfeitamente provisórias, tudo, inclusive as instituições sociais, que até agora temos considerado como sagradas verdades científicas, e de que nada, desde o Tratado de Versalhes até o universo explicado racionalmente, é mesmo seguro; acredito convictamente que qualquer coisa possa acontecer, vir a ser descoberta — outra guerra, a criação artificial da vida, a prova da continuidade da existência após a morte. Isso é infinitamente estimulante.

— Até a possibilidade de que tudo venha a ser destruído? — perguntou o mr. Cardan.

— Isso também é excitante — respondeu Calamy, sorrindo.

O mr. Cardan balançou a cabeça.

— Posso parecer um tanto monótono — disse ele —, mas confesso que prefiro uma vida mais calma. Insisto em que vocês cometeram um erro ao ter ajustado sua entrada no mundo de maneira que o período da juventude tenha coincidido com a guerra, e o início da idade madura, com esta paz horrivelmente insegura e pouco próspera. Como minha existência foi mais bem administrada! Fiz minha entrada no mundo no início dos anos 1850; fui quase irmão gêmeo de *A origem das espécies*... Eduquei-me na autêntica fé materialista do século XIX; uma fé não perturbada por dúvidas e até agora não corrompida por esse inquieto modernismo científico, que hoje transforma os mais sólidos físicos-matemáticos em místicos. Éramos maravilhosamente otimistas; acreditávamos no progresso e na explicação definitiva de todas as coisas em termos da física e da química; confiávamos no mr. Gladstone e na nossa própria superioridade intelectual e moral diante de todas as outras épocas. E isso não é de espantar, porque ficávamos mais ricos a cada dia. As classes inferiores, que naquela época ainda se permitiam ser chamadas por esse nome encantador, tinham mais respeitabilidade, e as chances de haver uma revolução eram extremamente remotas. É verdade que, ao mesmo tempo, íamos nos tornando tímida mas desconfortavelmente conscientes de que essas classes inferiores levavam uma vida bem desagradável, e que talvez as leis da economia não fossem tão inalteráveis pela mediação humana quanto preferia pensar o mr. Buckle. E quando os nossos dividendos chegavam em quantidade... eu ainda recebia dividendos nessa época — o mr. Cardan suspirou ao introduzir esse parêntese —, tão regulares quanto os solstícios... é bem verdade que sentíamos quase uma pontada de consciência social. Mas nos livrávamos triunfalmente dessa ameaça fazendo doações a instituições de caridade ou construindo, com uma parte mínima dos nossos lucros abundantes, um número bastante supérfluo de sanitários azulejados para os nossos trabalhadores. Esses sanitários eram, para nós, o que foram as indulgências papais para os contemporâneos menos esclarecidos de Chaucer. Com a fatura desses sanitários no bolso do paletó podíamos retirar nossos próximos dividendos com a consciência perfeitamente serena. Isso também justificava nossas inocentes diversões. E como nos divertíamos! Discretamente, é claro. Porque naquela época não podíamos fazer as coisas tão abertamente quanto vocês as fazem hoje. De qualquer maneira, era muito divertido. Lembro-me de um número fenomenal de jantares de homens solteiros em que encantadoras criaturas surgiam de dentro de tortas gigantescas e dançavam *pas seul* por entre a porcelana da mesa. — Lembrando-se disso, o mr. Cardan meneou lentamente a cabeça e entrou num êxtase de lembranças silencioso.

— Isso me parece bastante i-dí-li-co — disse a srta. Thriplow, arrastando as sílabas. Ela tinha um jeito adorável de se demorar em qualquer palavra que lhe parecesse rara ou apetitosa e que porventura encontrasse no decorrer de suas frases.

— E era — afirmou o mr. Cardan. — Ainda mais por ser tão completamente contra as regras daqueles bons tempos e ser necessário usar de tanta discrição. Pode ser apenas que eu esteja velho demais e que minhas faculdades mentais estejam enfraquecendo junto com minhas artérias; mas não acho que o amor seja mais excitante hoje do que foi na minha juventude. Quando as saias tocam o chão, a protuberância de um artelho no sapato é uma tentação. Naquela época as saias cobriam absolutamente tudo. Nada era revelado, não havia nenhuma realidade aparente, apenas imaginação. Éramos verdadeiros barris de pólvora de repressão, e a mais leve alusão se transformava em fagulha. Hoje, quando as jovens andam por aí metidas em saias curtas e com o dorso tão exposto quanto o de um potro selvagem, os estímulos não existem mais. As cartas estão todas na mesa, não se pode blefar. Tudo está às claras e, por isso, é tremendamente desinteressante. A hipocrisia, além de ser o tributo que o vício paga à virtude, é também um artifício por meio do qual o vício se torna mais interessante. Aqui entre nós — confidenciou o mr. Cardan a todos à mesa —, nada se faz sem esses artifícios. Existe uma passagem muito interessante sobre essa questão em *A prima Bete,* de Balzac. Lembram-se da história?

— Maravilhosa!... — exclamou a sra. Aldwinkle, com o mesmo entusiasmo amplo e indistinto que sempre lhe evocavam as obras-primas.

— Foi quando o Barão Hulot se rendeu diante do discurso da sra. Marneffe: o belo do Império com a jovem educada no Renascimento romântico e nas antigas virtudes vitorianas. Vou ver se me lembro: "*Cet homme de l'empire, habitué au genre empire, devait ignorer absolument les façons de l'amour moderne, les nouveaux scrupules, les différentes conversations inventées depuis 1830, et où la 'pauvre faible femme' finit par se faire considérer comme la victime des désirs de son amant, comme une sœur de charité qui panse des blessures, comme un ange qui se dévoue. Ce nouvel art d'aimer consomme énormément de paroles évangéliques à l'œuvre du diable. La passion est un martyre. On aspire à l'idéal, à l'infini de part et d'autre; l'on veut devenir meilleur par l'amour. Toutes ces belles phrases sont un prétexte à mettre encare plus d'ardeur dans la pratique, plus de rage dans les chutes* — o mr. Cardan pronunciou essas palavras com especial sonoridade — *que par le passé. Cette hypocrisie, le caractère de notre temps a gangrenée la galanterie".*[3] Como é penetrante! — disse o mr. Cardan. — Como é amplo e profundo! Só não posso concordar com o sentimento expresso na última frase. Porque, se, como diz o autor, a hipocrisia insufla ardor à prática do amor e mais "à correnteza", então não se pode dizer que a galanteria tenha gangrenado. Ela foi, na verdade, melhorada, revigorada, tornada mais interessante. A hipocrisia do século XIX foi concomitante ao romantismo literário desse mesmo século: uma reação inevitável, como a que houve contra o classicismo excessivo do século XVIII. O classicismo é intolerável na literatura por existirem regras restritivas demais e intolerável no amor por existirem tão poucas. O que há em comum, apesar da aparente diferença, é que tanto um quanto o outro são prosaicos e não emocionais. É apenas ao se inventar para o amor regras que podem ser quebradas, ao investi-lo de uma importância quase sobrenatural que ele se torna mais interessante. Anjos, filósofos e demônios devem rondar as alcovas, senão elas não têm interesse para homens e mulheres inteligentes. Personagens como essas não seriam encontradas nelas nos tempos clássicos, menos ainda nos neoclássicos.

3. "Esse homem do Império, habituado ao gênero imperial, devia ignorar completamente as formas de amor moderno, os novos escrúpulos, as diversas conversas inventadas depois de 1830, em que a 'pobre e frágil mulher' acaba por se considerar vítima dos desejos de seu amante, como uma irmã de caridade que trata feridas, como um anjo devotado. Essa nova arte de amar consome grande quantidade de palavras evangélicas em honra ao diabo. A paixão é um martírio. Aspira-se ao ideal, ao infinito de ambas as partes; quer-se aperfeiçoar através do amor. Todas essas belas frases são um pretexto para insuflar ainda mais ardor à prática, mais fúria à correnteza do que no passado. Essa hipocrisia, característica do nosso tempo, gangrenou a galanteria." (N. E.)

Todo o processo foi tão direto, prosaico, trivial e *terre à terre* quanto poderia ser. Realmente deve ter se tornado pouco mais interessante que fazer uma refeição, não que eu esteja menosprezando as refeições, particularmente nos dias de hoje; mas, quando era jovem...

O mr. Cardan suspirou:

— Naquela época eu dava menos valor à boa comida. Ainda hoje, tenho de admitir, não há muita excitação ou poesia no ato de comer. Suponho que somente nos países onde prevalecem poderosos tabus sobre a comida é que a satisfação da fome assume um aspecto romântico. Posso imaginar que um autêntico judeu da época de Samuel deva algumas vezes ter sido dominado por tentações quase irresistíveis de comer uma lagosta ou algum animal similar que tenha a pata dividida mas não rumine. Posso vê-lo enganando a esposa, dizendo que vai à sinagoga e, na realidade, esgueirando-se sub-repticiamente para dentro de um beco sinistro a fim de empanturrar-se ilicitamente em alguma casa de má fama com porco e maionese de lagosta. Que dramático! Eis aí uma ideia, gratuita, para tema de uma história.

— Estou muito agradecida — disse a srta. Thriplow.

— E então, lembre-se, na manhã seguinte, depois dos sonhos mais portentosos durante toda a noite, ele se levantará na mais estrita correção, o fariseu dos fariseus, e enviará sua filiação à Sociedade Protetora da Moral Pública e à Liga Antilagosta. Escreverá aos jornais dizendo quão indecoroso é que jovens novelistas tenham permissão para publicar livros com descrições revoltantes de presuntos saboreados em companhia de amigos, de orgias de ostras e outras imbecilidades culinárias, horríveis demais para serem mencionadas. Ele fará tudo isso, não é, srta. Mary?

— Certamente. O senhor se esqueceu de dizer — acrescentou a srta. Thriplow, sem lembrar que era uma menina de colégio de freiras — que ele insistirá, com a máxima veemência, em que sua filha seja educada na mais completa ignorância da mera existência das linguiças.

— Exatamente — disse o mr. Cardan. — Tudo isso foi simplesmente para mostrar que até o ato de comer pode se tornar excitante quando a religião é levada para dentro dele, quando a refeição se torna um mistério, quando a imaginação é estimulada ao máximo toda vez que a campainha soa. Em contrapartida, o amor se torna um tédio absoluto quando é tomado trivialmente, como uma mera refeição. Era essencial que os homens e as mulheres de 1830, se não quisessem morrer de puro tédio, inventassem a "pobre e frágil mulher", a mártir, o anjo, a irmã de caridade, que citassem a Bíblia enquanto se consumava o serviço do diabo. O tipo de amor que seus predecessores do século XVIII e do Império tinham feito era por demais prosaico. Eles se apegaram à hipocrisia por autopreservação. Mas a geração atual, cansada de representar *Madame* Marneffe, volta-se para os hábitos imperiais do Barão Hulot... A seu modo, a emancipação é sem dúvida excelente. Mas, ao final, ela derrota seu próprio objeto. As pessoas querem liberdade, mas o que conseguem transforma-se, por fim, em tédio. Para aqueles a quem o amor se tornou tão óbvio quanto uma refeição, o mistério deixou de existir tanto quanto as reticências e as estimulantes dissimulações, restando apenas a conversa franca e os fatos da natureza; tudo se tornará tão cansativo e corriqueiro! Serão necessárias muitas anáguas para excitar a imaginação, e governantas rabugentas para insuflar desejo à paixão. Toda essa tagarelice sobre complexo de Édipo e erotismo anal está destruindo o amor. Em poucos anos, não me importo em profetizar, vocês estarão sussurrando um ao outro palavras sublimes sobre anjos, irmãs de caridade e infinito. Estarão protegidos por armaduras e presos atrás de grades. E o amor, em consequência, será incomparavelmente mais romântico, mais tentador do que era naqueles dias de emancipação. — O mr. Cardan tirou da boca as sementes da última uva e afastou o prato à sua frente; em seguida inclinou-se para trás em sua cadeira e olhou para todos triunfalmente.

— Como você entende pouco as mulheres! — disse a sra. Aldwinkle, meneando a cabeça. — Não acha, Mary?

— Pelo menos algumas delas — concordou a srta. Thriplow. — Parece que o mr. Cardan esqueceu que Diana é um tipo tão real quanto Vênus.

— Exatamente — disse a sra. Aldwinkle. — Você não poderia ser mais precisa.

Há oito anos, ela e o mr. Cardan tinham sido amantes. Elzevir, o pianista, foi o sucessor dele — um curto reinado —, seguido por lorde Trunion — ou teria sido o dr. Lecoing? Ou ambos? Nesse momento, a sra. Aldwinkle não se lembrava mais. E, quando o fez, não foi exatamente da maneira como as outras pessoas — o mr. Cardan, por exemplo — se lembravam. Para ela, agora era tudo maravilhosamente romântico; fora Diana durante todo o tempo.

— Mas concordo inteiramente com você — disse o mr. Cardan. — Admito sem nenhuma dúvida a existência de Artêmis. Poderia até prová-lo empiricamente.

— Que bom para você! — disse a sra. Aldwinkle, tentando ser sarcástica.

— A única figura do Olimpo a quem sempre considerei puramente mística — continuou o mr. Cardan —, sem nenhum fundamento nos fatos da vida, é Atenas. Uma deusa da sabedoria; uma deusa! — repetiu, enfático. — Isso não lhes parece um pouco grosseiro?

Majestosamente, a sra. Aldwinkle levantou-se da mesa.

— Vamos para o jardim — disse.

CAPÍTULO 4

A sra. Aldwinkle havia comprado até as estrelas.

— Vejam como brilham! — exclamou ela ao sair para o terraço, liderando o pequeno grupo de convidados. — E como cintilam, como palpitam! É como se tivessem vida. Nunca vi nada assim na Inglaterra, não é, Calamy?

Ele concordou. Descobrira que concordar era um artifício que lhe poupava trabalho — decididamente uma necessidade naquele Lar Ideal. Ele sempre procurava concordar com a sra. Aldwinkle.

— Olhe como a Ursa Maior pode ser vista com clareza — continuou ela, falando com o rosto voltado quase perpendicularmente para as alturas do céu. Ursa Maior e Órion eram as únicas constelações que ela era capaz de reconhecer. — Que formas belas e estranhas, não é? Poderiam ter sido desenhadas pelo arquiteto do Palácio Malaspina.

— Muito estranhas — disse Calamy.

A sra. Aldwinkle afastou os olhos do zênite e sorriu para ele com um olhar penetrante, esquecendo-se de que na escuridão da noite sem luar seu charme seria inteiramente desperdiçado.

A voz suave da srta. Thriplow soou quase infantil na escuridão.

— Elas devem ser os tenores italianos — disse — a tremeluzir apaixonadamente no céu. Não admira que com essas estrelas sobre a cabeça a vida neste país tenda, vez ou outra, a se assemelhar a uma ópera.

A sra. Aldwinkle ficou indignada.

— Como pode blasfemar dessa maneira contra as estrelas? — Lembrando-se, então, de que comprara também a música italiana, além dos hábitos e costumes de todo o povo da Itália, ela continuou: — Além disso, é um gracejo barato sobre os tenores. Afinal, este é o único país em que o *bel canto* sobrevive... — Ela moveu a mão. E você sabe quanto Wagner admirava, como é mesmo o nome dele?

— Bellini — prontificou-se a jovem sobrinha com o máximo de segurança possível. Ela ouvira a tia falar da admiração de Wagner, antes.

— Bellini — repetiu a sra. Aldwinkle. — A vida na Itália não é uma ópera. É verdadeiramente apaixonada.

Por um momento a srta. Thriplow não soube o que responder. Ela possuía o dom de fazer pequenos gracejos, mas ao mesmo tempo temia ser vista pelos outros como uma jovem meramente sagaz e insensível, brilhante, porém inflexível. É claro que seria possível meia dúzia de réplicas inteligentes; mas então ela não poderia esquecer que era fundamentalmente simples e *wordsworthiana*, uma violeta em pedra musgosa — especialmente nessa noite, com seu xale.

Por mais que gostemos de fazer isso, por mais surpreendentes que, no íntimo, consideremos nossas habilidades, geralmente percebemos que não é educado nos vangloriarmos de nossa inteligência. Mas não sentimos tanta vergonha em relação às qualidades do coração; falamos livremente da bondade que beira a fraqueza, da generosidade quase sempre no limite da extravagância (moderando um pouco a vaidade ao fazermos com que as qualidades, de tão excessivas, se transformem em defeitos). A srta. Thriplow, entretanto, era uma dessas raras pessoas tão clara e reconhecidamente brilhantes que não haveria nenhuma objeção a que ela mencionasse o fato quantas vezes quisesse; as pessoas veriam nisso apenas uma justificável autoestima. Mas a srta. Thriplow, perversamente, não queria ser louvada ou louvar a si mesma pela própria inteligência. Estava sobretudo ansiosa para fazer com que o mundo apreciasse seu coração. Quando, em ocasiões como essa, deixava-se levar pela tendência natural ao brilhantismo, ou quando, transportada pelo desejo de parecer agradável a refulgentes companhias, descobria-se dizendo alguma coisa cujo brilho desarmonizava com a posse de emoções simples e inteiramente naturais, recompunha-se e rapidamente tentava corrigir o mal-estar que criava entre seus ouvintes. Para seu orgulho, entretanto, após um momento de leve meditação, ela conseguiu pensar numa observação que combinava admiravelmente o sentimento mais genuíno pela natureza com uma alusão elegantemente obscura — esta última dirigida especialmente ao mr. Cardan, que, como cavalheiro bem-educado da velha escola, era grande admirador da erudição.

— Sim, Bellini — disse ela com arrebatamento, valendo-se da referência feita pela sra. Aldwinkle no meio de sua última frase. — Que melodia maravilhosa! *Casta diva,* lembra-se, não? — E cantou com a voz aguda as primeiras frases musicais. — Que adorável desenho melódico! Como aquele traçado no céu pelas montanhas — apontou.

Na parte mais distante do vale, a oeste do promontório sobre o qual ficava o palácio, projetava-se uma faixa de terra maior e mais alta. Do terraço via-se essa enorme massa suspensa... Era para lá que a srta. Thriplow apontava, seguindo com a ponta do dedo a silhueta recortada e ondulada.

— Na Itália, até a natureza é uma obra de arte — acrescentou.

A sra. Aldwinkle estava apaziguada.

— Essa é a mais pura verdade — disse, e, dando o primeiro passo, iniciou o passeio noturno ao longo do terraço. A cauda do vestido de veludo ia se arrastando sobre as lajes empoeiradas. Era o efeito geral que importava; manchas, pó, galhinhos e pequenos insetos que se prendiam eram meros detalhes. Ela tratava suas roupas, consequentemente, com um descuido aristocrático. O pequeno grupo a seguia.

Não havia lua; apenas estrelas no firmamento azul-escuro. Negros e recortados contra o céu, os Hércules e os Atlas encurvados, as Dianas de saias curtas e as Vênus que ocultavam seus encantos com gestos de sedutora modéstia perfilavam-se como bailarinos petrificados nos pilares da balaustrada. Por entre eles as estrelas espiavam. Abaixo, na escuridão da planície, esbraseavam constelações de luz amarelada. Um coaxar ininterrupto, remoto, fraco mas muito claro, emanava de águas invisíveis.

— Noites como esta — disse a sra. Aldwinkle, parando de repente e dirigindo-se com intensidade para Calamy — fazem-me compreender a paixão do sul. — Ela tinha o hábito alarmante de, ao falar a sério ou intimamente, aproximar demais o rosto de seu interlocutor, abrir os olhos exageradamente e fitá-lo de maneira penetrante, como um oculista ao examinar um paciente. Como os vagões atrelados a uma locomotiva que para de repente, os convidados da sra. Aldwinkle esbarraram uns nos outros quando ela parou.

Calamy assentiu com um menear de cabeça.

— Sem dúvida, sem dúvida. — Mesmo à luz tênue das estrelas, ele notou que os olhos da sra. Aldwinkle brilhavam de maneira assustadora ao se aproximarem dos seus.

— Nesta terrível era burguesa — no vocabulário da sra. Aldwinkle (como no do mr. Falx, embora por razões diferentes) não havia outra palavra de mais amargo desprezo do que "burguês", — somente o povo do sul pode entender o que é, ou mesmo, acredito eu, sentir a paixão. — A sra. Aldwinkle acreditava apaixonadamente na paixão.

Por trás da brasa do cigarro, o mr. Cardan começou a falar. Na escuridão sua voz soava ainda mais madura e suculenta.

— Você está certa — assegurou à sra. Aldwinkle —, muito certa. É o clima, claro. O calor tem um efeito duplo sobre os habitantes, direto e indireto. O efeito direto não necessita de explicação; calor atrai calor. É óbvio. Mas o indireto é tão importante quanto o primeiro. Num país quente ninguém se importa em trabalhar duro.

Trabalha-se o suficiente para se manter vivo (e é totalmente fácil fazer isso sob estas estrelas), cultivando longas horas de ócio. Agora, parece-me óbvio que particularmente a única coisa que alguém que não seja filósofo pode fazer durante todo esse tempo disponível é amor. Indolente, o trabalhador tem o tempo, a energia necessária e a inclinação para abandonar-se à paixão. Esta só pode florescer entre os desempregados bem alimentados. Consequentemente, exceto para os homens e as mulheres da classe desocupada, mal existe a paixão em toda a sua luxuriante complexidade entre os do norte trabalhador. Foi somente entre aqueles cujos desejos e cuja preguiça natural são embalados pelo carinhoso calor do sul que a paixão floresceu, e continua a florescer, como você bem apontou, minha querida Lilian, mesmo nesta era burguesa.

O mr. Cardan mal começara a falar e a sra. Aldwinkle, indignada, voltou a caminhar. Ele ultrajava todos os seus sentimentos.

Sem que o mr. Cardan parasse de falar, o grupo passou pelas silhuetas da discreta Vênus, de Diana e seu cão atento, de Hércules curvado sobre a clava, de Atlas vergado sob o peso do globo, de Baco erguendo para o céu o coto de um braço quebrado, em cuja mão outrora segurara uma taça de vinho. Chegando ao final do terraço, eles voltaram, percorrendo novamente a fila de símbolos.

— É fácil falar dessa maneira — disse a sra. Aldwinkle, quando ele acabou. — Mas não modifica em nada a grandiosidade da paixão, sua pureza, sua beleza e... — a voz desapareceu num suspiro.

— Não foi Bossuet — perguntou Irene timidamente, mas com determinação, porque sentia que devia à tia Lilian uma intervenção; além disso, tia Lilian gostava que ela participasse da conversa —, não foi Bossuet quem disse que havia algo de infinito na paixão?

— Esplêndido, Irene — gritou o mr. Cardan, para encorajá-la.

Irene enrubesceu na escuridão.

— Acho que Bossuet está certo — declarou ela. Era capaz de se transformar numa leoa, apesar da timidez, quando se tratava de apoiar tia Lilian. — Acho que ele está absolutamente certo — confirmou, após se recordar brevemente da própria experiência. Ela mesma a sentira infinitamente, mais de uma vez, porque Irene já se apaixonara um número de vezes surpreendente. "Não posso entender", costumava dizer tia Lilian quando Irene ia pentear-lhe os cabelos antes de se deitar, "não posso entender como é que você não está terrivelmente apaixonada por Peter, ou Jacques, ou Mário." (O nome mudava conforme a sra. Aldwinkle e a sua sobrinha se moviam em viagens sazonais de um lado para o outro no mapa da Europa; mas, afinal, o que é um nome?) "Se eu tivesse a sua idade, estaria bastante empolgada por ele." Pensando agora mais seriamente em Peter, ou Jacques, ou Mario, Irene descobria que tia Lilian estava certa; o rapaz era mesmo notável. E para lembrar-se de sua estada no Continental, no Bristol ou no Savoia, ela se apaixonava — profundamente. O que sentira nessas ocasiões fora decididamente infinito. Bossuet, ela não duvidava, sabia o que estava falando.

— Bem, se você acha que ele está certo, Irene — disse o mr. Cardan —, não me resta alternativa senão retirar-me da discussão. Curvo-me diante de uma autoridade superior. — Ele tirou o cigarro da boca e fez uma reverência.

Irene sentiu-se ruborizada mais uma vez.

— Agora o senhor está caçoando de mim — disse ela.

A sra. Aldwinkle passou os braços protetoramente pelos ombros da jovem.

— Não vou permitir que caçoe dela, Cardan — disse. — Esta menina é a única entre nós que possui um sentimento verdadeiro pelo que é nobre, fino e grandioso. — Ela puxou Irene para seu lado e pressionou-a com um abraço lateral e peripatético. Feliz, devotada, Irene entregou-se. Tia Lilian era maravilhosa!

— Oh, eu sei — desculpou-se o mr. Cardan — que não passo de um velho caprípede.

Nesse ínterim, lorde Hovenden, resmungando alto e caminhando um pouco apartado do resto do grupo, deixou evidente, ele esperava, que se ocupava com os próprios pensamentos e não ouvira nada do que fora dito nos últimos cinco minutos. Tudo o que se dissera não o perturbara nem um pouco. Como Irene sabia tanta coisa sobre a paixão, perguntava-se? Teriam existido, existiriam ainda... outras pessoas? A pergunta se repetia de uma maneira insistente e dolorosa. Pensando em se dissociar ainda mais completamente de tudo o que ouvira, ele se dirigiu ao mr. Falx.

— Diga-me, mr. Falx — disse pensativo, como se estivesse meditando sobre o assunto algum tempo antes de perguntar —, o que acha dos sindicatos fascistas?

O mr. Falx respondeu.

A paixão, pensava Calamy, a paixão... Como era possível não senti-la, Senhor! Suspirou. Se se pudesse dizer "nunca mais" e ter certeza de que era para valer, seria um grande conforto. Ainda assim, refletiu, existe alguma coisa de terrivelmente atraente nessa mulher, a srta. Thriplow.

A srta. Thriplow, enquanto isso, teria gostado de dizer alguma coisa para mostrar que também acreditava na paixão — mas numa paixão de uma qualidade diferente daquela da sra. Aldwinkle; um tipo de paixão mais natural, mais espontânea, quase infantil; não a paixão artificial que costuma florescer nas salas de visita. Cardan fazia bem em não pensar nisso muito seriamente. Mas não se podia esperar que ele soubesse muito sobre os amores simples e refrescantes que ela tinha em mente. Também nada se podia esperar da sra. Aldwinkle. A srta. Thriplow entendia ambos perfeitamente. Pensando melhor, entretanto, ela chegou à conclusão de que eram tênues e delicadas demais — aquelas suas paixões diáfanas — para serem mencionadas ali, a uma audiência tão pouco compreensiva.

Casualmente, ao passar, a srta. Thriplow apanhou uma folha de um galho pendente. Distraída, esmagou-a entre os dedos. Da folha macerada uma fragrância subiu a suas narinas. Ela ergueu a mão até o rosto, cheirou uma vez, cheirou outra e outra. E de repente estava de volta à barbearia de Weltringham, esperando que seu primo Jim cortasse o cabelo. O mr. Chigwell, o barbeiro, acabara nesse instante de desligar a escova mecânica. O eixo da máquina ainda girava, a correia elástica ainda corria em torno da roda, contorcendo-se de um lado e de outro, como uma serpente mortal, suspensa perigosamente sobre a cabeça raspada de Jim.

— Quer brilhantina, mr. Thriplow? O cabelo está seco, sabe, bastante seco. Ou prefere a loção de folhas de louro de sempre?

— A loção — dissera Jim na voz mais grossa e mais grave que conseguia tirar do peito.

E o mr. Chigwell pegava o vaporizador e envolvia a cabeça de Jim em nuvens de um líquido marrom-claro. E o ar ficava repleto de uma fragrância, a mesma que agora se soltava daquela folha, a folha da árvore de Apolo que ela tinha na mão. Aquilo acontecera havia muitos anos, e Jim estava morto. Eles tinham se amado, na infância, com aquela paixão profunda e delicada da qual ela não podia falar — não ali, não naquela hora.

Os outros continuavam conversando. A srta. Thriplow cheirava a folha de louro amassada e lembrava sua infância, o primo que morrera. Querido, querido Jim, disse para si mesma; querido Jim! Outra e outra vez. Como o amara, como se sentira terrivelmente infeliz com sua morte! E ainda sofria; ainda, depois de tantos anos. A srta. Thriplow suspirou. Ela se orgulhava de ser capaz de sofrer tanto; encorajava o próprio sofrimento. Essa súbita lembrança de Jim ainda menino na barbearia, a recordação vívida, surgida como por encanto do odor de uma folha amassada, era sinal de requintada sensibilidade. Juntamente com o pesar ela sentia certa satisfação. Afinal, tudo isso acontecera quase por si só, espontaneamente. Ela sempre dissera às pessoas que era sensível, que possuía um coração enorme. Aí estava a prova. Ninguém sabia quanto ela sofria intimamente.

Como alguém poderia adivinhar o que havia por trás de sua alegria? Quanto mais sensível se é, costumava dizer a si mesma, quanto mais tímida e espiritualmente virtuosa, mais se torna necessário usar uma máscara. O riso, as brincadeiras eram as máscaras que ocultavam do mundo o que lhe ia na alma; eram a armadura contra a curiosidade que devassava e feria. Como eles poderiam saber, por exemplo, o que Jim significara para ela, o que ainda significava depois de tantos anos? Como poderiam imaginar que existia um lugar sagrado em seu coração, onde ambos ainda comungavam? Querido Jim, dizia ela a si mesma, querido Jim! As lágrimas afloraram-lhe aos olhos. Com o dedo que ainda cheirava a folha de louro, ela as secou.

Foi então que lhe ocorreu fazer disso um esplêndido conto. Uma jovem e um rapaz caminhavam, como agora, sob as estrelas — as fantásticas estrelas italianas, que tremeluzem como tenores (lembrar-se-ia de introduzir isso na descrição) no alto do céu aveludado. Seus diálogos aproximam-se cada vez mais do tema do amor. Ele é bastante tímido. (O nome dele, decidira a srta. Thriplow, seria Belamy.) Um desses rapazes encantadores que adoram à distância, que gostam de pensar que a moça é boa demais para eles e jamais ousam esperar que ela desça de sua divindade e coisas desse tipo. Teme dizer claramente que a ama por medo de ser ignobilmente rejeitado. Ela, é claro, gosta demais dele e seu nome é Edna. Uma criatura sensível e delicada; a gentileza e a timidez são as qualidades dele que mais a atraem.

A conversa entre ambos aproxima-se cada vez mais do amor; as estrelas palpitam de maneira extasiante. Edna apanha uma folha do louro perfumado ao passar.

"O que há de mais maravilhoso no amor", o rapaz ia dizendo nesse instante (era um discurso pronto e ele tomava coragem para dizê-lo havia meia hora), "o amor verdadeiro, quero dizer, é a completa compreensão, a fusão dos espíritos, o deixar de ser o que se é para tornar-se outra pessoa, a..."

Mas ao cheirar a folha amassada ela grita de repente, incontrolavelmente (a impulsividade é um dos encantos de Edna).

"A barbearia de Weltringham! O engraçado mr. Chigwell é vesgo! A correia de borracha ainda gira sem parar em torno da roda, contorcendo-se como uma cobra!"

O infeliz rapaz, o pobre Belamy, fica terrivelmente desapontado. Se é assim que ela vai responder quando ele falar de amor, é melhor ficar em silêncio.

Faz-se uma longa pausa; ele começa a falar de Karl Marx. E é claro que ela não consegue explicar — por impossibilidade psicológica — que o barbeiro de Weltringham é um símbolo da sua infância e que o perfume da folha amassada trouxera de volta a lembrança de seu irmão morto — na história seria um irmão. Simplesmente ela não consegue explicar que a interrupção aparentemente indelicada fora provocada pela angústia de uma súbita recordação. Deseja ardentemente, mas por alguma razão não consegue começar. É muito difícil e delicado demais para ser dito em palavras; e quando o coração é tão sensível, como revelar o que vai dentro dele, como purgar a ferida? Por outro lado, ele deveria ter adivinhado, deveria tê-la amado o bastante para entender; ela também tem seu orgulho. Quanto mais adiada, mais impossível se torna a explicação. Com a voz enfadonha e irritante ele continua a falar de Karl Marx. De repente, incontrolavelmente, ela começa a soluçar e rir ao mesmo tempo.

CAPÍTULO 5

A silhueta negra que no terraço havia simbolizado apenas superficialmente o mr. Cardan transformou-se, quando ele entrou no salão iluminado, no homem completo e genial. O rosto vermelho, agora sob a luz, reluzia num sorriso.

— Conheço Lilian — disse ele. — Ela ficará sentada lá fora, sob as estrelas, sentindo-se romântica, embora enregelada, por horas a fio. Nada se pode fazer, asseguro-lhes. Amanhã ela estará com reumatismo. Resta-nos apenas aceitar e tentar suportar o sofrimento dela pacientemente. — Ele se sentou na poltrona, diante da imensa lareira apagada. — Aqui está melhor — disse num suspiro. Calamy e a srta. Thriplow seguiram-lhe o exemplo.

— Não acham que seria melhor levar um xale para ela? — sugeriu a srta. Thriplow depois de algum tempo.

— Isso só a deixaria irritada — respondeu o mr. Cardan. — Se Lilian disse que está bastante quente para ficar lá fora, então está quente. Nós já provamos ser bastante tolos por ter preferido entrar; se levarmos o xale, correremos o risco de nos tornar ainda piores que isso; seremos rudes, impertinentes e estaremos querendo desmenti-la. "Querida Lilian", imagine-se dizendo, "não está quente, e, se você disser o contrário, estará dizendo besteira. Por isso eu lhe trouxe um xale." Não, não, srta. Mary! Certamente também sabe que não dará certo.

A srta. Thriplow concordou.

— Muito diplomático! — disse. — O senhor está absolutamente certo. Diante do senhor, somos todos inocentes crianças... só que um pouco crescidas — acrescentou ela de forma irrelevante, sempre com seu lado infantil, estendendo a mão a poucos centímetros do chão. E do mesmo modo infantil sorriu para ele.

— Só *um pouco*... — repetiu o mr. Cardan, ironizando. Erguendo a mão direita ao nível dos olhos, ele mediu, entre o polegar e o indicador, um espaço de talvez meia polegada. Com o olho direito ele a espreitava por entre os dedos. — Conheço algumas crianças que, comparadas à srta. Mary Thriplow, seriam... — Ele ergueu as mãos e depois bateu-as sobre as coxas, deixando a frase terminar por si mesma no silêncio fecundo.

A srta. Thriplow ressentiu essa negação de sua simplicidade infantil. Assim é o Reino dos Céus. Mas as circunstâncias não lhe permitiam insistir muito categoricamente sobre esse aspecto na presença do mr. Cardan. A história da amizade entre eles não era das mais felizes. Na primeira vez em que se encontraram o mr. Cardan reduziu-a, com um único olhar (erradamente, insistia a srta. Thriplow), a uma espécie de confidente cínica e diabólica, e tratou-a como se fosse uma moça inteiramente "moderna" e sem preconceitos, uma dessas que não só *fazem* o que gostam (o que não é nada, porque as mais recatadas e "antiquadas" podem e o fazem), mas também falam aberta e arejadamente sobre suas diversões. Inspirada pelo desejo de agradar e deixando-se levar pela facilidade de se adaptar à atmosfera reinante, a srta. Thriplow assumira despreocupadamente o papel que lhe estava destinado. Como fora brilhante, adorável e maliciosamente atrevida, até que, por fim, piscando com benevolência o tempo todo, o mr. Cardan conduzira a conversa por caminhos tão tortuosos e ultrajantes que a srta. Thriplow começou a temer que ela se tivesse colocado numa posição falsa. Com um homem como ele, só Deus sabe o que poderá acontecer em seguida. De maneira quase imperceptível, a srta. Thriplow transformou-se de uma salamandra a brincar entre as labaredas em uma prímula florida na margem de um rio. Daí em diante, sempre que conversava com o mr. Cardan, a jovem e séria novelista — culta e inteligente, mas nem um pouco convencida — entrava em cena. Quanto a ele, aceitou a novelista com o mesmo tato que o distinguia em todas as negociações sociais, sem demonstrar o menor assombro diante da mudança. No máximo, permitia-se de vez em quando fixá-la com o olho que piscava e sorrir de maneira significativa. Nessas ocasiões a srta. Thriplow fingia não perceber. Era o melhor que podia fazer em tais circunstâncias.

— As pessoas parecem imaginar — disse a srta. Thriplow, com um suspiro de mártir — que ser culta significa ser sofisticada. Além disso, não conseguem dar crédito a alguém por ter bom coração, tanto quanto por uma boa cabeça.

E ela tinha coração *tão* bom! Qualquer um pode ser brilhante, costumava dizer; mas o que importa não é apenas ser bom e generoso, e sim ter sentimentos puros. Ela estava satisfeita pelo incidente com a folha de louro. Aquilo era ter bons sentimentos.

— Parece que as pessoas não entendem absolutamente nada do que escrevo — continuou a srta. Thriplow. — Gostam dos meus livros porque são inteligentes e inusitados, um tanto cínicos e paradoxais, elegantemente brutais. Não percebem como tudo isso é sério. Não enxergam a tragédia e a ternura que há por trás. Vejam — explicou ela —, estou tentando fazer algo novo: uma composição química de todas as categorias. Tento combinar leveza com tragédia, amabilidade, graça, fantasia, realismo, ironia e sentimento. Para as pessoas isso passa como mera diversão, nada mais. — Ela ergueu as mãos, desanimada.

— Não se pode esperar outra coisa — disse o mr. Cardan, confortando-a. — Qualquer um que tenha alguma coisa para dizer será sempre incompreendido. O público entende somente aquilo com que está perfeitamente familiarizado. Qualquer coisa nova o desorientará. E, depois, pense nos mal-entendidos, até entre pessoas inteligentes que já se conhecem. Você já se correspondeu com um amor distante? — A srta. Thriplow concordou, suspirando; profissionalmente ela estava familiarizada com todas as experiências penosas. — Então deve saber como é fácil que seu correspondente tome a expressão de um de seus estados passageiros, esquecidos muito antes de a carta chegar ao destino, como sua condição espiritual permanente. E você nunca se sentiu chocada ao receber em resposta uma carta congratulando-a por seu júbilo, quando, de fato, está imersa em melancolia? Ou não se espantou, ao descer para uma refeição matinal, de encontrar ao lado do seu prato dezesseis páginas de simpatia e consolo? E já teve a má sorte de ser amada por alguém que não ama? Então deve saber muito bem como as expressões de afeição, escritas com lágrimas nos olhos e do fundo do coração, parecem não somente tolas e irritantes, mas, o que é pior, de muito mau gosto. Decididamente vulgares, como aquelas deploráveis cartas lidas nas audiências de divórcio. E, no entanto, são exatamente as mesmas expressões que você costumava usar quando escrevia à pessoa que amava. Da mesma maneira, o leitor que não está sintonizado com o ânimo prevalecente do autor fica mortalmente aborrecido diante de coisas que foram escritas com o maior entusiasmo. Ou então, como o correspondente distante, ele pode agarrar-se a algo que para você não é tão essencial e interpretá-lo como o centro e o âmago de todo o livro. E você, como acabou de admitir, torna as coisas ainda mais difíceis para os seus leitores. Escreve tragédias sentimentais em tom de sátira, e eles só enxergam a sátira. Não é de esperar que o mal-entendido aconteça?

— Há um pouco disso, é claro — disse a srta. Thriplow. Mas não tudo, acrescentou para si mesma.

— Depois deve se lembrar — continuou o mr. Cardan — de que a maioria dos leitores não lê realmente. Quando você pensa que as páginas que lhe custaram uma semana de trabalho agoniado e ininterrupto são lidas casualmente, apenas folheadas, para ser mais exato, em poucos minutos, não deve se surpreender de que de vez em quando surjam mal-entendidos entre o leitor e o autor. Hoje em dia, todos nós lemos demais para podermos ler bem. Lemos apenas com os olhos, não com a imaginação; não nos preocupamos em reconverter a palavra impressa em imagem viva. E fazemos isso, posso dizer, por pura autodefesa. Embora leiamos um enorme número de palavras, novecentos e noventa em cada mil não são sequer dignas de serem lidas, a não ser superficialmente, num passar de olhos. A leitura superficial de coisas sem sentido cria o hábito de sermos descuidados e negligentes com tudo o que lemos, mesmo que sejam bons livros. Você pode sofrer terrivelmente para escrevê-los, minha querida srta. Mary; mas, de cada cem de seus leitores, quantos acha que sentiram o mesmo sofrimento ao lerem o que escreveu? E quando eu digo ler — acrescentou o mr. Cardan — quero dizer *ler* realmente; quantos, eu repito?

— Quem poderia saber? — disse a srta. Thriplow. E mesmo que eles lessem da forma adequada, pensava ela, seriam realmente capazes de desenterrar aquele Coração? Essa era a questão vital.

— É essa mania de se manter atualizado — continuou o mr. Cardan — que mata a arte da leitura. A maioria das pessoas que conheço lê de três a quatro jornais diariamente, folheia meia dúzia de semanários entre o sábado e a segunda-feira e dúzias de revistas por mês. O resto do tempo, como a Bíblia colocaria com justificável vigor, elas se prostituem na busca de mais ficção, mais peças, versos e biografias. Não há tempo para nada além de ler superficialmente, sem compreender. Se você ainda complica, escrevendo tragédias em tom de farsa, só pode esperar confusão. E a sina dos leitores, consolidada por muitas gerações, é muito diferente do destino vislumbrado por seus autores. *As viagens de Gulliver,* com um mínimo de depuração, tornou-se um livro para crianças; a cada Natal é lançada uma nova edição ilustrada. É esse o resultado de se dizerem coisas profundas sobre a humanidade em forma de conto de fadas. As publicações da Liga da Pureza figuram invariavelmente sob o título “Curiosidades” nos catálogos das livrarias. A parte teológica do *Paraíso perdido,* que para o próprio Milton era seu aspecto fundamental e essencial, hoje é tão ridícula que acabamos por ignorá-la completamente. Quando se fala em Milton, o que nos vem à cabeça? Um grande poeta religioso? Não, Milton significa para nós uma coletânea de passagens isoladas, repletas de luminosidade, cor e ensurdecedora harmonia, que pairam como estrelas musicais mergulhadas no nada. Algumas vezes as obras-primas adultas de uma geração tornam-se leituras escolares da geração seguinte. Alguém com mais de dezesseis anos lê hoje em dia os poemas de sir Walter Scott? Ou suas novelas? Quantos livros piedosos e moralistas sobrevivem apenas por serem bem escritos! E como nosso interesse meramente pela qualidade estética desses livros teria escandalizado seus autores! Não, ao final das contas, são os leitores que fazem de um livro o que ele essencialmente é. O autor propõe, os leitores dispõem. É inevitável, srta. Mary. Você deve se reconciliar com seu destino.

— Suponho que deva — disse a srta. Thriplow.

Calamy rompeu seu silêncio pela primeira vez desde que tinham entrado na sala.

— Não sei por que você se queixa de ser incompreendida — disse, sorrindo. — Sempre pensei que fosse muito mais desagradável ser compreendido. Você pode se aborrecer com os imbecis que não conseguem entender o que lhe parece óbvio; sua vaidade é ferida pela maneira como a interpretam, eles a tornam tão vulgar quanto eles mesmos; ou a fazem sentir que fracassou como artista, pelo fato de não ter conseguido ser transparente e compreensível. Mas o que é tudo isso comparado aos horrores de ser compreendido? Você se expõe, deixa-se conhecer, fica à mercê de criaturas a cuja guarda confiou sua alma. Isso é aterrorizante! Se eu fosse você — continuou ele —, congratularia a mim mesmo. Tem um público que gosta dos seus livros, mas pelas razões erradas. Enquanto isso você está a salvo, está fora de alcance, dona de si mesma e intacta.

— Talvez tenha razão — disse a srta. Thriplow. Calamy a compreendia, refletiu, ou pelo menos a compreendia em parte; é verdade que sua parte irreal, artificial, mas ainda assim tinha que admitir que era uma parte. E certamente não era agradável.

CAPÍTULO 6

Dilacerar-se entre duas preferências distintas é o destino doloroso de quase todo ser humano. O diabo puxa de um lado, o padeiro do outro; puxa a carne, puxa o espírito; ora o amor, ora o dever; a razão ou o bendito preconceito. O conflito, em suas variadas formas, é o tema de todo drama. Mesmo que tenhamos aprendido a deplorar o espetáculo de uma tourada, uma execução ou uma luta de gladiadores, ainda assim sentimos com prazer as contorções dos que sofrem uma angústia espiritual. Algum dia qualquer no futuro, quando a sociedade estiver racionalmente organizada de modo que cada indivíduo ocupe uma posição e trabalhe naquilo em que realmente é capaz, quando a educação tiver cessado de instigar a mente dos jovens com preconceitos fantásticos em vez de verdades, quando a glândula endócrina aprender a funcionar em perfeita harmonia e as doenças forem suprimidas, toda a nossa literatura sobre conflitos e infelicidades nos parecerá estranhamente incompreensível; e nosso gosto pelo espetáculo da tortura mental será visto como uma perversão obscena, da qual os homens decentes se envergonharão. A alegria tomará o lugar do sofrimento como tema central da arte; talvez a arte deixe de existir durante o processo. Hoje se diz que um povo feliz não tem história; podemos acrescentar que indivíduos felizes não têm literatura. O autor despreza num só parágrafo vinte anos de felicidade do herói e se estende por vinte capítulos sobre uma única semana de sofrimento e conflito espiritual. Se o sofrimento cessa, não há mais o que escrever. Talvez tudo isso melhore.

O conflito que nas últimas semanas se instalara no espírito de Irene, embora não fosse tão sério quanto as batalhas interiores que têm enlouquecido os bravos em busca de salvar sua integridade, era para ela muito doloroso. Colocada de forma mais concreta, a questão se resumia nisto: pintar e escrever ou confeccionar sua própria roupa de baixo.

Mas para tia Lilian esse conflito jamais poderia ser sério: na verdade era bastante provável que não devesse sequer existir. Porque, se não fosse por tia Lilian, a Mulher Natural que existia em Irene teria permanecido a incontestável camponesa, e seus dias teriam se passado na mais plácida satisfação, em meio ao complexo rendilhado de suas roupas de baixo. Entretanto, tia Lilian estava do lado da Mulher Antinatural e fora ela quem praticamente dera vida à escritora e pintora, que inventara os grandes talentos de Irene e os contrapusera aos seus dotes domésticos.

O entusiasmo da sra. Aldwinkle pelas artes era tal que, para ela, todos deveriam praticar alguma modalidade. Seu grande pesar era não ter tido pendor para nenhuma delas. A natureza lhe negara o poder de autoexpressão; mesmo numa conversa comum ela achava difícil dar continuidade ao que queria dizer. Suas cartas eram feitas de pedaços de frases, como se os pensamentos, bombardeados e estilhaçados em fragmentos antigramaticais, se espalhassem sobre o papel. Uma curiosa falta de habilidade com as mãos, unida a uma impaciência natural, impedia-a de desenhar corretamente ou mesmo de fazer uma costura reta. E, embora ouvisse música com uma expressão de êxtase, tinha um ouvido que não distinguia uma terça maior de outra menor. "Sou uma dessas pessoas desafortunadas", costumava dizer, "que têm o temperamento de um artista, mas não seus dotes." Ela se contentava em cultivar o próprio temperamento e desenvolver as capacidades dos outros. Jamais encontrava um jovem, homem ou mulher, sem que o encorajasse a se tornar um pintor, escritor, poeta ou músico. Fora ela quem persuadira Irene de que sua ligeira destreza com pincéis era um talento e que, por força de suas divertidas cartas, tinha obrigação de começar a escrever poemas. "Como pode passar o tempo de maneira tão frívola e estúpida?", costumava perguntar sempre que encontrava Irene às voltas com suas roupas de baixo. E Irene, que adorava a tia com a devoção de um cão de estimação, o que só é possível quando se tem dezoito anos, deixava a costura de lado e devotava toda a sua energia a desenhar aquarelas e descrever em rimas a paisagem e as flores do jardim. Mas as roupas de baixo continuavam sendo, não obstante, uma tentação permanente. Ela se descobria indagando por que um ponto corrente não podia ser melhor que seus desenhos, ou uma casa de botão não seria superior a seus versos. E as camisolas não seriam mais úteis que as aquarelas? Mais úteis e, além disso, interessava-lhe muito mais aquilo que ela usava sobre a pele; Irene adorava as coisas bonitas. Tanto quanto tia Lilian, que costumava rir quando a via usando algo feio ou desajeitado. Ao mesmo tempo, tia Lilian não lhe dava uma grande mesada. Por trinta xelins seria capaz de fazer um vestido que custava cinco ou seis guinéus numa loja...

As roupas de baixo tornaram-se para Irene a própria carne, o amor ilícito e a razão rebelada; a poesia e as aquarelas, investidas de uma qualidade sacrossanta pela adoração que ela sentia por tia Lilian, tornaram-se espírito, dever e religião. O conflito entre sua vocação e o que tia Lilian considerava bom se prolongava exaustivamente.

Em noites como aquela, entretanto, a Mulher Natural desaparecia por completo. Sob as estrelas, na escuridão solene, quem poderia pensar em roupas de baixo? E tia Lilian estava sendo tão carinhosa! Apesar disso, estava realmente bastante frio.

— A arte é o que existe de mais importante — dizia a sra. Aldwinkle com toda a sinceridade. — É o que realmente faz a vida valer a pena e justifica a existência. — Quando o mr. Cardan não estava presente, ela se permitia desenvolver com mais segurança seus temas favoritos.

Irene, sentada aos pés da tia e recostada em seus joelhos, podia apenas concordar. A sra. Aldwinkle passava a mão suavemente por seus cabelos ou os penteava com as pontas dos dedos, desarrumando os fios na superfície. Irene fechou os olhos; feliz, sonolenta, apenas ouvia. As palavras da sra. Aldwinkle chegavam até ela em lufadas, uma frase aqui, outra ali.

— Desinteressada — estava ela dizendo —, desinteressada... — A sra. Aldwinkle tinha um jeito próprio, quando queria insistir em uma ideia, de repetir várias vezes a mesma palavra. — Desinteressada... — Isso a livraria de ter de procurar frases que nunca encontraria, de dar explicações que acabavam se tornando, na melhor das hipóteses, bastante incoerentes. — O prazer de trabalhar pelo próprio trabalho... Flaubert passava dias sobre uma única sentença. Maravilhoso...

— Maravilhoso — ecoou Irene.

Uma leve brisa se insinuava por entre os loureiros. As folhas rijas crepitavam ao se tocar, como escamas de metal. Irene tremia um pouco; decididamente estava frio.

— É realmente uma atividade... — a sra. Aldwinkle não conseguiu se lembrar da palavra "criativa" e teve que se contentar em gesticular com a mão livre. — Por meio da arte o homem está mais próximo de se tornar um deus... um deus...

O vento noturno fazia crescer o ruído das folhas de louro. Irene cruzou os braços sobre o peito, tentando se aquecer um pouco. Infelizmente, aquela serpente de carne e osso também era sensível. A túnica que ela vestia não tinha mangas. O calor de seus braços nus aos poucos foi sendo levado pelo vento; a temperatura ambiente subiu cem bilionésimos de grau.

— É o que existe de mais elevado na vida — dizia a sra. Aldwinkle. — É a própria vida.

Carinhosamente ela amarfanhava os cabelos de Irene. Nesse exato momento, o mr. Falx meditava sobre os bondes da Argentina, entre depósitos de guano no Peru, sobre o zumbido das hidrelétricas aos pés das cataratas africanas, os refrigeradores australianos repletos de carne de carneiro, as quentes e escuras minas de carvão de Yorkshire, as plantações de chá nas encostas do Himalaia, os bancos japoneses, diante das bocas dos poços de petróleo mexicanos, os vapores açoitados pelas águas no mar da China — nesse exato momento, homens e mulheres de todas as raças e cores faziam sua parte para garantir a renda da sra. Aldwinkle. No seu capital de duzentos e setenta mil libras o sol nunca se punha. As pessoas trabalhavam; a sra. Aldwinkle levava uma vida elevada. Vivia apenas pela arte; os outros, apesar de inconscientes do privilégio, pela arte que existia nela.

O jovem lorde Hovenden suspirou. Se ao menos fossem seus os dedos que brincavam nos fios lisos e brilhantes do cabelo de Irene! Parecia-lhe um enorme desperdício ela se orgulhar tanto de sua tia Lilian. Não sabia por quê, mas, quanto mais gostava de Irene, menos gostava de tia Lilian.

— Alguma vez você pensou em ser um artista, Hovenden? — perguntou-lhe subitamente a sra. Aldwinkle. Ela se inclinava para a frente com um brilho no olhar que refletia a luz de dois ou três mil sóis. Ia sugerir que ele tentasse produzir rapsódias poéticas sobre a injustiça política e a condição das classes inferiores. Algo entre Shelley e Walt Whitman.

— Eu? — disse Hovenden, espantado; em seguida riu alto: — Ha, ha, ha! — numa nota dissonante.

Penalizada, a sra. Aldwinkle voltou à sua posição inicial.

— Não sei por que acha essa ideia tão cômica — disse.

— Talvez porque ele tenha outras tarefas a fazer — disse o mr. Falx, da escuridão. — Tarefas mais importantes. E, ao ouvir aquela voz profunda, profética e emocionante, lorde Hovenden sentiu que realmente tinha.

— Mais importantes? — indagou a sra. Aldwinkle. — O que pode ser mais importante? Pense em Flaubert... — Pensar em Flaubert, trabalhando cinquenta e quatro horas semanais numa oração relativa. Mas a sra. Aldwinkle estava entusiasmada demais para dizer o resto, depois de ter pensado em Flaubert.

— Pense nos mineiros de carvão, para variar — respondeu o mr. Falx. — É a minha sugestão.

— Sim — concordou lorde Hovenden, assentindo com gravidade. Grande parte de sua fortuna vinha do carvão. Ele se sentia particularmente responsável pelos mineiros, quando tinha tempo para pensar neles.

— Pense... — disse o mr. Falx com sua voz profunda, e mergulhou num silêncio mais eloquentemente profético do que qualquer discurso.

Por um longo tempo ninguém disse nada. O vento passou a soprar com mais força, em rajadas cada vez mais frias. Irene estreitou os braços em torno do peito; ela tremia e bocejava de frio. A sra. Aldwinkle sentiu o corpo jovem tremer em seus joelhos. Ela também sentia frio, mas depois do que dissera a Cardan e aos outros era impossível entrar, pelo menos por enquanto. Consequentemente, o tremor de Irene a perturbava.

— Pare com isso — disse ela com rispidez. — Que hábito mais estúpido! Parece um desses cachorrinhos que tremem mesmo diante do fogo.

— Eu também acho — disse lorde Hovenden, pondo-se a defender Irene — que está ficando frio.

— Bem, se é isso que acham — retorquiu a sra. Aldwinkle com um sarcasmo esmagador —, é melhor entrarmos e pedir que acendam o fogo.

Era quase meia-noite quando finalmente ela deu permissão para que entrassem em casa.

CAPÍTULO 7

Dizer boa-noite definitivamente e pela última vez era algo terrivelmente difícil para a sra. Aldwinkle. Com aquelas palavras fatais ela anunciava a sentença de morte de mais um dia (e mais outro, e os dias era tão poucos agora, tão agonizantemente breves!); e ela o fazia também, ao menos temporariamente, para si mesma. Porque, uma vez pronunciada a fórmula, não lhe restava mais nada senão arrastar-se para longe da luz e enterrar-se na inconsciência negra do sono. Seis, oito horas lhe seriam roubadas e jamais recuperadas. E quantas coisas encantadoras não estariam acontecendo enquanto ela estava lá, desfalecida entre os lençóis! Extraordinárias felicidades poderiam se apresentar e, encontrando-a adormecida e surda ao chamado, seguiriam adiante. Talvez alguém pudesse dizer algo de suprema importância, algo revelador e apocalíptico pelo qual ela esperara a vida inteira. "Ei-lo!", podia imaginar alguém concluindo, "é o segredo do universo! Que pena a pobre Lilian ter ido dormir! Ela teria adorado ouvir isso." Boa noite — era como ter de se separar de um amor tímido que ainda não encontrara a coragem de se declarar. Mais um minuto e ele teria dito, teria se revelado uma rara alma gêmea. Boa noite, e ele permaneceria para sempre o acanhado e insignificante mr. Jones. Deveria a sra. Aldwinkle separar-se de mais esse dia, antes que ele se transfigurasse?

Boa noite. Todos os dias ela retardava essa sentença ao máximo. Em geral passava de uma e meia ou duas da madrugada quando ela se permitia retirar-se ao quarto de dormir. Mesmo assim as palavras não eram pronunciadas de forma definitiva. Porque na soleira da porta do quarto ela parava e renovava desesperadamente a conversa com qualquer hóspede que porventura a acompanhasse ao andar superior. Quem podia garantir? Talvez nesses últimos minutos, na intimidade do silêncio noturno, algo da máxima imponência seria dito. Os cinco minutos finais em geral transformavam-se em quarenta, e a sra. Aldwinkle permanecia lá, adiando desesperadamente o momento de pronunciar a sentença de morte.

Quando não havia ninguém para conversar, ela tinha de se contentar com a companhia de Irene, que sempre, depois de se trocar, voltava de camisola e ajudava a tia — já que seria injusto manter uma criada acordada até altas horas — a se preparar para dormir. Não que a pequena Irene fosse capaz de pronunciar a palavra mais significativa ou de ter pensamentos apocalípticos. Embora não se possa afirmar com certeza, pois da boca das crianças e dos inocentes... De qualquer maneira, conversar com Irene, uma criança tão querida e devotada, era melhor do que se condenar definitivamente ao leito.

Nessa noite, já passava de uma hora quando a sra. Aldwinkle começou a se deslocar em direção à porta. A srta. Thriplow e o mr. Falx, afirmando que também tinham sono, acompanharam-na. Como uma sombra, Irene também se levantou e em silêncio seguiu os movimentos da tia. A meio caminho da porta, a sra. Aldwinkle parou. Impressionante, como uma rainha trágica envolta em veludo vermelho-coral. Sua pequena sombra em musselina branca também parou. Menos pacientes, o mr. Falx e a srta. Thriplow seguiram em frente.

— Vocês também devem ir logo para a cama — disse a sra. Aldwinkle aos três homens que permaneciam no ponto mais distante do salão, num tom ao mesmo tempo imperioso e brincalhão. — Não permitirei que você, Cardan, mantenha esses jovens acordados a noite inteira. O pobre Calamy viajou o dia todo. E Hovenden, com a idade que tem, precisa aproveitar todas as horas de sono que puder. — A sra. Aldwinkle não admitia que qualquer de seus hóspedes continuasse de pé enquanto ela jazia morta na tumba do sono. — Pobre Calamy! — exclamou pateticamente, como se fosse um caso de crueldade contra os animais. Ela se sentia imensamente solícita em relação a esse jovem.

— Sim, pobre Calamy! — repetiu o mr. Cardan, dando uma piscadela. — Foi pensando exatamente nisso que sugeri um ou dois dedos de vinho antes de irmos dormir. Não há nada melhor para um bom sono.

A sra. Aldwinkle pousou seus brilhantes olhos azuis em Calamy e sorriu de maneira mais doce e penetrante.

— Venha — disse ela —, venha — e estendeu a mão num gesto deselegante e inexpressivo. — Você também, Hovenden — acrescentou, quase em desespero.

Hovenden olhou com desconforto para o mr. Cardan e depois para Calamy, esperando que algum deles respondesse em seu lugar.

— Não vamos nos demorar — disse Calamy. — Só o tempo de tomarmos uma taça de vinho, nada mais. Não posso resistir à sugestão de Cardan para um Chianti.

— Ah, bom... — retorquiu a sra. Aldwinkle. — Se você prefere assim... — e virou-se indignada, varrendo o chão com a cauda do vestido de veludo. O mr. Falx e a srta. Thriplow, que esperavam à porta com impaciência, afastaram-se para que ela fizesse sua saída majestosa. Com uma expressão muito aborrecida no rosto entrevisto por trás da franja metálica, Irene a seguiu. A porta se fechou atrás deles.

— Se eu prefiro assim? — repetiu Calamy em tom de pergunta ao mr. Cardan. — Mas preferir a quê? Ela diz isso como se eu tivesse que fazer uma escolha grave e definitiva entre ela e um dedo de Chianti, e escolhesse o Chianti. Isso está muito além da minha compreensão.

— Ah, mas então você não conhece Lilian tão bem como eu — disse o mr. Cardan. — Agora vamos achar aquela garrafa e pegar os copos na sala de jantar.

Já no meio da escada — havia uma grandiosa e solene escadaria para o andar superior, inclinada sob um túnel de abóbada côncava — a sra. Aldwinkle parou extasiada.

— Sempre os imagino subindo, descendo... Que espetáculo!

— Quem? — perguntou o mr. Falx.

— Os gloriosos antepassados.

— Ah, os tiranos.

A sra. Aldwinkle sorriu com desprezo.

— E os poetas, os eruditos, os filósofos, os pintores, os músicos, as belas mulheres. Você se esqueceu deles. — Ela ergueu a mão como se conjurasse os espíritos do fundo de um abismo. Olhos psíquicos poderiam ter visto um príncipe coberto de joias, com o nariz semelhante à tromba de um tamanduá, descendo para o nível dos obsequiosos humanos. Atrás dele, um séquito de bufões e anões corcundas passava cuidadosamente, um atrás do outro, degrau por degrau.

— Não me esqueci de nada — disse o mr. Falx. — E acho que os tiranos têm de pagar um preço muito alto.

A sra. Aldwinkle suspirou e apressou a subida.

— Que homem estranho é esse Calamy, não acha? — disse ela à srta. Thriplow. A sra. Aldwinkle gostava de discutir o caráter de outras pessoas e se orgulhava de sua perspicácia e intuição psicológicas. Considerava quase todo mundo "estranho", inclusive, quando achava que valia a pena discuti-la, a pequena Irene. Preferia pensar que todos os seus conhecidos eram pessoas tremendamente complicadas; tinham motivos estranhos e improváveis para os mais simples atos; eram movidos por paixões obscuras e avassaladoras; cultivavam vícios secretos. Em resumo, eram superiores e bem mais interessantes que a própria vida. — O que acha dele, Mary?

— Muito inteligente — disse a srta. Thriplow.

— Claro, claro — concordou a sra. Aldwinkle, quase com impaciência; não havia muito a discutir sobre isso. — Mas ouvem-se histórias fantásticas sobre suas preferências amorosas, sabia? —

A reunião acontecia à porta do quarto da sra. Aldwinkle. — Talvez por isso ele viaje tanto, para tão longe da civilização — continuou ela, misteriosa. Com um tema como esse a conversa certamente se prolongaria indefinidamente; e o momento de proferir o derradeiro e fatal boa-noite ainda não havia chegado.

Lá embaixo, os três homens estavam reunidos em torno do vinho. O mr. Cardan já enchera sua taça duas vezes. Calamy terminava a primeira; o jovem lorde Hovenden tinha a dele pela metade. Não era um bom bebedor e temia não se sentir bem se abusasse daquele vinho jovem e generoso.

— Você está entediado, só isso — dizia o mr. Cardan. Olhou para Calamy por cima da taça e bebeu um gole, como se à saúde dele. — Ainda não encontrou ninguém que corresponda às suas fantasias. A menos, é claro, que seja um caso de catarro nos dutos biliais.

— Também não é — disse Calamy, rindo.

— Talvez seja o início do grande climatério. Você ainda não tem trinta e cinco anos, não é? Cinco vezes sete, é a idade mais difícil de ser enfrentada. Embora não tão séria quanto sessenta e três. É esse o grande climatério — o mr. Cardan balançou a cabeça. — Graças a Deus, passei por ele sem morrer, sem converter-me à Igreja de Roma ou me casar. Graças a Deus! E você?

— Tenho trinta e três — disse Calamy.

— É a idade mais inofensiva da vida. Portanto, trata-se apenas de tédio. Arrume alguma paixão e seu ânimo voltará.

O jovem lord Hovenden riu de tal modo que parecia um ventríloquo, acostumado a rir das coisas mais mundanas.

Calamy meneou a cabeça negativamente.

— Não estou realmente interessado em que volte. Não quero mais sucumbir a pequenos encantos. É estúpido demais; é muito infantil. Sempre achei que havia algo muito admirável e desejável em ser um *homme à bonnes fortunes*. Don Juan ocupa um lugar de honra na literatura. Sempre se considerou natural que um Casanova se vangloriasse complacentemente de seus sucessos. Aceitei essa visão corrente, e quando estava apaixonado, e deploravelmente sempre tive muita sorte, pensava estar em minha melhor forma.

— Nós todos pensamos da mesma maneira — comentou o mr. Cardan. — A fraqueza é perdoável.

Lorde Hovenden assentiu e bebeu um gole de vinho para demonstrar que concordava inteiramente com o que ouvia.

— Sem dúvida, é perdoável — disse Calamy. — Mas, quando se pensa sobre isso, não é muito razoável. Afinal, não há realmente nada de que se orgulhar ou se vangloriar. Pense em todos os heróis que tiveram esse mesmo tipo de sucesso, mais notáveis e provavelmente mais numerosos que os nossos. Pense neles. E o que se vê? Fileiras de cavalariços e pugilistas insolentes; rufiões mascarados e velhos sátiros repugnantes; idiotas de cabelos encaracolados e sem cérebro; pequenos proxenetas velhacos como doninhas; jovens efeminados com gestos delicados e gladiadores peludos; um grande exército composto dos espécimes mais odiosos da humanidade. Quem se orgulharia de pertencer a essas fileiras?

— E por que não? — perguntou o mr. Cardan. — Deve-se sempre agradecer a Deus pelos talentos inatos que se possui. Se acontecer de o seu talento o orientar para a alta matemática, dê graças a Deus; se apontar na direção da sedução, agradeça da mesma maneira. E, quando se examina o processo um pouco mais de perto, agradecer a Deus é exatamente o mesmo que se vangloriar ou se orgulhar. Não há nada de mais em que Casanova se gabe de suas capacidades. Vocês, jovens, são muito intolerantes. Não permitem que alguém vá para o céu, o inferno ou qualquer outro lugar por uma via diferente daquela que vocês aprovam... Deviam dar uma olhada nos livros hindus. Eles calculam que existem oitenta e quatro mil tipos humanos, cada um com uma maneira própria de viver. Acho até que subestimaram.

Calamy riu.

— Só posso falar pelo tipo a que pertenço — disse.

— Ah, sim, sim, é claro — manifestou-se lorde Hovenden, enrubescendo.

— Prossiga — disse o mr. Cardan, completando sua taça de vinho.

— Bem — continuou Calamy —, pertencendo, então, a esta espécie a que pertenço, tais sucessos não me satisfazem muito. Ainda mais se se levar em conta sua natureza. Porque ou se está apaixonado por uma mulher ou não se está; o indivíduo deixa se levar pela própria imaginação inflamada, afinal, aquela a quem ele ama tão violentamente é sempre uma invenção, a mais louca das fantasias, pelos sentidos e pela curiosidade intelectual. Se ele não ama, trata-se de uma mera experiência em psicologia aplicada, com algumas investigações psicológicas para tornar a experiência um pouco mais interessante. Mas, se ele ama, significa que se escravizou, que se deixou envolver e se tornou dependente de outro ser humano de uma maneira decididamente vergonhosa; e quanto mais vergonhosa for, mais ele se escraviza e se envolve.

— Essa não era a opinião de Browning — disse o mr. Cardan.

A mulher distante, de nada serve a vida
senão para possuí-la.

— Browning era um tolo — disse Calamy.

Lorde Hovenden ponderou em silêncio e concluiu que Browning estava muito certo. Pensou no rosto de Irene a espiar por trás da pequena janela no cabelo em forma de sino.

— Browning pertencia a outra espécie — corrigiu o mr. Cardan.

— Uma espécie de tolos, insisto — disse Calamy.

— Bem, para falar a verdade — admitiu o mr. Cardan, estreitando um pouco mais o olho que piscava —, concordo secretamente com você. Não sou tão tolerante quanto deveria ser.

Calamy pensava seriamente em seus casos amorosos, e, sem discutir o maior ou menor grau de tolerância do mr. Cardan, continuou:

— No final das contas, a questão é: qual é a saída? O que fazer diante disso? Porque é óbvio que, como o senhor diz, as pequenas seduções acontecerão outras vezes. O apetite cresce com o jejum. E a filosofia, que sabe lidar tão bem com as tentações passadas e futuras, parece sempre fracassar diante das presentes, das imediatas.

— Melhor assim — disse o mr. Cardan. — Porque, afinal de contas, existe um esporte de salão melhor? Seja franco: existe?

— É possível que não — disse Calamy, enquanto o jovem lorde Hovenden ria do último comentário do mr. Cardan, sem muito entusiasmo, numa penosa indecisão entre o divertimento e o horror. — Mas a questão é: será que não existem ocupações mais interessantes para um homem sensato além dos esportes de salão, mesmo o melhor deles?

— Não — disse o mr. Cardan com firmeza.

— Para o senhor talvez não existam — continuou Calamy. — Mas parece que estou começando a me cansar desse esporte. Gostaria de encontrar ocupações mais sérias.

— Isso é mais fácil dizer do que fazer — o mr. Cardan balançava a cabeça. — Para os membros da nossa espécie é muito difícil encontrar uma ocupação que seja inteiramente séria. Estou certo?

— É verdade — disse Calamy, rindo, quase num sussurro. — Mas parece que esse esporte começa a se tornar quase ultrajante à dignidade da pessoa. Eu diria quase imoral, se essa palavra não fosse tão absurda.

— Asseguro-lhe que não é tão absurda quando usada dessa maneira. — O mr. Cardan piscava de modo cada vez mais estimulante, por cima dos óculos. — Desde que não se fale em leis morais e coisas desse tipo, não há nenhum absurdo. Porque certamente não existem tais leis. O que há são costumes sociais de um lado e indivíduos com sentimentos próprios e reações moralistas de outro. O que é imoral para um pode não ter importância para outro. Para mim, por exemplo, quase nada é imoral. Decididamente posso fazer qualquer coisa e permanecer respeitável aos meus próprios olhos; aos olhos dos outros, não apenas encantadoramente decente, mas até mesmo nobre.

Ah, de que valeram os dados viciados?
Ah, e todos os tonéis de vinho?
E todas as fraquezas, todos os vícios?
Tom Cardan, tudo era teu.

— Não quero aborrecê-los com o restante desse epitáfio que compus para mim mesmo há pouco tempo. Basta dizer que chamo a atenção, nas duas estrofes subsequentes, para o fato de que tudo isso valeu absolutamente nada e que, *malgré tout,* permaneci o homem honesto, sóbrio, puro e brilhante que todos instintivamente reconhecem em mim. — O mr. Cardan esvaziou sua taça e mais uma vez levou a mão à garrafa.

— O senhor tem sorte — disse Calamy. — Não são todos que possuem uma personalidade com um aroma de santidade tão natural e que podem sanar suas sépticas ações, tornando-as moralmente inofensivas. Quando faço algo estúpido ou malfeito, não posso deixar de reconhecê-lo. Minha alma carece de virtudes que possam tornar o ato sério ou puro. Também não consigo me dissociar do que faço. Gostaria de poder. Cometo um número absurdo de atos estúpidos que não quero cometer. Se eu pudesse seria um hedonista e só faria aquilo que gosto. Mas para isso é preciso ser inteiramente racional; não existe um hedonista genuíno e nunca existiu. Em vez de fazer o que querem ou o que lhes dá prazer, as pessoas vagueiam por toda a existência fazendo exatamente o oposto; a maior parte do tempo, fazem somente aquilo que não desejam, além de seguir impulsos insanos, que inconscientemente as levam a todo tipo de desconforto, miséria, aborrecimento e remorso. Às vezes — Calamy soltou um suspiro — sinto falta do tempo em que estive no Exército durante a guerra. Lá não se tratava de fazer o que se gostava; não havia liberdade nem escolha. Cumpriam-se ordens e nada mais. Agora sou livre; tenho todas as chances de fazer o que gosto e frequentemente faço o que não gosto.

— Mas você sabe exatamente do que gosta? — perguntou o mr. Cardan.

Calamy encolheu os ombros.

— Não exatamente — disse. — Talvez possa dizer que gosto de ler, de satisfazer minha curiosidade sobre as coisas, de pensar. Mas, sobre o quê, não tenho muita certeza. Não gosto de correr atrás de mulheres, não gosto de perder tempo com fúteis relações sociais ou na perseguição do que é conhecido tecnicamente como prazer. Mesmo assim, por alguma razão e contra a minha vontade, descubro-me passando a maior parte do tempo imerso exatamente nessas ocupações. É uma espécie de insanidade obscura.

O jovem lorde Hovenden, que gostava de dançar e desejava Irene mais que tudo no mundo, achou isso um pouco incompreensível.

— Não vejo o que possa impedir um homem de fazer o que ele quer. Exceto — acrescentou, lembrando-se do que aprendera com o mr. Falx — a necessidade econômica.

— E ele próprio — completou o mr. Cardan.

— E o mais deprimente — continuou Calamy, sem dar muita atenção à interrupção — é a sensação de que se continuará agindo sempre assim, por maiores que sejam os esforços para parar. Às vezes eu desejaria não ser tão livre. Pelo menos restaria alguma coisa para amaldiçoar, algo que se interpusesse no meu caminho, algo que estivesse além de mim. Sim, decididamente às vezes gostaria de ser um simples operário.

— Você não gostaria, se já tivesse sido um — disse lorde Hovenden seriamente, com ar de quem falava por experiência própria.

Calamy riu.

— Você está absolutamente certo — disse, esvaziando a taça. — Não será melhor irmos dormir?

CAPÍTULO 8

Cabia a Irene o privilégio de todas as noites escovar os cabelos da tia. Esses momentos noturnos eram para ela os mais preciosos. É verdade que às vezes era uma agonia manter-se acordada e que era sempre doloroso reprimir os bocejos; três anos de prática incessante ainda não a tinham acostumado às horas tardias de tia Lilian, que tinha o hábito de caçoar dela por seu infantil desejo de dormir. Algumas vezes insistia, muito solícita, em que Irene repousasse depois do almoço; outras, em que fosse para a cama às dez da noite. As caçoadas deixavam Irene envergonhada da própria infantilidade; as solicitudes faziam-na protestar contra a ideia de ser considerada ainda um bebê, já que nunca se sentia cansada e se satisfazia plenamente com cinco ou seis horas de sono. O mais importante, descobrira, era não bocejar na frente de tia Lilian e parecer sempre descansada e disposta. Se tia Lilian não notasse nada, não caçoaria nem seria solícita.

Em qualquer dos casos, essas inconveniências eram vinte mil vezes recompensadas pelas delícias das conversas confidenciais diante do espelho da penteadeira. Enquanto a jovem passava a escova dezenas de vezes pelas longas mechas castanho-douradas, a sra. Aldwinkle, de olhos fechados e com uma expressão de beatitude no rosto — ela sentia o prazer de um gato sendo acariciado —, falava espasmodicamente, com frases entrecortadas, dos acontecimentos do dia, dos hóspedes, das pessoas que ambas conheciam; ou do próprio passado, dos planos para o futuro, dela ou de Irene, do amor.

Sobre todos esses assuntos a sra. Aldwinkle falava com intimidade, confidencialmente, sem reservas. Sentindo que a tia a tratava como uma moça crescida e quase como sua igual, Irene ficava orgulhosa e agradecida. Apesar de não ter planejado deliberadamente a completa submissão da sobrinha, a sra. Aldwinkle descobrira nessas conversas em altas horas da noite o meio mais perfeito de atingir esse objetivo. Se falava dessa forma com Irene, era porque sentia necessidade de conversar intimamente com alguém, e não havia mais ninguém com quem pudesse fazê-lo. Entretanto, por acaso conseguira, no decorrer do processo, fazer da sobrinha sua escrava. Por ter se tornado confidente de tia Lilian e estar investida, por assim dizer, de um título honorífico, Irene sentia uma gratidão que fortalecia seu natural apego infantil por ela.

Ao mesmo tempo, ela aprendera a conversar com certa familiaridade sobre muitas coisas sobre as quais espera-se que as jovens sejam ignorantes e das quais, na verdade, ela própria não sabia absolutamente nada, a não ser superficialmente. Aprendera a ser informada e experiente no vácuo, por assim dizer, sem ter qualquer conhecimento pessoal do mundo. Ingenuamente era capaz de dizer coisas que só poderiam ser expressas dos recônditos da mais profunda inocência, amplificando e tornando embaraçosamente explícitas em público questões que a sra. Aldwinkle apenas sugerira, ao seu modo fragmentado, durante aquelas horas de confidências. Irene se considerava tremendamente madura.

Nessa noite a sra. Aldwinkle estava com um humor particularmente sombrio e queixoso.

— Estou ficando velha — disse, suspirando, e abriu os olhos um instante para sua imagem no espelho. A imagem não contradizia a afirmação. — Mas ainda me sinto muito jovem.

— É isso que importa na verdade — declarou Irene. — E além disso é besteira; a senhora não está velha e não parece velha. — Aos olhos da sobrinha, principalmente, ela não parecia velha.

— As pessoas não gostam de quem envelhece — continuou a sra. Aldwinkle. — Os amigos são terrivelmente infiéis. Eles desaparecem — suspirou. — Quando penso em todos os amigos... — e não concluiu a frase.

Ao longo da vida, a sra. Aldwinkle tivera o mau hábito de romper com seus amigos e amantes. O mr. Cardan era quase o único sobrevivente de uma antiga geração de amigos. Ela se afastara de todos os outros sem nenhum pesar. Na juventude parecia fácil substituir velhos amigos por novos. Eles podiam ser encontrados, pensava ela, em todos os lugares, diariamente. Agora começava a duvidar de que a substituição fosse inesgotável como supunha. Descobrira que as pessoas de sua idade havia muito estavam acomodadas nos pequenos mundos sociais que criaram para si mesmas. E os mais jovens pareciam ter dificuldade em acreditar que ela sentisse no coração o mesmo que eles sentiam.

— Acho as pessoas horríveis — disse Irene, dando um puxão especialmente violento na escova para enfatizar sua indignação.

— Você não vai ser infiel? — perguntou a sra. Aldwinkle.

Em resposta, Irene se curvou e beijou-a na testa. A sra. Aldwinkle abriu seus cintilantes olhos azuis e ergueu-os para a sobrinha, sorrindo como uma mulher fatal, que, para Irene, continuava tão fascinante quanto sempre fora.

— Se ao menos as pessoas fossem como minha pequena Irene... — A sra. Aldwinkle deixou a cabeça pender para a frente e novamente fechou os olhos. Fez-se silêncio. — O que você está escondendo por trás de tantos suspiros? — perguntou de repente.

Irene sentiu o rubor subir por suas têmporas e desaparecer por trás da franja metálica.

— Oh, nada — respondeu, precipitada, demonstrando a dimensão de seu embaraço. Aquela inspiração profunda e a expiração breve e apaixonada não eram componentes de um anseio. Ela apenas bocejava com a boca fechada.

Mas a sra. Aldwinkle, sempre propensa ao romantismo, não suspeitou da verdade.

— Francamente! Nada? — repetiu, incrédula. — Ora, isso é um vento que sopra pelas frestas de um coração partido. Nunca ouvi um suspiro como esse. Pelo espelho, olhou para Irene.

— E por que está vermelha como uma peônia? O que é?

— Não é nada, estou lhe dizendo — declarou Irene num tom quase irritado. Estava mais aborrecida consigo mesma por ter bocejado com tanta inépcia e enrubescido de maneira tão evidente do que com a tia. Mergulhou ainda mais na escovação, esperando e rezando para que a tia mudasse de assunto.

Mas a sra. Aldwinkle era implacável na sua falta de tato.

— Tenho certeza de que se trata de um mal de amor. — Arqueou um sorriso através do espelho.

Os gracejos da sra. Aldwinkle conseguiam cair como pesados golpes de porrete sobre os alvos de sua troça. Nunca se sabia, quando ela estava animada, de quem ter mais pena: se da vítima ou da própria sra. Aldwinkle. Pois, apesar de a vítima ser duramente atingida, o espetáculo que a sra. Aldwinkle proporcionava ao se empenhar no ataque era tristemente ridículo; pelo bem dela e de toda a humanidade, desejava-se ansiosamente que parasse. Mas ela nunca o fazia. Seguia com seus gracejos até um fim previsto, e geralmente ia mais longe do que qualquer um menos obstinado pudesse prever.

— Parece um gemido de baleia — continuou ela com seu jogo assustador. — Deve ser uma paixão imensa. Quem é? Quem é? — Ela ergueu as sobrancelhas e abriu o que lhe pareceu, ao estudar-se no espelho, o mais matreiro, porém charmoso, dos sorrisos, como um sorriso numa comédia de Congreve, ocorreu-lhe.

— Mas, tia Lilian — protestou Irene, quase desesperada, quase em lágrimas —, não é nada, estou lhe dizendo. — Em momentos como esse ela quase chegava a ter ódio da tia. — Na verdade, é apenas... — Ia revelar corajosamente o seu segredo; ia dizer à tia Lilian, sob o risco de uma implicância ou de uma solicitude igualmente dispensáveis, pois qualquer uma seria melhor do que aquilo, que simplesmente bocejara. Mas a sra. Aldwinkle, ainda perseguindo implacavelmente sua diversão, interrompeu-a.

— Posso adivinhar quem é — disse, agitando o indicador para o espelho. — Eu aposto. Não sou tão velha, cega e estúpida quanto você pensa. Acha que não notei? Tolinha! Acha que sua velha tia está cega?

Irene enrubesceu novamente; as lágrimas subiram-lhe aos olhos.

— De quem a senhora está falando, afinal? — Sua voz era o resultado de um grande esforço para não deixar que saísse trêmula, falha, descontrolada.

— Que ingenuidade! — caçoou a sra. Aldwinkle, ainda toda Congreve. E nesse ponto, mais cedo do que costumava nessas ocasiões, misericordiosamente consentiu que a pobre Irene se livrasse de sua agonia. — Hovenden, é claro! Quem mais poderia ser?

— Hovenden? — repetiu Irene com genuína surpresa.

— Quanta inocência! — Por um momento a sra. Aldwinkle retomou sua esmagadora diversão. — Mas é incrivelmente óbvio — continuou num tom mais natural. — O pobre rapaz segue você como um cãozinho.

— A mim? — Irene estava preocupada demais em acompanhar o raciocínio da tia para perceber que o seu é que estava sendo seguido.

— Não finja — disse a sra. Aldwinkle. — É besteira fingir. Muito melhor ser franca e direta. Admita que gosta dele.

Irene admitiu:

— Sim, é claro que gosto dele. Mas não... não de maneira especial. Nem mesmo cheguei a pensar nisso.

Com uma expressão ao mesmo tempo desdenhosa e benevolente, a sra. Aldwinkle sorriu. Esquecera sua depressão, as causas de suas queixas pessoais contra a ordem universal das coisas. Absorvida unicamente pelo mais interessante dos assuntos, o estudo exclusivo e apropriado da espécie humana, ela se sentia novamente feliz. Amor — a única coisa possível. Mesmo a arte, em comparação, quase não existia. A sra. Aldwinkle quase chegava a interessar-se pelo amor dos outros tanto quanto pelo seu próprio. Queria que todos amassem, constante e complicadamente. Gostava de aproximar as pessoas, fomentar sentimentos ternos, observar o desenvolvimento da paixão, ajudar na trágica catástrofe, quando acontecia — e a sra. Aldwinkle sempre se desapontava quando não acontecia. E então, quando o primeiro amor, envelhecido, morresse lenta ou violentamente, haveria um novo amor para pensar, arranjar, fomentar, observar; e depois o terceiro, o quarto... As pessoas deviam seguir sempre os movimentos do coração; é o divino em nós que se agita no coração. E deve-se adorar Eros com tanta reverência que nada mais nos satisfaça senão as mais apaixonadas manifestações de seu poder. Contentar-se com um amor que com o tempo se torna mera afeição, gentileza e compreensão silenciosa é o mesmo que blasfemar contra o nome de Eros. O amor verdadeiro, pensava a sra. Aldwinkle, abandona o amor velho e paralítico e se devota completamente à paixão repleta de juventude.

— Que bobinha você é! — disse ela. — Às vezes me pergunto se é capaz, afinal, de se apaixonar. É tão incompreensiva, tão fria...

Irene protestou o mais energicamente possível. Não se podia viver, como ela, tanto tempo na companhia da sra. Aldwinkle sem considerar a acusação de frieza e insensibilidade à paixão como a mais execrável de todas as culpas. Era preferível ser chamada de assassina — principalmente se fosse um caso de *crime passionnel*.

— Não sei como a senhora pode dizer isso — disse, indignada. — Estou sempre me apaixonando. — Não houvera Peter, e Jacques, e Mário?

— Você pode pensar que está — disse a sra. Aldwinkle desdenhosamente, esquecendo-se de que fora ela mesma quem convencera Irene de que estava apaixonada. — Mas é mais imaginação do que um fato. Algumas mulheres nascem assim. — Ela balançou a cabeça. — E morrem assim. — Podia-se inferir das palavras da sra. Aldwinkle e pelo tom de sua voz que Irene era uma solteirona comprovadamente incapaz, depois de vinte anos de evidências acumuladas, de sentir qualquer coisa remotamente semelhante a um amor apaixonado.

Irene não disse nada e continuou escovando os cabelos da tia. As calúnias da sra. Aldwinkle feriam-na profundamente. Gostaria de fazer alguma coisa surpreendente para provar que eram infundadas. Algo espetacular.

— E sempre achei Hovenden um rapaz muito bonito — continuou a sra. Aldwinkle, no tom de quem desenvolvia um argumento. E prosseguiu falando. Irene ouvia e continuava escovando.

CAPÍTULO 9

No silêncio e na solidão de seu quarto, a srta. Thriplow passou muito tempo sentada diante de um caderno de anotações aberto, com a caneta na mão.

"Querido Jim" escreveu. "Hoje você retornou de maneira tão repentina e inesperada que quase comecei a chorar diante de toda aquela gente. Teria sido por acaso que peguei aquela folha da árvore de Apolo e a esmaguei entre os dedos? Ou era você que estava lá? Foi você quem soprou no meu inconsciente para que eu a pegasse? Gostaria de saber; ah, como gostaria! Às vezes acredito que não existe acaso, que nada acontece por acaso. Esta noite tive certeza. Mas por que quis que eu me lembrasse da pequena barbearia do mr. Chigwell, em Weltringham? Por que quis que eu o visse sentado naquela cadeira, tão rijo e maduro, a escova mecânica ainda funcionando sobre sua cabeça e o mr. Chigwell dizendo: 'O cabelo está muito seco, mr. Thriplow?' E a correia elástica sempre me lembrava..."

A srta. Thriplow recordou-se da semelhança com a serpente ferida, que lhe havia ocorrido anteriormente naquela noite. Não havia nenhuma razão especial para ter antedatado o conceito e remontá-lo à sua infância. Era uma questão de tato literário; simplesmente pareceria mais interessante se alguém dissesse que o havia inventado quando ainda era criança. "Pergunto-me se existe alguma importância especial nessa lembrança. Ou se talvez você tenha me achado desatenta e esquecida — pobre e querido Jim —, e aproveitou a oportunidade para me lembrar de que você existia, que ainda existe. Perdoe-me, Jim. Todo mundo esquece. Seríamos todos gentis, bons e altruístas se nos lembrássemos sempre... nos lembrássemos de que as outras pessoas estão tão vivas e são tão únicas e complexas quanto nós, que todas podem ser feridas com a mesma facilidade, que precisam de amor tanto quanto nós, que a única razão visível de estarmos no mundo é amar e sermos amados. Mas isso não me desculpa. Não desculpa ninguém que diga que as pessoas são más. Eu não devia ter permitido que minha mente fosse tomada pelas ervas daninhas. Não foi só a sua memória que ficou encoberta, mas também tudo o que há de melhor, de mais delicado e mais fino. Talvez você tenha me lembrado do mr. Chigwell e da loção de folhas de louro para que eu não me esquecesse de amar mais, admirar mais, sentir mais simpatia e estar mais atenta. Querido Jim."

Ela abandonou a caneta e, olhando o céu cheio de estrelas pela janela aberta, tentou pensar nele, pensar na morte. Mas era difícil pensar na morte. Achava tão difícil manter o pensamento na ideia de extinção, de não vida ao invés de vida, de nada. Lê-se nos livros sobre sábios que meditam. Ela tentou meditar várias vezes. Mas em nenhuma delas conseguiu muita coisa. Todo tipo de pensamento pequeno e irrelevante insistia em vir-lhe à cabeça. Não era possível focalizar a morte, mantê-la sob os olhos da mente. Por fim ela voltou a ler o que escrevera, pondo um ponto aqui e ali, corrigindo deslizes de estilo onde lhe parecia estar formal demais, rebuscado demais, insuficientemente espontâneo e portanto inadequado para um diário secreto.

No final do último parágrafo acrescentou outro "Querido Jim" e pronunciou essas palavras outras vezes, cada vez mais alto. O exercício provocou o efeito de sempre; seus olhos se encheram de lágrimas.

Os puritanos rezam quando o espírito os comove; mas deixar-se ser comovido pelo espírito é uma árdua tarefa. Igrejas mais mundanas e benevolentes, com sentimentos pela fraqueza humana, proveem seus fiéis com rituais, litanias, contas e rosários.

"Querido Jim, querido Jim." A srta. Thriplow encontrara as palavras de sua prece. "Querido Jim." As lágrimas lhe faziam bem; ela se sentia melhor, mais amável, mais terna. E então, de repente, foi como se, fora dela mesma, se ouvisse dizendo: "Querido Jim". Mas ela se importava realmente com isso? Não seria tudo uma comédia, uma farsa? Ele morrera havia tanto tempo; não tinha mais nada a ver com ela agora. Por que deveria se importar, para que se lembrar? E todo esse pensamento sistemático sobre ele, as coisas escritas num diário secreto dedicado à sua memória não seriam apenas para manter as emoções em funcionamento? Não estaria ela arranhando deliberadamente o coração para fazê-lo sangrar, só para depois escrever suas histórias com o fluido vermelho?

A srta. Thriplow abandonou esses pensamentos tão logo a assaltaram; colocou-os de lado, indignada. Eram pensamentos monstruosos e mentirosos.

Pegou outra vez a caneta e começou a escrever rapidamente, como se registrasse palavras exorcizantes que, quanto mais depressa fossem colocadas no papel, mais depressa fariam desaparecer os pensamentos malignos.

"Lembra-se, Jim, daquela vez em que saímos numa canoa e que afundamos?..."

SEGUNDA PARTE

Fragmentos da autobiografia de Francis Chelifer

CAPÍTULO 1

Os velhos cavaleiros em seus clubes não eram mimados com mais luxúria do que eu, no cálido mar Tirreno. De braços estirados como uma cruz viva, eu flutuava com o rosto voltado para cima, na água tépida e azulada. O sol batia em mim, transformando em sal as gotas em meu rosto e meu peito. Minha cabeça repousava na água tranquila; meus membros e meu corpo ondulavam na superfície de um colchão cristalino de nove metros de espessura e carinhosamente elástico, desde a cama de areia sobre a qual se espalhava. Podia-se ficar ali paralisado por toda a vida e nunca ter escaras.

O céu sobre mim enevoava-se com o calor do meio-dia. As montanhas, quando me voltei na direção da terra para olhá-las, estavam quase esvanecidas por trás de um fino véu. Mas o Grande Hotel, por sua vez, embora não fosse tão grande quanto parecia nos folhetos ilustrados — nestes, a porta de entrada tinha dez metros de altura, e dez acrobatas altos, um sobre os ombros do outro, não teriam alcançado o peitoril da janela do andar térreo —, o Grande Hotel não tentava se esconder; o branco das casas de veraneio se destacava desavergonhadamente do verde dos pinheiros; e na frente delas, ao longo da praia amarelada, eu via as cabines de banho, os guarda-sóis abertos, as crianças cavando a areia e os banhistas mergulhando e chapinhando nas águas rasas e quentes — homens seminus como estátuas de bronze, meninas com túnicas brilhantes, pequenos camarões rosados em vez de meninos e pesadas morsas vermelhas e lustrosas, que eram as matronas com suas toucas emborrachadas e roupas de banho pretas e molhadas. Aqui e ali, na superfície da água, movia-se o que os nativos chamavam de *patini* — catamarãs feitos com um par de flutuadores de madeira unidos em uma das extremidades e com um banco alto no meio, para o remador. Lentamente, desprendendo em sua esteira uma aragem de gracejos, risadas e músicas italianas, eles deslizavam no plano azulado. Às vezes, precedendo seu rastro, seu barulho e mau cheiro, passava um barco a motor, e subitamente o meu colchão cristalino se agitava sob mim, ao mesmo tempo em que as ondas criadas pelo barco me erguiam, baixavam e erguiam novamente, cada vez mais suaves, até que tudo ficava novamente macio.

Era mais que isso. A descrição, agora que a releio, não é elegante. Pois, embora eu não tenha jogado uma partida de *bridge* desde os meus oito anos e nunca tenha aprendido a jogar majongue, posso declarar que estudei as regras de estilo. Aprendi a arte de escrever bem, o que significa não dizer nada de uma maneira elaborada. Adquiri todos os predicados literários. Além disso, se é que posso dizê-lo sem fatuidade, também tenho talento. "Nada é mais proveitoso do que a autoestima justa e equilibrada." Tenho Milton do meu lado para justificar minha asserção. Se escrevo bem, não é meramente outra maneira de escrever mal sobre coisa alguma. Quanto a isso minhas efusões diferem um pouco das de meus amigos cultos. Ocasionalmente tenho algo a dizer, e descobri que fazê-lo de maneira elegante e floreada me é tão fácil quanto caminhar. É claro que não dou a menor importância a isso. Eu poderia ter tanto a dizer quanto La Rochefoucauld e tanta facilidade para fazê-lo quanto Shelley. E daí? Mas isso seria uma grande arte, diria você. Sem dúvida; mas e daí? É puro preconceito, esse nosso, a favor da arte. Religião, patriotismo, ordem moral, humanitarismo, reforma social; imagino que todos nós tenhamos lançado tudo isso ao mar há muito tempo. Mas continuamos pateticamente presos à arte. É muita insensatez;

porque a coisa toda tem muito menos razão de existir do que a maior parte dos objetos de devoção dos quais já nos livramos, e não tem nenhum sentido, realmente, sem seus apoios e suas justificativas. A arte pela arte — o jogo pelo jogo. Já é tempo de destruirmos o último e mais tolo dos ídolos. Amigos, eu lhes suplico, abandonem o derradeiro e mais doce dos inebriantes e despertem, por fim, completamente sóbrios — entre as latas de lixo nos degraus do pátio.

Espero que esta pequena digressão baste para mostrar que enquanto escrevo trabalho sem nenhuma ilusão. Não acho que qualquer coisa que eu faça tenha a menor importância; e se me esforço tanto para conferir beleza e elegância a estes fragmentos autobiográficos é puramente por força de hábito. Tenho praticado a arte literária há tanto tempo que já se tornou natural esforçar-me, como sempre fiz. Eu sempre me esforço. Você pode perguntar por que escrevo, afinal, se considero todo o processo totalmente desprovido de importância. É uma pergunta pertinente. Por que fazer uma coisa tão inconsistente? Só posso dizer, para me justificar, que é por fraqueza. A princípio desejaria viver rudemente como qualquer ser humano comum. A carne quer, mas o espírito é fraco. Confesso que estou cada vez mais cansado. Anseio por outros entretenimentos que não aqueles legítimos oferecidos pelo cinema e pelo Palais de Danse. Luto, tento resistir à tentação; mas no final sucumbo. Leio uma página de Wittgenstein, ouço um pouco de Bach; escrevo um poema, alguns aforismos, uma fábula, um fragmento autobiográfico. Escrevo com cuidado, honestamente, até com paixão, como se tivesse alguma importância o que estou fazendo, como se fosse fundamental para o mundo conhecer meus pensamentos, como se eu fosse salvar uma alma dando expressão a eles. Mas bem sei, é claro, que todas essas encantadoras hipóteses são infundadas. Na verdade, escrevo meramente para matar o tempo e distrair minha mente, que ainda é, apesar de meus esforços, uma prece à autoindulgência intelectual. Antevejo uma plácida meia-idade em que, tendo finalmente superado o velho Adão que existe em mim e saciado todas as extravagâncias de minha ânsia espiritual, eu seja capaz de adaptar-me tranquilamente à vida da carne, à existência humana natural, que, temo, ainda me parece tão proibida, tão monotonamente austera e entediante. Ainda não atingi esse estado de graça. Por isso estas divagações sobre a arte; peço perdão por elas. E, acima de tudo, imploro-lhes uma vez mais, não pensem que eu lhes dê a menor importância.

A pobre sra. Aldwinkle, por exemplo — eis alguém que jamais acreditaria que eu não seja um amante da literatura. "Mas Chelifer" costumava ela dizer com seu jeito ofegante mas muito determinado, "como pode blasfemar assim contra seu próprio talento?" E eu assumia o meu ar mais egípcio — sempre me disseram que lembro uma escultura egípcia —, meu sorriso mais esfíngico e dizia: "Sou um democrata; como quer que permita que o talento blasfeme contra a minha humanidade?", ou algo tão enigmático quanto isso. Pobre sra. Aldwinkle! Mas estou indo muito depressa. Comecei a falar da sra. Aldwinkle e você nem sabe quem ela é. Nem mesmo eu o sabia naquela manhã, quando flutuava nas águas macias e tranquilas — na ocasião eu não conhecia nada além de seu nome; quem não conhecia? A sra. Aldwinkle, a *salonnière*, a anfitriã, a promotora de reuniões literárias e ágapes de leões — ela não era uma figura clássica, uma palavra doméstica, uma citação familiar? É claro que sim. Pessoalmente, porém, eu nunca a havia visto até aquele momento. E não porque ela não tivesse se empenhado. Poucos meses atrás recebi um telegrama, por intermédio de meu editor: "PRÍNCIPE PAPADIAMANTOPOULOS ACABA DE CHEGAR ANSIOSO CONHECER MELHOR SOCIEDADE INTELECTUAL ARTÍSTICA LITERÁRIA DE LONDRES. CONVIDO JANTAR CONHECÊ-LO QUINTA-FEIRA 20H15. 112 BERKELEY SQUARE LILIAN ALDWINKLE". Nessa forma telegráfica, posto dessa maneira, o convite parecia tentador. Mas um exame mais cuidadoso mostrou-me que as perspectivas não eram tão atraentes quanto pareciam. Porque o príncipe Papadiamantopoulos era, apesar do título e do nome maravilhosamente promissores, um intelectual tão sério quanto o resto de nós; descobri, para meu próprio horror, que se tratava de um geólogo de primeira classe e alguém que compreendia cálculo diferencial. Entre os outros convidados deveriam estar pelo menos três escritores decentes e um pintor. E a própria sra. Aldwinkle, reputada como uma mulher culta e não completamente tola. Preenchi o formulário-resposta e remeti-o da agência de correio mais próxima: "LAMENTO MUITÍSSIMO NUNCA JANTO FORA EXCETO NA QUARESMA FRANCIS CHELIFER". E na quaresma esperei secretamente por outro convite. Mas fiquei aliviado, embora um pouco desapontado, por nunca mais ter ouvido falar da sra. Aldwinkle. Eu gostaria que ela tivesse tentado, em vão, esforçar-se para que eu traísse minha lealdade para com lady Giblet.

Ah, as noites na casa de lady Giblet! Podendo, eu jamais perdia uma. A vulgaridade, a ignorância e a estupidez dessa anfitriã e de seus esquálidos leões de segunda classe eram certamente únicas. E também aqueles vivandeiros das artes, os deliciosos boêmios, cuja habilidade para apreciar as pinturas cubistas e a música de Stravinsky era a justificativa perfeita para ajudá-los a se livrarem de suas esposas; em nenhum outro lugar viam-se espécimes tão perfeitos quanto na casa de lady Giblet. E as conversas ouvidas naqueles salões de mármore! Em nenhum outro lugar, certamente, um abismo tão profundo separava as pretensões dos fatos legítimos. Em nenhum outro lugar ouviam-se o ignorante, o ilógico, o incapaz de pensar falando com tanto desembaraço sobre coisas das quais não tinha a menor compreensão. E então, pateticamente, eles se gabavam, expressando a opinião incoerente dos imbecis, da capacidade intelectual, do ponto de vista moderno e da inteligência científica e implacável que possuíam. Certamente não seria possível encontrar nada tão perfeito dessa espécie como na casa de lady Giblet; pelo menos não conheço nada mais completo. Provavelmente na casa da sra. Aldwinkle havia conversas sérias; mas em hipótese alguma no *salon* que escolhi.

Aquela manhã no mar Tirreno foi a última de minha vida antes de transpor os limites da amizade com a sra. Aldwinkle; é bem provável que tenha sido também a primeira de minha vida futura. Nessa manhã o destino pareceu hesitar entre extinguir-me completamente ou apenas me tornar conhecido da sra. Aldwinkle. Gosto de pensar que, por sorte, ele escolheu a segunda alternativa. Mas estou me antecipando.

A princípio vi a sra. Aldwinkle nessa determinada manhã sem saber quem ela era. De onde eu estava, deitado em minha cama de salmoura, notei que um *patino* sobrecarregado dirigia-se firmemente em minha direção, vindo da praia. Empoleirado no banco do remador estava um rapaz alto, que trabalhava penosamente com os remos. Com as costas contra o banco e as pernas nuas esticadas sobre a proa de um dos flutuadores estava sentado um senhor gordo, de rosto vermelho, cabelos brancos e curtos. Na curvatura do outro flutuador acomodavam-se duas mulheres. A mais velha e maior delas estava sentada na frente com as pernas dentro da água; usava um costume de banho de seda com saia plissada, em tons de vermelho, e os cabelos estavam amarrados com um lenço cor-de-rosa. Imediatamente atrás dela acocorava-se, com os joelhos encostados no queixo, uma criatura jovem e esguia que usava um maiô preto. Em uma das mãos ela segurava uma sombrinha verde com a qual mantinha sua companheira mais velha protegida do sol. Dentro do cone de sombra esverdeado, a dama de rosa e tons de vermelho, que mais tarde eu soube ser a sra. Aldwinkle, assemelhava-se a uma lanterna chinesa acesa dentro de uma estufa de plantas; e quando um movimento acidental da sombrinha da jovem permitiu que o sol tocasse o rosto dessa senhora, foi como se o milagre da ressurreição de Lázaro se operasse diante de meus olhos; porque o verde e o tom cadavérico de repente lhe abandonaram as feições, e as cores da saúde, um pouco alteradas pelos reflexos da roupa de banho, pareceram voltar. A morta vivia. Mas só por um instante; porque os cuidados solícitos da jovem logo reverteram o milagre. A senhora deslizou de volta à posição original, a penumbra da estufa envolveu a lanterna cintilante e o rosto vivo voltou a se tornar pálido, como se pertencesse a alguém que estivesse havia três dias na tumba.

Quando o barco carregado começou a passar por mim, vi claramente que na popa havia outra mulher de rosto pálido e grandes olhos escuros. Um cacho de cabelos quase pretos escapava de sua touca de banho e caía, como um longo fio de barba, sobre o rosto. Um rapaz bem-apessoado, de rosto tão bronzeado quanto seus braços e pernas musculosos, esparramava-se na popa do outro flutuador e fumava um cigarro.

As vozes que do barco chegavam vagamente até mim pareciam-me, de alguma maneira, mais familiares do que outras que eu ouvira dos outros *patini*. Percebi que falavam inglês.

— As nuvens — ouvi o cavalheiro de rosto vermelho dizendo (ele acabara de voltar os olhos, obedecendo a um gesto da dama-lanterna-chinesa-acesa-numa-estufa-de-plantas, para as massas de vapor sobrepostas que pairavam como uma fantástica cordilheira sobre as montanhas reais) —, as nuvens que você tanto admira existem devido às partículas excrementícias que há no ar. São milhares dessas partículas em cada centímetro cúbico. O vapor de água se condensa em torno delas em gotículas suficientemente grandes para se tornarem visíveis. Daí as nuvens: formas maravilhosas e celestiais, mas cuja essência é o pó. Que símbolo do idealismo humano! — A voz melodiosa aumentava à medida que o jovem movia seus remos. — Partículas terrenas transfiguradas em formas celestiais. Essas formas celestiais não têm existências próprias, não são absolutas. A poeira desenha esses vastos caracteres pelo céu.

Preserve-me, pensei. Teria eu ido a Marina de Vezza para ouvir esse tipo de coisa?

Com voz alta mas indistinta, de uma estranha musicalidade, a dama-lanterna-chinesa-acesa-numa-estufa-de-plantas começou a citar Shelley de maneira incorreta.

— "...De um pico ao outro, como uma ponte..." — começou e mergulhou no silêncio, vasculhando o ar em busca de um sinônimo para "forma" que rimasse com "pico". — "Sobre um certo mar." Para mim, *A nuvem* é a melhor de todas. É maravilhoso pensar que Shelley tenha navegado neste mar. E que bem próximo daqui, um pouco mais abaixo, foi engolido pelas águas. — Ela apontava para a costa, onde, por trás da névoa fina, a interminável orla marítima de Viareggio se estendia por quilômetros e quilômetros. Agora podia se distinguir levemente seu contorno mais próximo. Mas à noite eles emergiam claros e nítidos na encosta iluminada, como gemas lapidadas, Palace e Grande Bretagne, Europe (outrora Aquila Nera) e Savoia, cintilantes brinquedos majestosos entre hospedarias menores e pequenas pousadas, a essa distância reduzidos a uma beleza estranha, tão pateticamente pequenos e delicados que se poderia quase chorar por causa deles. Nesse exato momento, do lado de cá da cortina de névoa, cem mil banhistas se comprimiam na praia onde outrora o corpo de Shelley fora engolido pelas águas. Os bosques de pinheiros em que ele, fugindo de Pisa, delicadamente perseguira seus pensamentos por entre as sombras flagrantes e silenciosas que agora pululavam de vida. Um sem-número de copuladores da cidade percorriam neste momento seus atalhos... e assim por diante. O estilo jorra de minha caneta. Em cada dracma de tinta preto-azulada estão implícitos milhares de *mots justes,* como as futuras características de um homem num pedaço de cromossomo. Desculpem-me.

Com a juventude na proa e o prazer no leme — e a carne era tão brilhante ao sol do meio-dia, as cores tão resplandecentes, que me lembrei do êxtase da pequena Etty —, o barco carregado passou lentamente a poucos metros de mim. Estirado como uma cruz viva em minha cama de salmoura, mirei-os languidamente com os olhos entreabertos, apenas uma olhadela, e eles desviaram o olhar como se eu fosse um desses sapos exaustos que depois de procriar ficam boiando de barriga para cima na superfície dos tanques. E no entanto eu era o que tecnicamente se conhece por uma alma imortal. Ocorreu-me que seria mais sensato eles pararem o barco e me saudarem por sobre a água. "Bom dia, estranho! Como vai sua alma? O que podemos fazer para salvá-la?" Mas, por outro lado, esse hábito de ver os estranhos como meros sapos exaustos provavelmente nos poupe de muitos problemas.

— De um promontório ao outro — emendou o cavalheiro de rosto vermelho, ao se afastarem de mim.

E muito timidamente, com voz mansa e envergonhada, a solícita e jovem criatura sugeriu que "um certo mar" seria um mar revolto.

— Fosse qual fosse a embarcação — disse o jovem remador, cujo empenho sob o sol escaldante lhe permitia assumir a visão profissionalmente náutica e de bom senso sobre o assunto.

— Mas é óbvio o que significa — disse a dama-lanterna-chinesa com insolência. O rapaz na popa jogou fora o cigarro e começou a assobiar a melodia de "Deh, vieni alla finestra", de *Don Giovanni*.

Fez-se silêncio. O barco se afastava a cada remada. As últimas palavras que ouvi foram pronunciadas pela voz arrastada e quase infantil da moça sentada na popa.

— Gostaria de me bronzear mais rapidamente — disse, erguendo o pé para fora da água e olhando a perna branca. — Parece que vivo dentro de um porão. Que aparência terrivelmente feia esta de aspargo cozido! Ou de cogumelo — acrescentou, pensativa.

A dama-lanterna-chinesa fez algum comentário, e depois dela o homem de rosto vermelho. Mas a conversa já não era audível. Logo eu não ouvi mais nada; eles se foram, deixando em sua passagem, entretanto, o nome de Shelley. Fora ali, naquelas águas, que Shelley conduzira seu frágil barco. Com uma das mãos segurara seu Sófocles e, com a outra, o timão. Os olhos se dirigiram ora para as pequenas letras gregas, ora para o horizonte, ora para as montanhas e as nuvens sobre a terra.

— Para bombordo, Shelley — teria gritado o capitão Williams.

E o leme virou com dificuldade para estibordo; o barco cambaleou e quase emborcou. Então, de repente, um clarão! O céu negro e opaco se abriu de um lado ao outro; um estrondo ribombante! A trovoada explodiu sobre eles e, como uma imensa pedra atirada sobre a superfície de nuvens metálicas, os ecos rolaram pelo céu e por entre as montanhas "de um pico ao outro", ocorreu-me, adotando a frase da dama-lanterna-chinesa. "De um pico ao outro, como o ressoar de um gongo." (Que infâmia!) E então, rugindo e silvando, o redemoinho passou por cima deles. E tudo acabou.

Mesmo que a dama-lanterna-chinesa não tivesse sugerido, provavelmente eu teria começado a pensar em Shelley. Porque estar nesta costa, entre o mar e as montanhas, em meio à alternância de perfeitas calmarias e súbitos temporais, é como viver dentro de um dos poemas de Shelley. Caminha-se entre belezas transparentes e fantasmagóricas. Não fossem os cem mil banhistas, a banda de jazz do Grande Hotel, a barreira indestrutível que a civilização, sob a forma de hospedarias, apresenta ao longo de quilômetros de mar alheio e vazio, não fosse por isso seria possível perder o senso de realidade e imaginar que a fantasia fora capaz de se transformar em fato. Nos dias de Shelley, quando a costa era praticamente desabitada, um homem podia ser desculpado por esquecer a verdadeira natureza das coisas. Vivendo num mundo real praticamente indistinguível do imaginário, é quase justificável que as fantasias alcancem as alturas extravagantes a que Shelley se permitiu chegar.

Mas um homem da geração atual, educado em ambientes tipicamente contemporâneos, não pode se justificar dessa maneira. Um poeta moderno não pode se permitir as luxúrias mentais nas quais seus predecessores mergulhavam com tanta liberdade. Deitado ali na água, repeti para mim mesmo alguns versos inspirados em reflexões como essas, que eu escrevera alguns meses antes:

O Espírito Santo desliza
Sobre Ilford, Golders Green e Penge.
Suas hostes apodrecidas o infectam;
As vítimas se vingam com justiça.

Se outrora os filhos dos fidalgos
E os guardadores dos estábulos se voltaram
Para as flores e a esperança, para a Grécia e para Deus,
Nós, em nossa velhice, aprendemos
Que somos nativos de onde caminhamos
Pelas ruas sombrias de Camden Town.
Mas ainda esperançoso, inspirando profundamente,
O Espírito Santo desce resplandecente.[4]

Lembro-me que escrevi essas linhas numa tarde escura, em meu escritório em Gog's Court, Fetter Lane. Neste mesmo escritório, numa tarde quase similar, escrevo agora. O refletor do lado de fora da janela revela uma luz mortiça e baça, que tem de ser suplementada pela eletricidade do lado de dentro. Um cheiro constante de tinta de impressão infesta o ar. Do porão chegam-me o baque surdo e o clangor das prensas; elas imprimem os duzentos exemplares semanais de Romance Feminino. Aqui estamos, no coração do universo humano. Venha, então, e admitamos francamente que somos cidadãos desta cidade medíocre, fazemos resolutamente o pior e não tentamos escapar.

4. *The Holy Ghost comes sliding down/ On Ilford, Golders Green and Penge./ His hosts infect him as they rot;/ The victims take their just revenge.// For if of old the sons of squires/ And livery stable keepers turned/ To flowers and hope, to Greece and God,/ We in our later age have learned/ That we are native where we walk/ Through the dim streets of Camden Town./ But hopeful still through twice-breathed air/ The Holy Ghost comes shining down.*

Para fugir, seja no espaço ou no tempo, é preciso ir muito mais longe hoje do que há cem anos, quando Shelley viajava pelo mar Tirreno e evocava visões milenares. É preciso ir mais longe no espaço porque há muito mais gente e veículos mais velozes. O Grande Hotel, os cem mil banhistas e a banda de jazz se introduziram naquele poema shelleyiano que é a paisagem de Versilia. E o milênio, que nos dias de Godwin não parecia tão remoto, está cada vez mais distante de nós, conforme cada programa de reforma, cada vitória sobre o capitalismo entrincheirado lança ao chão mais uma ilusão. Para se fugir, em 1924, é preciso ir para o Tibete e olhar para a frente, até, pelo menos, o ano 3000; e quem poderá garantir? É provável que eles estejam ouvindo rádio no palácio do Dalai Lama; é provável que daqui a mil anos a condição milenar só seja milenar porque terão conseguido pela primeira vez tornar a escravidão realmente científica e eficiente.

Uma fuga no espaço, mesmo que se consiga realizá-la, não é real. Um homem pode viver no Tibete ou nos Andes; mas não pode negar que Londres e Paris existem, não pode esquecer que há lugares como Nova York e Berlim. Porque para a maioria dos seres humanos contemporâneos Londres e Manchester são a regra. Pode-se fugir para a primavera eterna de Arequipa, mas não se estará vivendo naquilo que é, para a massa consciente, a realidade.

Uma fuga no tempo não é mais satisfatória. O homem vive num futuro radiante, vive para o futuro. Consola-se com o espetáculo das coisas como são, pensando no que elas seriam. E talvez se esforce para fazer com que sejam como acha que deveriam ser. Asseguro-lhes que conheço tudo isso. Fiz tudo isso: vivi num estado de intoxicação permanente, pensando no que estava por vir, empenhando-me por um ideal de felicidade deslumbrante. Mas uma pequena reflexão foi suficiente para mostrar que essas previsões e esse esforço pelo que deve ser são realmente absurdos. Porque em primeiro lugar não há razão para se pensar que haverá um futuro, pelo menos para os seres humanos. Em segundo lugar não sabemos se o ideal de felicidade pelo qual lutamos não irá se mostrar totalmente irrealizável, ou, se realizável, definitivamente repulsivo à humanidade. As pessoas querem ser felizes? Se houvesse uma possibilidade real de se alcançar a felicidade permanente e imutável não ficaríamos horrorizados diante de sua entediante consumação? E, por fim, o árduo trabalho que a contemplação do futuro exige não impede o presente de existir. Apenas nos cega parcialmente para o presente.

As mesmas objeções se aplicam com a mesma força para as fugas que não se dão no espaço ou no tempo, mas na eternidade platônica, no ideal. A fuga para a mera fantasia não impede que os fatos prossigam; é uma desatenção para com os fatos.

Por fim existem aquelas pessoas mais corajosas que os escapistas, as quais realmente se deixam envolver pela vida e se consolam descobrindo no meio da imundície, da repugnância e da estupidez as evidências de uma bondade generalizada, de caridade, piedade e coisas semelhantes. É verdade que essas qualidades existem e o espetáculo que oferecem é decididamente animador; apesar da civilização, os homens não sucumbiram às bestas. Mesmo na sociedade humana, os pais são devotados à sua prole; mesmo na sociedade humana, os fracos e os aflitos são assistidos. Seria surpreendente, considerando-se as origens e afinidades humanas, se isso não acontecesse. Você já leu algum obituário cujo sujeito não possuísse, por trás de sua aparência rude e modos grotescos, um coração de ouro? E os obituaristas, por mais saturada que seja sua produção literária, estão perfeitamente certos. Todos nós temos um coração de ouro, embora seja verdade que muitas vezes estejamos preocupados demais com nossos próprios envolvimentos para nos lembrarmos disso. O homem realmente cruel e fundamentalmente mau é tão raro quanto um gênio ou um completo idiota. Nunca conheci ninguém que fosse realmente mau. E isso não surpreende; porque um homem com um coração realmente maligno possui certos instintos que se desenvolveram a um grau anormal e outros mais ou menos atrofiados. Nesse sentido, nunca conheci um homem como Mozart.

É verdade que Charles Dickens se sentiu elevado e cronicamente comovido ao constatar a presença de virtudes no meio da imundície. "Ele mostrou", afirmou proveitosamente um de seus admiradores americanos, "que a vida nas suas formas mais grotescas pode exibir uma grandeza trágica; que em meio aos desatinos e aos excessos os sentimentos morais não morrem completamente, e que os antros de crimes mais hediondos podem ser iluminados pela presença de almas nobres." Muito bonito. Mas existe alguma razão para nos entusiasmarmos com o surgimento de virtudes na sociedade humana? Não nos entusiasmamos pelo fato de os homens possuírem rins e pâncreas. As virtudes são tão naturais no homem quanto os órgãos digestivos. Qualquer biólogo sério, levando em consideração os seus próprios instintos gregários, esperaria encontrá-las naturalmente.

Sendo esse o caso, não existe nada nessas virtudes à la Dickens que mereça "ser cantado em verso e prosa" — como costumamos dizer às vezes, quando somos notadamente ricos dessas virtudes. Não há razão para nos orgulharmos das qualidades que herdamos de nossos antepassados animais e partilhamos com nossos animais de estimação. Seria mais gratificante se pudéssemos encontrar na sociedade contemporânea evidências de virtudes humanas peculiares — virtudes racionais e conscientes que por definição devem pertencer a uma criatura chamada *Homo sapiens.* Por exemplo, a compreensão, a ausência de preconceitos irracionais, a tolerância, o equilíbrio, a posse racional de bens sociais. Mas isso, ai de nós, é precisamente o que não encontramos. A que, então, se devem a imundície, a confusão e a feiura, senão à falta de virtudes humanas? O fato é que, exceto por um capricho ocasional da natureza, surgido ora aqui, ora acolá, e sempre fora de hora, nós, homens sapientes, não possuímos praticamente qualquer virtude humana. Passe uma semana em uma cidade grande e isso se tornará claro.

É tão completa a ausência de qualidades verdadeiramente humanas que somos induzidos, se aceitarmos encarar a realidade, a agir como Charles Dickens e congratular a raça por suas virtudes meramente animais. Os entusiastas e otimistas, que nos garantem que a humanidade está certa porque as mães amam seus filhos, os pobres ajudam uns aos outros e os soldados morrem por uma bandeira, tentam nos consolar baseados no fato de que somos semelhantes às baleias, aos elefantes e às abelhas. Mas quando pedimos a eles que citem uma evidência de sabedoria humana, que nos apontem algum espécime cuja conduta seja consciente e racional, somos acusados de frieza intelectual e "desumanidade" generalizada, o que significa nossa recusa em aceitar os padrões animais. Por mais agradecidos que possamos nos sentir por existirem na sociedade civilizada essas virtudes primevas e selvagens, não podemos igualá-las aos horrores e imundícies da vida civilizada. Esses horrores e imundícies nascem da falta de razão no homem, de seu fracasso em ser completa e sabiamente humano. As virtudes selvagens são meras observadoras desse animalismo, cuja cabeça é a bondade instintiva e a cauda são a estupidez e a crueldade instintiva.

Sinto muito pelo derradeiro consolo da filosofia. Estamos entregues à realidade. Meu escritório em Gog's Court está situado, repito, no próprio coração da realidade, em seu coração palpitante.

CAPÍTULO 2

Gog's Court, o umbigo da realidade! Senti inteiramente a verdade dos meus versos ao repeti-los no silêncio.

Se outrora os filhos dos fidalgos
E os guardadores dos estábulos se voltaram
Para as flores e a esperança, para a Grécia e para Deus,
Nós, em nossa velhice, aprendemos
Que somos nativos de onde caminhamos.

Minha voz ressoa pelo mar sereno como um oráculo. Nada enriquece mais o significado de uma afirmação do que ouvi-la pronunciada pela própria voz na solidão. "Prometo, se Deus me ajudar, jamais beber uma gota!" Essas palavras solenes, exaladas na névoa do uísque, com que frequência são proferidas na escuridão da noite ou nas manhãs gélidas! A invocação portentosa parece englobar todo o universo na batalha por um eu melhor contra o vício insistente. Um momento assustador e emocionante! Apenas para vivê-lo novamente, para quebrar mais uma vez o vazio do silêncio com um juramento pungente, vale a pena negligenciar as boas resoluções. Nada digo sobre os prazeres da embriaguez.

Minha breve recitação serve para confirmar a verdade de minhas especulações. Não é por nada que emito em voz alta a substância de meus pensamentos; eu os pronuncio como uma fórmula que, disso muito me orgulho, possui um elemento mágico. Qual é o segredo dessas habilidades verbais? Como acontece de um pensamento qualquer, ao ser incorporado pelo poeta em alguma forma abracadábrica, parecer infinitamente profundo, enquanto uma noção decididamente falsa e estúpida parece, por sua expressão, verdadeira? Francamente não sei. Mais ainda, jamais encontrei alguém que decifrasse essa charada. O que faz com que as palavras "música fúnebre" se tornem emocionantes como a marcha fúnebre da *Heroica* e o fechamento de *Coriolano*? Por que tem de ser profundamente mais cômico "chamar de sagui o macaco de Túlia" do que escrever toda uma comédia de Congreve? E na frase "Os pensamentos que quase sempre repousam fundo demais para as lágrimas", por que devem eles repousar onde o fazem? Mistério. Esse jogo da arte de escrever assemelha-se à mágica. A rapidez da língua engana o cérebro. Afinal, isso acontece com muita frequência. O velho Shakespeare, por exemplo. Quantas mentes críticas não tem enganado com a rapidez de sua língua! Porque ele pode dizer "Sussurros, esteiras de água e semilobos" e "música fúnebre" e "a perda do espírito num desperdício de vergonha" e tudo o que quiser que nós lhe concedemos o crédito da filosofia, do propósito moral e da mais penetrante psicologia. Conquanto seus pensamentos sejam incrivelmente confundidos, seu único propósito é entreter, e ele criou apenas três personagens. Uma delas, Cleópatra, é uma cópia excelente da vida, como que extraída de um bom romance realista de Tolstói. As outras duas, Macbeth e Falstaff, são figuras imaginárias fabulosas, consistentes em si mesmas, mas sem a realidade que Cleópatra possui. Meu pobre amigo Calamy diria que são mais reais, que pertencem ao domínio da Arte Absoluta. E assim por diante. Eu não posso concordar com a opinião do pobre Calamy, pelo menos neste contexto; mais adiante, talvez. Para mim, em todo caso, Macbeth e Falstaff são personagens perfeitamente genuínas e completamente mitológicas, como Júpiter ou Gargântua, Medeia ou o mr. Winkle. São as únicas cópias fiéis de monstros mitológicos em toda a coleção de Shakespeare, assim como Cleópatra é a única cópia fiel da realidade. A capacidade ilimitada de Shakespeare para o abracadabra engana inúmeras pessoas e as faz imaginar que todas as suas outras personagens sejam tão boas quanto essas.

Mas o Bardo, que os céus me protejam, não é o meu tema. Deixe-me voltar aos meus versos, na superfície da água. Como disse, minha convicção de que "somos nativos de onde caminhamos" é fortalecida pelo som de minha própria voz pronunciando a elegante fórmula na qual essa ideia está cristalizada. Ao repetir as palavras, lembrei-me de Gog's Court, de minha pequena sala com o refletor na janela, da lâmpada acesa no inverno mesmo durante a tarde, do cheiro de tinta e do barulho das prensas. Voltei, graças a esse poema, irrelevante diante da paisagem ensolarada, ao coração palpitante da realidade. Na mesa, diante de mim, havia um jogo de provas. Era quarta-feira; eu deveria estar corrigindo as provas, mas naquela tarde estava com preguiça. Nas doze linhas em branco na extremidade inferior de uma delas, eu escrevera estas palavras: "Se outrora os filhos dos fidalgos...". Pensativo, como um jogador planejando o próximo lance, eu as contemplava. Quais seriam os movimentos seguintes? Ouvi alguém bater à porta. Cobri o verso no pé da página com uma folha de mata-borrão.

— Entre — e continuei a leitura interrompida: "... desde que os himalaias foram criados para reproduzir cores inalteradas, nenhum outro fato suscitou maior entusiasmo no mundo dos criadores do que a fixação da nova espécie flamengo-angorá. O feito da sra. Spargle é realmentei nédito...". — Separei o *i* de "inédito" do *e* da palavra anterior e ergui os olhos. O mr. Bosk, o subeditor, estava diante de mim.

— Prova do editorial, senhor — disse ele, curvando-se com a estranha polidez que caracterizava todo o seu comportamento em relação a mim, e estendeu-me outra prova.

— Obrigado, mr. Bosk — disse eu.

Mas o mr. Bosk não se retirou. Continuou parado na sua posição favorita, a mesma em que nossos antepassados (e o mr. Bosk era realmente um deles) ficavam junto às colunas de mármore drapejada dos estúdios fotográficos, olhando para mim com um leve sorriso por trás da espessa barba branca. O terceiro botão de seu avental estava aberto e a mão direita, como uma carta mal colocada no baralho, se inseria no orifício. Ele apoiava o corpo sobre a perna direita enrijecida. A outra perna arqueava-se ligeiramente, o dedo do pé tocando o calcanhar direito e formando, ambos os pés, um ângulo perfeitamente reto. Percebi que eu estava prestes a sofrer uma repreensão.

— O que é, mr. Bosk? — perguntei.

Por entre os fios da barba, o sorriso do mr. Bosk se tornou mais doce. A cabeça pendeu para o lado. A voz, quando ele falou, era melíflua. Nessas ocasiões, quando eu estava para ser repreendido e colocado no meu lugar, a delicadeza dele degenerava numa espécie de afetada coqueteria infantil.

— Se não se importa, mr. Chelifer — disse com afetação —, acho que o senhor verá que *rabear,* em espanhol, não significa "balançar a cauda", como diz em seu editorial sobre a derivação da palavra *rabbit*, mas "balançar o traseiro".

— Balançar o traseiro, mr. Bosk? — disse eu. — Isso me parece uma difícil proeza.

— Aparentemente não em espanhol — disse o mr. Bosk com um riso quase inoportuno.

— Mas isso é inglês, mr. Bosk.

— Todavia minha autoridade não é menor do que a de Skeat. — E, triunfante, com ares de quem tem um quinto ás na manga num momento decisivo do jogo, o mr. Bosk estendeu a mão esquerda, que ele mantinha misteriosamente escondida às costas. Apresentou-me um dicionário; um papel marcava a página. O mr. Bosk deixou-o aberto na mesa, diante de mim, e com a unha grossa apontou: — "...possivelmente" — li em voz alta — "do espanhol *rabear,* balançar o traseiro". Certo como sempre, mr. Bosk. Vou fazer a alteração na minha prova.

— Obrigado, senhor — disse o mr. Bosk com falsa humildade. Por dentro ele exultava. Pegou seu dicionário, repetiu a insolente reverência e caminhou solenemente para a porta. Diante dela, parou. — Lembro-me de que essa questão já surgiu antes, senhor — disse, a voz venenosamente adocicada. — Na época do mr. Parfitt. — E saiu sorrateiramente, fechando a porta.

Foi uma flecha de parto. O nome do mr. Parfitt feria-me o âmago, trazia o rubor da vergonha às minhas faces Afinal, o mr. Parfitt não fora o editor perfeito, completo e infalível? Enquanto eu... O mr. Bosk deixou que minha consciência decidisse o que eu era.

E eu estava perfeitamente consciente de minhas limitações. *A gazeta do criador de coelhos,* à qual, como sabia qualquer colegial, incorporava-se o *Arquivo do criador de ratos,* não poderia ter um editor mais inadequado do que eu. Naquela época, confesso que mal sabia onde começava ou acabava um coelho.

O mr. Bosk era um remanescente dos grandes dias do mr. Parfitt, o fundador e por trinta anos editor da *Gazeta.*

— O mr. Parfitt — ele costumava me lembrar sempre — foi um verdadeiro criador. — Seu sucessor, é claro, não era.

A guerra estava no final. Eu procurava trabalho — um trabalho no coração da realidade. A natureza ilusória do cargo fizera-me recusar a oferta de uma bolsa de estudos na minha antiga escola. Queria alguma coisa — como dizê-lo? — mais palpitante. E então encontrei no *Times* o que procurava. "Precisa-se de editor com habilidade comprovada em publicações especializadas em criações. Escreva para a caixa postal número 92." Escrevi, fui entrevistado e contratado. Meus diretores não resistiram à carta de recomendação do bispo de Bosham. "Uma longa convivência com o mr. Chelifer e sua família permite-me afirmar que se trata de um jovem muito habilidoso e com altos propósitos morais. (assinado) Hartley Bosh." Fui chamado para um período experimental de seis meses.

O velho mr. Parfitt, editor prestes a se aposentar, ficou ainda alguns dias no escritório para iniciar-me nos segredos do cargo. Era um cavalheiro benevolente, de baixa estatura, gordo e com cabelos muito grandes. O rosto quadrado aparentava ser muito maior por causa das costeletas grisalhas que avançavam sobre as faces e terminavam, quase imperceptivelmente, quando começava o basto bigode. Ele conhecia mais de coelhos e ratos que qualquer um na cidade; mas do que mais se orgulhava era de seus dotes literários. Explicou-me os princípios sob os quais redigia seus editoriais semanais.

— Na fábula — dizia-me, já sorrindo antecipadamente da anedota que ele criara e vinha aprimorando desde 1892 —, na fábula é a montanha que, após um longo e, pode-se dizer, árduo trabalho geológico, dá origem ao rato. Meu princípio, inversamente, tem sido fazer, sempre que possível, que meus ratos gerem montanhas. — Ele fez uma pausa esperando minha reação. Quando ri, continuou: — São surpreendentes os efeitos que os ratos e os coelhos podem produzir na vida, na arte, na política, na filosofia e em muito mais. São surpreendentes!

O mais notável é que a teoria da montanha do mr. Parfitt ainda existia, por trás de um vidro e numa moldura de Oxford, pendurada na parede atrás da mesa do editor. Foi publicada no *Criador de coelhos* de 18 de agosto de 1914.

"Não foram os leitores da *Gazeta do criador de coelhos*," escrevera o mr. Parfitt nessa data, "que fizeram esta guerra. Nem os criadores de ratos", proclamara enfaticamente, "desejaram-na. Não! Absorvidos em suas ocupações inofensivas e comprovadamente benéficas, eles não desejavam nem tinham tempo de perturbar a paz mundial. Se todos os homens se devotassem de coração a distrações como as nossas, não haveria guerra. O mundo estaria repleto de criadores inocentes e fomentadores de vida, em vez de, como hoje, destruidores sanguinários. Se o *kaiser* Guilherme II fosse criador de coelhos ou ratos, hoje não estaríamos em um mundo ameaçado pelos inimagináveis horrores da guerra moderna."

Nobres palavras. A correta indignação do mr. Parfitt era fortalecida pelo seu medo diante do futuro do jornal. A guerra, pressagiava ele sombriamente, significaria o fim da criação de coelhos. Mas ele estava errado. É verdade que os ratos saíram de moda entre 1914 e 1918. Mas nos magros anos de racionamento os coelhos ganharam importância. Em 1917 havia dez criadores de flamengos-gigantes para cada um que existia antes da guerra. As assinaturas aumentaram, os anúncios se multiplicaram.

— Os coelhos — assegurou-me o mr. Parfitt — nos ajudaram muito a vencer a guerra.

Inversamente, a guerra ajudou tanto os coelhos que o mr. Parfitt conseguiu se aposentar em 1919 com uma fortuna modesta, porém adequada. Foi então que assumi o controle. Apesar do desprezo do mr. Bosk pela minha ignorância e incompetência, devo congratular-me pela maneira como conduzi essa questão durante os tempos difíceis que se seguiram. A paz encontrou os ingleses menos ricos, mas também menos famintos que durante a guerra. Passara o tempo em que tiveram necessidade de criar coelhos, e não havia condições de continuar a criá-los por prazer. As assinaturas diminuíram e os anúncios também. Evitei a catástrofe iminente acrescentando ao jornal uma nova seção sobre o comércio de cabras. Não havia dúvida de que, biologicamente, como solicitei aos meus diretores ao comunicar-lhes minha decisão, a combinação de ruminantes com roedores era infundada. Mas eu estava certo de que do ponto de vista comercial a inovação se justificava. E se justificou. As cabras trouxeram meia dúzia de páginas de anúncios em sua cauda e várias centenas de novas assinaturas. O mr. Bosk ficou furioso com o meu sucesso; mas os diretores tinham-me em alta conta pela minha capacidade.

É verdade que nem sempre eles concordavam com meus artigos de primeira página.

— Não daria para ser mais popular? — sugeria o diretor administrativo. — Ou um pouco mais prático, mr. Chelifer? Por exemplo... — Limpando a garganta, ele tirava do bolso uma folha datilografada com reclamações que ele mesmo redigira para apresentar na reunião do conselho. — Por exemplo, qual é o valor prático do uso da palavra "coelho"[5] como um termo afetivo entre os dramaturgos elisabetanos? E este artigo sobre a derivação da palavra "coelho"?[6] — Ele olhou para o papel e tossiu. — A quem interessa saber da existência em valão da palavra *robett*? Ou que a nossa palavra tem relação com o espanhol *rabear*, balançar o traseiro? E, a propósito, quem — olhou para mim por sobre o *pince-nez* com ar de triunfo, prematuramente assumido —, quem ouviu falar de algum animal que balança o traseiro?

— Posso garantir — dizia eu, desculpando-me, porém com a firmeza de um homem que está certo do que diz — que minha autoridade não é menor que a de Skeat.

O diretor administrativo, que esperara marcar um ponto, continuou, derrotado, com a acusação seguinte.

— E depois, mr. Chelifer — disse —, nós não gostamos muito, meus colegas diretores e eu, do que o senhor disse em seu artigo "A criação de coelhos e sua lição para a humanidade". Pode ser verdade que os criadores tenham conseguido produzir coelhos domésticos quatro vezes mais pesados que seus correspondentes selvagens, mas com a metade do volume de cérebro; pode ser verdade. E realmente o é. E é também um feito notável, mr. Chelifer, realmente notável. Mas não há razão para defender, como o senhor fez, a existência de um trabalhador ideal em cuja produção os euge-

5. *Cony* no original. (N. T.)
6. *Rilbbit* no original. (N. T.)

nistas deveriam se empenhar, que seja oito vezes mais forte do que os que temos atualmente e com apenas um sexto da capacidade mental. Não que meus colegas e eu discordemos inteiramente disso, mr. Chelifer, longe disso. Todo homem bem-pensante concorda em que o trabalhador moderno é educado demais. Mas temos que nos lembrar, mr. Chelifer, de que muitos de nossos leitores pertencem a essa classe.

— Muitos deles — aquiesci na reprovação.

— E por fim, mr. Chelifer, o artigo sobre "A simbologia da cabra". Achamos que os fatos reunidos nele, embora interessem muito a antropólogos e estudiosos do folclore, dificilmente serão adequados a um público misto como é o nosso.

Os outros diretores murmuraram sua concordância. Fez-se um prolongado silêncio.

CAPÍTULO 3

Lembro-me de um anúncio — creio que era de uma pastilha para tosse — que durante grande período da minha infância figurou na contracapa de alguns semanários. Sobre a legenda "Em cada lar, uma floresta de pinheiros" aparecia uma ilustração com três ou quatro pinheirinhos noruegueses crescendo no tapete de uma sala de estar em que a dona de casa, seus filhos e alguns convidados tomavam chá sob sua sombra aromática e salutar, incrivelmente à vontade, como se fosse muito natural ter uma sequoia brotando dentro da lareira. "Em cada lar, uma floresta de pinheiros"... Mas eu pensava em algo ainda melhor: "Um Luna Park em cada escritório", "Uma Feira de Diversões do Império Britânico em cada banco", "Um Earl's Court em cada fábrica". É verdade que não posso pretender trazer todas as atrações de um parque de diversões para o meu local de trabalho — só a montanha-russa, o trenó aquático ou o trenzinho que atravessa morros. Está além do poder de minha mágica fazer surgir como por encanto os vários tipos de carrossel. O movimento horizontal e o giro rápido não sou capaz de reproduzir; minha especialidade são as descidas vertiginosas, a perda de fôlego, o frio no estômago, essa deliciosa sensação de que as vísceras foram deixadas num patamar superior. Aqueles que ressentem a monotonia e mesmice da vida em um escritório, que anseiam por um pouco de excitação para diversificar a rotina cotidiana deveriam experimentar minha receita e introduzir um trenó aquático em um escritório de contabilidade. É bem simples. Tudo o que se tem a fazer é parar por um momento o trabalho e perguntar a si mesmo: por que estou fazendo isto? De que me serve, afinal? Terei eu vindo ao mundo, provido de uma alma provavelmente imortal, apenas para me sentar todos os dias diante desta mesa? Faça a si mesmo essas perguntas com toda a sinceridade e seriedade. Reflita por um momento sobre a importância delas e garanto-lhe que, sentado como provavelmente você está em um assento duro ou almofadado, sentirá imediatamente um vazio se abrir sob a cadeira e começará a deslizar de cabeça, cada vez mais rápido, para dentro do nada.

Para os que não podem dispensar as fórmulas e orações prontas recomendo este pequeno catecismo para ser lido durante o expediente, toda vez que o tempo começar a se arrastar.

P.: Por que estou trabalhando aqui?

R.: Para que os judeus corretores da Bolsa possam trocar seus Rovers por Armstrong-Siddeleys, comprar os últimos discos de jazz e passar os fins de semana em Brighton.

P.: Por que continuo a trabalhar aqui?

R.: Pela esperança de um dia também poder passar um fim de semana em Brighton.

P.: O que é o progresso?

R.: Progresso é: corretores da Bolsa, mais corretores da Bolsa e ainda mais corretores da Bolsa.

P.: Qual é o objetivo dos reformistas sociais?

R.: O objetivo deles é criar um Estado no qual todo indivíduo tenha o máximo de liberdade e tempo livre.

P.: O que farão os cidadãos desses Estados reformados com tanta liberdade e tempo livre?

R.: Provavelmente o que fazem os corretores da Bolsa hoje em dia, ou seja, passar o fim de semana em Brighton, dirigir seus veículos em alta velocidade e ir ao teatro.

P.: Quais são as condições para que eu possa ter uma vida de prazeres?

R.: A condição é que você não pense.

P.: Qual a função dos jornais, do cinema, do rádio, das motocicletas, das bandas de jazz etc.?

R.: A função deles é evitar que você pense e ajudá-lo a passar o tempo. São os instrumentos mais poderosos da felicidade humana.

P.: O que Buda considera o mais mortal dos pecados mortais?

R.: A inconsciência e a estupidez.

P.: E o que acontecerá se eu me tornar consciente, se começar a pensar realmente?

R.: A sua cadeira giratória se transformará em um vagonete de montanha-russa, o chão do escritório se abrirá suavemente embaixo dele e você se verá escorregando para dentro do abismo.

Caindo, caindo, caindo! A sensação, embora vertiginosa, é muito boa. Sei que a maioria das pessoas poderá achar isso um pouco exagerado e consequentemente parará de pensar; nesse caso, o vagonete se reconverterá em cadeira giratória, o chão voltará a se fechar e as horas diante da escrivaninha parecerão outra vez um tempo que passa de maneira perfeitamente razoável. Também é possível, embora seja mais raro, que as pessoas fujam em pânico do escritório e enterrem a cabeça, como avestruzes, numa religião ou não sei que mais. Para os mais fortes e inteligentes, tanto uma saída como a outra são inadmissíveis; a primeira porque é estúpida e a segunda porque é covarde. Nenhum homem respeitável as aceitará sem refletir ou, se o fizer, fugirá irresponsavelmente da realidade da vida. Orgulho-me de ter escolhido a direção correta. Tendo procurado o coração da realidade — Gog's Court, para ser mais explícito —, assumo minha posição lá; e, embora esteja completamente consciente da realidade que me rodeia e lembre-me sempre da completa imbecilidade do que estou fazendo, mesmo assim permaneço heroicamente em meu posto. Passo todo o tempo na montanha-russa; minha vida é um constante escorregar para dentro do nada.

Insisto em dizer que isso faz parte de toda a minha vida porque não é apenas em Gog's Court que introduzo com minhas mágicas as delícias de um parque de diversões. Também minha vida particular é organizada de modo que eu possa sempre escorregar, mesmo não estando dentro do escritório. Meu coração, como diz o poeta, é como um pássaro cujo ninho foi construído num esqui aquático. Posso assegurar que a pensão da srta. Carruthers em Chelsea é um lugar tão adequado para se escorregar quanto qualquer Temple Bar do leste de Londres. Sou um dos pilares daquele estabelecimento, moro lá há quatro anos e todas as noites, quando me sento para jantar com os outros hóspedes, é como se ocupasse o meu lugar num vagonete de montanha-russa, familiar e especialmente espaçoso. Todos a bordo e lá vamos nós! A toda velocidade o vagonete é arremetido no vazio.

Deixe-me descrever uma noite nesse vagonete doméstico. À cabeceira da mesa senta-se a própria srta. Carruthers; 37 anos, gorda, apesar de solteira, um rosto que se alarga na base, bastante flácido nas faces e no queixo — em resumo, como um buldogue; o nariz arrebitado espia através das narinas erguidas e os pequenos olhos castanhos confirmam a comparação. E que atividade! Nunca caminha, mas corre pela casa como uma endemoniada; nunca fala, mas grita estridentemente; fatia o rosbife com uma fúria científica; ri como um pica-pau gigante. Vem de uma distinta família, que nos dias de glória jamais teria sonhado que uma de suas filhas viesse a se tornar o que a srta. Carruthers chama — conferindo-se o mais humilhante dos títulos e rindo ao fazê-lo, para enfatizar o contraste pitoresco entre o que ela foi por nascimento e ao que está reduzida por força das circunstâncias — de "dona de pensão". Ela crê firmemente em sua classe, e para os hóspedes mais distintos deplora a necessidade de ter que admitir em seu estabelecimento pessoas não muito, muito... Sempre tem o cuidado de não misturar pessoas de espécies diferentes. Os hóspedes mais bem-educados sentam-se à mesa perto dela; isso subentende que nas proximidades da srta. Carruthers eles poderão se sentir mais em casa. Durante anos tive a honra de me sentar à esquerda dela; embora eu fosse menos próspero do que a sra. Cloudesley Shove, a viúva do corretor (ela se senta gloriosamente à direita), pelo menos frequentei, na minha juventude, um respeitável centro de aprendizado.

O gongo reverbera; pontualmente desço correndo para a sala de jantar. Com fúria e precisão, como um maestro regendo uma abertura de Wagner, a srta. Carruthers está cortando a carne.

— Boa noite, mr. Chelifer — cumprimenta-me ela em voz alta, sem interromper sua atividade. — Que notícias da cidade nos traz hoje?

Sorrio afavelmente e, como um profissional, esfrego as mãos.

— Hoje não há muito para contar.

— Boa noite, sra. Fox. Boa noite, mr. Fox. — Os dois velhos ocupam os lugares perto da extremidade oposta da mesa. Eles não são muito, muito... — Boa noite, srta. Monad. — Essa senhorita faz um responsável trabalho de secretariado e se senta perto do mr. Fox. — Boa noite, mr. Quinn. Boa noite, srta. Webber. Boa noite, mr. Crotch. — Mas o tom com que ela responde ao cortês cumprimento do mr. Dutt é muito menos afável. O mr. Dutt é um indiano, um negro, como diz a srta. Carruthers. Seu "boa noite, mr. Dutt" demonstra que ela conhece seu lugar e espera que o homem de raça inferior saiba qual é o dele. A copeira entra com uma travessa de verduras. *Crambe ripetita* — aroma inspirador! Mentalmente irrompo num poema.

Estas verduras, como o remorso vicioso,
Trazem à lembrança e profetizam
Futuros banquetes em que a sra. Cloudesley Shove
Recordará o saudoso Cloudesley.
Ainda,

Por entre os cedros de lua iluminados,
Lembra sempre, sempre mais o rouxinol,
A velha dor, a eterna dor;
E ainda, viciosamente, o ar assombrado
Lembra que as rosas são vermelhas
E amanhã também o serão.
Mas "Cloudesley, Cloudesley!", soluça em vão
Pela noite o rouxinol; pois Cloudesley Shove está morto.[7]

E em carne e osso, como que irresistivelmente atraída pela minha mágica, a sra. Cloudesley enegrece o vão da porta com sua viuvez.

— Hoje não foi um bom dia — diz ela ao sentar-se.

— Não foi mesmo — a srta. Carruthers concorda vigorosamente. E sem desviar a atenção da carne, sem reduzir por um instante a velocidade do corte, prossegue: — Fluffy! — grita por sobre o vozerio crescente. — Por que está rindo dessa maneira?

Educadamente, o mr. Chelifer se ergue um pouco da cadeira quando a srta. Fluffy aproxima-se, agitada, na esteira de sua risada, e senta-se ao lado dele. Sempre o perfeito cavalheiro.

— Eu não estava rindo, srta. Carruthers — protesta Fluffy. O sorriso revela acima da raiz dos dentes uma linha de gengivas quase brancas.

— É verdade — diz o jovem mr. Brimstone, seguindo Fluffy de maneira menos tumultuosa e sentando-se à frente dela, perto da sra. Cloudesley. — Ela não estava rindo. Só estava gargalhando.

7. *These like remorse inveterate memories,/ Being of cabbage, are prophetic too/ Of future feast when Mrs. Cloudesley Shove/ Will still recall lamented Cloudesley./ Still/ Among the moonlit cedars Philomel/ Calls back to mind, again, again,/ The ancient pain, the everlasting pain;/ And still inveterately the haunted air Remembers and foretells that roses were/ Red and tomorrow will again be red,/ But 'Cloudesley, Cloudesley!' Philomel in vain/ Sobs on the night; for Cloudesley Shove is dead...*

Todos riem ruidosamente, inclusive a srta. Carruthers, mas sem interromper o corte da carne. O mr. Brimstone permanece sério. Por trás do *pince-nez* sem aro percebe-se no máximo uma piscadela. Quanto à srta. Fluffy, ela quase morre de rir.

— Você é mesmo terrível! — grita ela, sempre rindo, assim que lhe é possível retomar o fôlego para articular as palavras. E, pegando o pão, finge atirá-lo por sobre a mesa no rosto do mr. Brimstone.

— Tenha cuidado — adverte ele, erguendo um dedo. — Se não se comportar, irá para o canto de castigo e dormirá sem jantar.

As risadas irrompem novamente. A srta. Carruthers intervém:

— Pare de provocá-la, mr. Brimstone.

— Provocar? — diz o mr. Brimstone com ares de quem está sendo mal interpretado. — Mas eu só estava aplicando uma persuasão moral, srta. Carruthers.

O inigualável Brimstone! Ele é a alma e a vida do estabelecimento da srta. Carruthers. Um jovem tão sério, tão culto e tão perspicaz — mas também tão requintadamente pândego e galante! Vê-lo brincar com Fluffy é tão divertido quanto assistir a uma comédia.

— Pronto! — diz a srta. Carruthers, depondo suas facas ruidosamente. Com energia e espalhafato ela desempenha suas funções de anfitriã. — Fui ao Buzard's esta tarde — anuncia, sem disfarçar o orgulho. As antigas famílias do condado, como eram as nossas, sempre compravam seu chocolate nas melhores lojas. — Mas já não é como antes. — Ela balança a cabeça; os áureos tempos feudais pertencem ao passado. — Não é a mesma coisa. Pelo menos desde que o ABC assumiu o controle.

— Vocês sabiam — pergunta o mr. Brimstone, retomando a seriedade — que a nova Lyons Corner House, em Piccadilly Circus, servirá catorze mil refeições por ano? — O mr. Brimstone é sempre uma mina de estatísticas interessantes.

— Não! É mesmo? — A sra. Cloudesley está atônita.

Mas o velho mr. Fox, que por acaso lê o mesmo vespertino, toma para si quase todo o crédito de erudição do mr. Brimstone ao acrescentar, antes que o outro tivesse tempo de fazê-lo: — Sim, é duas vezes o número de refeições que qualquer restaurante norte-americano consegue servir.

— Grande Inglaterra! — grita a srta. Carruthers patrioticamente. — Esses ianques ainda não nos venceram em tudo.

— Sempre achei essas Corner Houses muito boas — diz a sra. Cloudesley. — A música que tocam lá é mesmo bastante clássica, às vezes.

— Bastante — diz o mr. Chelifer, saboreando com volúpia o prazer de lançar-se alcantiladamente da extremidade da mesa para dentro do espaço interestelar.

— E com que luxo elas são decoradas! — continua a sra. Cloudesley.

Mas o mr. Brimstone sabiamente a informa de que o mármore nas paredes tem menos de uma polegada de espessura.

E a conversa prossegue.

— Os bárbaros — diz a srta. Carruthers — apenas se fingem de mortos.

O mr. Fox é a favor de um governo negociador. O mr. Brimstone gostaria de ver alguns grevistas baleados, para intimidar os demais; a srta. Carruthers concorda. Por sob o saleiro, a srta. Monad diz uma palavra em favor da classe trabalhadora, mas seu comentário é tratado com o desprezo que merece. A sra. Cloudesley acha Charles Chaplin muito vulgar, mas gosta de Mary Pickford. A srta. Fluffy gostaria que o príncipe de Gales se casasse com uma boa e simples moça inglesa. O mr. Brimstone diz qualquer coisa engraçada sobre a sra. Asquith e lady Diana Manners. A sra. Cloudesley, que tem profundo conhecimento da família real, menciona a princesa Alice. Contraponteando, a srta. Webber e o mr. Quinn discutem as últimas peças de teatro e o mr. Chelifer junta-se à srta.

Fluffy numa conversa sobre as moças modernas que logo ocupa a atenção de todos os que se sentam próximos à cabeceira da mesa. A sra. Cloudesley, a srta. Carruthers e o mr. Brimstone concordam em que essas moças são educadas com muita liberdade. A srta. Fluffy adere com tons penetrantes à opinião oposta. O mr. Brimstone faz algumas piadas esplêndidas sobre a educação mista, e todos convêm nas mais variadas e lastimáveis opiniões. A srta. Carruthers, que é pouco paciente com os dissidentes, gostaria de vê-los cobertos de alcatrão e penas — todos, menos os pacifistas, que, assim como os grevistas, poderiam ser aniquilados com um rápido tiroteio. A linfática sra. Cloudesley, com súbita e surpreendente ferocidade, quer o mesmo tratamento para os judeus. (O pranteado Cloudesley tinha conexões com Belfast.) Mas nesse momento ocorre um lamentável incidente. O mr. Dutt, o indiano, que de sua esfera inferior nem sequer poderia ter ouvido a conversa chegar aonde chegou, inclina-se para a frente e, falando em voz alta por sobre o abismo que se interpõe entre ele e os demais, abraça ardorosamente a causa judia. Sua eloquência reverbera pela mesa entre duas barreiras de horrorizado silêncio. Por um momento nada é ouvido senão os ardorosos suspiros nacionalistas e o polido regurgitar de sementes de ameixa nos pratos. Na presença desse fenômeno chocante e desconhecido, ninguém sabe exatamente o que fazer. Mas, passado o primeiro momento, a srta. Carruthers se mostra à altura das circunstâncias.

—Ah, mr. Dutt — diz ela, interrompendo o discurso veemente —, mas é bom lembrar que a sra. Cloudesley Shove é uma inglesa. É improvável que o senhor possa sentir o que ela sente. Ou será que é possível?

Todos nós tivemos vontade de aplaudir. Sem esperar pela resposta do mr. Dutt e deixando três ameixas intactas no prato, a srta. Carruthers se levanta e se dirige com dignidade para a porta. Em voz alta, já no corredor, ela comenta a insolência do negro.

— Quanta ingratidão! Depois de eu ter concordado em abrir uma exceção à minha regra de não aceitar pessoas de cor!

Todos compartilhamos esse sentimento. Na sala de estar a conversa continua. O vagonete mergulha de cabeça.

"Um lar longe de casa" — era assim que a srta. Carruthers descrevia seu estabelecimento nos prospectos. Foi a distância o que primeiro me atraiu para ele. O longo caminho percorrido entre aquilo que eu chamava de lar até o momento em que aqui cheguei; isso me fez decidir ficar para sempre na casa da srta. Carruthers. Esta casa me pareceu tão distante daquela em que nasci quanto qualquer outro lugar que eu pudesse convenientemente encontrar.

"Eu me lembro, eu me lembro..." Uma ocupação fútil e sem sentido, embora seja difícil não se entregar a ela. Eu me lembro. Nossa casa em Oxford era alta, estreita e escura. Dizia-se que o próprio Ruskin a havia projetado. As janelas frontais davam para Banbury Road. Nos dias de chuva, quando eu era criança, costumava passar manhãs inteiras olhando para a rua. A cada vinte minutos um bonde puxado por dois velhos cavalos sonolentos passava com movimentos ondulatórios, mais devagar do que um homem caminhando. O pequeno jardim atrás da casa me parecia enorme e romântico, o cavalinho da escola maternal tão grande quanto um elefante. A casa foi vendida e hoje me alegro por isso. Esses lugares e objetos habitados pela memória são perigosos. É como se, por um processo de metempsicose, a alma dos eventos mortos se desprendesse e se alojasse numa casa, numa flor, numa paisagem, num grupo de árvores visto da janela de um trem contra o horizonte, numa antiga fotografia, num velho estojo, num livro, num perfume. Nesses lugares carregados de memórias, entre os objetos perseguidos por fantasmas de outras épocas, somos tentados a meditar com muito carinho sobre o passado, a revivê-lo de maneira mais elaborada, mais conscienciosa, mais bela e harmoniosa, quase como se fosse uma vida imaginada no futuro. Rodeados por esses fantasmas, podemos negligenciar o presente em que vivemos corporalmente. Fico feliz que a casa tenha sido vendida; era perigosa. E viva a srta. Carruthers!

Mesmo assim, enquanto eu flutuava na água naquela manhã, meus pensamentos se transferiram do "lar longe de casa" para o outro, do qual eu estava tão distante. Lembrei-me da última visita que fizera à velha casa, um ou dois meses antes de minha mãe ter decidido mudar de lá. Sentira-me como um coveiro à beira de um túmulo ao subir os degraus para o pórtico ogival. Puxei com força o fio de metal preso ao sino; um rangido, um ruído metálico, e ao longe, como se por acidente, depois de uma reflexão tardia, o sino rachado tilintou. Em instantes a porta se abriu, eu entrei e, lá dentro, no quarto ainda mobiliado, a velha mãe estava repousando — a minha mãe.

Nada jamais mudava entre aquelas paredes góticas. Imperceptivelmente, os móveis tinham envelhecido; o papel de parede e a tapeçaria lembravam, pela neutralidade dos tons castanhos e verdes discretos, o refinamento de outra época. E minha mãe, pálida e grisalha, usando como sempre seus imemoráveis vestidos cinza, continuava igual. Como sempre, seu sorriso era gentil e sem brilho; a voz continuava suavemente modulada, como música erudita bem ensaiada, passando de uma nota a outra. Os cabelos estavam muito brancos — haviam embranquecido cedo e ela me tivera muito tarde. As rugas no rosto eram mais profundas e em maior quantidade. Ela andava ereta, parecia tão ativa quanto sempre fora, não emagrecera nem engordara.

E continuava rodeada por uma matilha de cães abandonados, pobrezinhos, horrivelmente pródigos em sua malcheirosa gratidão. Possuía ainda os mesmos velhos gatos, que eram recolhidos nas ruas para serem alimentados com luxúria, embora a dieta fosse, por princípio, estritamente vegetariana. As crianças pobres continuavam chegando para ganhar pão doce, chá e participar dos tradicionais jogos no jardim — tão tradicionais que quase ninguém, além de minha mãe, ouvira falar deles. Elas vinham também, quando era inverno, para receber luvas e meias de lã e para participar dos tradicionais jogos de salão. E como sempre a escrivaninha na biblioteca continuava cheia de papéis, formulários impressos para alguma obra de caridade. Como sempre, minha mãe, com sua bela caligrafia, endereçava os envelopes que continham esses pedidos; subscrevia-os lentamente, um após o outro — cada um, um pequeno trabalho artístico, como uma página de um missal medieval, e todos destinados, tão logo eram recebidos, à cesta de lixo.

Tudo estava como sempre esteve. Ah, mas não exatamente tudo! Porque, apesar de ser uma radiante tarde de final de verão, o pequeno jardim atrás da casa estava abandonado e silencioso. Onde estariam os dançarinos de *moms*,[8] os acordes medievais? Lembrando-me da música, daquelas danças, das tardes longínquas, senti vontade de chorar.

A um canto do gramado, minha mãe se sentava diante do pequeno órgão; eu ficava ao lado dela para virar as páginas da partitura. Do outro lado do gramado agrupavam-se os dançarinos. Minha mãe olhava por sobre o instrumento e melodiosamente perguntava:

— Qual será a próxima dança, mr. Toft? *Trenchmore* ou *Omnium Gatherum*? Ou *John, venha me beijar agora*? Ou que tal *Todos para cima*? Ou *Vou acariciá-la com uma palha*? Ou *Um velho é uma cama cheia de ossos*? É mesmo um *embarras de richesse,* não?

E o mr. Toft se desprendia do pequeno grupo de dançarinos e cruzava o gramado, limpando o rosto com um lenço — porque a *Hoite-cum-Toite,* recém-terminada, fora uma apresentação das mais furiosas. Ele tinha um rosto cinzento de feições vagas e indeterminadas e um sorriso quase celestial brincava no meio dele. Ao falar, fazia-o com uma voz muito melódica.

— O que acha de tentarmos a *Desvanecer,* sra. Chelifer? É uma ótima dança. Lembra-se das palavras imortais da Esposa do

8. Antiga dança folclórica inglesa em que os figurantes geralmente representavam figuras lendárias. (N. T.)

Cidadão, em *O cavaleiro do pilão ardente*? Ha, ha! — Ele expressou uma leve risada em louvor à própria espiritualidade. Porque para o mr. Toft qualquer alusão literária era uma brincadeira, e, quanto mais obscura fosse, mais refinada era a pilhéria. Infelizmente era raro encontrar alguém que compartilhasse sua hilaridade. Minha mãe era uma das poucas pessoas que esboçavam um sorriso quando o mr. Toft ria de si mesmo. Ela o fazia mesmo que não fosse capaz de acompanhar a alusão até sua fonte. Às vezes chegava a rir. Mas minha mãe não ria com facilidade; pela própria natureza, era alguém de sorriso grave e delicado.

Então seria *Desvanecer*. Minha mãe tocou as teclas e uma melodia medieval triste, porém festiva, ressonou do órgão, como um hino estranhamente dissipado.

— Um, dois, três... — contou vigorosamente o mr. Toft.

E então, em uníssono, todos os cinco dançarinos — o professor, os dois alunos e as duas senhoritas de North Oxford — bateram os pés no chão e começaram a rodopiar e saltitar, até que as ligas adornadas com pequenos sinos, que prendiam as pernas da calça de flanela cinza dos cavalheiros (por alguma razão indefinida era fato consumado que as mulheres não deviam usá-las), começassem a retinir como os sinos de um cavalo de fiacre correndo em disparada. Um, dois, três... *A esposa do cidadão* (ha, ha!) estava certa. *Desvanecer* era realmente uma ótima dança. Todos dançam *Desvanecer*. O pobre mr. Toft desvanecera de Oxford, dançara exclusivamente pela vida, como Lycidas (hi! hi!) em seu apogeu. E dos alunos que ali dançavam com o mr. Toft, quantos teriam dançado *Desvanecer* sob o fogo alemão? O jovem Flint, que sempre se dirigia ao seu professor como "mr. Toft — oh, quero dizer, Clarence" (porque o mr. Toft era um desses mestres joviais e inteligentes que insistem em ser chamados pelo nome de batismo), o jovem Flint certamente estaria morto. E Ramsden também, tenho a impressão de que ele também morreu.

Havia ainda as duas senhoritas de North Oxford. Que tal, por exemplo, as bochechas da srta. Dewball? Como aquelas rosas-de--cem-pétalas teriam suportado a passagem dos anos? E para a srta. Higlett, é claro, não havia mais o que desvanecer, nenhuma dessecação futura. Ela já era uma campânula azul ressecada na areia. A perecível Higlett e a corada Dewball...

E eu, eu também desvanecera. O Francis Chelifer que ao lado do órgão desvanecido virava as páginas da partitura para a mãe também se extinguira tanto quanto o mr. Toft. Sua múmia repousava dentro daquela tumba gótica. Minhas visitas de fim de semana eram expedições arqueológicas.

— Agora que o mr. Toft está morto — perguntei à minha mãe enquanto andávamos de um lado para o outro no jardim atrás da casa — , não há mais ninguém por aqui que pratique a dança *moms*? — Ou será que aqueles dias folclóricos, perguntei a mim mesmo, também haviam desvanecido para sempre?

Minha mãe meneou a cabeça.

— Já não existe interesse por isso — disse ela com tristeza. — As novas gerações não se entusiasmam mais por essas coisas. Nem sei realmente em que eles estão interessados.

Em quê, realmente? Na minha juventude o interesse era pelo serviço social e pelo fabianismo; pelas longas e entusiasmadas caminhadas pelo campo, a quatro quilômetros por hora, que sempre terminavam com muita cerveja Five X, um poema rabelaisiano e conversas com os camponeses nos pequenos e incrivelmente pitorescos botequins de beira de estrada; pelos grupos de leitura nos lagos e pelas escaladas no Jura; por cantar no coro de Bach e mesmo — embora de certa forma eu nunca tenha me mostrado à altura — pela dança *moms* com o mr. Toft... Mas *Desvanecer* é uma ótima dança, e todas essas atividades pareciam-me agora um pouco esquisitas. Mesmo assim, surpreendi-me cobiçando o ser que existira dentro de minha pele e participara delas.

— Pobre Toft! — meditei. — Lembra-se de como costumava chamar os grandes homens por apelidos que ele mesmo inventava? Só para mostrar que tinha certa familiaridade com eles, suponho. Shakespeare era sempre Shake-bake, que por sua vez era a abreviatura de Shake-Bacon. E Oven, *tout court,* era Beethoven.

— E J.S.B. era Bach — continuou minha mãe com um sorriso elegíaco.

— Sim, e Pee Em era Philipp Emanuel Bach. E Madame Dudevant era George Sand; lembro-me de que de vez em quando ele a chamava de "A enfermeira mensalista da rainha", porque Dickens a achara parecida com isso na única vez em que a viu. — Lembrei-me da prolongada e deliciosa gargalhada que acompanhava essa alusão.

— Você nunca deu muito para a dança, meu querido. — Minha mãe meneou tristemente a cabeça, lembrando-se do passado.

— Ah, mas pelo menos fui um fabianista — respondi. — E fiz longas caminhadas pelo campo. Também bebi várias Five X no Red Lion.

— Preferia que não tivesse necessitado da cerveja — disse minha mãe. O fato de eu não ter escolhido ser um abstêmio sempre a deixava um pouco angustiada. Além disso, eu gostava de carne.

— Substituí-a pela dança *moms,* se a senhora me entende.

Mas acho que ela não entendeu. Nós cruzamos o gramado duas ou três vezes em silêncio.

— Como vai seu trabalho no jornal? — perguntou-me ela por fim.

Contei-lhe com grande entusiasmo sobre o cruzamento de angorás com himalaias que acabávamos de publicar.

— Teria sido melhor — disse ela, após uma pausa — se você tivesse aceitado a oferta de bolsa do seu colégio. Seria muito bom tê-lo aqui, preenchendo o lugar deixado por seu pai.

Ela me olhava com tristeza. Sorri-lhe de volta, como se entre nós houvesse um abismo. A criança, pensei, cresce e se esquece de que é feita da mesma carne de seus pais. Mas eles não se esquecem. Desejei, pelo bem de minha mãe, ter apenas cinco anos de idade.

CAPÍTULO 4

Aos cinco anos de idade, entre outras coisas, eu escrevia poemas, que contavam com a apreciação completa e irrestrita de minha mãe. Havia um sobre as cotovias que ela ainda guarda junto com as mechas claras de meus cabelos infantis, fotografias desbotadas, preciosos desenhos de trenzinhos sobre trilhos e muitas outras relíquias da época.

Oh, cotovia, quão alto
Voas pelo céu.
Quão límpido cantas
E veloz bates tuas asas.
O sol brilha,
O dia está lindo.
Hark, diz meu pai,
Ouves a cotovia?[9]

Penso que minha mãe gosta mais desse poema do que de qualquer outra coisa que eu tenha escrito. Ouso dizer que meu pai, se estivesse vivo, dividiria com ela a preferência. Mas naquela época ele era

9. *Oh lark, how you do fly/ Right up into the sky./ How loud he sings/ And quickly wags his wings./ The sun does shine,/ The weather is fine./ Father says, Hark,/ Do you hear the lark?*

um wordsworthiano ardoroso. Sabia de cor quase todo o *Prelúdio*. Às vezes rompia inesperadamente o silêncio no qual vivia recolhido e recitava um ou dois versos. O efeito era sempre portentoso: um oráculo se fazia ouvir.

Lembro-me com especial clareza de uma ocasião em que Wordsworth quebrou o prodigioso silêncio de meu pai. Foi numa Páscoa, quando eu tinha mais ou menos dez anos. Nós tínhamos ido passar os feriados em Gales do Norte; meu pai gostava de andar pelas montanhas e ocasionalmente escalava alguma menos íngreme. Naquele ano a Páscoa chegara mais cedo; o tempo ainda estava frio e tempestuoso; havia neve. No domingo de Páscoa, meu pai, para quem as caminhadas pelas montanhas equivaliam a ir à igreja, convidou-me para subir com ele o Snowdon. Saímos cedo. Fazia frio; uma névoa branca e densa ainda cobria a paisagem distante. Em silêncio nós nos arrastávamos pela neve. Como o pajem do rei Venceslau eu seguia os passos de meu pai, enterrando os pés nas marcas que ele imprimia na neve. De vez em quando ele olhava para trás para ver como eu estava me saindo. Gotículas de gelo se prendiam em sua barba castanha. Ele sorria ao me ver subir arquejante, firmando meus pequenos pés em suas largas pegadas. Era um homem grande, alto, de ombros largos, cujo rosto podia ser confundido com um daqueles bustos de estadistas ou filósofos gregos. Ao lado dele eu me sentia particularmente pequeno e insignificante. Quando eu o alcançava, ele tocava afetuosamente meu ombro com sua mão grande e pesada e depois erguia o rosto para o topo da montanha que mais uma vez ele decidira subir. Não dizia uma palavra.

Quando o sol nasceu, as nuvens se dispersaram. Por entre a névoa que se desfazia podíamos ver o céu. Largos fachos de luz amarelada percorriam as encostas cobertas de neve. Ao chegarmos ao topo, o céu estava completamente limpo. Havia sol, mas não fazia calor; o céu distante e gelado era de um azul muito claro. Todas as encostas voltadas para o norte continuavam ensombrecidas, em tons azulados e púrpura. Mais abaixo, na direção oeste, podíamos ver a costa denteada e irregular, que a distância parecia muito calma, e o mar cinzento se estendendo por todo o horizonte. Ficávamos ali um longo tempo, em silêncio, diante da paisagem extraordinária. Lembro-me de que às vezes eu lançava um olhar furtivo para meu pai. No que estaria ele pensando?, eu me perguntava. Grande e temível, ele não se movia, olhando meditativamente ora para um lado, ora para o outro. Não dizia uma palavra. Não ousava romper o silêncio. De repente, ele se aprumou com imponência. Ergueu o machado de quebrar gelo e com um gesto enfático cravou o lado pontiagudo na neve.

— Danada beleza! —, disse ele lentamente, com sua voz profunda e cavernosa. E não falou mais nada. Em silêncio, retomamos a trilha para o hotel Pen-y-Pass.

Mas meu pai não dissera, como eu havia suposto, suas últimas palavras naquele dia. No meio da descida, levei um susto e cheguei a ficar alarmado quando ele começou a falar.

— Aprendi — bradou abruptamente (e parecia que o fazia mais para si mesmo do que para mim) — a apreciar a natureza, não com o estouvamento da juventude, mas ouvindo a música triste e monótona da humanidade, não áspera ou desagradável, mas com amplo poder de refinar e purificar. E sinto uma presença que me perturba com o regozijo dos pensamentos elevados; a sublime sensação de alguma coisa muito mais profundamente abrangente, que habita a luz dos crepúsculos, os oceanos e o ar vivo, o céu azul e a mente dos homens.

Eu o ouvia, sentindo uma espécie de terror. As palavras estranhas (eu ainda não tinha ideia de onde elas vinham) reverberavam misteriosamente dentro de mim. Eram um oráculo, uma revelação divina. Meu pai parou de falar tão bruscamente quanto começou. As palavras pendiam isoladas no meio de seu silêncio portentoso. Continuamos nosso caminho. Ele não falou mais, até que, ao entrarmos

no hotel, inspirou o ar gelado e comentou com profunda satisfação:
— Cebolas! — E então, cheirando mais uma vez: — Fritas.

"A sublime sensação de alguma coisa muito mais profundamente abrangente..." Desde esse dia estas palavras, pronunciadas pela voz cavernosa de meu pai, não saíram de minha mente. Levei muito tempo para descobrir que significavam tão pouco quanto um soluço. Essa é a influência nefanda das iniciações precoces.

Meu pai, entretanto, que nunca conseguiu se livrar dos preconceitos instilados em sua infância, continuou a acreditar nas fórmulas wordsworthianas até o fim de seus dias. Sim, temo que ele também tivesse preferido as precoces cotovias às minhas elucubrações maduras. Por outro lado, com que competência aprendi a escrever! Para fazer justiça a mim mesmo, devo insistir nisso. É claro que no fim das contas isso não significa nada. As cotovias podem ter sido minha obra-prima, o que também não tem a mínima importância. Ainda assim, insisto. Eu insisto...

CAPÍTULO 5

"Apenas um poetinha" — com que amargura o pobre Keats se ressentia dessa observação! Talvez porque secretamente soubesse que era justa. Keats, afinal, era essa estranha e infeliz quimera: um poetinha e um grande homem. Entre o autor das odes e o das cartas há um grande abismo, o mesmo que separava os atletas gregos dos heróis.

Pessoalmente não me dedico às cartas heroicas. Só posso reivindicar modestamente o posto de um competente atleta de segunda classe — embora muito mais competente, insisto (mesmo que isso não tenha importância), do que quando eu escrevia sobre as cotovias. "Apenas um poetinha" — infelizmente nunca serei mais que isso.

Quero mostrar-lhes um exemplo de minha competência já madura. Escolhi-o ao acaso, como dizem os críticos, na minha longamente projetada, mas nunca concluída, série de poemas sobre os seis primeiros Césares. Orgulho-me de dizer que meu pai teria gostado do título, o qual, por sua vez, é completamente wordsworthiano; faz parte da grande tradição do imortal *A caixa de agulhas em forma de harpa*. "Calígula cruza a ponte de barcos entre Baiae e Puteoli. Por Peter Paul Rubens (1577-1640)." O poema propriamente dito, entretanto, não lembra muito o Distrito de Lake.

De popa a proa os barcos formam
Uma ponte sobre o golfo azulado; está pronta a estrada.
E César, montado em seu tordilho,
Encabeça o exército em cavalgada.

Ébrios de seu próprio sangue eles seguem.
Cintilam as ondas, como se lhes assistissem,
Inclinam-se os rochedos, imitando-lhes a marcha,
E assim eles preenchem o vazio dos céus

Com os valsantes Deuses e Virtudes,
Cortam os ventos marítimos com seus gritos,
E o templo de Vesta nas alturas
Gira como um carrossel brilhante.

Tendo na mão o caduceu espiralado
E asas de ouro à guisa de esporas,
O jovem César, vestido como Deus,
Saúda seus alegres marinheiros.

Saúda-os, enquanto são lançados ao mar
Os viajantes vindos da cidade costeira;
Ri, enquanto as cabeças são golpeadas
E afundadas até sob as bolhas se afogarem.

Ao longe surge um redemoinho
Varrendo o céu alegórico.
E a Beleza, como um relâmpago dirigido,
Risca o peito largo de Júpiter e a coxa de Juno.

Escorrega pelo flanco de Marte e das curvas
De Virtude salta, num giro vertiginoso,

Circunda uma nuvem e, sempre girando,
Lança-se à terra, aos punhos erguidos de César.

Uma burguesa despenca do alto da ponte.
Rápida, Beleza escapa de César
E por entre as pernas ainda fora d'água
Desaparece entre os barcos, no oceano azul.[10]

Lendo o poema do começo ao fim, alegro-me por reconhecê-lo muito próximo do padrão internacional em voga. Um pouco mais e eu poderei competir num torneio crítico com Monsieur Cocteau e a srta. Amy Lowell. Quanta honra! Sinto-me pequeno diante do que está prestes a acontecer.

Mas, ah, os Césares! Eles me perseguem há muitos anos. Já tive planos de colocar metade do universo em duas ou três dúzias de poemas sobre esses monstros. Para começar, todos os pecados, e para terminar, todas as virtudes... Arte, ciência, história, religião — também elas teriam o seu lugar garantido. E Deus sabe o que mais.

10. *Prow after prow the floating ships/ Bridge the blue gulph; the road is laid./ And Caesar on a piebald horse/ Prances with all his cavalcade.// Drunk with their own quick blood they go./ The waves flash as with seeing eyes;/ The tumbling cliffs mimic their speed,/ And they have filled the vacant skies// With waltzing Gods and Virtues, set/ The Sea Winds singing with their shout,/ Made Vesta's temple on the headland/ Spin like a twinkling roundabout.// The twined caduceus in his hand,/ And having golden wings for spurs,/ Young Caesar dressed as God looks on/ And cheers his jolly mariners;// Cheers as they heave from off the bridge/ The trippers from the seaside town;/ Laughs as they bang the bobbing heads/ And shove them bubbling down to drown.// There sweeps a spiral whirl of gesture/ From the allegoric sky:/ Beauty, like conscious lightning, runs/ Through Jove's ribbed trunk and Juno's thigh,// Slides down the flank of Mars and takes/ From Virtue's rump a dizzier twist,/ Licks round a cloud and whirling stoops/ Earthwards to Caesar's lifted fist.// A burgess tumbles from the bridge/ Headlong, and hurrying Beauty slips/ From Caesar through the plunging legs/ To the blue sea between the ships.*

Mas os Césares não chegaram a tanto. Logo percebi que a ideia era ampla e pretensiosa demais para ser posta em prática. Comecei por Nero, o artista (as profundezas exigem mais profundezas). "Nero e Sporus caminhando pelos jardins da Casa Dourada."

A sombria agitação do ar perfumado
Toca seu rosto, esvoaça seus cabelos.
Com os mais delicados dedos eu acaricio,
Sporus, todo o seu encanto;
Redonda como uma fruta, desarvorada, brilha a lua;
E as labaredas sobre as vinhas,
Como estrelas num céu de delírio,
Também brilham e se apagam.
Incessantes jorram as fontes, cantam os rouxinóis.
Mas o tempo passa e o amor nada prova.
Lentamente ardem em brasas os cristãos;
Apagam-se as chamas de seus tristes bravos.
E você, doce Sporus, você e eu
Também devemos morrer, também devemos morrer.[11]

Mas o solilóquio que se seguia era expresso em tom mais filosófico. Expus nesses versos todas as razões da existência do *halma*[12] — razões essas em que eu quase acreditava na época em que escrevi o poema. Quanto mais se vive, mais se aprende. Enquanto isso, eis o poema:

11. *Dark stirrings in the perfumed air/ Touch your cheeks, lift your hair./ With softer fingers I caress,/ Sporus, all your loveliness./ Round as a fruit, tree-tangled, shines/ The moon; and fire-flies in the vines,/ Like stars in a delirious sky,/ Gleam and go out. Unceasingly/ The fountains foll, the nightingales/ Sing. But time flows and love avails/ Nothing. The Christians smoulder red;/ Their brave blue-hearted flames are dead./ And you, sweet Sporus, you and I,/ We too must die, we too must die.*
12. Antigo jogo atlético grego que consistia no salto em distância levando pesos nas mãos. (N. T.)

Na leitosa luz dos cristãos
Muito obscuramente adivinho
Seus olhos e vejo sua pálida beleza
Como o brilho tênue da flor noturna

Opacos na escuridão, eles veneram
Um deus que morreu lentamente, para que
Sofressem menos; suportou a dor
Da eternidade num só dia,

A dor de toda a humanidade em um único
Corpo ferido e um só triste coração.

O mármore amarelo, suave como a água,
É para mim uma Casa Dourada; ali
Os deuses de mármore adormecem sua força
E são belas as brancas moças de Paros.

Rosas e oleandros de cera,
Cachos de uvas verdes e corados pêssegos —
Todas as coisas belas eu provo, toco, vejo,
Conhecendo, amando, tornando-me cada uma delas.

O navio afundou, minha mãe nadou:
Eu me casei e tornei-me casado;
O velho Cláudio morreu do veneno imperial
O velho Sêneca sangrou muito lentamente.

Besta selvagem e ao mesmo tempo sua vítima,
O violador e a noiva retraída;
Rei do mundo e escravo de um escravo,
Aterrorizado e —

Um artista, oh doce Sporus, um artista,
Todos estes sou eu e é preciso que seja.
É Lídia essa melodia? Eu a amei.
E você escutou minha sinfonia

De vozes lastimosas e metais ruidosos
Com longos e agudos flauteados que evocam
A dor sobre um golfo de terrores murmurantes
E prazeres penetrantes, que acabam

Em agonia — poderia eu ter feito
Minha canção de Fúrias onde o veneno
Ainda corre no caule da cicuta
E os sabres vermelhos, novamente virgens, brilham?

Ou tomar o amor de uma criança que é só
Adoração, só ternura e confiança —
Uma teia na madrugada, nebulosa e frágil —
E com a violência do desejo

Destruir e profaná-la? Você ouvirá
O silêncio se rompendo e o choro
Fino e áspero, que é a própria música
Da vergonha e o remorso do pecado.

Cristo morreu; o artista vive por todos;
Ama, e seu mármore nu ergue-se
Puro como uma coluna no céu,
E cujos lábios, peito e coxas exigem

Não uma humilhação, não
O tremor da vergonha que chega;

De suas agonias o homem conhece
Apenas a beleza que delas nasceu.

Cristo morreu, mas Nero, vivo, transforma
Seu remorso mudo em canção; dá
ao destino idiota olhos de amante,
e, enquanto soa sua música, Deus vive.[13]

13. *The Christians by whose muddy light/ Dimly, dimly I divine/ Your eyes and see your pallid beauty/ Like a pale night-primrose shine// Colourless in the dark, revere/ A God who slowly died that they/ Might suffer the less; who bore the pain/ Of all time in a single day,// The pain of all men in a single/ Wounded body and sad heart.// The yellow mable smooth as water/ Builds me a Golden House; and there/ The mar ble gods sleep in their strength/ And the white Parian girls are fair.// Roses and waxen oleanders,/ Green grape bunches and the flushed peach, —/ All beautiful things I taste, touch, see,/ Knowing, loving, becoming each.// The ship went down, my mother swam:/ I wedded and myself was wed;/ Old Claudius died of emperor-bane:/ Old Seneca too slowly bled.// The wild beast and the victim both,/ The ravisher and the wincing bride;/ King of the world and fi slave's slave,/ Terror-haunted, deified —// An artist, O sweet Sporus, an artist,/ All these I am and needs must be./ Is the tune Lydian? I have loved you./ And you have heard my symphony// Of wailing voices and clashed brass,/ With long shrill flutings that suspend/ Pain o'er a muttering gulf of terrors,/ And piercing breathless joys that end// In agony —could I have made/ My song of Furies were the bane/ Still sap within the hemlock stalk,/ The red swords virgin bright again?// Or take a child's love that is all/ Worship, all tenderness and trust,/ A dawn-web, dewy and fragile —take/ And with the violence of lust// Tear and defile it. You shall hear/ The breaking dumbness and the thin/ Harsh crying that is the very music/ Of shame and the remorse of sin.// Christ died; the artist lives for all;/ Loves, and his naked marbles stand/ Pure as a column on the sky,/ Whose lips, whose breast and thighs demand// Not our humiliation, not/ The shuddering of an after shame;/ And of his agonies men know/ Only the beauty born of them.// Christ died, but living Nero turns/ Your mute remorse to song; he gives/ To idiot fate eyes like a lover's,/ And while his music plays, God lives.*

Nobres e românticos sentimentos! Protesto: eles são motivo de orgulho para mim!

Há também os fragmentos sobre Tibério; devo acrescentar que Tibério representa meu esquema simbólico de amor. Eis um deles: "Nos jardins de Capei". (Noto que todas as minhas cenas se passam em Capri, durante a noite, ao luar. Talvez isso seja importante. Quem pode dizer?)

Hora após hora as estrelas se movem
E a lua, voltada para a noite remota,
Esconde sua face.
Hoje cegos, estes jardins lembram
As pétalas carmesins acetinadas,
E a lembrança é o perfume das rosas.
Hora após hora passam lentas as estrelas,
Ano após ano abrem-se as flores misteriosamente
E com idêntico brilho se voltam para o céu.

Indiferente ao fluxo das estrelas,
Aspirando esse novo mas imemorial perfume,
Deito-me, imóvel, em meu leito inclinado;
E as duas mulheres que comigo o dividem
Com o hálito ácido de vinho, mas os corpos suaves
Ainda quentes e viçosos dormem embriagadas ao meu lado.[14]

14. *Hour after hour the stars/ Move, and the moon towards remoter night/ Averts her cheek./ Blind now, these gardens yet remember/ That there were crimson petals glossy with light,/ And their remembrance is this scent of roses./ Hour after hour the stars march slowly on,/ And year by year mysteriously the flowers/ Unfold the same bright pattern towards the sky.// Incurious under the streaming stars,/ Breathing this new yet immemorial perfume/ Unmoved, I lie along the tumbled bed;/ And the*

Hoje considero louvável essa fixação da atenção sobre o que é relevante, a realidade humana no centro da paisagem sem sentido. Foi exatamente na época em que escrevi esse fragmento que aprendi a difícil arte da concentração exclusiva no que é relevante. Foram lições penosas. A guerra me preparou para aprendê-las. O amor ensinou-as a mim.

Seu nome era Bárbara Waters. Eu a vi pela primeira vez quando tinha catorze anos. Ela era mais velha um ou dois meses. Eu participava de um daqueles divertidos piqueniques à beira do rio Cherwell, que vez ou outra eram organizados nas férias de verão pelas esposas dos professores, de espírito mais esportivo e animado. Nós saíamos às sete horas da noite dos ancoradouros que ficavam ao norte de Oxford, em meia dúzia de barcos, e subíamos o rio durante mais ou menos uma hora, até que escurecesse completamente. Então desembarcávamos em alguma campina, estendíamos a toalha, abríamos os cestos de comida e lanchávamos animadamente. Os mosquitos eram tantos que deixavam os meninos fumarem para afastá-los — as meninas também tinham permissão. Com que experiência e prazer nós, meninos, tragávamos a fumaça, soltando-a pelo nariz ou abrindo a boca como sapos para fazer anéis! Mas as meninas sempre destruíam os cigarros, enchiam a boca de tabaco e, fazendo caretas, esfregavam o gosto amargo nos lábios. No final, depois de muita risada, livravam-se dos cigarros ainda pela metade. Nós ríamos delas com desdém e benevolência. Mais tarde juntávamos nossas coisas e voltávamos para casa, cantando. Ao longo do rio as nossas vozes soavam sobrenaturalmente doces. A lua amarela, grande como um morango, brilhava sobre nós. Havia uma cintilação na superfície da água e em toda a extensão das ondas formadas pela passagem dos

two women who are my bedfellows;/ Whose breath is sour with wine and their soft bodies/ Still hot and rank, sleep drunkenly at my side.

barcos. As folhas dos salgueiros fulguravam como metal. Uma bruma encobria as margens. Às vezes subia do rio um leve cheiro de mato, logo violentamente afastado pelo aroma do tabaco em pungentes golfadas de fumaça. Outras vezes um doce perfume animal se insinuava na umidade atmosférica; olhando atentamente por entre os salgueiros, podíamos ver algumas vacas deitadas na grama, a cabeça e o dorso projetados como cristas de montanhas por sobre a bruma rasteira, ainda cansadas do longo dia de trabalho terminado havia muito tempo. Ruminavam sem parar a primeira refeição da manhã, que já se misturava com o almoço, e o lanche da tarde também já se tornando um prolongado jantar vegetariano. Mascando e esmagando, elas moviam suas infatigáveis mandíbulas. Esse som chegava fracamente até nós através do silêncio. Então uma voz límpida começava a cantar *Greensleeves* ou *Beba-me apenas com seus olhos.*

Às vezes, só por diversão, embora fosse desnecessário, por estar sempre *muito* calor, fazíamos uma fogueira em torno da qual comíamos maionese de salmão e galinha com batatas com casca assadas na brasa — em geral mal assadas ou queimadas. Foi à luz de uma dessas fogueiras que vi Bárbara pela primeira vez. O barco em que eu estava saíra um pouco depois dos outros porque ficamos esperando alguns retardatários. Ao nos aproximarmos do lugar marcado, os outros já tinham desembarcado e aprontado tudo para a nossa refeição. Os mais jovens do grupo tinham recolhido a lenha para o fogo, que estava sendo aceso. À luz do luar, havia pessoas sentadas e outras em pé ao redor da toalha. Um pouco à frente, sob a sombra negra de um enorme olmo, moviam-se algumas silhuetas sem rosto. De repente, uma pequena chama se acendeu de um palito de fósforo e foi protegida por um par de mãos, que no mesmo instante se tornaram de um coral transparente. As silhuetas começaram a ganhar fragmentos de vida. As mãos que amparavam a chama moveram-se ao redor da pira; duas ou três pequenas chamas surgiram. E então, ao som de um grandioso "hurra!", a fogueira se acendeu. No centro da sombra negra do olmo formava-se um pequeno universo, muito mais vivo do que o mundo fantasmagórico sentado sob o luar, um pouco mais atrás. À luz do fogo vi uma dúzia de rostos familiares, de meninos e meninas que eu conhecia. Mas quase não os notava. Só prestava atenção a um único rosto, que eu nunca vira antes. Uma labareda mais alta revelou-o de maneira apocalíptica. Corado, brilhante, quase sobrenatural à luz trêmula e mutante das chamas, esse rosto sobressaía com incrível clareza e precisão contra o fundo enegrecido, tornado ainda mais escuro pelo fogo. Era o rosto de uma menina. Seus cabelos também eram escuros, com reflexos de um vermelho dourado. O nariz era levemente aquilino. Os olhos alongados, quase oblíquos, brilhavam por entre as pálpebras como se espiassem através de uma misteriosa fenda e revelavam uma felicidade interna, secreta, indescritível.

A boca parecia partilhar o mesmo segredo. Os lábios não eram grossos, mas delicados; fechados, eles se curvavam num sorriso que expressava uma alegria maior do que qualquer risada, qualquer arroubo de felicidade. Os cantos da boca se erguiam de tal modo que os lábios se tornavam quase paralelos aos olhos oblíquos. O sorriso parecia estar preso aos dois pequenos sulcos que vincavam as faces, afunilando-se em direção ao queixo delicado e firme. O pescoço era roliço e pequeno; os braços, que o vestido de musselina deixava descobertos, eram bem finos.

Meu barco subia lentamente a correnteza. Eu não tirava os olhos daquele rosto que a luz tênue da fogueira revelava. Eu nunca vira nada tão bonito. Qual seria o segredo daquela alegria inexprimível? Que felicidade inominável residiria por trás daqueles olhos oblíquos, daquele sorriso silencioso? Eu mal respirava. As lágrimas molhavam-me as faces — ela era bonita demais. Eu estava assustado, sentia uma espécie de medo, como se de repente me visse na presença de algo mais que um mero ser mortal, diante da própria vida. As chamas se avivaram. Os reflexos fulvos passeavam sobre o rosto de sorriso silencioso e secreto, como se o sangue vivo fluísse delirante sob a pele. As outras crianças riam, gritavam, moviam os braços. Ela permanecia absolutamente quieta, com os lábios fechados, os olhos estreitados, sorrindo. Sim, ali estava a própria vida.

O barco encostou na margem.

— Segure-se! — gritou alguém. — Segure-se, Francis! Com relutância fiz o que me mandaram; era como se algo muito precioso estivesse morrendo dentro de mim.

Depois disso eu a vi umas duas vezes. Fiquei sabendo que era órfã, mas tinha parentes em Oxford, com quem de vez em quando ficava. Se eu tentava falar com ela, ficava sempre envergonhado demais para fazer mais do que gaguejar coisas triviais ou tolas. Ela me olhava com serenidade por entre as pálpebras e respondia. Não me lembro bem do que ela dizia, mas sim do tom com que o fazia — calmo, frio, seguro, como convinha à encarnação da própria vida.

— Você joga tênis? — eu perguntava, quase chorando pela minha estupidez e falta de coragem.

Por que você é tão bonita? O que está pensando por trás desses olhos misteriosos? Por que essa inexplicável felicidade? — eram as perguntas que eu gostaria de lhe fazer.

— Sim, adoro jogar tênis — respondia ela a sério.

Lembro-me de uma vez que consegui avançar um pouco mais numa conversa mais inteligente e coerente e perguntei a ela quais eram os livros de que mais gostava. Enquanto eu falava, ela me olhava fixamente. Por fim eu acabei enrubescendo e desviei os olhos. Ela tinha uma vantagem injusta sobre mim: era capaz de me olhar por entre as pálpebras como se me espreitasse. Eu ficava exposto e totalmente desprotegido.

— Não leio muito — disse ela, por fim. — Na verdade, não gosto de ler.

Minha tentativa de me aproximar, de estabelecer um contato, fracassara. Ao mesmo tempo eu precisava saber que ela não gostava de ler. Afinal, de que lhe serviria ler? Quando se é a própria vida não se tem necessidade de meros livros. Anos mais tarde ela admitiu que abria uma exceção para os romances de Gene Stratton-Porter. Quando eu fiz dezessete anos, ela foi morar na África do Sul com outros parentes.

O tempo passou. Eu pensava nela constantemente. Tudo o que lia nos poetas sobre o amor ajustava-se àquele rosto de sorriso secreto e adorável. Meus amigos se vangloriavam de seus pequenos romances. Eu os ouvia sem nenhuma inveja porque sabia, não só teoricamente, mas pela experiência, que aquilo não era amor. Uma vez, quando eu era calouro na universidade, eu próprio, depois de uma noitada numa boate, escorreguei da pureza na qual me mantivera até então. Depois senti-me terrivelmente envergonhado. Era como se eu não fosse mais digno do amor. Em consequência — a relação entre causa e efeito me parece agora um tanto difícil de determinar, mas na época sei que o que fiz foi bastante lógico —, eu me sobrecarreguei de trabalho, ganhei dois prêmios universitários, tornei-me um ardente revolucionário e devotei muitas horas de meu tempo ao "serviço social", no colégio Mission. Não fui um bom assistente social; desempenhei com indiferença o meu papel com os adolescentes violentos dos cortiços e odiei cada momento passado no Mission. Foi precisamente por isso que não continuei esse trabalho. Por uma ou duas vezes aceitei participar da dança *moms* no jardim de minha mãe. Eu tentava me valorizar — para quê? Nem eu mesmo sabia, mas de alguma maneira era o que desejava. Preparava-me para amar incessantemente e de vez em quando fazer grandes coisas.

Então veio a guerra. Da França, mandei uma carta para ela, escrevendo tudo o que não tivera coragem de dizer pessoalmente. Enviei a carta para o único endereço que eu conhecia — ela já se mudara havia muitos anos —, sem muitas expectativas, apenas que ela a recebesse. Escrevi para minha própria satisfação, para tornar explícito tudo o que eu sentia. Não tinha dúvida de que logo estaria morto. Não escrevi essa carta a uma mulher e sim a um deus; foi uma elucidação e uma apologia enviada ao universo.

No inverno de 1916 fui ferido. Ao receber alta no hospital, fui considerado incapaz para o serviço ativo e designado para um posto no setor de contratos da Força Aérea. Fui encarregado dos produtos químicos, celuloide, tubos de borracha, óleo de mamona, roupas de cama e tecidos para balões. Passava todo o tempo discutindo com judeus alemães o preço dos produtos químicos e do celuloide, com vendedores gregos o do óleo de mamona, com irlandeses o da roupa de cama. Japoneses de óculos vinham me apresentar amostras de crepe da China e tentavam me convencer — oferecendo-me também cigarros especiais — de que era muito melhor e mais barato do que o algodão usado na confecção de balões. De cada uma das cartas que eu ditava, primeiro eram feitas onze, depois dezessete e no fim, quando o departamento atingiu o auge da prosperidade, vinte e duas cópias, para serem lidas e arquivadas pelas várias subseções do ministério interessado. O hotel Cecil estava repleto de funcionários. Nos porões, dois andares abaixo do nível da rua, e no sótão, acima dos canos das chaminés, centenas de moças dedilhavam suas máquinas de escrever. No salão de baile subterrâneo, que mais se parecia com o cenário para uma festa de Belshazzar, milhares de refeições baratas eram consumidas diariamente. Nos melhores quartos, os que tinham vista para o Tâmisa, ficavam os servidores civis de longa permanência, com letras depois de seus nomes, os grandes homens de negócios que nos ajudavam a vencer a guerra e os oficiais do Estado-Maior. Velozes veículos motorizados esperavam por eles no pátio. Às vezes, ao entrar no escritório pela manhã, imaginava-me um visitante de Marte.

Uma dessas manhãs — eu já estava havia vários meses na Força Aérea — vi-me diante de um problema que só poderia ser solucionado mediante uma consulta a um especialista do Departamento Naval. O pessoal da Marinha ocupava um conjunto de prédios do lado oposto ao pátio da ala em que ficavam os nossos oficiais. Somente depois de vagar por dez minutos em um labirinto consegui finalmente encontrar o homem que procurava. Lembro-me de que era uma pessoa muito afável; perguntou-me como eu podia gostar da Bolo House (esse era o apelido do nosso precioso escritório da Força Aérea), ofereceu-me um charuto das Índias Orientais e também uísque com soda. Depois disso iniciamos uma conversa técnica sobre o celuloide não inflamável. Quando o deixei, estava muito mais bem informado do que antes.

— Até logo — disse ele, quando eu me afastava. — Se quiser saber mais sobre acetonas ou qualquer dessas malditas drogas, pode me procurar.

— Obrigado — respondi. — E se por acaso quiser saber sobre Apolônio de Rodes ou Chaucer ou sobre a história do tridente...

Ele deu uma gargalhada.

— Irei procurá-lo — finalizou.

Ainda rindo, fechei a porta e saí para o corredor. Uma moça passou apressada e resmungando baixinho com uma pilha de pastas na mão. Assustada com minha súbita aparição, ela me olhou. Meu coração deu um salto e por um instante parou de bater.

— Bárbara!

Ao ouvir seu nome, ela me olhou com aquele jeito de espreitar por entre as pálpebras semicerradas que eu conhecia tão bem. Percebi um leve franzir de testa e em seguida os lábios se estreitando. E então, quase instantaneamente, seu rosto se iluminou num sorriso e os olhos escuros tremeluziram alegremente.

— Mas é Francis Chelifer! — exclamou ela. — Não o reconheci, você está diferente.

— Você não — disse eu. — Está a mesma coisa

Ela sorriu com os lábios fechados e por entre as pálpebras olhou-me como se me espreitasse. Estava mais linda que nunca em sua jovem maturidade. Se eu estava contente ou triste por tê-la encontrado novamente era algo que não sabia. Mas sei que fui profundamente tocado; eu tremia e sentia que meu equilíbrio estava completamente alterado. A memória de um amor simbólico, para o qual e pelo qual eu vivera todos aqueles anos, estava agora reencarnada diante de mim, não como um símbolo, mas como indivíduo; isso basta para amedrontar qualquer um.

— Pensei que estivesse na África do Sul — continuei. — O que é mais ou menos o mesmo que dizer que você não existia.

— Voltei há um ano.

— E desde então está trabalhando aqui?

Bárbara concordou.

— Você também está trabalhando na Bolo House? — perguntou.

— Há seis meses.

— Nunca pensei! Como não nos encontramos antes? Como este mundo é pequeno, incrivelmente pequeno!

Almoçamos juntos.

— Recebeu minha carta? — Juntei coragem para fazer essa pergunta enquanto tomávamos café. Bárbara moveu afirmativamente a cabeça.

— Levou muito tempo até que ela chegasse às minhas mãos.

Eu não sabia se estava dizendo isso de propósito, para adiar a inevitável conversa sobre a carta, ou se o fazia espontaneamente, sem segundas intenções, porque achava interessante que a carta tivesse demorado tanto para chegar.

— Primeiro foi para a África do Sul e então voltou para cá — explicou-me.

— Você a leu?

— É claro que sim.

— Entendeu o que eu quis dizer? — Fiz a pergunta que preferia não ter feito. Temia pela resposta que pudesse receber.

Ela apenas assentiu e não disse nada, olhando-me misteriosamente, como se possuísse um segredo e uma profunda compreensão de tudo.

— Aquilo era quase inexprimível — disse eu. Seu olhar encorajou-me a continuar. — Era tão profundo e tão vasto que eu não encontrava palavras para dizê-lo. Entendeu? Você entendeu mesmo?

Bárbara ficou um tempo em silêncio e então, com um leve suspiro, disse:

— Não sei por que os homens sempre se comportam como tolos comigo.

Eu olhei para ela. Teria mesmo dito o que ouvi? Ela ainda sorria, como só a vida é capaz de sorrir, e nesse instante eu tive a terrível premonição do que eu iria sofrer. Mesmo assim perguntei quando a veria novamente. À noite? Poderíamos jantar juntos? Bárbara balançou a cabeça; tinha um compromisso. Então almoçaríamos no dia seguinte?

— Preciso pensar. — Ela franziu os lábios e a testa. Não, lembrou-se por fim, também não poderia ser no dia seguinte. Seu primeiro tempo livre seria para jantar, dali a dois dias.

Retornei ao trabalho sentindo-me particularmente um marciano. Um dossiê com oito pastas sobre a Imperial Cellulose Company aguardava-me sobre a mesa. Minha secretária trouxe-me um relatório de especialistas sobre as patentes de óleo de mamona, que acabara de chegar. Um vendedor de tubos de borracha estava ansioso para falar comigo. E eu ainda queria aquela ligação para Belfast, sobre o negócio dos lençóis? Pensativo, eu queria tudo o que a moça estava dizendo. Para que tudo aquilo?

— Os homens se comportam como tolos com a senhora, srta. Masson? — ocorreu-me perguntar. Ergui os olhos para a secretária, que aguardava minhas ordens.

A srta. Masson ficou surpreendentemente enrubescida e, tímida, deu uma risada artificial.

— Oh, não — disse. — Devo ser um patinho feio — e acrescentou: — De certa forma é até um alívio. Mas por que está perguntando isso?

Os cabelos dela eram ruivos e crespos, a pele, muito branca, e os olhos, castanhos. Devia ter uns vinte e três anos, acho; e não era absolutamente um patinho feio. Jamais conversávamos, exceto sobre o trabalho, e raramente eu a olhava mais de perto, contentando-me em saber que ela estava presente. Era uma secretária muito eficiente.

— Por que está perguntando isso? — Uma expressão estranha, como um olhar de terror, surgiu no rosto da srta. Masson.

— Não sei. Curiosidade. Veja se consegue a ligação para Belfast esta tarde. E diga ao homem dos tubos de borracha que não poderei recebê-lo.

A atitude da srta. Masson mudou. Ela sorriu-me eficientemente, como uma boa secretária. Seu olhar tornou-se impassível.

— O senhor não poderá recebê-lo — repetiu. Ela tinha o hábito de repetir o que os outros acabavam de dizer, de reproduzir como um eco opiniões e piadas ditas um momento antes, como se fossem de sua autoria. Ela deu-me as costas e dirigiu-se para a porta. Fiquei sozinho com a história secreta da Imperial Cellulose Company e o relatório dos especialistas sobre as patentes de óleo de mamona e os meus próprios pensamentos.

Dois dias depois, Bárbara e eu jantamos num restaurante caríssimo, cujos pratos conseguiram com sucesso fazer-nos esquecer de que estávamos em plena campanha submarina e que a comida era racionada.

— Gosto muito da decoração — disse ela, olhando ao redor. — E também da música. (A sra. Cloudesley Shove achara o mesmo das Corner Houses.)

Enquanto ela apreciava a arquitetura, eu a olhava. Estava usando um vestido de noite cor-de-rosa, curto e sem mangas. A pele dos ombros e do pescoço era muito branca. Havia uma rosa brilhante na abertura do corpete. Os braços, sem serem ossudos, continuavam finos como quando ela era menina; toda a sua aparência era a de uma adolescente.

— Por que me olha assim? — perguntou-me, quando se cansou da arquitetura. Ela realçava o tom rosado das faces e dos lábios levemente sorridentes. Por entre as pálpebras escurecidas, seus olhos tinham um brilho fora do comum.

— Estava me perguntando por que você é sempre tão feliz. Uma felicidade interior, misteriosa e secretamente sua. Que segredo é esse? Era nisso que eu estava pensando.

— Por que eu não estaria feliz? — perguntou-me. — Só que, na verdade — acrescentou em seguida —, não estou feliz. Como poderia, quando milhares de pessoas morrem a cada minuto e tantas estão sofrendo? — Ela tentava demonstrar a atitude grave de quem está numa igreja. Mas a alegria secreta se insinuava irreprimivelmente por entre a estreita abertura oblíqua de seus olhos. Entocaiada, sua alma vivia um interminável feriado.

Não pude deixar de rir.

— Felizmente — disse eu —, nossa solidariedade ao sofrimento alheio não é bastante forte para impedir que jantemos. O que você prefere: lagosta ou salmão?

— Lagosta — disse Bárbara. — Mas como você é cínico! Não acredita no que estou dizendo. Asseguro-lhe que não há um só momento em que eu não me lembre dos mortos e feridos. E também dos pobres, da maneira como vivem nos cortiços. Não é possível ser feliz. Não mesmo — ela balançou a cabeça.

Percebi que, se insistisse nesse assunto, iria forçá-la a continuar aquela farsa de quem estava numa igreja, poderia arruinar-lhe a noite e, por fim, fazer com que ela deixasse de gostar de mim. Corri os olhos pelo cardápio.

— Vamos tomar champanhe?

— Accito — disse ela, olhando-me com uma expressão indecisa, sem saber muito bem se continuava mantendo o ar grave ou se passava para uma alegria mais natural.

Pus fim a essa indecisão, mostrando-lhe um homem sentado a uma mesa próxima à nossa. Cochichei:

— Você já viu uma anta?

Ela irrompeu numa deliciosa risada; não tanto por ter sido muito engraçado o que eu disse, mas por ser um tremendo alívio poder rir novamente com a consciência tranquila.

— Acho que se parece mais com um tamanduá — sugeriu, olhando na direção indicada e debruçando-se sobre a mesa para falar mais intimamente. A proximidade daquele rosto bonito provocou-me vertigem. Eu quase gritei. A secreta felicidade daquele olhar significava juventude, saúde, era a vida incontrolável. Os lábios fechados sorriam com uma jubilosa sensação de poder. O perfume da rosa a envolvia. A flor vermelha entre seus seios fulgurava sobre a brancura da pele. De repente me dei conta de que por baixo da seda do vestido estava um corpo jovem e nu. Teria sido para essa descoberta que eu me preparara todos aqueles anos?

Depois de jantar fomos para o salão de dança; terminado o show, dançamos. Ela me disse que saía para dançar quase todas as noites. Não perguntei com quem. Bárbara parecia apreciar todas as mulheres que entravam no salão e me perguntava se eu não achava aquela muito bonita, a outra extremamente atraente; quando, pelo contrário, eu as achava repulsivas, ela se aborrecia por eu me mostrar pouco condescendente com seu sexo. Mostrou uma ruiva em outra mesa e quis saber se eu gostava daquele tipo de mulher. Quando eu disse que preferia a *História da civilização na Inglaterra*, de Buckle, ela riu como se eu tivesse dito algo absurdamente paradoxal. Melhorou quando ficamos em silêncio; por sorte ela possuía grande capacidade para o silêncio, podia usá-lo como uma arma de defesa quando as perguntas a desgostavam ou a deixavam envergonhada. Nesses casos, simplesmente não respondia, por mais que eu insistisse, e sorria o tempo todo misteriosamente, como se estivesse em outro mundo.

Ficamos ali durante mais ou menos uma hora, até que um jovem gordo e flácido, com cabelos muito negros e pele escura, o nariz grande e carnudo de narinas retorcidas como duas opulentas volutas orientais, passou por nós com arrogância. Ele usava um monóculo de prata no olho esquerdo, e entre os grossos fios de barba que despontavam em seu queixo havia grânulos de pó de arroz que a eles se prendiam como minúsculos flocos de neve. Ele e Bárbara cruzaram o olhar; sorrindo profusamente, o jovem aproximou-se da mesa e ambos trocaram algumas palavras. Bárbara parecia muito feliz por vê-lo.

— Ele é muito inteligente — explicou-me, quando ele seguiu para a mesa onde o aguardava a ruiva, a quem eu trocara pela *História da civilização.* — É sírio. Você precisa conhecê-lo; também escreve poesias, sabe?

Senti-me infeliz a noite inteira; ao mesmo tempo, preferia que nunca tivesse terminado. Teria gostado de continuar para sempre naquele porão abafado, ouvindo a banda de jazz tocar alto, como se o fizesse dentro da minha cabeça. Respiraria aquele ar viciado e dançaria eternamente sem jamais me cansar; poderia ficar ouvindo a conversa de Bárbara para sempre, só para olhar para ela, ficar perto dela, especular, até o assunto seguinte, sobre o profundo e adorável mistério que havia por trás daqueles olhos, sobre a fonte inesgotável de sua alegria secreta, que a fazia sorrir com tanta decisão e arrebatamento.

As semanas se passaram. Nós nos víamos quase diariamente. E eu a amava a cada minuto com mais violência e dor, um amor que se distanciava muito da adoração religiosa da minha infância. Mas era a memória persistente daquele amor que tornava meu desejo atual tão ardente e atormentado, provocando uma sede que nenhuma posse poderia saciar. Nenhuma posse seria possível, desde que o que eu possuísse, fosse o que fosse, como eu compreendia com mais clareza a cada vez que a via, fosse completamente diferente do que eu desejara ter em todos aqueles anos. E eu desejara toda a beleza, tudo o que existe de bom e de verdadeiro, simbolizado e encarnado em um rosto. Agora esse rosto estava muito perto, os lábios tocavam os meus; mas o que eu tinha era apenas uma mulher "de têmpera", como costumam qualificar os eufemistas, de maneira admirável e adorável, as coisas lascivas. Ao mesmo tempo, irracionalmente e apesar das evidências, eu não deixava de acreditar que ela fosse, de certa forma e secretamente, aquilo que eu imaginava. Meu amor simbólico fortalecia o desejo pela mulher que ela era.

Tudo isso, se fosse hoje, teria me parecido perfeitamente natural e normal. Se eu faço amor com uma mulher, sei perfeitamente com quem estou fazendo amor. Mas naquela época eu ainda tinha que aprender isso. Na companhia de Bárbara eu aprendia vingando-me. Aprendia que é possível amar profundamente e como um escravo alguém por quem não se tem nenhuma estima, de quem não se gosta, a quem se considera mau-caráter e que, enfim, só nos faz infeliz e nos aborrece. E por que não amar, pergunto eu, por que não? Parece-me ser a coisa mais natural do mundo. Mas naquela época eu acreditava que o amor viesse sempre misturado à afeição e à admiração, à veneração e ao êxtase intelectual, tão duradouro quanto o que experimentamos durante a execução de uma sinfonia. Não há dúvida de que às vezes o amor se vê envolvido com alguma dessas coisas, ou todas elas; às vezes elas existem por si mesmas, independentes do amor. Mas é preciso estar preparado para engolir o que se ama em seu estado mais puro e não adulterado. É uma bebida forte, crua e, de certa forma, venenosa.

Cada hora que eu passava com Bárbara trazia novas evidências de sua falta de habilidade em representar a parte ideal que minha imaginação reservara para ela. Era egoísta, sedenta dos prazeres mais vulgares, gostava de expor-se numa atmosfera de admiração erótica, divertia-se em colecionar adoradores e tratá-los mal, era tola e mentirosa — em outras palavras, era uma das tantas jovens normais e saudáveis do sexo feminino. Eu teria ficado menos perturbado com essas descobertas se ao menos ela tivesse um rosto diferente. Infelizmente, entretanto, a jovem normal que então se revelava tinha as mesmas feições daquela criança simbólica cujo rosto eu afagara na memória durante toda a minha ardente adolescência. E o contraste entre o que ela realmente era e o que — com seu rosto estonteante e misteriosamente adorável — deveria ser segundo minha imaginação tornava-se uma fonte inesgotável de surpresa e sofrimento. Ao mesmo tempo, a natureza da paixão que eu sentia mudou de maneira inevitável e profunda no momento em que ela deixou de ser um símbolo para se tornar um ser individual. Passei a desejá-la; antes eu a amava como a Deus, como se ela própria fosse uma divindade. E, comparando esse novo amor com o que já sentira, eu me envergonhava, imaginava-me indigno, torpe, animal. Tentava me convencer de que se ela era diferente era porque eu me sentia menos nobre. Às vezes, quando ficávamos em silêncio ao pôr do sol sob as árvores de um parque, ou olhando o rio da janela de meu quarto, em Chelsea, por um rápido instante eu conseguia convencer-me de que Bárbara era o que eu imaginava e que meus sentimentos eram os mesmos que haviam sido em relação à sua memória. Entretanto, Bárbara sempre quebrava a magia do silêncio e, com ela, toda a ilusão.

— Podíamos — dizia pensativamente — ter ido comer ostras em algum restaurante. — Ou então, lembrando-se de que eu era um homem de letras, olhava as cores espalhafatosas do pôr de sol e suspirava:

— Gostaria de ser poetisa.

Isso me levava de volta aos fatos, e Bárbara voltava a ser a jovem palpável que me aborrecia, mas a quem eu desejava — um desejo tão definido e localizado! — beijar, abraçar, acariciar.

Esse desejo era o mesmo que durante algum tempo eu reprimira com tanto rigor. Lutei contra ele como algo maligno, terrivelmente contrário ao meu amor, ultrajante e incompatível com minha concepção da natureza superior de Bárbara. Ainda não aprendera a resignar-me com o fato de que a natureza superior de Bárbara era uma invenção minha, um ornamento criado pela minha imaginação.

Numa noite muito quente eu a levei de carro até a porta da casa da Regent Square, Bloomsbury, onde ela ocupava um pequeno apartamento no sótão. Tínhamos saído para jantar e já era tarde; um quarto de lua começava a erguer-se no céu e iluminava fracamente a calçada por sobre o telhado da igreja, do lado esquerdo da praça. Paguei ao motorista e ficamos sozinhos. Durante toda a noite eu me sentira irritado e aborrecido; mas a ideia de que eu teria de dizer boa-noite e seguir sozinho o meu caminho dava-me uma angústia tão grande que meus olhos se encheram de lágrimas. Permaneci onde estava, numa indecisão silenciosa, olhando o rosto dela. Bárbara sorria misteriosa e tranquila, como se o fizesse para si mesma por alguma razão secreta; seus olhos tinham um brilho diferente. Seu silêncio não continha a inquietação e a indecisão que me dominavam, mas era calmo, quase majestoso. Ela podia viver nesse silêncio, quando assim queria, como uma criatura em seu próprio elemento.

— Bem — disse eu, por fim —, tenho que ir embora.

— Por que não tomamos uma última xícara de chá? — sugeriu ela.

Movido por aquele espírito perverso que nos obriga a fazer o que não queremos, o que sabemos que causará tanto sofrimento quanto é possível em tais circunstâncias, balancei a cabeça negativamente:

— Não. Preciso ir.

Jamais desejara tanto alguma coisa quanto aceitar o convite de Bárbara.

— Entre — insistiu ela. — Não levará mais que um minuto para fazer o chá.

Novamente meneei a cabeça, desta vez angustiado demais para dizer qualquer coisa. Temia que a voz trêmula pudesse trair-me. Sabia instintivamente que, se eu entrasse com ela naquela casa, nós nos tornaríamos amantes. Minha determinação em resistir ao que pareciam ser os desejos mais básicos fortalecia a minha resolução de não entrar.

— Bem, se é assim que prefere — disse ela, dando de ombros —, então boa noite. — Sua voz escondia certo desapontamento.

Apertamo-nos as mãos e eu fui embora. Dez metros adiante minha determinação caiu por terra. Virei-me. Bárbara ainda estava à porta, tentando colocar a chave na fechadura.

— Bárbara — chamei-a, com uma voz que me soou terrivelmente falsa. Voltei correndo. Ela olhou para mim. — Importa-se que eu mude de ideia e aceite o convite? Descobri que estou mesmo com sede. — Que humilhação!, pensei.

Ela riu.

— Como você é bobo, Francis. — E acrescentou em tom de troça: — Se eu não gostasse tanto de você, diria para matar sua sede na gamela mais próxima.

— Desculpe-me. — Aproximando-me dela, senti o seu perfume de rosa e fui transportado de volta à infância, quando à noite eu descia de meu quarto com medo para encontrar tranquilizado minha mãe na sala de jantar, livre de um peso insuportável e incrivelmente feliz, mas ao mesmo tempo sentindo-me miserável por ter consciência de que o que estava fazendo era contrário a todas as regras, um pecado que eu podia avaliar pela melancólica ternura que via nos olhos de minha mãe e pelo portentoso silêncio de meu enorme e barbudo pai, olhando para mim por sobre uma nuvem tempestuosa, como um deus severo. Eu me sentia bem com Bárbara; mas completamente miserável por não estar com ela, digamos, da maneira certa. Eu não estava sendo eu mesmo. Ela, apesar de ter as mesmas feições, não era a mesma. Sentia-me bem porque sabia que logo estaríamos nos beijando; miserável porque não era dessa maneira que eu queria a minha Bárbara imaginária. E também porque, ao admitir secretamente a existência da verdadeira Bárbara, sentia a indignidade de ser escravo de uma mulher como ela.

— Se quiser, posso procurar uma gamela — disse eu, reagindo debilmente à minha revolta. Ao mesmo tempo tentava ser engraçado. — Talvez fosse melhor que eu me afogasse nela.

— Faça como quiser — disse ela com leveza. A porta se abriu e ela entrou na escuridão. Eu a segui, fechando cuidadosamente a porta. Subimos às apalpadelas a escada sem iluminação. Ela destrancou outra porta e acendeu a luz. A súbita claridade deixou-me tonto.

— Tudo está bem quando acaba bem — disse ela, sorrindo e livrando-se da capa que lhe cobria os ombros.

Pelo contrário, pensei, aquilo era um trágico engano. Cheguei mais perto dela e segurei-a pelos braços finos, pouco abaixo dos ombros. Inclinei-me e beijei a face voltada para o outro lado. Ela se virou e, então, foi a boca.

Não há futuro e tampouco há passado;
Não há raízes nem frutas, mas flores temporárias.
Deita-te. Apenas deita-te, e a noite perdurará,
Escura e silenciosa; não algumas horas, mas eternamente.
Quero esquecer-me do mundo
Mas não de seu perfume.
Quero esquecer-me das noites
Mas nunca desta.
A vergonha, o pranto fútil, o arrependimento.
Apenas deita-te, e a felicidade muda e constante
Florescerá à margem de nosso sono.
E se espalhará, até que nada mais exista.
Apenas tu e eu, abraçados, no infinito silêncio.
Mas, condenado à morte, amanhã estarei morto.
E sei, mesmo que a noite pareça infinita,
Que o céu brilhará antes da aurora.[15]

15. *There is no future, there is no more past;/ Nor roots, nor fruits, but momentary flowers./ Lie still, only lie still and night will last/ Silent and dark, not for a space of hours,/ But everlastingly. Let me forget/ All but your perfume, every night but this,/ The shame, the fruitless weeping, the regret./ Only lie still; this faint and quiet bliss/ Shall flower upon the brink of sleep and spread/ Till there is nothing else but you and I/ Clasped in a timeless silence. But like one/ Who, doomed to die, at morning will be dead,/ I know, though night seem dateless, that the sky/ Must brighten soon before to-morrow's sun.*

Foi então que aprendi a viver apenas o momento — a ignorar as causas, os motivos, os antecedentes, a recusar a responsabilidade por aquilo que se seguiria. Aprendi, uma vez que o futuro estava fadado a repetir o que já acontecera, a nunca esperar por consolo ou explicações, mas viver aqui e agora, no cerne da realidade humana, no próprio coração da colmeia quente e escura. Mas existe uma imprudência espontânea que nenhum esforço sério pode imitar. Sendo como sou, jamais rivalizaria com aquele tipo de menino que atira sua babá de um penhasco só para vê-la espatifar-se lá embaixo; jamais encostaria uma pistola na cabeça e por brincadeira puxaria o gatilho; jamais, olhando da galeria em Covent Garden para os fãs de Wagner e Saint-Saëns nas poltronas da primeira fila, atiraria a pequena granada de mão (por mais divertido que pudesse ser) que ainda preservo, carregada de explosivo, em minha caixa de chapéu, pronta para qualquer emergência. Essa esplêndida indiferença por tudo o que não seja a sensação imediata só posso imitar vagamente. Mas faço o melhor que posso, e sempre o fiz conscienciosamente com Bárbara. Mesmo assim, as noites sempre chegavam ao fim. E mesmo enquanto duravam, imersas em sensualidade, eu não podia nem por um instante deixar de perceber quem era Bárbara, quem eu era, fora ou seria no dia seguinte. A lembrança disso excluía todo o entusiasmo da paixão íntegra, e sob a superfície calma, sob o êxtase silencioso, inseminava-se uma profunda inquietação. Beijando-a, gostaria de não tê-la beijado; tendo-a em meus braços, preferia estar abraçando qualquer outra pessoa. E às vezes, no escuro e no silêncio, eu preferia estar morto.

Ela teria me amado? De uma maneira ou de outra, sempre dizia isso, até quando me escrevia. Tenho ainda todas as cartas uma coleção de bilhetes apressados, enviados por mensageiros de uma ala a outra do Hotel Cecil, além de algumas cartas mais longas escritas quando ela estava em férias ou passava um fim de semana longe de mim. Espalho os papéis. São cartas competentes, bem escritas; a caneta raramente se afasta do papel, correndo de uma letra para outra, de uma palavra para outra. A escrita é clara, rápida, fluente e legível. Somente uma ou outra vez, geralmente ao finalizar os bilhetes rápidos, a clareza é prejudicada; são palavras rasuradas, corrigidas com letras disformes. Debruço-me sobre elas na tentativa de interpretar seu significado. "Adoro você, meu amor... beijo-o milhares de vezes... falta muito para a noite chegar... amo-o loucamente." Consigo destacar das rasuras esses significados fragmentados. Escrevemos coisas como essas de forma ilegível pela mesma razão por que vestimos nosso corpo. A modéstia não nos permite andar nus, e a expressão de nossos pensamentos mais íntimos, de nossos desejos mais urgentes e memórias secretas não pode — mesmo depois de cometermos a autoviolência de colocar as palavras no papel — ser lida e compreendida facilmente. Pepys, ao registrar os detalhes mais escabrosos de seus amores, não se contentou apenas em escrever cifradamente como violou todas as normas do bom francês. Lembro-me, agora que mencionei Pepys, de ter feito a mesma coisa nas cartas que escrevi a Bárbara; finalizava-as com um *"Bellissima, ti voglio un bene enorme"*, ou um *"Je t'embrasse un peu partout"*.

Mas ela teria me amado? De certa maneira, acho que sim. Eu satisfazia a sua vaidade. Seus maiores sucessos haviam sido, na maioria das vezes, com jovens soldados. E por estar contaminada pelo esnobismo daqueles que veem um artista, ou qualquer um que se diz artista, como alguém superior aos outros seres — ela se impressionava muito mais por um boêmio qualquer do Café Royal do que por funcionários eficientes, e considerava muito mais difícil e refinado ser capaz de pintar, e mesmo de apreciar um quadro cubista ou tocar uma peça de Bartók ao piano do que dirigir um negócio ou conduzir um julgamento em um tribunal —, por essa razão ela estava profundamente convencida da minha misteriosa importância, orgulhava-se de me ver saltitando à sua volta, como um ser abjeto. Existe uma gravura alemã do século XVI, feita durante a reação contra a escolástica, que representa uma beldade teutônica nua cavalgando um homem careca e barbudo, que ela conduz com rédeas e chicote. O velho está identificado como Aristóteles. Depois de dois mil anos de submissão ao sábio infalível, sem dúvida era uma boa vingança. Para Bárbara, eu devia ser um Aristóteles menor. Mas o que tornava essa comparação de certa forma pouco lisonjeira para mim era o fato de que ela se sentia igualmente gratificada pelas atenções que recebia de outro homem de letras, o sírio moreno de queixo azulado e monóculo prateado. Acho que ele a gratificava muito mais, porque escrevia poemas que eram publicados com frequência em revistas (os meus infelizmente não eram); e o pior é que ele jamais perdia a oportunidade de dizer às pessoas que era um poeta, estava sempre discutindo as inconveniências e as compensadoras vantagens de possuir um temperamento artístico. O fato de durante certo tempo ela ter preferido a mim deveu-se à única razão de eu estar disponível e amá-la de maneira muito mais desprotegida do que ele. A ruiva que eu considerava uma substituta menor da *História* de Buckle ocupava grande parte do coração dele na época. Além disso, ele era um amante calmo e experiente que não perdia a cabeça por qualquer coisa. De minha parte, Bárbara podia contar com uma paixão que não esperava receber do sírio — uma paixão que, apesar da minha relutância, apesar dos meus esforços para resistir-lhe, reduzia-me a um estado abjeto aos pés dela. É agradável ser venerado, comandar e infligir dor; Bárbara gostava disso tanto quanto qualquer um.

Foi o sírio quem, no final, destituiu-me de meu posto. Notei que em outubro os amigos da África do Sul com quem Bárbara precisava almoçar e jantar chegavam com frequência cada vez maior. E quando não eram eles era tia Phoebe que de repente começava a importunar. Ou o mr. Goble, um grande amigo do avô dela.

Quando lhe pedi que me contasse sobre esses encontros, ela chegou a dizer:

— Oh, são extremamente aborrecidos! Só se fala de assuntos de família. — Ou então simplesmente sorria, dava de ombros e se recolhia num silêncio impenetrável.

— Por que você mente para mim? — perguntei.

Ela manteve o silêncio e o sorriso secreto. Houve vezes em que insisti para que se livrasse dos amigos sul-africanos e jantasse comigo. Ela consentia, relutante; mas então se vingava, falando de todos os homens interessantes que conhecera.

Uma noite, apesar de minhas súplicas, das ameaças e exigências, ela foi jantar com tia Phoebe em Golders Green e passar a noite lá; fiquei esperando por ela em Regent Square. Era uma noite fria e úmida. Permaneci em meu posto das nove horas até depois da meia-noite, andando de um lado para o outro, diante da casa em que ela morava. Conforme eu andava, corria a ponta da minha bengala pelas grades que circundavam o jardim no meio da praça, provocando um matraquear sucessivo; esses ruídos acompanhavam meus pensamentos. Das árvores molhadas caía ocasionalmente uma pesada gota d'água. Devo ter andado alguns quilômetros naquela noite.

Durante essas três horas pensei muito. Pensei na fogueira que se acendeu subitamente e revelou um rosto infantil na escuridão. Pensei no meu amor de menino, depois em como eu vira aquele mesmo rosto novamente e no amor que ele inspirara no homem adulto. Pensei nos beijos, nas carícias, nos sussurros. Pensei no sírio de olhos negros e monóculo de prata, na pele engordurada brilhando sob o pó de arroz, nos grânulos de pó de arroz presos aos fios de barba no queixo. Provavelmente eles estariam juntos naquele momento. Monna Vanna, Monna Bice — "O amor não é tão puro e abstrato como dizem os que não possuem amantes e sim musas". A realidade estimula a imaginação, a mentira a dirige. A verdade é Bárbara, pensei, a verdade é que ela gosta do homem com monóculo de prata, a verdade é que eu dormi com ela e é provavelmente verdade que ele também.

Também é verdade que os homens são cruéis e tolos, que se deixam destruir por outros tão tolos quanto eles próprios. Pensei na paixão que eu sentia pela Justiça universal, nos meus ideais de um mundo futuro habitado por seres que vivessem de acordo com a razão. Mas para que serve o lazer, se é usado para ouvir rádio ou assistir a jogos de futebol? Para que a liberdade, se os homens se escravizam voluntariamente a políticos como os que agora governam o mundo? A educação, se só serve para ler jornais e revistas de ficção? E o futuro, o futuro radiante — supondo que viesse a ser diferente do passado em tudo menos na ostentação dos confortos materiais e na uniformidade espiritual, que de certa maneira fosse superior, o que isso tinha a ver comigo? Nada, absolutamente nada, nada, nada.

Minhas reflexões foram interrompidas por um policial que se aproximou, tocou polidamente o capacete e perguntou o que eu estava fazendo.

— Vejo o senhor andar de um lado para outro há uma hora — disse ele. Eu expliquei que estava esperando uma mulher. Ele riu discretamente. Ri também. Realmente, a brincadeira estava ficando cada vez melhor. Ele se foi e eu continuei a andar.

E essa guerra, pensei, existiria a mínima possibilidade de que algo de bom resultasse dela? Guerra para acabar com a guerra! Desta vez esse argumento fora bastante poderoso; e reforçado com um chute no traseiro, o chute mais forte que jamais se deu. Mas convenceria a humanidade mais eficazmente do que qualquer outro argumento já o fizera?

Mesmo assim os homens são corajosos, pensei, são pacientes, afáveis, dispostos a se sacrificar. Mas são também todas as contradições — são bons e maus porque não podem evitar. Perdoemo-los porque não sabem o que fazem. Tudo isso emana de uma estupidez primordial e animal. Essa é a mais profunda das realidades: o ser inconsciente, a estupidez.

E os conscientes, os lúcidos, *esses* são raras exceções, são irrelevantes à realidade maior, são mentiras como o amor ideal, como os sonhos do futuro, como crer na justiça. E viver entre suas obras é viver num mundo de cintilantes falsidades, muito distantes do mundo real; isso é fugir. Fugir é covardia; consolar-se com o que não é verdade ou irrelevante para o mundo em que se vive é estupidez.

E os meus talentos, tais como são, também são irrelevantes. A arte a cujo serviço eu os devoto também é uma consoladora mentira. Um marciano consideraria escrever frases com palavras de sons semelhantes a intervalos regulares algo tão bizarro quanto comprar óleo de mamona para lubrificar as máquinas de destruição. Lembrei-me de algumas linhas que tinha escrito para Bárbara — palavras de amor bastante cômicas — por ocasião da última epidemia de ataques aéreos de surpresa. Os octossílabos rimavam em minha cabeça.

E quando a lua cheia convidar
Outros seres e monstros noturnos,
Buscaremos uma alcova profunda,
Um recanto memorável para o amor.
Ali nos deitaremos com doces e vinhos
E desafiaremos a tola a brilhar...[16]

Eu os estava repetindo para mim mesmo quando um táxi entrou na praça silenciosa, aproximou-se do meio-fio e parou em frente à casa de Bárbara. À luz fraca de um lampião embaçado vi duas pessoas saírem de dentro dele: um homem e uma mulher. A silhueta masculina adiantou-se, curvou-se sobre sua mão e começou a contar

16. *But when the next full moon invites/ New bugaboos and fly-by-nights,/ Let us seek out some deep alcove,/ Some immemorial haunt of love./ There we'll retire with cakes and wine/ And dare the imbecile to shine...*

moedas à luz da pequena lâmpada do taxímetro. No estreito facho de luz percebi o brilho de um monóculo. As moedas retiniram ao passar para outras mãos, e o táxi foi embora. As duas figuras subiram os degraus, a porta se abriu e elas entraram na casa.

Retirei-me, repetindo todas as palavras injuriosas e ofensivas que podem ser ditas a uma mulher. Sentia quase um alívio. Agradava-me pensar que tudo terminara, que tudo estava definitivamente e para sempre encerrado.

— Boa noite, senhor.

Era o mesmo policial. Pareceu-me notar um tom quase imperceptível de zombaria em sua voz.

Não dei sinal de vida nos quatro dias seguintes. Esperava que ela me telefonasse ou escrevesse para perguntar o que havia comigo. Nada disso aconteceu. Minha sensação de alívio transformou-se em sentimento de miséria. No quinto dia, ao sair para almoçar, encontrei-a no pátio. Nenhum comentário foi feito sobre meu silêncio prolongado e sem precedentes. Eu não disse nenhuma das coisas amargas que planejara caso a encontrasse acidentalmente, como estava acontecendo. Pelo contrário, pedi, cheguei a implorar que almoçasse comigo. Bárbara recusou; tinha um encontro com alguém da África do Sul.

— Vamos jantar, então — roguei como um ser desprezível.

Aquela humilhação não podia continuar. Eu teria dado qualquer coisa para cair novamente em suas boas graças.

Bárbara meneou a cabeça negativamente e disse:

— Eu gostaria muito, mas aquele aborrecido mr. Goble...

CAPÍTULO 6

Esses eram os fantasmas que minha recitação chamava para dançar na superfície do mar Tirreno. Eles me faziam lembrar que eu estava em férias, que a paisagem no meio da qual eu flutuava agora era bem melhor do que uma ilusão e que a vida era real e corriqueira apenas durante os onze meses que eu passava entre Gog's Court e a casa da srta. Carruthers. Eu era um inglês democrata e um londrino, vivendo numa época em que o *Daily Mail* vendia dois milhões de exemplares todas as manhãs; não tinha direito a todo este sol, ao mar tépido e claro, a tantas montanhas e nuvens, à imensidão azul do céu; não tinha direito a Shelley; e se fosse um verdadeiro democrata não teria o direito nem de pensar. Mas novamente preciso confessar minha fraqueza congênita.

No aconchego da água eu sonhava com o estado democrático ideal, em que nenhuma exceção irrelevante, inspirada pelo Espírito Santo, perturbaria a serenidade da regra — a regra de Cloudesley e Carruthers, de Fluffy e do inigualável e atento Brimstone —, quando simultaneamente percebi que um barco se aproximava de mim por trás, na verdade quase tocando minha cabeça. A vela branca enfunava-se acima de mim; uma leve ondulação na proa, o clop-clop de pequenas ondas batendo em seus flancos, o barco envernizado chegando cada vez mais perto. É algo terrível ser sacudido por aquele súbito espasmo de medo que não pode ser controlado porque vem tão depressa que as forças reguladoras da mente são apanhadas de surpresa. Parece que todas as células do corpo sentem esse terror; em um instante, se é reduzido da categoria de homem a um amontoado de amebas contraídas. Sente-se baixar na escala dos seres, cair na linhagem evolucionária e por um segundo tornar-se nada mais que um animal assustado, aterrorizado. Em um momento eu estava cochilando no meu colchão translúcido como um filósofo; no momento seguinte, gritava desarticuladamente, movia desesperadamente meus membros para fugir do perigo iminente.

— Ei! — gritei, e então senti uma pancada no lado da cabeça e fui empurrado para dentro da água. Eu tinha consciência de estar engolindo grande quantidade de água salgada, enchendo meus pulmões com ela e me afogando violentamente. De repente não vi mais nada; o golpe deve ter me atordoado por um momento. Recobrei mais ou menos a consciência e vi que voltava à superfície, com metade da cabeça fora da água. Eu tossia e arfava — tossia para me livrar da água nos pulmões e arfava em busca de ar. Mas tanto um processo como o outro, percebo agora, resultavam exatamente no contrário do que eu pretendia. Porque eu tossia todo o ar que havia nos pulmões e, por estar com a boca dentro da água, tomava grandes goles de salmoura. Meu sangue, enquanto isso, saturado de gás carbônico, continuava a correr para dentro dos pulmões na tentativa de trocar o tóxico mortal por oxigênio. Em vão; não havia oxigênio para ser trocado.

Eu sentia uma dor terrível na nuca — não excruciante, mas constante; constante, abrangente, profunda e, ao mesmo tempo, estranhamente nauseante —, uma dor muito desagradável. O sistema nervoso controlador da respiração, desesperado, começava a entrar em colapso; a dor na nuca era seu aceno de despedida, seu último espasmo de agonia. Lentamente fui perdendo a consciência; eu desaparecia aos poucos como o Gato que Ri de *Alice no país das maravilhas*. A última coisa que restava, que continuava presa à consciência quando tudo mais desvanecia, era a dor.

Nessas circunstâncias, sei que o clássico seria que toda a minha vida se desenrolasse num átimo diante dos olhos da mente. Zás... um drama desinteressante em trinta e dois carretéis se desenrolando, e eu me lembraria de tudo, desde o gosto do leite na mamadeira até o Marsala que eu bebera na noite anterior no Grande Hotel; da primeira repreensão ao último beijo. Entretanto, nenhuma dessas coisas esperadas aconteceu. Lembro-me de que meus últimos pensamentos, enquanto eu mergulhava na inconsciência, foram para minha mãe e para a *Gazeta do Criador de Coelhos*. Num último acesso dessa consciência que me perseguia e me colocava em desvantagem durante toda a minha vida, pensei que deveria ter deixado pronto o editorial da próxima quinta-feira. Ocorreu-me também que seria um enorme transtorno para minha mãe quando ela chegasse dentro de poucos dias e soubesse que eu não estava mais em condições de acompanhá-la na viagem a Roma.

Quando recobrei os sentidos, estava deitado de bruços na areia, com alguém sentado nas minhas costas, como se brincássemos de cavalinho, aplicando o método do professor Schaefer para produzir respiração artificial. "*Uno, due, tre, quattro...*". Sempre que dizia "quatro", o homem nas minhas costas punha todo o seu peso nas mãos, apoiadas em cada lado da minha espinha, nas costelas inferiores. O conteúdo dos pulmões era expelido violentamente. Então meu salvador se erguia novamente, a pressão era relaxada e meus pulmões se enchiam de ar. "*Uno, due, tre, quattro*", o processo recomeçava.

— Ele está respirando. Já está bem. Está abrindo os olhos!

Cuidadosamente, como se eu fosse uma preciosa porcelana chinesa, viraram-me de costas. Tive consciência do sol forte, de uma dor latejante localizada em algum ponto da têmpora esquerda, de muitas pessoas ao meu redor. Deliberada e conscientemente eu aspirava o ar; muitas vozes ditavam-me instruções. Duas pessoas começaram a esfregar a sola dos meus pés. Uma terceira chegou correndo com um baldinho cheio de areia quente e espalhou-a sobre meu estômago. Essa feliz ideia fez imediatamente um imenso sucesso. Todos os espectadores, curiosos e solícitos, que antes rodeavam o meu cadáver, assistindo ao que o professor Schaefer fazia e desejando também fazer alguma coisa para ajudar, descobriam agora que realmente havia algo útil a ser feito. Podiam ajudar a normalizar minha circulação espalhando areia quente sobre mim. No mesmo instante, uma dúzia de pessoas passou a recolher a areia da superfície da praia nos baldinhos, usando pás ou as próprias mãos, e voltavam correndo para jogá-la em cima de mim. Logo eu estava quase enterrado. No rosto de todos os meus bons samaritanos eu notava uma seriedade e sinceridade quase infantis. Iam e voltavam com seus baldes, como se não tivessem nada mais sério para fazer na vida além de construir castelos de areia sobre o peito de afogados. As crianças também contribuíam. A princípio, aterrorizadas com o espetáculo oferecido pelo meu cadáver lívido e lasso, elas se agarravam à mão de suas mães e se encolhiam atrás das saias protetoras, assistindo ao procedimento do professor Schaefer nas minhas costas. Elas relutavam entre a curiosidade e a repulsa. Mas quando voltei à vida, ao perceberem que os mais velhos estavam cobrindo-me de areia e que isso podia ser uma ótima brincadeira, tiveram uma reação violenta. Alegres e excitadas, aos gritos e aos saltos, corriam de um lado para o outro com suas pazinhas. Com muita dificuldade os adultos evitaram que elas atirassem areia em meu rosto, dentro das orelhas e da boca. E um menino, ansioso para fazer algo que ninguém ainda tinha feito, correu para o mar, encheu o balde de água e areia, voltou e esvaziou-o com um grito triunfal, plop!, do alto, bem do alto, bem no meio do meu plexo solar.

Isso foi demais para mim. Desatei a rir. Mas não consegui ir muito longe com minha risada. Após o primeiro acesso, quando eu quis tomar fôlego para a seguinte, descobri que não me lembrava mais de como fazê-lo. E foi somente depois de uma longa e sufocante luta que consegui readquirir essa arte. As crianças se assustaram; isso não fazia parte da brincadeira. Os adultos pararam de ser úteis e consentiram em se afastar do meu corpo com a ajuda das autoridades competentes. Um guarda-sol foi enfiado na areia atrás de mim. Dentro de sua sombra rosada fui deixado em paz para que meus primeiros passos na existência estivessem assegurados. Fiquei de olhos fechados durante muito tempo. De um ponto muito distante, parecia-me, alguém ainda esfregava meus pés. Periodicamente, outra pessoa enfiava uma colher de leite com conhaque dentro da minha boca. Sentia-me exausto, mas maravilhosamente bem. E naquele momento não havia nada mais prazeroso do que apenas respirar.

Algum tempo depois senti-me bastante forte e seguro para abrir novamente os olhos e ver. Como tudo me pareceu belo e original! A primeira coisa que vi foi um jovem gigante seminu agachado aos meus pés, esfregando as solas e os calcanhares. A pele bronzeada e lustrosa encobria os músculos ondulados. O rosto era o de um romano, os cabelos negros e encaracolados. Quando percebeu que meus olhos estavam abertos e que eu olhava para ele, sorriu; os dentes eram brancos e brilhantes, os olhos castanhos reluziam sobre um fundo esmaltado de azul.

Alguém me perguntou em italiano como eu estava me sentindo. Olhei para o lado. Um homem corpulento, com um grande rosto vermelho e bigode preto, estava sentado. Em uma das mãos segurava uma xícara e na outra uma colher. Vestia calças de linho branco. O suor gotejava de seu rosto; ele parecia untado de manteiga. Ao redor dos olhos negros, pequenas rugas se espalhavam como os raios de uma auréola. Ele me ofereceu a colher. Eu engoli. As costas de suas mãos escuras eram recobertas de pelos finos.

— Sou o médico — explicou e sorriu. Movi a cabeça e também sorri. Eu nunca tinha visto um médico tão amável e atencioso.

Então ergui os olhos e o céu estava azul, lindamente festonado pela extremidade do guarda-sol cor-de-rosa. Olhei para baixo e vi pessoas em volta — todas sorriam. Por entre elas, eu vislumbrava o mar azul.

— *Belli sono* — disse ao médico, e voltei a fechar os olhos.

Tantas pessoas bonitas... Na escuridão avermelhada, por trás de minhas pálpebras, eu as ouvia. Lentamente, voluptuosamente, inspirei o ar salgado. O jovem gigante ainda esfregava meus pés. Com esforço ergui uma das mãos e pousei-a sobre o peito. Levemente, como um cego percorrendo os relevos de uma escrita em braile, corri os dedos pela minha pele. Senti as costelas e as pequenas depressões entre uma e outra. Simultaneamente, senti na ponta dos dedos um pulsar quase imperceptível: era o que eu estava procurando. Os dedos cegos que percorriam a página haviam se deparado com uma palavra estranha. Não tentei interpretá-la. Bastava-me que ela estivesse lá. Durante muito tempo fiquei imóvel, sentindo meu coração bater.

— *Si sente meglio?* — perguntou o médico.

Eu abri os olhos.

— Sinto-me feliz. — Ele sorriu. Os raios das auréolas de seus olhos se estenderam. Foi como se esse símbolo sagrado de certa forma tivesse se tornado mais sagrado.

— Que bom que você está vivo — disse ele.

— Muito bom.

Olhei o céu mais uma vez e o guarda-sol cor-de-rosa em cima de mim. Olhei o jovem gigante, tão forte e ao mesmo tempo tão doce, junto aos meus pés. Olhei para a direita e para a esquerda. O círculo de curiosos se desfizera. Fora de perigo, eu cessava de ser objeto de simpatia ou curiosidade. Estavam todos ocupados com seus próprios afazeres, como de hábito. Eu os observei e me senti feliz.

Um jovem casal em roupas de banho passou por mim devagar, na direção do mar. O rosto deles, o pescoço e os ombros, os braços e pernas nus tinham uma tonalidade marrom-clara e transparente. Eles andavam devagar, de mãos dadas e tão graciosos, tão descontraídos que senti vontade de chorar. Eram muito jovens, altos, esguios e fortes. Belos como uma parelha de potros puro-sangue; belos, lânguidos e majestosos, andavam em um mundo que estava além do bem e do mal. Eu não me importava com o que estivessem fazendo ou sobre o que conversavam; justificava-os o mero fato de existirem. Eles pararam e olharam para mim; um com olhos castanhos, o outro, acinzentados, fizeram brilhar para mim os dentes brancos e perfeitos; perguntaram como eu estava me sentindo e, quando eu disse que estava melhor, sorriram outra vez, continuando a andar.

Uma menina com um vestido florido em tons mais pálidos do que seu rosto e membros bronzeados chegou correndo, parou a poucos metros de mim e ficou olhando atentamente. Seus olhos eram muito grandes, de cílios negros e absurdamente longos. Acima deles expandia-se uma fronte abobadada de fazer inveja a qualquer filósofo. O nariz arrebitado era tão pequeno que mal se notava. Os cabelos negros e frisados se eriçavam em volta da cabeça, num estado de explosão permanente. Ela ficou me olhando um longo tempo. Também olhei para ela.

— O que você quer? — perguntei por fim.

E de repente, ao ouvir minha voz, a criança foi tomada por uma grande timidez. Cobriu o rosto com o braço, como se estivesse se protegendo de um golpe. Então, em seguida, espiou-me por baixo do cotovelo. O rosto estava vermelho. Perguntei novamente. Mais uma vez ela se assustou. Correu de volta para sua família, reunida alguns metros adiante em um estreito e precário oásis de sombra produzido pelo guarda-sol. Ela se encolheu nos braços de uma plácida mãe vestida de musselina branca. Tendo conseguido abolir minha existência ao afundar o rosto no peito confortável, ela escorregou do colo da mãe e voltou a brincar serenamente com a irmã mais nova, como se o desagradável incidente não tivesse ocorrido.

Melancólico, de algum ponto distante, ouvi o pregão longo e entrecortado do vendedor de roscas. "*Bombolani*!" Duas jovens marquesas norte-americanas passaram em seus roupões de banho púrpura, falando ambas ao mesmo tempo e numa única e infatigável tonalidade. "...e ele tem um gênio adorável!", disse uma delas. "Mas o que eu mais gosto", disse a outra, que parecia ter assimilado mais o estilo latino de pensar, "é dos seus dentes." Um homem de meia-idade, cuja barriga só podia ser resultado de muita *pasta,* e um menino magrinho de uns doze anos entraram em meu campo de visão, saindo molhados do mar. A areia quente os fazia saltitar com uma agilidade agradável de se ver. Mas a sola dos pés da louca Concetta era feita de material mais grosso. Descalça, ela descia as montanhas diariamente, carregando num braço o cesto cheio de frutas e na outra mão um cajado. Vendia seus produtos na praia ou percorria as casas de veraneio até que o cesto estivesse vazio. Então retornava, cruzando as planícies e subindo os morros. Desviei o olhar do homem gordo e do menino magro e a vi diante de mim. Ela usava um vestido velho, todo sujo e esfarrapado. Tufos de cabelos brancos escapavam por baixo do grande chapéu de palha. Seu rosto de velha era magro, astuto e impaciente; a pele enrugada lembrava um pergaminho esticado sobre os ossos. Apoiada em seu cajado, ela ficou olhando para mim durante algum tempo, sem dizer nada.

— Então é você o estrangeiro afogado? — disse por fim.

— Se ele tivesse se afogado não estaria aqui vivo — observou o médico. O jovem gigante achou isso muito engraçado; riu ruidosamente, das profundezas de seu peito largo. — Vá embora, Concetta — continuou o médico. — Ele precisa descansar. Não vá perturbá-lo com seus discursos.

Concetta não prestou atenção a ele. Costumava fazer esse tipo de coisa.

— O que seria de nós — começou, balançando a cabeça — sem a misericórdia de Deus? Você é tão jovem, *signorino*... Tem tempo para muita coisa. Deus o preservou. Eu sou velha, mas me ajoelho diante da cruz. — Ela aprumou-se e ergueu o cajado. Na ponta amarrara uma cruz feita com dois pedaços de madeira. Beijou-a com devoção. — Eu amo a cruz. A cruz é bela, a cruz é... — Mas foi interrompida por uma jovem babá que veio lhe pedir meio quilo de uvas. Não devia ser permitido que os negócios interferissem na teologia. Concetta pegou sua pequena balança de ferro, pôs um cacho de uvas no prato e moveu o peso na barra para um lado até equilibrar. A babá esperava. Tinha um rosto redondo e vermelho, sardas, cabelos negros e os olhos como dois botões pretos. Era carnuda como uma fruta. O jovem gigante olhou-a com sincera admiração. Ela rolou os botões na direção dele, só por um instante, e em seguida ignorou-o por completo; murmurava desinteressadamente consigo mesma, como se estivesse sozinha numa ilha deserta e quisesse manter o espírito elevado, e olhava distraída as pitorescas belezas da natureza.

— Seiscentos gramas — disse Concetta.

A babá pagou pelas uvas e, ainda murmurando, ainda em sua ilha deserta, afastou-se em pequenos passos, ondulando redonda como uma lua entre nuvens agitadas pelo vento. O jovem gigante parou de esfregar meus pés e seguiu-a com os olhos. Tão bela e pacífica como a lua, a babá, sempre rebolando, claudicava instavelmente em seus saltos altos sobre a areia.

Rabear, pensei. O velho Skeat acertou em cheio na tradução da palavra.

— *Bella grassa* — disse o médico, verbalizando os óbvios sentimentos do jovem gigante. Os meus também; porque, afinal, ela estava viva, obedecia às leis de sua natureza, caminhava sob o sol, comia uvas e *rabeava*. Fechei os olhos novamente. O sangue pulsava e o coração batia regularmente sob meus dedos. Eu me sentia como Adão recém-criado, frágil como uma borboleta que acabava de sair de sua crisálida — o barro vermelho, ainda úmido e mole, não permitia que eu me levantasse. Mas logo, quando estivesse seco e firme, eu me ergueria e sairia galopando pelo mundo afora, eu próprio um jovem gigante, um puro-sangue gracioso e majestoso, uma criança, um lunático maravilhoso.

Existem pessoas que conseguem passar a vida em estado de permanente convalescença. Comportam-se o tempo todo como se tivessem sido milagrosamente salvas da morte há apenas um momento; sempre animadas, unicamente por estarem vivas, e intoxicadas de felicidade só porque, por sorte, não estão mortas. Para as que não vivem essa convalescença, pode ser que o segredo da felicidade consista em meio afogamento regularmente, três vezes ao dia, antes das refeições. Recomendo-o como uma alternativa mais drástica para o meu "trenó-aquático-em-cada-escritório" como tratamento para o tédio.

— Está sozinho aqui? — perguntou o médico.

Assenti com a cabeça.

— Nenhum parente?

— Não no momento.

— Nem amigos?

— Humm — fiz eu.

Ele tinha uma verruga no lado do nariz, onde este se junta com o rosto. Descobri-me estudando-a atentamente; era uma verruga muito interessante, esbranquiçada mas um pouco avermelhada na parte superior. Como uma cereja não totalmente madura.

— O senhor gosta de cereja? — perguntei.

O médico ficou bastante surpreso.

— Gosto — disse, depois de um pequeno silêncio e grande deliberação, como se tivesse pesado muito bem o assunto antes de responder.

— Eu também. — E explodi numa risada. Desta vez, porém, minha respiração suportou triunfalmente o esforço. — Eu também, mas só se estiver madura — acrescentei, quase sem fôlego de tanto rir. Nunca se dissera nada tão engraçado.

Foi então que a sra. Aldwinkle entrou definitivamente em minha vida. Ainda sem poder conter o riso, olhei para o lado e vi de repente a dama-lanterna-chinesa do *patino* diante de mim. Seu traje estampado em tons vermelhos, agora um pouco menos berrante por estar molhado, reluzia ainda nas sombras aquáticas de sua sombrinha verde, e pela expressão de seu rosto era como se ela tivesse se afogado e não eu.

— Ouvi dizer que é inglês — disse ela com a mesma voz mal controlada e desarmônica que eu ouvira, não havia muito tempo, citando Shelley incorretamente.

Ainda fraco e atordoado em minha convalescença, concordei.

— Disseram-me que quase se afogou.

— Correto — disse eu, sem conseguir parar de rir; a piada era mesmo fantástica.

— Sinto muito por saber... — Ela não costumava completar suas frases. As palavras iam sumindo numa nódoa de sons indistintos e desarticulados.

— Não se preocupe — pedi. — Nem foi tão desagradável. Afinal, seja como for... — Olhei para ela com afeição e a curiosidade ilimitada de um convalescente. Ela também me olhava. Esses olhos, pensei, devem ter a mesma convexidade daquelas pequenas lentes vermelhas que são parafusadas nas traseiras das bicicletas: absorvem toda a luz que há em volta e a refletem novamente com um brilho concentrado.

— Vim saber se posso ajudar em alguma coisa — disse a dama-lanterna-chinesa.

— Muito gentil de sua parte.

— Está sozinho aqui?

— Até agora estou.

— Então talvez seja bom para você passar um ou dois dias em minha casa, até que esteja inteiramente... — A voz foi sumindo, ela fez um gesto que implicava a palavra que faltava e continuou: — Tenho uma casa perto daqui — disse, indicando com a mão a parte montanhosa da paisagem shelleyana.

Jubiloso em meu estado ainda atordoado, aceitei o convite.

— Encantador — disse eu. Tudo naquela manhã era decididamente encantador. Eu teria aceitado com prazer genuíno e puro um convite para ficar com a srta. Carruthers e o mr. Brimstone.

— Qual é o seu nome? Ainda não sei — disse ela.

— Chelifer.

— Chelifer? Seria Francis Chelifer?

— Francis Chelifer — afirmei.

— Francis Chelifer! — Decididamente ela punha toda a alma em meu nome. — Mas é maravilhoso! Quero conhecê-lo há muitos anos.

Pela primeira vez, desde que eu voltara embriagado da morte, tive uma terrível premonição do que seria estar sóbrio no dia seguinte. Lembrei-me então de que, virando a esquina, apenas virando a esquina, eu encontraria o mundo real.

— E o seu nome, qual é? — perguntei, apreensivo.

— Lilian Aldwinkle — disse a dama-lanterna-chinesa, moldando os lábios num sorriso incrivelmente penetrante em sua doçura. As lâmpadas azuis que eram seus olhos brilhavam com tanta intensidade que até um motorista daltônico, desses que enxergam ônibus verdes circulando em Piccadilly e árvores e grama vermelha no Green Park, teria reconhecido a cor deles, pelos sinais de perigo que representavam.

Uma hora depois eu estava reclinado no assento do Rolls--Royce da sra. Aldwinkle. Não havia como fugir.

CAPÍTULO 7

Sem possibilidade de fuga... Mas eu estava ainda bastante atordoado e não desejava realmente fugir. A sensação de sobriedade não fora mais do que um lampejo instantâneo. Veio e passou quase no mesmo instante, no momento em que fui absorvido mais uma vez pelo que parecia ser uma comédia interminável representada à minha volta. Bastava-me saber que eu estava vivo e as coisas estavam acontecendo. Fui carregado para o hotel por dois jovens gigantes, fui vestido e minhas roupas foram emaladas. No saguão do hotel, enquanto eu esperava a sra. Aldwinkle vir me apanhar, ensaiei alguns passos; a fraqueza das minhas pernas era, para mim, uma deliciosa fonte de risos.

Vestida de seda amarelo-pálido e com um grande chapéu de palha na cabeça, a sra. Aldwinkle finalmente apareceu. Seus hóspedes, explicou-me, já tinham ido em outro carro; eu poderia ir deitado, ou quase, no carro vazio. No caso de sentir-me mal, ela balançou um frasco prateado de conhaque diante de mim. Fugir? Isso só me ocorrera rapidamente; eu estava mesmo era encantado.

Reclinei-me confortavelmente no assento do carro. A sra. Aldwinkle deu uma batidinha no vidro que nos separava do motorista. Ele moveu as mãos languidamente e o carro começou a andar, abrindo caminho por entre um grupo de aficionados, que, na Itália, se forma como que num passe de mágica em volta de cada automóvel estacionado. E o da sra. Aldwinkle era especialmente atraente. Os jovens chamavam seus companheiros: "*Venite! É una Ro-Ro*".

E admirados comentavam entre si: "*Una Ro-Ro!*". O grupo ia se dispersando com relutância à medida que avançávamos; afastamo--nos do Grande Hotel e entramos pela rua principal, do outro lado da *piazza*, em cujo centro, encalhada na praia e protegida pelo mar recuado, havia uma pequena fortificação rosada que fora construída pela princesa de Massa Carrara para vigiar o Mediterrâneo, tornado perigoso pelos piratas bárbaros. Deixamos a cidade por uma estrada que cruzava a planície e seguia para as montanhas.

Arrastando uma nuvem de poeira, uma fileira de bois brancos avançava trôpega e ziguezagueantemente na estrada em nossa direção. Oito deles estavam presos na canga, uma longa procissão, conduzidos por meia dúzia de homens que gritavam, seguravam firme as rédeas e estalavam os chicotes. Eles puxavam uma carreta baixa à qual estava amarrado um imenso monolito de mármore branco. Perturbados por nossa passagem, os animais sacudiram a cabeça para um lado e para o outro, como se procurassem desesperados algum jeito de fugir. Os longos chifres curvos batiam uns nos outros; a papada branca e mole balançava; e dentro dos olhos de um marrom descorado dava para ver um medo, uma súplica para que nos apiedássemos de sua invencível estupidez e lembrássemos que eles simplesmente não podiam, por mais que se esforçassem, se acostumar com os veículos motorizados.

A sra. Aldwinkle apontou o monolito.

— Imagine o que Michelangelo não teria feito com aquilo — disse. E, notando que tinha na mão o frasco prateado, tornou-se solícita. — Tem certeza de que não quer um gole disto? — perguntou, inclinando-se sobre mim. Os dois perigosos sinais azuis brilharam diante de meu rosto. Suas roupas exalavam um perfume de âmbar--cinzento. O hálito recendia a pastilhas de heliotrópio. Mas até então eu não ficara assustado; não fizera nenhuma tentativa de fuga. Os bois brancos, guiados pela invencível estupidez, comportavam-se com mais sensibilidade do que eu.

Nós seguíamos em frente. As montanhas ficavam mais próximas. Os picos distantes de pedra limosa estavam ocultos pela massa luminescente de contrafortes argilosos e cobertos de vegetação. Eu me sentia feliz olhando para aquelas imensas formações geológicas.

— Que beleza! — disse. A sra. Aldwinkle recebeu essas palavras como um cumprimento.

— Alegro-me que esteja gostando. É tudo tão maravilhoso... — respondeu, como um escritor a quem eu tivesse acabado de dizer que adorara seu último livro.

Chegamos mais perto; as montanhas se erguiam uma diante da outra como uma imensa muralha. Mas a barreira se rompeu à nossa frente; cruzamos os portões do vale que penetrava por elas. A estrada seguia paralela ao rio. Nos flancos da montanha à nossa direita, a pedreira de mármore formava uma longa cicatriz escalvada de centenas de metros. Uma franja de pinheiros contornava a crista como um amplo guarda-sol. Muito altos, os troncos retos e finos se projetavam para cima; seus domos esparramados e planos formavam uma silhueta contínua, e por entre eles e atrás da massa escura da montanha podia-se ver uma faixa delgada de céu azul. Era como se um pintor, para enfatizar as linhas de suas montanhas, tivesse dado pinceladas finas e flexíveis paralelamente ao contorno da silhueta e um pouco afastadas dela.

Nós seguíamos em frente. A estrada se estreitou então numa esquálida ruazinha de vilarejo. O carro se arrastava ruidosamente por essa ruazinha.

— Vezza — explicou a sra. Aldwinkle. — Era aqui que Michelangelo vinha buscar seus mármores.

— É mesmo? — Agradou-me ouvir isso.

Sobre as janelas de um grande armazém repleto de cruzes brancas, colunas quebradas e estátuas, li a legenda: "Companhia Anglo-Americana de Lápides". Emergimos da ruazinha estreita para um aterro que seguia paralelamente ao rio. Na outra margem, o terreno era escarpado.

— Lá está a minha casa — apontou a sra. Aldwinkle, triunfante, ao atravessarmos a ponte. No alto da montanha vi uma fachada com vinte janelas e uma torre que arranhava o céu. — O palácio foi construído em 1630 — começou ela. Eu ouvia, deliciado, a aula de história.

Depois da ponte, subimos por uma estrada íngreme e sinuosa, que atravessava uma quase floresta de oliveiras. A encosta abrupta e relvada fora cortada em estreitos e inúmeros degraus, nos quais as árvores estavam plantadas. Aqui e ali, sob sua sombra cinzenta, pequenos rebanhos de carneiros pastavam. As crianças descalças que os pastoreavam correram para a estrada para nos ver passar.

— Gosto de imaginar como eram aquelas velhas cortes principescas — estava dizendo a sra. Aldwinkle. — Como as abadias de... abadias de... — Ela agitava o frasco de conhaque com impaciência. — Você sabe qual... em Thingumy.

— Abadia de Thelema — sugeri.

— Isso mesmo. Um local retirado onde as pessoas tenham a liberdade de viver de maneira inteligente. É o que pretendemos fazer desta casa. Fico muito feliz por ter conhecido você. É exatamente o tipo de pessoa que quero. — Ela se inclinou com um sorriso luminoso. Eu não recuei nem mesmo diante da perspectiva de entrar na abadia de Thelema.

Nesse momento o carro cruzou um imenso portão. Vi de relance a escadaria no meio dos ciprestes, subindo por uma sucessão de terraços abertos no terreno, até uma porta cravada no centro da grande fachada. O carro entrou em uma curva e a vista se fechou. Continuamos a subida por uma alameda de azinheiros que rodeava o flanco da montanha e, sempre subindo, chegamos à casa pela ala lateral. Finalmente a estrada nos levou para dentro de um amplo pátio quadrado, que ficava diante de uma reprodução menor da grande fachada. No alto de uma escadaria dupla, que se curvava como uma ferradura desde o chão até a entrada, havia um pórtico pomposo, encimado por um brasão sombriamente convidativo. O carro parou.

E já não era sem tempo, como percebo ao reler o que escrevi. Poucas coisas são tão profundamente enfadonhas e inúteis quanto as descrições literárias. Para o escritor, é verdade, há um certo prazer a ser extraído da caça às palavras apropriadas e expressivas. Levado pelo calor da perseguição ele se lança, indiferente ao pobre leitor que o segue penosamente pelas páginas secas e arenosas, correndo atrás de uma caçada sem achar graça nenhuma. Todos os escritores são também leitores — talvez eu deva abrir exceções em favor de alguns poucos colegas que se especializaram no canto de pássaros nativos — e portanto devem saber como uma descrição é cansativa. Mas isso não os impede de infligir aos outros tudo o que eles próprios têm sofrido. Às vezes acho realmente que alguns autores escrevem movidos apenas pelo desejo de vingança.

Os outros hóspedes da sra. Aldwinkle já tinham chegado e esperavam por nós. Fui apresentado e achei-os todos igualmente encantadores. A pequena sobrinha correu para ajudar a sra. Aldwinkle; o jovem que conduzira o *patino* correu, por sua vez, para a pequena sobrinha e insistiu em carregar todas as coisas das quais ela livrara a tia. O velho de rosto vermelho que falara sobre as nuvens assistiu com benevolência a essa rápida cena. Mas o outro cavalheiro de barba branca, que eu nunca vira antes, pareceu observar a cena com certo ar de reprovação. A moça que comentara sobre a brancura de suas pernas, e que vinha a ser uma ilustre colega minha, a srta. Mary Thriplow, usava agora uma túnica verde curta com a gola branca dobrada para baixo, punhos e botões brancos, que a fazia parecer uma colegial de uma ópera cômica de Offenbach. O rapaz bronzeado estava ao lado dela.

Saí do carro, recusei o auxílio oferecido e consegui, um pouco tonto, é verdade, subir os degraus.

— Deve ter muito cuidado por enquanto — disse-me a sra. Aldwinkle com solicitude maternal. — Estes — acrescentou, movendo as mãos em direção aos salões vazios pelos quais passávamos —, estes são os aposentos da princesa.

Seguimos pela casa até um grande pátio quadrado que era circundado por construções em três de seus lados, e no quarto, voltado para a montanha, por uma arcada. No centro, sobre um pedestal, havia uma estátua de mármore de tamanho maior que o natural, que representava, informou-me a anfitriã, o penúltimo príncipe de Massa Carrara, com uma peruca de cachos, saiote romano, borzeguins, um desses bonitos peitorais clássicos com uma cabeça de gárgula gravada em relevo, e uma pequena covinha indicando a posição do umbigo no meio de uma barriga redonda e polida. Com a expressão de quem está prestes a revelar um delicioso segredo e mal pode esperar o momento da revelação para dar expressão ao seu prazer, a sra. Aldwinkle, sorrindo por baixo da superfície do rosto, levou-me ao pé da estátua.

— Olhe! — disse ela.

Era como um desses shows a que se assistem espiando por um pequeno orifício e nos quais, por cinco minutos de diversão e para deleite dos olhos, os grandes monarcas costumam gastar o valor de uma rica província. Do arco central da arcada, outra escadaria de mármore conduzia ao alto da montanha, onde, diante de um semicírculo de ciprestes, um pequeno templo redondo brincava graciosamente de paganismo, como a estátua de borzeguins brincava heroicamente de Plutarco.

— E agora por aqui — disse a sra. Aldwinkle, fazendo-me dar a volta na estátua e levando-me para uma grande porta em frente à arcada, no centro de uma longa fileira de construções. Estava aberta; um corredor abobadado, como um túnel, conduzia diretamente à casa. Dali eu pude ver o céu azul e o remoto horizonte do mar. Seguimos por esse corredor; no final dele, encontrei-me no alto da escadaria que eu já vira lá de baixo, da entrada da casa. Era um cenário de teatro; mas feito de mármore verdadeiro e com árvores vivas.

— O que acha disto? — perguntou a sra. Aldwinkle.

— Magnífico! — respondi com um entusiasmo que começava a se misturar com a crescente fraqueza física.

— Que vista! — disse a sra. Aldwinkle, apontando com a sombrinha. — Esse contraste entre os ciprestes e as oliveiras...

— Mas é ainda mais bonita a vista do templo — disse a pequena sobrinha, evidentemente ansiosa para que eu notasse o valor inestimável das propriedades da sua tia Lilian.

A sra. Aldwinkle virou-se para ela.

— Como pode ser tão insensata! — disse severamente. — Tente se lembrar de que o pobre mr. Chelifer ainda está sofrendo os efeitos do terrível acidente. E ainda espera que ele suba até o templo!

A pequena sobrinha ficou rubra de vergonha e encolheu-se diante da reprovação. Nós nos sentamos.

— Como está se sentindo? — perguntou-me a sra. Aldwinkle, lembrando-se mais uma vez de ser solícita... — Apavoro-me só de pensar... Você quase... E eu sempre admirei tanto o seu trabalho...

— Eu também — declarou minha colega de túnica verde. — Admiro muitíssimo. Mas confesso que acho algumas coisas um pouco, como direi, um pouco tortuosas. Gosto que minha poesia seja mais direta.

— Um gosto muito sofisticado — disse o cavalheiro de rosto vermelho. — Pessoas realmente simples, primitivas, gostam que sua poesia seja tão complicada, convencional, artificial e distante da linguagem do dia a dia quanto for possível. Reprovamos o século XVIII pelo artificialismo. Mas o fato é que *Beowulf* é expresso em frases cinquenta vezes mais complicadas e inaturais do que o *Ensaio sobre o homem*. E se você for comparar as sagas islandesas com o dr. Johnson verá que o mais loquaz e afetado é o doutor. Só as pessoas mais complexas, que vivem nos ambientes mais artificiais, desejam que sua poesia seja simples e direta.

Fechei os olhos e deixei que as ondas da conversa passassem por cima de mim. E que conversa de primeira! O príncipe Papadiamantopoulos não teria conseguido manter a bola correndo num nível mais elevado. O cansaço estava me deixando sóbrio.

Cansaço, fraqueza do corpo — alguma formiguinha laboriosa e científica deveria catalogar e medir os seus vários efeitos. Todos, porque não basta provar que quando os escravos assalariados trabalham demais tendem a cair dentro das máquinas e virar pasta. O fato é interessante, sem dúvida; mas há outros não menos importantes. Por exemplo, o fato de uma leve fadiga aumentar nossa capacidade de sentir. As mais comprometedoras cartas de amor são sempre escritas nessas horas; sempre à noite, e não quando estamos frescos e repousados, é que falamos sobre o amor ideal e nos entregamos às nossas mágoas. Sob a influência de uma fadiga leve sentimo-nos mais dispostos do que em outras ocasiões para discutir problemas do universo, fazer confidências, dogmatizar sobre a natureza de Deus e traçar planos para o futuro. Também somos inclinados a ser mais voluptuosos. Quando, entretanto, a fadiga vai além de certo ponto, cessamos completamente de ser sentimentais, voluptuosos, metafísicos ou confidentes. Não vemos nada além da decrepitude do nosso ser. Não nos interessamos mais pelas outras pessoas ou pelo mundo exterior — não nos interessam, a menos que não nos deixem em paz, e nesse caso passamos a odiá-los com profunda mas ineficaz aversão, quase com repulsa.

No meu caso, a fadiga havia subitamente ultrapassado o ponto crítico. Minha felicidade de convalescente se evaporava. Meus companheiros não pareciam mais tão belos, tão originais ou amáveis. As tentativas da sra. Aldwinkle de me introduzir na conversa exasperavam-me; quando eu olhava para ela via um monstro. Percebi tarde demais (o que tornou o fato ainda mais aflitivo) onde eu próprio me metera ao aceitar o seu convite. Paisagens fantásticas, arte, conversas de primeira sobre o cosmos, a *intelligentsia,* o amor... Era demais para mim, mesmo nas minhas férias.

Fechei os olhos. Às vezes, quando a sra. Aldwinkle me interpelava, eu dizia sim ou não, sem prestar muita atenção ao sentido do comentário. A discussão reinava à minha volta. Do rebuscamento da minha poesia eles haviam chegado à arte em geral. Caramba, eu disse a mim mesmo, caramba... Fiz o que pude para fechar os ouvidos de minha mente; e por um curto período consegui realmente não entender nada do que estavam dizendo. Pensei na srta. Carruthers, em Fluffy e no mr. Brimstone, em Gog's Court e no mr. Bosk...

A voz da sra. Aldwinkle, elevada pela irritação a um tom peculiar, tornou-se audível à minha mente embotada.

— Quantas vezes eu já lhe disse, Cardan, que você não entende nada de arte moderna?

— Pelo menos mil — respondeu delicadamente o mr. Cardano. — Mas, graças a Deus — acrescentou, e eu abri os olhos a tempo de ver seu sorriso benevolente —, nunca dei nenhuma importância a isso.

O sorriso foi evidentemente demais para a paciência da sra. Aldwinkle. Com o gesto de uma rainha indicando que a audiência chegara ao fim, ela se levantou.

— Já é tarde — disse, olhando para o relógio —, já é tarde. Preciso dar uma ideia do interior do palácio ao mr. Chelifer antes do almoço. Quer me acompanhar? — Ela sorria para mim como uma sereia.

Bem-educado demais para lembrá-la de sua recente explosão contra a sobrinha, declarei-me encantado com a ideia. Meio tonto, segui-a para dentro da casa. Atrás de mim, o jovem remador exclamava num tom espantado e ao mesmo tempo indignado:

— Mas se há poucos minutos ela disse que o mr. Chelifer estava muito mal para...

— Ah, mas isso é diferente — disse a voz do homem de rosto vermelho.

— Diferente por quê?

— Porque, meu jovem amigo, os outros são, em todos os casos, a regra; mas eu sou invariavelmente a exceção. Devemos acompanhá-los?

A sra. Aldwinkle fez-me olhar para os tetos pintados até eu quase desmaiar de tontura. Arrastou-me de uma sala barroca para outra, e por escadarias escuras conduziu-me à Idade Média. Quando voltamos ao *Trecento,* eu estava tão exausto que mal parava em pé. Meus joelhos tremiam, eu sentia náuseas.

— Aqui é o antigo arsenal — explicava-me a sra. Aldwinkle com entusiasmo crescente. — E lá é a escada para a torre. — Ela apontou para uma passagem em forma de arco através da qual, no lusco-fusco, via-se o começo de uma escada íngreme, torcida como uma rosca, que subia a alturas desconhecidas. — São trezentos e trinta e dois degraus — acrescentou.

Nesse momento, muito longe, do outro lado da casa imensa e vazia, ouvimos o gongo para o almoço.

— Graças a Deus! — exclamou com devoção o homem de rosto vermelho.

Mas ficou evidente que nossa anfitriã não tinha nenhum pendor para a pontualidade.

— Que pena — disse ela. — Mas não faz mal, ainda temos tempo. Eu queria dar um pulinho até a torre antes do almoço. De lá se tem uma perspectiva maravilhosa... — Ela olhou inquisitorialmente para todos. — O que vocês acham? Vamos subir até lá? Levaremos apenas um minuto. — Ela repetiu o sorriso de sereia. — Vamos! Vamos! — E sem esperar pelo resultado de seu plebiscito caminhou rapidamente para a escada.

Eu a segui. Mas antes que eu tivesse dado cinco passos o chão e as paredes da sala pareceram desvanecer a distância. Havia um rugido em meus ouvidos. De repente, tudo escureceu. Senti que estava caindo. Pela segunda vez desde que me levantara da cama naquele dia, eu perdia a consciência.

Quando voltei a mim estava deitado no chão, com a cabeça no colo da sra. Aldwinkle, e ela refrescava minha testa com uma esponja úmida. As primeiras coisas de que tomei consciência foram seus brilhantes olhos azuis, parados sobre mim, muito próximos, muitos vivos e alarmantes.

— Pobre rapaz — ela estava dizendo —, pobre rapaz... — E então, erguendo os olhos, gritou irritada para os donos das várias pernas e saias que eu distinguia vagamente à direita e à esquerda. — Afastem-se, afastem-se! Estão querendo sufocar o pobre rapaz?

TERCEIRA PARTE

Os amores paralelos

CAPÍTULO 1

Lorde Hovenden descobriu que, apesar de fazer tudo o que estava ao seu alcance, naqueles últimos dias tornara-se impossível ter Irene só para si, nem que fosse por uns momentos. A mudança ocorrera quase simultaneamente à aparição do tal Chelifer. Antes de ele chegar houvera um período — e o mais estranho é que começara tão de repente quanto terminara —, de indescritível felicidade. Nesses dias, toda vez que se oferecia uma oportunidade para um *tête-à-tête*, Irene não só estava sempre disponível como sentia muito prazer em não deixá-la escapar. Os dois saíam para longos passeios, nadavam juntos no mar até bem longe, sentavam nos jardins, às vezes conversando, outras em silêncio; mas sempre muito felizes, falassem ou não. Lorde Hovenden falava com ela sobre automóveis, bailes e caçadas e ocasionalmente, embora um pouco constrangido diante da inquietante gravidade do assunto, sobre as classes trabalhadoras. E Irene não só o ouvia com prazer como manifestava suas próprias opiniões. Eles descobriram que tinham vários gostos em comum. Enquanto durou, esse período foi maravilhoso. E então, com a chegada do tal Chelifer, de repente tudo terminara. Irene nunca estava por perto nos momentos propícios, e nunca mais sugeriu espontaneamente, como chegara a fazer naquela época maravilhosa, que dessem um passeio juntos. Ela não tinha mais tempo para conversar com ele; parecia que seus pensamentos estavam em outro lugar, enquanto, misteriosa, ela passara a andar de um lado para o outro pela casa ou pelos jardins com uma expressão grave e preocupada. Foi com o espírito tremendamente angustiado que lorde Hovenden começou a observar que Irene surgia sempre onde estava Chelifer. Se ele fosse discretamente ao jardim depois do almoço, certamente um instante depois Irene o seguiria. Se propusesse uma caminhada com Calamy ou o mr. Cardan, Irene pediria acanhada, mas com a obstinada resolução dos que superam uma fraqueza pela força de vontade, para se juntar ao grupo. E se por acaso acontecesse de Chelifer e a srta. Thriplow ficarem a sós, era certo que Irene iria deslizando silenciosamente até eles.

Para tudo isso lorde Hovenden só encontrava uma explicação: ela estava apaixonada por aquele homem. É certo que ela nunca se esforçava para conversar quando estavam juntos; e parecia ainda mais intimidada pelos silêncios bem-educados e as fórmulas de cortesia acentuadamente insinceras de Chelifer. Este, por sua vez, e até onde um rival seria capaz de reconhecer, agia com total correção. Correção demais, na verdade, na opinião de Hovenden. Era intolerável aquela polidez que beirava o sarcasmo; o homem deveria ser mais humano com a pequena Irene. Lorde Hovenden adoraria torcer o pescoço dele; e torcê-lo por duas ofensas mutuamente excludentes — iludir continuamente a menina e ficar tão malditamente distante. E ela parecia tão transtornada. Espiando por sua janela retangular entre a espessa cabeleira acobreada em forma de sino, aquele pequeno rosto, tão infantil pelo tamanho e limpidez dos olhos e pela delicadeza do lábio superior, passara a ser nos últimos dias o rosto de uma criança patética e infeliz. Lorde Hovenden supunha que ela estivesse definhando de amor por aquela criatura — embora de sua parte fosse incapaz de imaginar que diabos ela conseguia ver nele. Era óbvio também que a velha Lilian estava caída pelo homem e bancava a tola diante dele. Estaria Irene querendo competir com a tia? Seria uma tragédia se a sra. Aldwinkle descobrisse que Irene tentava passá-la para trás. Quanto mais lorde Hovenden pensava em toda essa confusão, mais confusa lhe parecia. E ele se sentia completamente desgraçado.

Irene também. Mas não pelas razões que lorde Hovenden supunha. É verdade que ela passava a maior parte do tempo, desde a chegada de Chelifer, seguindo o novo hóspede como uma sombra infeliz. Mas não porque quisesse fazer isso, não por sua livre e espontânea vontade. Chelifer realmente a intimidava; quanto a isso, lorde Hovenden estava certo. Sua falha fora imaginar que Irene adorava o homem, apesar do medo que ele lhe causava. Se ela o seguia por toda parte era porque tia Lilian lhe havia pedido. E se ela parecia infeliz era porque tia Lilian estava sofrendo — e em parte, também, porque essa tarefa lhe era muito desagradável; não só desagradável em si, como a impedia de ter suas conversas com Hovenden. Desde a noite em que tia Lilian a repreendera por sua frieza e falta de visão, Irene decidira estar com Hovenden o máximo que pudesse. Queria provar que tia Lilian estava errada. Ela não era fria, nem cega; conseguia ver tão claramente quanto qualquer um quando as pessoas gostavam dela, e sabia retribuir as atenções recebidas. Francamente, depois dos episódios com Jacques, Mário e Peter, não era justo que tia Lilian a importunasse daquela maneira. Simplesmente não era justo. Movida pelo desejo indignado de refutar a tia o mais rápido possível, ela decidiu tomar a iniciativa com Hovenden; ele era tão tímido que, se não o fizesse, levaria meses para oferecer à tia uma réplica convincente à acusação de que fora vítima. Eles tinham conversado, saído para passear, e Irene se sentira quase pronta para viver a qualquer momento a infinitude de uma paixão. De certa forma, esse relacionamento vinha se desenvolvendo de uma maneira bem diferente dos outros. Ela começara a sentir alguma coisa, mas algo bastante distinto do que conhecera com Peter e Jacques. Por eles fora um sentimento borbulhante, excitante, agitado, intimamente ligado aos grandes hotéis, às bandas de jazz, às luzes coloridas, ao desejo infatigável da tia de extrair da vida tudo o que pudesse, ao medo assombroso de perder alguma coisa, mesmo estando no centro dos acontecimentos. "Divirta-se! Solte-se!", dizia sempre tia Lilian. E "Como ele é bonito! Que jovem encantador!", se um rapaz passava por elas. Irene fizera o possível para seguir seus conselhos, e às vezes chegava a sentir — quando estava dançando e as luzes, as pessoas em volta e a música se fundiam num todo palpitante — que realmente atingia o auge da felicidade. E seu par, Peter ou Jacques, a quem tia Lilian a induzira sob hipnose a considerar um prodígio entre toda a espécie, era visto como a fonte dessa felicidade. Entre uma dança e outra, sob as palmeiras do jardim, ela até se deixara beijar; e a experiência fora sempre muito séria. Mas quando chegava a hora de irem embora, Irene partia sem saudade. Aquela sensação borbulhante se acalmava por completo. Com lorde Hovenden era diferente. Ela gostava dele com serenidade, gostava cada vez mais. Ele era bom, simples, sincero e jovem. Ele era jovem — Irene gostava particularmente disso. Apesar de sua idade, Irene sentia que no fundo ele era mais jovem que ela. Os outros foram sempre mais velhos, mais experientes e maduros; todos atrevidos e insolentes. Mas de maneira nenhuma poderia dizer isso de lorde Hovenden. A gente se sente segura com ele, pensava Irene. E de certa forma, quando estava com ele, não era uma questão de amor — pelo menos não uma questão premente ou urgente. Todas as noites tia Lilian costumava lhe perguntar como eles iam e se estava ficando excitante. E Irene nunca sabia direito o que responder. Logo descobriu que não queria falar sobre Hovenden; ele era tão diferente dos outros, e na amizade dos dois não havia nada de infinito. Era apenas uma amizade sensível. Irene se apavorava com as perguntas da tia; e quase a detestava quando, com aquele seu jeito terrível de caçoar, insistia impiedosamente em usá-las como alvo de sua troça. Sob alguns aspectos, a chegada de Chelifer fora na verdade um alívio, porque tia Lilian foi imediatamente absorvida pelas próprias emoções e não teve mais tempo ou vontade de pensar em mais ninguém. Sim, isso fora muito bom. Por outro lado, o trabalho de supervisão e espionagem de que fora encarregada pela tia acabou por tornar impossíveis as conversas com Hovenden. Seria preferível que ele não estivesse tão perto, refletia Irene com tristeza. Mas ao mesmo tempo a pobre tia Lilian estava sofrendo tanto... Era preciso fazer alguma coisa por ela. Pobre tia Lilian!

— Quero saber o que ele pensa a meu respeito — dizia-lhe secretamente tia Lilian, nas suas horas noturnas. — O que falará de mim às outras pessoas? — Irene respondia que nunca o ouvira dizer nada. — Então continue ouvindo; fique de ouvidos bem abertos.

Mas, por mais que se esforçasse, Irene nunca tinha nada para contar. Chelifer jamais mencionava tia Lilian. Para a sra. Aldwinkle, isso era quase pior do que se ele falasse mal. Ela não suportava ser ignorada.

— Talvez ele goste de Mary — sugeriu. — Achei que hoje ele a olhava de um jeito diferente, com certas intenções.

E Irene recebeu ordens de vigiá-los. Mas, pelo que conseguira descobrir, o ciúme de tia Lilian era totalmente infundado. Chelifer e Mary Thriplow não trocavam uma palavra ou um olhar que a imaginação mais desconfiada pudesse interpretar como uma intimidade amorosa.

— Ele é estranho, é uma criatura incomum... — A sra. Aldwinkle usava isso como um refrão ao se referir a ele. — Parece que não se importa com nada. É tão frio como uma máscara fixa e distante... Mas também basta olhá-lo nos olhos, na boca, para ver que sob essa superfície... — Ela balançava a cabeça e suspirava. E as especulações sobre Chelifer davam voltas e mais voltas, retornavam vezes sem conta ao mesmo ponto e não chegavam a lugar nenhum.

Para a sra. Aldwinkle, tudo começara quando ela salvara a vida de Chelifer. Via-se naquela praia, entre o céu e o mar, as montanhas ao longe, e ela o observando, como aquelas figuras adoravelmente românticas que nos quadros de Augustus John aparecem num êxtase meditativo e apaixonado contra um fundo cósmico. Ela *via* a si mesma — uma figura de John, apesar da túnica vermelho-chama e da sombrinha verde-esmeralda. E a seus pés, Shelley, ou Leandro, derrotado pelas águas nas areias de Ábydos, um jovem poeta lívido, nu e morto. E ela se debruçava sobre ele, trazia-o de volta à vida e o ajudava a se levantar, levando-o em seus braços maternais a um paraíso de paz, onde ele pudesse reunir novas forças e, pela poesia, novas inspirações.

Era assim que os fatos eram interpretados pela sra. Aldwinkle depois de passarem pelo denso material refratário da sua imaginação. Por esses fatos, pela situação resultante, pelo seu caráter, era quase necessário e inevitável que ela tivesse uma queda romântica por seu mais recente hóspede. O mero fato de ele ser um recém-chegado, até então desconhecido, além de um poeta, bastaria em quaisquer circunstâncias para despertar-lhe um vívido interesse pelo rapaz. Mas considerando-se que ela o resgatara de sua sepultura nas águas e agora estava empenhada em abastecê-lo de inspirações, seu interesse tornava-se ainda maior. Se não se apaixonasse por ele estaria desobedecendo às leis de sua própria natureza. Além disso, ele próprio tornava tudo mais fácil por ser sombria e poeticamente belo. Mais que isso, ele era estranho — estranho ao ponto de se tornar misterioso. A sua frieza a atraía e ao mesmo tempo a deixava desesperada.

— Ele não pode ser tão indiferente a tudo e a todos quanto quer parecer — insistia ela para Irene.

O desejo de destruir essas barreiras, de penetrar na intimidade dele e dominar seu segredo acelerava ainda mais o amor da sra. Aldwinkle. Desde o momento em que o descobrira naquelas circunstâncias românticas, tornadas ainda mais românticas pela sua imaginação, ela vinha tentando se apossar de Chelifer; queria fazer dele uma propriedade sua, assim como a paisagem e a arte italianas. Imediatamente ele se transformara no maior poeta vivo; mas segundo o corolário ela seria sua única intérprete. Rapidamente telegrafou para Londres e encomendou todos os livros dele.

— Quando penso — dizia, aproximando-se embaraçosamente dele e fitando-o no rosto com seus olhos perigosamente brilhantes —, quando penso que por pouco você não morreu afogado... Como Shelley... — Ela encolhia os ombros. — É apavorante!

E Chelifer curvava os lábios no seu sorriso mais egípcio e respondia:

— Meus colegas da *Gazeta do Criador de Coelhos* teriam ficado inconsoláveis. — Ou qualquer coisa do tipo. Oh, ele era muito, muito estranho!

— Ele sempre me escapa das mãos — reclamava a sra. Aldwinkle à sua confidente das horas tardias.

Era preciso quebrar aquelas barreiras com uma explosão, ou, se preciso, rastejar pelos flancos e ganhar sua confiança; mas Chelifer não cochilava jamais. Sempre conseguia fugir. Não era possível apoderar-se dele. Para a sra. Aldwinkle, não era à toa que ele era o maior poeta vivo, e ela, sua profeta.

Ele fugia — não só mental e espiritualmente como fisicamente. Um ou dois dias depois de sua chegada ao palácio dos Cybo Malaspina, desenvolvera uma capacidade quase mágica de desaparecer. Num momento estava ali, no jardim ou sentado num dos salões; a sra. Aldwinkle se distraía com alguma coisa e em seguida ele tinha sumido. Ela ia procurá-lo; nem sinal dele. Mas na refeição seguinte ele reaparecia, sempre pontual; perguntava à sua anfitriã se passara uma manhã ou tarde agradável, conforme o caso, e, se ela lhe perguntasse onde estivera, respondia vagamente que dera um passeio ou ficara escrevendo cartas.

Num desses sumiços, Irene, encarregada pela tia de caçá-lo, conseguiu finalmente capturá-lo no alto da torre. Ela subira os trezentos e trinta e dois degraus porque lá de cima poderia avistar todo o jardim e a encosta. Se ele estivesse em algum lugar lá embaixo, ela o veria da torre. Mas quando, por fim, Irene emergiu ofegante na pequena plataforma de onde os marqueses atiravam pedras e chumbo derretido em seus inimigos no pátio, levou um susto que quase a fez cair para trás e rolar pelos degraus. Porque ao sair pelo alçapão para a luz do dia, viu de repente o que lhe pareceu uma figura gigantesca avançando em sua direção.

Irene deu um gritinho; seu coração dava saltos violentos e parecia que ia parar.

— Permita-me... — disse a voz muito bem-educada. O gigante se inclinava e lhe estendia a mão. Era Chelifer. — Veio até aqui para apreciar a vista panorâmica das pitorescas belezas da natureza? Eu gosto muito de vistas panorâmicas.

— Você me assustou — foi tudo o que ela conseguiu dizer. Seu rosto estava pálido.

— Sinto muitíssimo — disse Chelifer. Fez-se um longo e, para Irene, constrangedor silêncio. Ela foi embora em seguida.

— Você o encontrou? — perguntou a sra. Aldwinkle à sobrinha quando ela surgiu no terraço.

Irene meneou negativamente a cabeça. Não sabia por que lhe faltava coragem de contar à tia sua aventura. Iria deixá-la muito triste saber que Chelifer estava disposto a escalar trezentos e trinta e dois degraus para se livrar dela.

A sra. Aldwinkle tentou se prevenir contra essa mania de desaparecer, não permitindo nunca, até onde fosse possível, que ele saísse de sua vista. Fez com que ele se sentasse sempre perto dela à mesa. Levava-o para passear a pé ou de carro, sentava-se com ele no jardim. Era com dificuldade, e somente utilizando alguns estratagemas, que Chelifer conseguia alguns momentos de liberdade e solidão. Nos primeiros dias de palácio, descobriu que "preciso escrever" era uma ótima desculpa para se retirar.

A sra. Aldwinkle professava tanta admiração por sua atividade poética que não seria decente impedi-lo. Mas não demorou para que ela encontrasse um meio de controlar essa liberdade, insistindo em que ele escrevesse à sombra dos azinheiros ou em uma das grutas artificiais de pedra esponjosa incrustadas nas paredes do terraço inferior. Em vão Chelifer tentou protestar, dizendo que detestava escrever ou ler ao ar livre.

— Mas é um lugar tão encantador... — insistia a sra. Aldwinkle. — Só irá aumentar a sua inspiração.

— Os únicos lugares que realmente me inspiram — dizia Chelifer — são os bairros populares de Londres; o norte da Harrow Road, por exemplo.

— Como pode dizer isso? — protestava a sra. Aldwinkle.

— Asseguro-lhe que essa é a mais pura verdade — afirmava ele.

Não obstante, ele teve que escrever sob os azinheiros ou no interior das grutas. A sra. Aldwinkle, a uma distância moderada, mantinha-o bem à vista. A cada dez minutos mais ou menos ela se aproximava pé ante pé de onde ele estivesse, sorrindo, na sua imaginação, como uma sibila, com o dedo sobre os lábios, e depositava ao lado do papel permanentemente virgem de Chelifer algumas rosas, uma dália, um ramo de margaridas ou um cacho de bagas rosadas de evônimo. Com delicadeza, usando uma fórmula graciosa e francamente insincera, menos sibilina mas muito mais adocicada e aveludada, a sra. Aldwinkle se retirava novamente na ponta dos pés, como Egéria dando adeus ao rei Numa, deixando que a inspiração fizesse seu trabalho. Mas esta não parecia estar trabalhando muito bem. Porque toda vez que a sra. Aldwinkle perguntava quanto ele já tinha escrito, regularmente respondia "Nada", sorrindo-lhe com aquele sorriso esfíngico e delicado que ela achava tão desconcertante, tão proeminentemente "estranho".

Em geral ela tentava conduzir a conversa aos elevados planos espirituais, dos quais se deve fazer a abordagem mais satisfatória e romântica do amor. Duas almas aclimatadas ao fino ar da religião, das artes, da ética ou da metafísica não teriam dificuldade em respirar a atmosfera similar do amor ideal, cujos territórios são contíguos aos dos outros habitantes das grandes altitudes mentais. O aeroplano aterrissa, por assim dizer, no pico nevado de Popocatepetl, e os passageiros descem suavemente para as tropicais *tierras calientes* na planície. Mas com Chelifer era impossível elevar-se a um metro que fosse. Quando, por exemplo, a sra. Aldwinkle começava a falar enlevadamente sobre a arte e as delícias de ser um artista, Chelifer se confessava modestamente um tolerável amador de segunda classe.

— Mas como pode falar dessa maneira? — gritava ela. — Como pode blasfemar contra a arte e o seu próprio talento? De que lhe serve ele, então?

— Para editar a *Gazeta do Criador de Coelhos*, ao que parece — respondia Chelifer, sorrindo amavelmente.

Outras vezes ela começava com o amor propriamente dito; também sem muito sucesso. Chelifer apenas concordava polidamente com tudo o que ela dizia e, se era pressionado a dar uma opinião mais definida, respondia:

— Não sei.

— Mas você tem que saber — insistia ela —, tem que ter alguma opinião. Você já teve experiências.

Chelifer balançava a cabeça negativamente.

— Infelizmente — lamentava —, nunca.

Era tudo inútil.

— O que devo fazer? — perguntava a sra. Aldwinkle, desesperada, nas horas tardias.

Sábia com sua experiência dos dezoito anos, Irene sugeria que o melhor era não pensar mais nele — pelo menos não dessa maneira.

A sra. Aldwinkle suspirava e balançava a cabeça. Começara a amar porque acreditava no amor, porque queria amar e porque lhe surgira uma oportunidade romântica. Ela resgatara um poeta da morte. Como não amá-lo? As circunstâncias, a própria pessoa, eram todas invenções suas; ela se apaixonara, quase propositadamente, pelas fantasias da própria imaginação. Mas desistir deliberadamente era impossível. Os anseios românticos trouxeram à tona aqueles instintos mais profundos, dos quais esses mesmos anseios nada mais eram que delicadas emanações literárias. Ele era jovem e bonito — isso era um fato, não imaginação. Os desejos profundos, uma vez despertados e trazidos à consciência, uma vez cientes de seu estado petrificado, como poderiam ser reprimidos?

— Ele é um poeta. Por amor à poesia, por amor à paixão e por tê-lo salvado da morte, por tudo isso eu o amo.

Se fosse só isso, talvez até fosse possível à sra. Aldwinkle seguir o conselho de Irene. Mas, das escuras cavernas do seu ser, outra voz clamava: "Ele é jovem, é bonito. Os dias são poucos e curtos. Eu estou envelhecendo, meu corpo tem sede". Como poderia parar de pensar nele?

— Suponhamos que ele venha a me amar um pouquinho — continuava a sra. Aldwinkle, tirando um perverso prazer do fato de atormentar a si mesma das mais variadas maneiras —, suponhamos que ele venha a sentir um pouco de amor por mim, pelo que sou, penso ou falo. Ele me amaria porque, para começar, eu o amo e admiro seu trabalho, e porque compreendo o que sente um artista e posso comungar com ele. Diante de tudo isso, será que ainda assim ele me repeliria por eu ser velha? — Ela perscrutava o espelho. — Meu rosto está terrivelmente envelhecido.

— Não, não — protestava Irene, encorajando-a.

— Ele ficaria desgostoso — continuava. — Seria suficiente para afastá-lo, mesmo que se sentisse atraído por qualquer outra coisa. Ela suspirava profundamente. As lágrimas escorriam lentamente pelas faces descaídas.

— Não fale assim — implorava Irene. — Não fale assim, tia Lilian. — Seus próprios olhos se enchiam de lágrimas. Nessas horas, seria capaz de qualquer coisa para tornar a tia mais feliz. Passava os braços ao redor do pescoço dela e a beijava. — Não fique triste

— sussurrava —, não pense mais nisso. Que importância tem esse homem? Que importância ele tem? Pense só nas pessoas que realmente a amam. Eu a amo, tia Lilian, muito, muito.

A sra. Aldwinkle chegava a se sentir confortada e enxugava os olhos.

— Vou ficar ainda mais feia se não parar de chorar. — Silêncio. Irene continuava a escovar os cabelos da tia, esperando que seus pensamentos tivessem se dirigido para outro tema.

— Seja como for — dizia a sra. Aldwinkle, por fim , quebrando o longo silêncio —, meu corpo ainda é jovem.

Irene ficava angustiada. Por que tia Lilian não podia pensar em outra coisa? E sua angústia ia se transformando numa desagradável sensação de constrangimento e vergonha à medida que a tia prosseguia no assunto iniciado com suas últimas palavras e entrava em detalhes cada vez mais íntimos. Apesar dos cinco anos de treinamento na escola de tia Lilian, Irene sentia-se profundamente chocada.

CAPÍTULO 2

— Nós dois — dizia o mr. Cardan, num final de tarde, quinze dias após a chegada de Chelifer —, parece que acabamos ficando de fora.

— De fora de quê? — perguntou o mr. Falx.

— De fora do amor — disse o mr. Cardan.

Por sobre a balaustrada, ele olhava para baixo. No terraço imediatamente inferior, Chelifer e a sra. Aldwinkle caminhavam devagar, de um lado para o outro. No outro terraço, mais abaixo, as figuras reduzidas de Calamy e da srta. Thriplow faziam o mesmo.

— E os outros dois — continuou o mr. Cardan, prosseguindo em voz alta a contagem que ele e seu companheiro pareciam fazer em silêncio, somente com os olhos —, o seu jovem discípulo e a pequena sobrinha, estão caminhando pelas montanhas. E o senhor ainda pergunta de que nós ficamos de fora?

O mr. Falx meneou a cabeça.

— Se quer que lhe diga a verdade — continuou —, não gosto muito da atmosfera desta casa. A sra. Aldwinkle é uma excelente pessoa, é claro, em muitos aspectos. Mas... — ele hesitou.

— Sim, mas... — concordou o mr. Cardan. — Sei aonde quer chegar.

— Vou me sentir melhor quando tiver levado o jovem Hovenden daqui — disse o mr. Falx.

— Ficarei surpreso se conseguir levá-lo sozinho.

Balançando a cabeça, o mr. Falx continuou:

— Há uma complacência moral, uma certa permissividade... Confesso que não gosto deste estilo de vida. Posso ser preconceituoso, mas não gosto.

— Todo mundo tem seu vício preferido — disse o mr. Cardano. — É bom não se esquecer, mr. Falx, de que nós provavelmente não gostemos do seu estilo de vida.

— Protesto! — disse o mr. Falx, inflamado. — Como é possível comparar o meu estilo de vida com o desta casa? Trabalhando incessantemente por uma causa nobre, devoto-me ao bem comum...

— Mesmo assim — replicou o mr. Cardan —, dizem que não há nada mais intoxicante do que falar a uma multidão de pessoas e movê-las da maneira que se quer; dizem também que é profundamente prazeroso ouvir os aplausos. E aqueles que experimentaram uma coisa e outra disseram-me que as alegrias do poder são de longe preferíveis, no mínimo por serem bem mais duradouras, àquelas que derivam do vinho e do amor. Não, mr. Falx; se escolhemos montar os nossos altos cavalos, estamos amplamente justificados, da mesma forma, por desaprovarmos a sua complacência e permissividade, assim como o senhor por desaprovar a nossa. Já percebi que as mais graves e terríveis denúncias de obscenidade na literatura são feitas precisamente por periódicos cujos diretores são conhecidos alcoólatras. E os religiosos e políticos mais vaidosos, com a mais desmedida comichão por poder e notoriedade, são sempre aqueles que denunciam com maior fúria as corrupções de sua época. Um dos maiores triunfos do século XIX foi limitar a conotação da palavra "imoral", de modo que, para propósitos práticos, só eram imorais os que bebiam demais ou faziam amor copiosamente. Os que se entregavam a quaisquer outros ou a todos os demais pecados mortais podiam baixar os olhos com justa indignação diante da lascívia e da gula. Podiam e podem, ainda hoje. Essa exaltação de apenas dois dentre todos os pecados mortais é muito injusta. Em nome de todos os libertinos e beberrões, quero protestar solenemente contra as injustas distinções cometidas em nosso detrimento. Acredite, mr. Falx, não somos menos repreensíveis do que o resto de vocês. Na verdade, comparando-me a alguns de seus amigos políticos, sinto-me no direito de me considerar um santo.

— Mesmo que queira — disse o mr. Falx, cujo rosto, onde não estava coberto pela profética barba branca, tinha se tornado muito vermelho com a indignação mal reprimida —, o senhor não me demoverá de minha convicção de que este não é o ambiente mais saudável para um rapaz como Hovenden, no período mais delicado de sua vida. Por mais paradoxal e ingênuo que lhe pareça, repito que não me demoverá.

— Não é preciso repetir — disse o mr. Cardan, meneando negativamente a cabeça. — Pensa que tenciono demovê-lo de alguma coisa? O senhor não pode ter imaginado que eu perderia meu tempo tentando convencer um homem maduro com opiniões cristalizadas sobre a verdade daquilo que ele acredita. Se o senhor tivesse doze anos de idade, eu até tentaria. Mas na sua idade, não.

— Então por que argumenta, se não quer me convencer?

— Só por argumentar — respondeu o mr. Cardan —, e porque temos que matar o tempo de alguma forma.

Come ingannar questi noiosi e lenti
Giorni di vita cui si lungo tedio
E fastidio insoffribile accompagna
Or io t'insegnero.[17]

— Eu teria feito um manual das artes melhor do que o velho Parini

17. Em italiano no original: "Como enganar estes enfadonhos e lentos/ Dias de vida, aos quais tão longo tédio/ E insuportável fastio se unem/ Doravante eu te ensinarei". (N.T.)

— Sinto muito — disse o mr. Falx —, mas não conheço italiano.

— Eu também não conheceria — disse o mr. Cardan — se tivesse as suas mesmas fontes inesgotáveis para matar o tempo. Infelizmente não nasci com muito entusiasmo pelo bem-estar das classes trabalhadoras.

— As classes trabalhadoras... — O mr. Falx agarrou-se a essas palavras e começou a falar apaixonadamente.

Que texto era aquele, pensou o mr. Cardan, sobre a "medida com a qual tu medes"? Como era perigosamente adequado! Durante os últimos dez minutos ele aborrecera o mr. Falx. Agora, o mr. Falx se vingava e devolvia na sua própria medida — mas, oh, Senhor!, uma medida impressa e, que Deus nos acuda!, revisada. O mr. Cardan olhava lá para baixo, por sobre a balaustrada. Nos terraços inferiores, os casais desfilavam para lá e para cá. Gostaria de saber sobre o que estariam conversando, gostaria de estar lá para ouvi-los. Retumbantemente, o mr. Falx representava seu papel de profeta.

CAPÍTULO 3

Era uma pena que o mr. Cardan não pudesse ouvir o que sua anfitriã estava dizendo. Ele teria adorado: ela falava sobre si mesma. Era um assunto sobre o qual ele especialmente gostava de ouvi-la. Há poucas pessoas, costumava ele dizer, cuja versão autorizada de si mesma difere tanto da revisada, que é a formada pelos outros. No entanto, não era sempre que a sra. Aldwinkle lhe dava a chance de comparar ambas as versões. Diante do mr. Cardan ela ficava sempre mais tímida; eles se conheciam havia tanto tempo.

— Às vezes — dizia a sra. Aldwinkle a Chelifer, caminhando no segundo dos três terraços —, às vezes eu gostaria de ser menos sensível. Sinto todas as coisas de uma maneira muito penetrante, por mais sutis que elas sejam. É como estar sendo... sendo... — ela movia as pontas dos dedos como se agarrasse o ar, em busca da palavra certa — como estar sendo arranhada — concluiu triunfante, e olhou para o companheiro.

Chelifer meneou a cabeça afirmativamente.

— Sou muito perceptiva — continuou ela — aos pensamentos e sentimentos das pessoas. Não é preciso falar para que eu saiba o que elas têm na mente. Eu *sei*, eu sinto só de olhar.

Chelifer perguntou-se se ela sabia o que ele tinha na mente. Aventurou-se a duvidar.

— É um dom maravilhoso — disse ele.

— Mas tem suas desvantagens — insistiu a sra. Aldwinkle. — Por exemplo, você não imagina como sofro quando as pessoas ao meu redor estão infelizes, principalmente se me sinto de certa forma responsável. Se estou doente, sinto-me mal ao pensar nos criados, nas enfermeiras e nas pessoas em geral, todos acordados, subindo e descendo escadas a noite toda por minha causa. Sei que é bobagem; mas, sabe, sou tão... tão profundamente reconhecida a todos eles que esse próprio reconhecimento impede-me de sarar mais depressa...

— É muito desagradável — disse Chelifer no seu tom mais polido e direto.

— Você não imagina como o sofrimento me afeta. — Ela o olhou com ternura. — Naquele dia, no primeiro dia, quando você desmaiou, não pode nem imaginar...

— Peço desculpas por tê-la afetado tanto — disse Chelifer.

— Você teria reagido da mesma maneira, naquelas circunstâncias. — A sra. Aldwinkle pronunciou as duas últimas palavras num tom significativo.

Chelifer balançou a cabeça com modéstia.

— Devo dizer que sou singularmente estoico para com o sofrimento alheio.

— Por que se coloca sempre contra si mesmo? — perguntou a sra. Aldwinkle com sinceridade. — Por que denegrir seu próprio caráter? Sabe que não é o que finge ser. Quer se fazer passar por alguém muito mais duro e seco do que realmente é. Por que faz isso?

Chelifer sorriu.

— Talvez seja para estabilizar a média universal. Há muita gente que se mostra mais amável e sensível do que de fato é. Não acha?

A sra. Aldwinkle ignorou a pergunta.

— Mas você — insistiu —, quero saber de você. — Ela o olhava fixamente. Chelifer sorriu e não disse nada. — Não vai me dizer? Não faz mal. Estou preparada. Sou muito intuitiva. Graças à minha sensibilidade, eu *sinto* o caráter das pessoas. E nunca me engano.

— É invejável — disse Chelifer.

— Não pense que pode me enganar — continuou ela. — Ninguém pode. Eu o compreendo. — Chelifer suspirou interiormente; ela já dissera isso antes, mais de uma vez. — Quer saber como você realmente é?

— Quero.

— Bem, para começar — disse ela —, é um homem tão sensível quanto eu. Vejo-o em seu rosto, na maneira como age. Ouço-o quando fala. Mesmo que finja ser rijo e... e... impenetrável, mas eu...

Enfastiado mas paciente, Chelifer ouvia. A voz oscilante da sra. Aldwinkle subia e descia, de uma nota para outra não relacionada, ferindo-lhe os ouvidos. As palavras se tornavam vagas e distantes. Perdiam a articulação e o sentido. Não eram mais que o barulho do vento; um som que acompanhava mas não lhe interrompia os pensamentos. E nesse momento os pensamentos de Chelifer eram poéticos. Ele dava os últimos retoques no seu pequeno "Incidente mitológico", uma ideia que lhe ocorrera recentemente e na qual vinha trabalhando nos últimos dois dias. Agora estava concluído; um certo polimento era só o que faltava.

Através do pálido esqueleto de florestas
Órion caminha. O vento norte cola
Seus lábios frios às flautas gêmeas de aço
Que são sua arma. E seu brinquedo.

Enterrado até os joelhos ele vai aonde
Algum avarento dos bosques
— Mais ladino do que toda aquela gente
que rouba e acumula, ano após ano —
juntou todo o seu precioso cobre.

A Rainha do Amor e da Beleza atira
suas iscas nas alamedas de faias —
Migalhas de pão e o milho dourado.
Pacientemente ela espera.

E quando o incauto faisão vem
Encher seu colorido papo de migalhas,
Com precisão a esportiva Rainha
Mira o alvo. O pássaro já não é.

Confiante, Órion segue o seu caminho.
A cipriota carrega, aponta, faz fogo.
Ele cai. E Vênus toda inteira
Debruça-se sobre a presa caída.[18]

Chelifer repetiu os versos em silêncio e não desgostou deles. A segunda estrofe talvez fosse um pouco "mimosa"; um pouco, talvez — como dizê-lo? —, como um livro de figuras de Walter Crane. Talvez devesse omiti-la; ou substituí-la, quem sabe, por algo mais em harmonia com a elegância alusiva à Idade de Prata de todo o resto. Quanto ao último verso, era realmente magistral. Dava a Racine sua *raison d'être;* se Racine nunca tivesse existido, teria sido necessário inventá-lo só por estas duas linhas.

18. *Through the pale skeleton of woods/ Orion walks. The north wind lays/ Its cold lips to the twin steel flutes/ That are his gun and plays.// Knee-deep he goes where, penny wiser/ Than all his kind who steal and hoard,/ Year after year, some sylvan miser/ His copper wealth has stored.// The Queen of Love and Beauty lays/ In neighbouring beechen aisles her baits —/ Bread-crumbs and the golden maize./ Patiently she waits.// And when the unwary pheasant comes/ To fill his painted maw with crumbs,/ Accurately the sporting Queen/ Takes aim. The bird has been.// Secure, Orion walks her way./ The Cyprian loads, presents, makes fire./ He falls. 'Tis Venus all entire/ Attached to her recumbent prey.*

Ele cai. E Vênus toda inteira
Debruça-se sobre a presa caída.

Extasiado, Chelifer demorou-se neles. Foi então que notou que a sra. Aldwinkle dirigia-se a ele de maneira mais direta. De inarmonicamente eólia, a voz dela se tornara agora mais articulada.

— Você é assim — estava ela dizendo. — Não estou certa? Não compreendo você?

— Talvez — disse Chelifer, sorrindo.

Enquanto isso, no terraço de baixo, Calamy e a srta. Thriplow conversavam à vontade. Discutiam um assunto que a srta. Thriplow professava com grande competência; era — para usar a linguagem das bancas examinadoras — o seu Tema Especial: eles discutiam sobre a Vida.

— A vida é maravilhosa — dizia ela —, sempre. Rica e alegre. Acordei esta manhã, por exemplo, e a primeira coisa que vi foi uma pomba pousada no peitoril da janela. Uma grande pomba cinzenta, que tinha um arco-íris aprisionado, cravado em seu peito. — Essa frase, especialmente bem encontrada e bonita, a srta. Thriplow decidiu registrar, para referências futuras, em seu caderno de anotações. — Depois, no alto da parede do lavabo, vi um pequeno escorpião saído dos signos do Zodíaco. Então Eugênia entrou e me chamou; imagine-se recebendo água quente de uma criada que, para começar, se chama Eugênia. Ela começou a falar, e o fez por um quarto de hora. Contou-me sobre seu noivo, que parece ser muito ciumento. Eu também seria se estivesse noiva de um par de olhos tão vivos quanto os dela. Pense em tudo isso que por casualidade aconteceu antes do café da manhã! É uma extravagância! A vida é tão generosa, tão copiosa! — disse, voltando o rosto radiante para o companheiro.

Calamy a olhava através das pálpebras semicerradas, sorrindo, com aquele ar insolente e sonolento, com aquele poder indolente, tão característicos dele, especialmente em suas relações com as mulheres.

— Generosa! — repetiu. — Sim, eu diria que é. Pombas antes do café... E no café a vida oferece você.

— Como se eu fosse salmão defumado — disse a srta. Thriplow, rindo.

Mas Calamy não se incomodou com a risada dela. Continuou a olhá-la por entre as pálpebras, com a mesma insolência, a mesma certeza de poder — uma certeza absoluta que não lhe exigia nenhum esforço; plácido, sonolento, ele podia esperar pelo inevitável triunfo. Era isso que deixava a srta. Thriplow inquieta. E o que a fazia gostar dele.

Continuaram a andar. Quinze dias antes, eles jamais poderiam estar assim, conversando à vontade no terraço sobre o Tema Especial da srta. Thriplow. Sua anfitriã teria posto fim a qualquer tentativa rebelde de independência, da maneira mais rude e imediata. Mas desde que Chelifer chegara a sra. Aldwinkle estava preocupada demais com os interesses de seu próprio coração para dar a mais leve atenção ao que faziam e diziam ou aonde iam seus hóspedes. Relaxara a vigilância do carcereiro. Eles podiam conversar entre si, caminhar sozinhos ou aos pares, desejar boa-noite a todos quando desejassem; a sra. Aldwinkle não se importava. Desde que não interferissem na sua relação com Chelifer, podiam fazer o que bem quisessem. *Fay ce que vouldras*[19] passou a ser a regra no palácio dos Cybo Malaspina.

— Jamais entenderei — continuou a srta. Thriplow meditativamente, prosseguindo com seu Tema Especial — por que as pessoas não são felizes; quero dizer, fundamentalmente felizes. É claro que o sofrimento existe, a dor existe, há mil razões para que alguém não seja conscientemente feliz, na superfície, entende? Mas eu me refiro à felicidade básica; como não tê-la? Mesmo que alguém se sinta miserável, a vida continua sendo maravilhosa. Concorda comigo?

19. Um dos primeiros princípios telêmicos: "Faça o que quiseres". (N. E.)

— Ela estava sendo levada pelo seu amor à Vida. Era uma mulher jovem e ardente, via-se como uma criança a saltar, por pura alegria, sobre montes de feno perfumado. A pessoa podia ter o talento que tivesse, mas se sentisse um amor genuíno pela vida nada mais importaria: estaria salva.

— Concordo — disse Calamy. — É sempre bom viver, mesmo nas épocas mais difíceis. E quando acontece de se estar apaixonado, então é realmente intoxicante.

A srta. Thriplow olhou para ele. Calamy estava de cabeça baixa e os olhos fixos no chão. Havia um leve sorriso em seus lábios; as pálpebras estavam quase fechadas, como se tivesse tanto sono que fosse incapaz de mantê-las abertas. Isso incomodava a srta. Thriplow. Ele fazia uma observação daquelas e nem se dava ao trabalho de dirigir-lhe o olhar.

— Não acredito que já tenha se apaixonado — disse ela.

— Não me lembro de ter estado — respondeu Calamy.

— O que é o mesmo que dizer que nunca se apaixonou de fato — insistiu a srta. Thriplow. Ela sabia muito bem o que estava dizendo.

— E você? — perguntou Calamy.

Ela não respondeu. Deram duas ou três voltas em silêncio. Era tudo tolice, pensava Calamy. Ele não estava realmente apaixonado por ela. Aquilo era uma perda de tempo e havia coisas mais importantes a serem feitas. Outras coisas. Elas surgiam por trás do espanto e do alvoroço da vida, longe do ruído e do vozerio. Mas o que eram elas? Que forma tinham, como se chamavam, o que significavam? Através do tremulante véu do movimento era impossível fazer mais do que as supor vagamente; era como olhar as estrelas através da neblina de Londres. Se alguém pudesse cessar o movimento ou escapar dele, então com certeza conseguiria ver claramente, as coisas grandes e silenciosas que existiam além. Mas cessar o movimento era impossível e, de um modo geral, não se podia fugir dele. A única coisa sensata a fazer era ignorar o que existia além do mundo dos ruídos e seguir da maneira habitual. Isso é o que Calamy tentara fazer. Mas tinha consciência, contudo, de que as coisas continuavam lá. Continuavam calma e imutavelmente presentes, por mais que ele se agitasse e fingisse ignorá-las. Em silêncio, elas clamavam por atenção, com uma persistência cada vez mais irritante.

A reação de Calamy tinha sido fazer amor com Mary Thriplow. Isso deveria mantê-lo ocupado. E manteve, até certo ponto. Como dissera o mr. Cardan, o melhor esporte de salão; mas as pessoas exigiam algo melhor. Deveria continuar com aquilo? Se não, o que fazer? Essas questões o exasperavam. Porque aquelas coisas permaneciam lá, fora do tumulto, é que ele tinha de perguntá-las. As questões se impunham a ele. Mas Calamy não suportava provocações. Recusava-se a deixar-se provocar. Queria fazer o que bem entendesse. Mas, na verdade, ele gostava de namorar Mary Thriplow? Até certo ponto, sem dúvida. Mas a resposta verdadeira era não. Sim, sim, insistia o outro lado de sua mente, gostava sim. Se necessário ele faria até o que não quisesse, se escolhesse fazê-lo. Faria o que não quisesse e isso seria o fim de tudo. Ele se atormentava a ponto de sentir uma espécie de fúria.

— No que está pensando? — perguntou subitamente a srta. Thriplow.

— Em você — disse ele; em sua voz havia uma exasperação selvagem, como se ele ressentisse desesperadamente o fato de estar pensando nela.

— *Tiens!* — disse ela num tom polido.

— O que diria se eu lhe contasse que estou apaixonado por você?

— Não acreditaria.

— Devo convencê-la a acreditar?

— Estou mais interessada em saber como pretende fazer isso.

Calamy parou, segurou os ombros de Mary Thriplow e virou-a de frente para ele.

— Pela força, se necessário — disse, olhando-a com firmeza.

A srta. Thriplow devolveu o olhar. Ele ainda parecia insolente, arrogante e ciente de seu poder, mas haviam desaparecido a indolência e o torpor que lhe toldavam o olhar, deixando-lhe o rosto limpo como sempre fora, e ardente, com sua beleza perigosa e satânica. Diante dessa súbita transformação, a srta. Thriplow sentiu-se ao mesmo tempo exultante e amedrontada. Jamais vira aquela expressão no rosto de um homem. Já despertara paixões, mas não uma paixão violenta e perigosa como aquela parecia ser.

— À força? — Pelo tom de troça, pelo sorriso zombeteiro, ela tentava exasperá-lo ainda mais.

Calamy apertou-lhe os ombros e sob os dedos sentiu os ossos pequenos e frágeis. Quando falou, descobriu que seus dentes estavam crispados.

— À força — disse. — Assim. — E pegando a cabeça dela com as duas mãos, ele se curvou para beijá-la com raiva, muitas vezes. Por que estou fazendo isso, perguntava-se? É tudo uma tolice. Há outras coisas muito mais importantes. — Acredita agora?

Mary Thriplow enrubescera.

— Você é intolerável! — disse. Mas não estava realmente zangada.

CAPÍTULO 4

— Por que você tem andado tão estranha todos esses dias? — lorde Hovenden finalmente formulou a pergunta premeditada havia tanto tempo.

— Estranha? — ecoou Irene em outro tom, tentando fazer uma brincadeira, como se não tivesse entendido o que ele queria dizer. Mas certamente entendera, e muito bem.

Eles estavam sentados à sombra quase escura das oliveiras. Por entre as esparsas folhas bicolores, o céu espiava. Na grama ressecada que crescia sobre as raízes das árvores, os raios de sol espalhavam inúmeras moedinhas douradas. Estavam sentados à beira de um pequeno degrau esculpido no declive íngreme, as pernas balançando e as costas apoiadas no tronco de uma velha árvore.

— Você sabe — disse Hovenden. — Por que de repente começou a me evitar?

— Eu fiz isso?

— Sabe que fez.

Irene ficou em silêncio por um momento antes de admitir:

— Sim, talvez tenha feito.

— Mas por quê? — insistiu ele. — Por quê?

— Eu não sei — respondeu ela tristemente. Não podia contar a ele sobre tia Lilian.

O tom da voz dela incentivou lorde Hovenden a se tornar mais insistente.

— Não sabe? — repetiu com sarcasmo, como um advogado interrogando a testemunha da outra parte. — Talvez estivesse agindo o tempo todo como uma sonâmbula.

— Não seja bobo — disse ela com uma vozinha cansada.

— Mas não tão bobo para não perceber que você corria o tempo todo atrás de Chelifer. — Lorde Hovenden ficara com o rosto vermelho ao falar. Com toda sua dignidade de homem, era uma pena que a sua dificuldade com os "tr" soasse tão infantil.

Irene não disse nada; ficou quieta, com a cabeça baixa e os olhos fixos no arvoredo inclinado. Seu rosto, emoldurado pelo corte reto dos cabelos, estava triste.

— Se está tão interessada nele, por que sugeriu que saíssemos para passear esta tarde? Será que me confundiu com Chelifer? — Ele estava tomado pela necessidade de dizer coisas desagradáveis e ferinas, embora o tempo todo ciente de que se comportava como um tolo e estava sendo indelicado. Mas era irresistível.

— Por que está querendo estragar tudo? — perguntou ela, exasperada de tristeza, mas com profunda paciência.

— Não estou estragando nada — respondeu Hovenden, irritado. — Apenas fiz uma pergunta.

— Sabe que não tenho nenhum interesse por Chelifer.

— Então por que corre atrás dele o dia inteiro como um cachorrinho? — A estupidez do rapaz e sua insistência começavam a aborrecê-la.

— Não faço isso — disse com raiva. — E, se o fizesse, não seria de sua conta.

— Ah, não seria de minha conta, não é? — disse Hovenden num tom provocativo. — Obrigado pela informação. — E ficou em silêncio.

Por longo tempo nenhum deles disse nada. Um carneiro com uma coleira de sinos passou tilintando sob as árvores pouco abaixo deles. Os dois, bastante tristes, seguiram-no com o olhar. O som doce e delicado dos sinos, por alguma razão, deixou-os ainda mais tristes. Triste, também, estava o céu entrevisto através da folhagem; a luz avermelhada do sol poente coloria as folhas prateadas, os troncos cinzentos, a grama ressecada, e provocava uma profunda melancolia. Foi Hovenden quem primeiro quebrou o silêncio. A raiva, a necessidade de dizer coisas desagradáveis e ferinas tinham desaparecido, restava-lhe apenas a convicção de que se comportara como um tolo e fora indelicado — isso, e a dor profunda, responsável por toda a raiva e a necessidade de ser cruel. "Sabe que não tenho nenhum interesse por Chelifer." Ele não sabia. Mas agora que ela o dissera, e naquele tom de voz, ele ficara sabendo. Não havia como duvidar; e, mesmo que houvesse, valeria a pena?

— Olhe — disse, por fim, numa voz abafada —, acho que me comportei mal. Disse o que não deveria. Sinto muito, Irene, você me perdoa?

Irene voltou para ele a estreita fresta retangular dos cabelos. Por trás, os olhos estavam sorrindo. Ela estendeu-lhe a mão.

— Um dia eu lhe contarei tudo — disse.

Eles ficaram ali de mãos dadas por um tempo prolongado. Não diziam nada um ao outro, mas estavam felizes. O sol se pôs. Um cinzento começo de noite surgia sobre as árvores. Por entre as silhuetas negras da folhagem o céu ia escurecendo.

— É hora de voltarmos — disse ela com relutância.

Hovenden ergueu-se primeiro e ofereceu a mão a Irene. Ela aceitou, e ao se levantar chegou mais para a frente. Por um momento eles ficaram muito próximos um do outro. Lorde Hovenden, então, tomou-a nos braços e beijou-a muitas vezes. Irene se assustou. Lutou, tentando afastá-lo.

— Não, não — protestava entre um beijo e outro, virando o rosto, jogando a cabeça para trás. — Por favor, pare! — Quando por fim ele a soltou, ela cobriu o rosto com as mãos e começou a chorar. — Quer estragar tudo outra vez? — perguntou entre soluços. Lorde

Hovenden estava arrependido. — Poderíamos ser tão amigos, tão felizes... — Ela secou os olhos com o lenço, mas sua voz continuava embargada.

— Sou um bruto — disse lorde Hovenden, condenando-se com tanta veemência que Irene não pôde deixar de rir. Havia algo de muito cômico naquele enfático arrependimento.

— Não, você não é bruto — disse ela. Soluços e risadas se misturavam de maneira curiosa. — É muito querido e alguém de quem gosto muito. Muito, muito. Mas não deve fazer mais isso. Por que eu não sei. Você quase estragou tudo e eu fui uma boba por ter chorado. Mesmo assim — ela balançou a cabeça —, gosto muito de você. Mas não desse jeito. Algum dia, talvez. Não vai mais fazer isso? Promete?

Lorde Hovenden prometeu solenemente. Os dois voltaram para casa pelo pomar de oliveiras sob a noite cinzenta.

Mais tarde, durante o jantar, a conversa girou sobre o feminismo. Sob pressão do mr. Cardan, a sra. Aldwinkle admitiu com relutância que havia uma diferença significativa entre Maud Valerie White e Beethoven, e que Angelica Kauffmann era comparável, desfavoravelmente, a Giotto. Mas protestou, por outro lado, que em se tratando de amor as mulheres eram definitivamente injustiçadas.

— Exigimos toda a liberdade de que gozam vocês, homens — disse com dramaticidade.

Sabendo que tia Lilian apreciava que participasse da conversa e lembrando-se — pois tinha boa memória — de uma frase que ela usara com frequência durante certa época, mas que recentemente tinha desaparecido do seu catálogo de locuções favoritas, Irene declarou gravemente:

— A prevenção da gravidez — pronunciou — tornou a castidade supérflua.

O mr. Cardan jogou-se para trás na cadeira e explodiu numa gargalhada.

Mas pelo rosto profético do mr. Falx passou uma expressão de dor. Ele olhou aflito para o seu discípulo, desejando que não tivesse ouvido, ou que pelo menos não tivesse entendido o que acabara de ser dito. Captou a piscadela do mr. Cardan e franziu o cenho. Até que ponto chegariam a corrupção e a permissividade?, pareciam indagar seus olhos. Ele se voltou para Irene; espantava-o que uma aparência jovem e inocente como a dela pudesse estar ligada a uma mente tão corrupta. Pelo bem de Hovenden, era um alívio não lhes restar mais muito tempo naquela casa. Não fosse apenas pela necessidade de ser polido, sairia imediatamente. Como Ló, espanando a poeira dos pés.

CAPÍTULO 5

— Se o filho do açougueiro lhe dissesse confidencialmente, olhando pelo canto do olho, que o irmão do merceeiro possui uma escultura muito antiga, a qual está disposto a vender por um preço moderado, o que acha que ele estaria querendo dizer? — Subindo lentamente o morro por entre as oliveiras, o mr. Cardan, meditativo, colocou essa questão.

— Acho que ele quer dizer exatamente o que está dizendo — falou a srta. Thriplow.

— Sem dúvida — retrucou o mr. Cardan, parando para enxugar o rosto molhado de suor, apesar de o sol atingi-los apenas de viés, filtrado pela folhagem das oliveiras. A srta. Thriplow, com seu uniforme verde de colegial de comédia musical, parecia deliciosamente fresca e limpa ao lado de seu companheiro todo desabotoado. — Mas a questão é: o que exatamente ele quer? O que significa para o filho do açougueiro uma escultura muito bonita e antiga? — Eles retomaram a subida. Abaixo, através das árvores, viam-se os telhados e a torre alta do palácio das Cybo Malaspina e mais embaixo a cidade de brinquedo de Vezza, a planície semelhante a um mapa, o mar.

— Se quer mesmo saber, por que não pergunta a ele? — disse mordazmente a srta. Thriplow; não fora para falar do filho do açougueiro que ela aceitara o convite do mr. Cardan para um passeio. Queria ouvi-lo falar sobre a vida, a literatura e sobre ela própria. Achava que ele conhecia um pouco sobre todos esses assuntos e muito, embora nem sempre estivesse correto, sobre o último. Ele a conhecia, e só por isso a srta. Thriplow gostava de conversar com ele. Os temores sempre exercem um fascínio. E agora, depois de um silêncio prolongado, ele se punha a falar do filho do açougueiro.

— Eu perguntei — disse o mr. Cardan. — Mas acha que pude extrair dele algo inteligível? Tudo o que consegui foi saber que a escultura representa um homem, não inteiro, mas parte dele, e que é de mármore. E mais nada.

— Por que quer saber? — perguntou a srta. Thriplow.

O mr. Cardan balançou a cabeça.

— Por motivos sórdidos, infelizmente. Lembra-se do que escreveu o poeta?

Há muitos e muitos anos
Que amo, devo e bebo.
Dizem que são males grandes demais
Para um único pobre mortal.
O amor levou-me a beber,
E o álcool levou-me a dever.
Contra eles luto e me esforço
Mas deles não me posso livrar.
Somente o dinheiro poderá me curar
E aliviar meu sofrimento;
Pagar minhas dívidas e livrar-me dos transtornos;
E minha amante, que já não me suporta,
Voltará a me amar.
Voltará a me amar.[20]

20. *I have been in love, in debt and in drink/ This many and many a year;/ And these are three evils too great, one would think,/ For one poor mortal lo bear./ 'Twas love that first drove me to drinking,/ And drinking first drove me to debt,/ And though I have struggled and struggled and strove,/ I cannot get out of them*

Eis o resumo de uma vida inteira. Ninguém se arrepende, é claro. Ainda assim, todos precisam de dinheiro; infelizmente, quanto mais velho se é, mais se precisa dele e menos se tem. Que outra razão me faria transpirar nestas montanhas para falar com o merceeiro de Vezza sobre a estátua de seu irmão?

— Quer dizer que vai comprá-la, se valer a pena?

— Pelo menor preço possível — confirmou o mr. Cardan. — E vendê-la pelo mais alto. Se eu tivesse abraçado qualquer profissão, sem dúvida teria sido a de comerciante de artes. Possui o encanto de ser a mais desonesta entre todas as outras formas de banditismo legal que existem nesta vida. O que a torna muito mais interessante. É verdade que os financistas podem trapacear em escala muito maior, mas na maioria das vezes é uma trapaça impessoal. Eles podem arruinar milhares de incautos investidores, mas não têm o prazer de conhecer suas vítimas, enquanto para um comerciante de artes a trapaça, embora seja menos extensa, é muito mais pessoal. Ele está cara a cara com sua vítima e a faz parecer insignificante. Aproveita-se da ignorância ou da urgência do vendedor para comprar o artigo por quase nada. Depois explora o esnobismo do rico comprador e faz com que ele pegue o material de suas mãos por um preço astronômico. Que imenso orgulho deve alguém sentir ao aplicar um esplêndido *coup*! Basta comprar um panô enegrecido de algum cavalheiro arruinado que precisa de um novo terno, limpá-lo e vendê-lo novamente a um rico esnobe, para quem a posse de uma coleção e a reputação de patrono das artes antigas significam um passo adentro da sociedade. Que imenso júbilo rabelaisiano! Não; decididamente, se eu não fosse um Diógenes e um preguiçoso, seria Alexandre, crítico e comerciante. É uma profissão realmente cavalheiresca.

yet./ There's nothing but money can cure me/ And ease me of all my pain;/ 'Twill pay all my debts and remove all my lets,/ And my mistress who cannot endure me/ Will turn to and love me again,/ Will turn to and love me again.

— O senhor nunca fala a sério? — perguntou a srta. Thriplow, que teria preferido a conversa voltada para alguma coisa mais relacionada com seus problemas.

O mr. Cardan sorriu-lhe.

— Pode alguém não ser sério quando se trata de ganhar dinheiro?

— Eu me rendo — disse a srta. Thriplow.

— Sinto muito — protestou o mr. Cardan. — Mas talvez seja melhor. A propósito, o que acha do tal filho do açougueiro? O que ele quis dizer com escultura antiga? Será que eles desenterraram a cabeça de algum rico etrusco vendedor de queijos de Lunae? De algum oriental primitivo, de nariz comprido e sorriso imbecil de êxtase? Ou seria um fragmento de sua descendência helenizada, algo reclinado sobre a tampa de um sarcófago, como que recostado num divã para o banquete, olhando estupidamente por uma cabeça que poderia ser, se fosse esculpida por Praxíteles, a de Apolo, mas que o pedreiro etrusco transformou num obeso semi-humano? Quem sabe seja um busto romano, minuciosamente real, moderno e natural que, não fosse pela toga, quase se poderia tomar pelo de nosso velho amigo sir William Midrash, o eminente servidor público? Pode ser também, eu preferia que fosse, uma peça datada da obscura e estranha aurora do cristianismo, que se seguiu à noite selvagem em que o império sucumbiu. Posso imaginar um fragmento de Modena ou Toscanella, uma figura estranha e indescritível, curvada pela excessiva fé nas mais profundas expressões e atitudes simbólicas: uma monstruosidade, um barbarismo, um pequeno pastiche, mas tão resplandecente de vida interior, talvez adorável, talvez maléfica, que é impossível olhá-la com indiferença ou apenas como uma forma, feia ou bonita. Sim; eu gostaria que a peça fosse uma escultura românica. Se for, darei ao filho do açougueiro uma gorjeta extra de cinco francos. Mas se se tratar de um daqueles suaves santos góticos italianos, elegantemente vestido e um pouco inclinado, como uma pequena planta que se curva com a brisa... talvez seja, nunca se pode duvidar... eu não darei a ele os cinco francos. Darei apenas o que puder ser alcançado no mercado norte-americano. Essas perfeições góticas me aborrecem. Como me aborrecem!

Eles estavam no alto da montanha. Emergindo da floresta de oliveiras inclinadas, a trilha seguia agora pela crista limpa e quase plana. Um pouco mais adiante, onde o terreno começava novamente a subir, avistaram um agrupamento de casas e a torre da igreja. O mr. Cardan apontou:

— Lá poderemos saber a que exatamente o filho do açougueiro estava se referindo. Enquanto isso não acontece, continuemos a nos divertir especulando. Suponha, por exemplo, que seja um pedaço de um baixo-relevo de Giotto, hein? Algo tão grandioso, espiritual e materialmente belo que nos faria cair de joelhos em adoração. Mas asseguro-lhe que eu ficaria muito mais satisfeito com um fragmento de sarcófago do início da Renascença. Alguma figura maravilhosamente brilhante, etérea e pura, um anjo; e não do reino dos céus, mas de algum esplêndido e, infelizmente, imaginário reino terrestre. Ah — prosseguiu o mr. Cardan, balançando a cabeça —, esse é o reino em que eu gostaria de viver, o reino da antiga Grécia, purgado de todos os gregos históricos que já existiram e colonizado segundo a imaginação dos artistas modernos, dos eruditos e dos filósofos. Num mundo assim, seria possível viver positivamente, digamos, como um afluente que corre para o rio principal, e não negativamente, como se vive hoje, reagindo contra o fluxo geral da existência.

Viver positiva ou negativamente. A srta. Thriplow gravou mentalmente essa ideia. Poderia ser trabalhada em um artigo. Talvez trouxesse luz aos seus próprios problemas. Quem sabe o sofrimento fosse fruto da sensação de estar reagindo negativamente. Mais positividade: era isso o que estava faltando. A conversa parecia estar se tornando mais séria, pensou ela. Por algum tempo eles caminharam em silêncio, e o mr. Cardan foi quem primeiro falou:

— Pode ser que o irmão do merceeiro tenha encontrado por acaso algum entalhe em estado bruto de Michelangelo, iniciado num frenesi enquanto ele vivia nestas montanhas e abandonado quando partiu. Um escravo atormentado, que luta para se livrar mais de seus grilhões interiores do que das correntes que o prendem; que se esforça com uma violência sobre-humana, mas, ao mesmo tempo, medita, com uma paixão concentrada em si mesma em vez de dissipada numa explosão, como no barroco, que fatal e facilmente evoluiu a partir daí. Depois de tantas esperanças e especulações, eis no que meu tesouro acabará provavelmente se resumindo: uma peça barroca do século XVII. Já vejo o torso de um anjo valsante no meio de um redemoinho de drapeados, que faz os olhos extasiados de um clérigo se voltarem para as alturas, num melodrama do Liceu; ou talvez seja um Baco a dançar num milagre de virtuosismo sobre uma perna de mármore, a boca aberta numa risada embriagada e os dedos das mãos esticados ao máximo, para demonstrar o que pode ser feito por um escultor que conhece o seu ofício; ou o busto de um príncipe, prodigiosamente vivo e expressivo, com um colarinho de renda de Bruxelas reproduzido na pedra até o mais delicado fio. O filho do açougueiro insiste em dizer que a peça é muito bonita e, igualmente, que é antiga. E é óbvio, agora que estou pensando, que ele estaria sendo realmente sincero ao gostar do barroco, e somente dele, porque lhe é muito mais familiar e por ser tudo aquilo que ele aprendeu a admirar. Por algum estranho e maligno destino, os italianos, desde que chegaram ao barroco, nunca mais saíram dele. Ainda estão enfiados até o pescoço. Veja a sua literatura, a arte moderna, a arquitetura, a música; tudo é barroco. Gesticulam retoricamente, pavoneiam-se pelos palcos, soluçam e gritam, esforçando-se para provar como são passionais. No meio deles, como uma imensa igreja jesuíta, está d'Annunzio.

— Eu devia ter imaginado — disse a srta. Thriplow com mordaz ingenuidade — que o senhor apreciaria esse tipo de elaboração e virtuosismo. É "divertido", não é esta a palavra?

— Exatamente — respondeu o mr. Cardan. — Gosto de me divertir. Mas exijo de minha arte a luxúria adicional de me emocionar. E de certa forma nada pode provocar, seja pelo que for, uma emoção tão furiosa e consciente como essas coisas barrocas. Não é por fazer gestos largos e apaixonados que um artista desperta emoções no espectador. Não é assim que funciona. Os italianos do século XVII tentaram expressar sua paixão por meio dos gestos e só conseguiram produzir algo que ou nos deixa frios, embora, como você disse, possa nos divertir, ou realmente nos faz rir. A arte que visa emocionar quem a contempla deve ser calma em si mesma; isso é quase uma lei estética. A paixão jamais deveria ser dissipada com transbordamentos e explosões. Deve ser calada, contida e moldada pelo intelecto. Concentrada numa forma serena e tranquila, sua força se moveria irresistivelmente. Estilos que protestam em demasia não servem para fins sérios, trágicos. Pela própria natureza são mais adequados à comédia, cuja essência é o exagero. Por isso a boa arte romântica é tão rara! O romantismo, do qual o barroco do século XVII é uma estranha subespécie, usa gestos violentos; acredita nos contrastes exagerados de luz e sombra, em efeitos cênicos; ambiciona brindar o espectador com as emoções mais cruas e palpitantes. Equivale dizer que o estilo romântico é, em essência, um estilo cômico. E, exceto nas mãos de alguns raros gênios, a arte romântica é, no tocante ao fato histórico, quase sempre cômica. Pense naqueles romances de arrepiar os cabelos, escritos durante os séculos XVIII e XIX; agora que a novela os enfraqueceu, podemos vê-los como realmente são: as maiores comédias. Mesmo os escritores de grande e genuíno talento foram traídos pela natureza cômica do estilo intrinsicamente grotesco, quando pretendiam que fosse romântico e trágico. Balzac, por exemplo, em centenas de passagens sérias; George Sand, em todas as suas primeiras novelas; Beddoes, quando tenta fazer de seu *Death's jest book* algo particularmente aterrorizante; Byron, em *Caim;* de Mussett, em *Rolla.* E o que impede o *Moby Dick,* de

Herman Melville, de ser um grande livro é precisamente o idioma pseudoshakespeariano com o qual ele relata o que pretende serem as passagens mais trágicas, um idioma cuja adaptabilidade básica à comédia fez com que os excepcionais sucessos trágicos de Shakespeare, Marlowe e outros cegassem os seus imitadores, infelizmente. Além de o estilo romântico ser essencialmente adequado à comédia, inversamente também é verdade que os maiores trabalhos cômicos foram escritos em estilo romântico. *Pantagruel* e *Contes drolatiques;* o diálogo de Falstaff e Wilkins Micawber; *As rãs,* de Aristófanes; *Tristram Shandy.* E quem pode negar que as passagens mais belas da reverberante prosa de Milton não são precisamente aquelas escritas de maneira satírica e cômica? O autor cômico é um homem obeso e copioso que aprecia tudo o que é terreno; ele arranca suas roupas e se deixa ir livremente aonde o levar seu espírito infatigável e travesso. A gesticulação larga, exagerada e irreprimida do romantismo satisfaz plenamente suas necessidades.

A srta. Thriplow prestava muita atenção. Isso era sério, e parecia realmente tocar em seu próprio problema. Em sua última novela, fizera o possível para se livrar da roupagem satírica com a qual, no passado, encobrira a própria ternura; dessa vez decidira dar ao público seu coração desnudado. O discurso do mr. Cardan levava-a a perguntar-se se não exporia um coração por demais palpitante.

— Considerando a arte pictórica — continuou o mr. Cardan —, descobrimos aí que a seriedade e o romantismo combinam muito menos do que na literatura. Um dos maiores triunfos do estilo romântico do século XIX pode ser encontrado exatamente nos comediantes e criadores do grotesco. Daumier, por exemplo, produziu de uma só vez os quadros mais cômicos e violentamente românticos jamais criados. E Doré, quando parou de tentar pintar quadros sérios em estilo romântico... vou deixar que você se lembre dos resultados involuntariamente ridículos... e se dedicou a ilustrar *Dom Quixote* e os *Contes drolatiques* nos mesmos termos românticos, produziu verdadeiras obras-primas. Na verdade, o caso de Doré quase encerra a discussão. Eis um homem que fez precisamente as mesmas coisas românticas tanto em trabalhos sérios como cômicos, e foi bem-sucedido ao fazer o que pretendia que fosse sublimemente ridículo ou ridiculamente sublime, da maneira mais grotesca, rica, extravagante e romântica.

Eles tinham passado pelas casas mais afastadas do vilarejo e agora subiam vagarosamente a ladeira da única rua.

— Isso é uma verdade — disse a srta. Thriplow, pensativa. Ela não sabia se devia baixar um pouco o tom da descrição da agonia da jovem esposa, em sua nova novela, quando descobre que o marido lhe tem sido infiel. Um momento dramático, aquele. A jovem esposa acaba de ter seu primeiro filho — com infinito sofrimento — e, ainda muito debilitada mas infinitamente feliz, convalesce. O belo e jovem marido, a quem ela adora e supõe também adorá-la, entra no quarto com a correspondência trazida pelo correio da tarde. Senta-se ao lado dela na cama, deixa o maço de envelopes sobre os lençóis e começa a abrir os dele. Ela faz o mesmo com os seus. Dois bilhetes aborrecidos; ela os amassa e põe de lado. Abre outro envelope sem ver a quem está endereçado, desdobra o papel e lê: "Amorzinho querido, estarei esperando por você amanhã à noite em nosso ninho...". Olha o envelope: é para o marido. O que ela sentira?, perguntava-se a srta. Thriplow. Sim, talvez à luz do que dissera o mr. Cardan a passagem fosse excessivamente palpitante. Em especial aquele trecho em que o bebê é trazido para mamar. A srta. Thriplow suspirou; releria o capítulo com os olhos críticos quando voltasse para casa.

— Bem — disse o mr. Cardan, interrompendo-lhe o curso dos pensamentos —, aqui estamos. Só resta descobrir onde mora o merceeiro, depois onde mora o irmão, que tesouro é esse que ele possui, quanto quer por ele, e então encontrar alguém que o compre por cinquenta mil libras. E então viveremos felizes para sempre. Que tal?

Ele parou uma criança que passava e fez a primeira pergunta. Ela apontou para mais adiante. Os dois foram até lá.

À porta da pequena loja estava sentado o merceeiro, desocupado no momento, tomando sol e ar fresco, olhando aquelas duas gotas desgarradas do fluxo da vida a se arrastarem pela rua do vilarejo. Era um homem gordo com um rosto grande e carnudo, que parecia ter sido espremido perpendicularmente de tão inchado e de tão próximas que eram as linhas horizontais dos olhos, da boca e do nariz. As faces e o queixo estavam cobertos por uma barba de cinco dias — porque era uma quinta-feira, e o momento de fazer a barba devia ser por volta de sábado à noite. Um par de olhos pequenos e astutos espiava por entre as bolsas das pálpebras. Os lábios eram grossos e os dentes, quando ele riu, amarelos. Um avental longo e branco, inesperadamente limpo, amarrado no pescoço e na cintura, cobria-o até os joelhos. Um avental que estimulou a imaginação da srta. Thriplow — ele mais o pensamento de que aquele homem o usava, enrolado como um magistrado espartano, quando cortava presunto e linguiças ou quando servia açúcar com uma pequena pá.

— Esse homem me parece extraordinariamente simpático e bem-disposto — disse ela, entusiasmada, ao se aproximarem.

— É mesmo? — perguntou o mr. Cardan com certa surpresa. Para ele o homem parecia mais um rufião apenas apaziguado.

— Ele é simples, feliz e satisfeito — continuou a srta. Thriplow. — Chega a causar inveja. — Ela teria chorado sobre aquela pequena pá, nesse instante o emblema maçônico da ingenuidade paleolítica. — Tornamos tudo desnecessariamente complicado para nós mesmos, não acha?

— Tornamos? — disse o mr. Cardan.

— Essa gente não tem dúvidas, não tem pós-reflexões ou, o que é ainda pior, pensamentos simultâneos. Eles sabem o que querem e o que está certo; sentem somente aquilo que devem sentir por natureza, como os heróis da *Ilíada*, e agem de acordo. O resultado disso, acredito, é que eles são muito melhores do que nós, muito "mais bons", como dizíamos quando éramos crianças; é mais expressivo. Sim, são bons demais. O senhor está rindo de mim!

— Asseguro-lhe que não estou — declarou o mr. Cardan.

— Se estivesse, eu não me importaria. Porque, afinal, apesar de tudo o que as pessoas possam pensar ou dizer, a única coisa que importa é ser bom.

— Concordo inteiramente — disse o mr. Cardan.

— E assim é ainda mais fácil — ela indicou com a cabeça o avental branco.

O mr. Cardan concordou, um pouco em dúvida.

— Às vezes — continuou a srta. Thriplow num acesso de confiança que fazia suas palavras saírem mais rápidas —, às vezes, quando pego um ônibus e compro a passagem com o motorista, sinto de repente meus olhos marejados ao pensar na vida dele, tão simples e direta, tão fácil de ser bem vivida, embora seja tão dura, e também, talvez, exatamente por ser dura. A nossa é tão difícil... — disse, balançando a cabeça.

Eles estavam a poucos metros do dono da loja, que, ao ver que tencionavam entrar, levantou-se e correu para ocupar seu lugar, como um profissional, atrás do balcão.

Eles entraram atrás. Dentro estava escuro e impregnado de um forte cheiro de queijo de cabra, atum no vinagre, tomate em conserva e linguiça fortemente temperada.

— Humm! — exclamou a srta. Thriplow, refugiando-se num pequeno lenço perfumado com essência de violetas de Parma. Era uma pena que aquelas vidas simples, de aventais brancos, tivessem que ser vividas em tais ambientes.

— É de tirar o fôlego, hein? — disse o mr. Cardan, com uma piscadela. — *Puzza* — acrescentou, dirigindo-se ao merceeiro. — Isto fede!

O homem olhou para a srta. Thriplow, que estava com o nariz enfiado no oásis de seu lenço, e sorriu com condescendência.

— *I forestieri sono troppo delicati. Troppo delicati* — repetiu.

— Ele está certo — disse o mr. Cardan. — Somos mesmo delicados. E acho até que somos capazes de sacrificar tudo por conforto e limpeza. Pessoalmente, sempre desconfio muito dessas suas utopias tão bem acolchoadas e higiênicas. E, quanto a este cheiro em particular — ele cheirou o ar, visivelmente satisfeito —, realmente não vejo que objeção você possa fazer. É saudável, é natural, é histórico. Tenho certeza de que as mercearias etruscas cheiravam exatamente como esta. Não, de um modo geral concordo inteiramente com o nosso amigo aqui.

— Ainda assim — disse a srta. Thriplow com a voz abafada nas dobras de seu lenço — prefiro as minhas violetas. Apesar de sintéticas.

Tendo pedido dois copos de vinho, um dos quais ofereceu ao merceeiro, o mr. Cardan embarcou numa conversa diplomática sobre o motivo da visita. Ao ouvi-lo mencionar seu irmão e a escultura, o merceeiro tornou-se excessivamente amável. Curvou os lábios grossos em sorrisos, e nas bochechas gordas surgiram profundos sulcos como os arcos de um círculo. As mesuras não paravam. A todo instante ele ria ruidosamente, desprendendo um hálito de alho forte como acetileno, que dava vontade de aproximar um fósforo de sua boca na esperança de ver acender-se uma chama brilhante. O homem confirmou tudo o que o filho do açougueiro dissera. Sim, ele tinha um irmão; o seu irmão possuía uma escultura de mármore bonita e antiga, muito antiga. Infelizmente, contudo, o irmão mudara-se dali e fora morar na planície, perto do lago de Massaciuccoli, e levara a peça. O mr. Cardan tentou saber como era a tal peça, mas não conseguiu mais nada além de que era bonita, antiga e representava um homem.

— Seria mais ou menos assim? — perguntou o mr. Cardan, curvando-se como um monstro românico e contorcendo a boca num esgar demoníaco.

O merceeiro achava que não. Duas camponesas que haviam entrado para comprar queijo e óleo olharam assustadas. Esses estrangeiros...

— Então assim? — Ele apoiou o cotovelo no balcão e, meio reclinado, tentou evocar com sua atitude o sorriso de êxtase, fixo e imbecil, das imagens de um relevo etrusco.

Novamente o merceeiro meneou a cabeça.

— E assim? — Ele rolou os olhos para as alturas como um santo barroco.

Também não. O mr. Cardan coçou a testa.

— Se eu pudesse me transformaria num busto romano — disse à srta. Thriplow —, ou num baixo-relevo de Giotto, num sarcófago da Renascença, num bloco inacabado de Michelangelo, mas não posso. Isso está além dos meus poderes. Por ora eu desisto.

Ele tirou do bolso seu caderno de anotações e perguntou ao homem como faria para encontrar o irmão. O merceeiro explicou; o mr. Cardan anotou cuidadosamente as indicações. Sorrindo e cheio de mesuras, o homem acompanhou-os até a rua, onde a srta. Thriplow retirou o lenço do nariz e aspirou um longo hausto de ar — que cheirava, ainda agora, a química orgânica.

— Paciência — disse o mr. Cardan —, tenacidade e determinação. É preciso muito disso por aqui.

Eles começaram a descer a ladeira. Já tinham andado alguns metros quando o barulho de uma altercação violenta os fez voltarem-se. À porta da loja, o merceeiro e as duas mulheres discutiam furiosamente. As vozes eram altas, a do homem, grossa e áspera, as das mulheres, estridentes; as mãos faziam gestos violentos e ameaçadores, embora também fossem graciosos, como era natural nas mãos daqueles cujos ancestrais tinham ensinado aos velhos mestres da pintura tudo o que sabiam sobre o movimento expressivo e harmonioso.

— O que será? — perguntou a srta. Thriplow. — Parecem as preliminares de um assassinato.

O mr. Cardan sorriu e deu de ombros.

— Não é nada — disse. — Elas apenas o estão chamando de ladrão; só isso. — Ficou escutando um pouco mais a gritaria. — Parece que se trata de uma pequena alteração no peso. — Ele sorriu para a srta. Thriplow. — Vamos embora?

Retomaram o caminho de volta; o som da discussão os acompanhava. A srta. Thriplow não sabia se devia sentir-se grata ao mr. Cardan por ele não dizer mais nada sobre seu amigo de avental branco. Aquele homem tão simples... a pequena pá de açúcar... tão melhor, tão "mais bom" do que nós... Por fim ela quase desejava que ele dissesse alguma coisa. O silêncio do mr. Cardan chegava a ser mais irônico do que suas palavras.

CAPÍTULO 6

O sol se punha. Contra a polidez esverdeada do céu, as montanhas purpúreas e azuladas projetavam silhuetas denteadas. O mr. Cardan viu-se sozinho na planície, no sopé das montanhas. Estava parado à beira de uma grande depressão, cheia de água até a borda, que se estendia em linha reta aparentemente por quilômetros, a perder de vista na vaga distância ao lusco-fusco. Aqui e ali, uma fileira de álamos finos e altos marcava a posição de outros canais como aquele, seccionando a planície em todas as direções. Não havia nenhuma casa vizinha à vista, nenhum ser humano, nem sequer uma vaca ou um jumento. Ao longe, nas encostas azuis e purpúreas que rapidamente se tornavam de um índigo profundo e uniforme, pequenas luzes amarelas começavam a surgir, isoladas ou em grupos, atestando a presença de um vilarejo ou de uma fazenda solitária. Irritado, o mr. Cardan olhava; muito bonito, sem dúvida, mas já vira cenário melhor em muitos palcos de comédias musicais. Afinal, que vantagem havia em uma luz a oito ou nove quilômetros de distância nas montanhas, se ele estava ali, no meio da planície, sem ninguém por perto, a noite chegando e aqueles horríveis canais impedindo-o de encontrar o caminho óbvio para a civilização? Fora um tolo, refletia, três ou quatro horas atrás; tolo em recusar a oferta de Lilian para usar o carro e ter preferido andar (ah, esse fetiche do exercício!); tolo por ter saído de casa tão tarde; tolo por ter acreditado nas estimativas italianas de distância; e tolo por ter seguido indicações de caminho fornecidas por pessoas que confundiam esquerda com direita e, se você insistisse em saber ao certo, ofereciam-se para acompanhá-lo aonde quisesse ir. O caminho que o mr. Cardan tomara parecia ter chegado ao fim nas águas daquele canal; talvez fosse um caminho suicida. O lago de Massaciuccoli deveria estar em algum lugar do outro lado do canal; mas onde? E como atravessá-lo? Escurecia rapidamente. Em poucos minutos o sol teria baixado dezoito graus na linha do horizonte e seria totalmente noite. O mr. Cardan praguejou; mas não adiantava muita coisa. Por fim, decidiu que o melhor a fazer era continuar andando devagar e contornar com muito cuidado o canal, na esperança de a qualquer momento chegar a algum lugar. Enquanto isso, era melhor fortalecer-se comendo alguma coisa e bebendo um trago. Ele se sentou no capim e abriu a jaqueta; procurou nos bolsos fundos de pescador, do lado de dentro, e exibiu primeiro um pão, depois um bom pedaço de salsicha e, por fim, uma garrafa de vinho tinto. O mr. Cardan estava sempre preparado para as emergências.

O pão estava seco e a salsicha temperada com muito alho; mas o mr. Cardan, que nada comera na hora do chá, serviu-se à vontade. Com mais prazer ainda ele bebeu. Em pouco tempo sentiu-se mais bem-disposto. Essas são as pequenas cruzes, refletia ele filosoficamente, que se devem carregar quando se está disposto a ganhar algum dinheiro. Se conseguisse sobreviver àquela noite sem cair num daqueles canais, estaria pagando pouco pelo tesouro. O que mais o aborrecia eram os mosquitos; ele acendeu um cigarro, tentando afugentá-los até uma distância respeitosa. Sem muito sucesso, contudo. Talvez os brutos fossem também maláricos. Devia existir malária naquele pântano; não se podia saber. Seria desagradável terminar os dias com febres periódicas e o baço dilatado. Fosse como fosse, é sempre muito desagradável agonizar na cama ou fora dela, natural ou inaturalmente, por um ato de Deus ou dos inimigos do rei. Os pensamentos do mr. Cardan começavam a assumir um caráter lúgubre. Velhice, doença, decrepitude; o banho de assento, o médico; a enfermeira vistosa e eficiente; a longa agonia, a dificuldade de respirar, a densa escuridão, o fim e depois — como era mesmo aquela cantiga infantil?

Mais trabalho para o agente funerário
Um servicinho para o coveiro.
Eles estão muito ocupados no cemitério
Preparando uma cova novinha em folha.
E no inverno o defunto estará quentinho.

O mr. Cardan cantarolou em voz baixa. E seu rosto forte e encaroçado foi endurecendo e cristalizando uma expressão amargurada; a melancolia surgiu em seus olhos e na fronte enrugada; qualquer um que o visse se assustaria. Mas não havia ninguém naquele lusco-fusco para vê-lo. Ele estava só.

Eles estão muito ocupados no cemitério
Preparando uma cova novinha em folha.

Ele murmurava a melodia. Se eu ficasse doente, pensava, quem cuidaria de mim? Se eu tivesse um ataque: hemorragia cerebral, paralisia parcial, dificuldade para falar; a língua não articulando mais o que o cérebro pensa; sendo alimentado como um bebê; clister; o médico esfregando as mãos que cheiram a desinfetante e água-de-colônia; não vendo ninguém mais além da enfermeira; nenhum amigo; ou somente alguém uma vez por semana durante uma hora, só por caridade. "Coitado do Cardan, já está no fim; vamos mandar um dinheirinho; ele não tem nada, sabia? Façamos uma coleta; que chateação! É espantoso que ele tenha durado tanto."

E no inverno o defunto estará quentinho.

A melodia terminou numa espécie de brado de trompete, subindo da dominante para a tônica — uma dominante, três tônicas repetidas, desce para a dominante e, na última sílaba de "quentinho", a tônica final. E fim; sem *da capo* nem segundo movimento.

O mr. Cardan bebeu outro gole no gargalo; a garrafa estava quase vazia.

Talvez devesse ter se casado. Kitty, por exemplo. Hoje ela estaria velha e gorda; ou velha e magra, um esqueleto mal disfarçado. Mesmo assim se apaixonara por Kitty. Talvez fosse bom se estivessem casados. Ha, ha, ha! — numa explosão de sarcasmo, o mr. Cardan dá uma gargalhada alta e selvagem. Casar, realmente! Sem dúvida ela era muito recatada; mas pode apostar que por dentro era bem leviana e, depois de se dormir com ela, muito lasciva. Ele se lembrava de Kitty com raiva e desprezo. Portentosas obscenidades reverberavam nas câmaras de sua mente.

Ele pensava na artrite, na gota, na catarata, na surdez... Em qualquer dos casos, quantos anos lhe restariam? Dez, quinze, vinte no máximo. E que anos, que anos!

O mr. Cardan entornou a garrafa e jogou-a vazia na água escura do canal. O vinho não melhorara em nada o seu humor. Ele rogava a Deus poder voltar ao palácio e ter com quem conversar. Não tinha como defender-se sozinho. Tentava pensar em algo mais vital, mais interessante; nos esportes de salão, por exemplo. Mas em vez disso descobria-se contemplando a doença, a decrepitude, a morte. Dava no mesmo se pensasse em coisas mais sérias, mais racionais. O que é a arte, por exemplo? Ou qual era a estimativa de sobrevivência das espécies com olhos, asas e plumagem colorida no seu estado rudimentar, antes que essas características se desenvolvessem para ver, voar e se proteger? Por que os indivíduos que possuem a principal, porém quase inútil, variante para realizar algo de proveitoso sobreviviam mais eficazmente do que os que são prejudicados por alguma deficiência? Temas absorventes. A paralisação generalizada do insano, refletia ele, não era, felizmente, uma enfermidade para a qual fora qualificado no passado; felizmente e milagrosamente! Mas cálculo, neurite, obesidade e diabetes... Oh, céus, como gostaria de poder conversar com alguém!

E no mesmo instante, como se em resposta imediata à sua prece, ele ouviu vozes se aproximarem na escuridão.

— Graças a Deus — disse o mr. Cardan, e de um salto começou a andar na direção das vozes. Duas silhuetas, uma masculina e mais alta, e outra feminina e muito menor, assomaram na escuridão. O mr. Cardan removeu o cigarro da boca, tirou o chapéu e curvou-se diante delas.

Nel mezzo del cammin di nostra vita,
Mi ritrovai per una selva oscura, che la diritta via era smarrita.[21]

— Com que felicidade Dante também teria se perdido, seiscentos e vinte e quatro anos atrás! Em resumo — continuou o mr. Cardan — *ho perso la mia strada*; embora eu tenha minhas dúvidas de que isso seja muito idiomático. *Forse potrebbero darmi qualche indicazione*.[22]

Diante dos estranhos e ouvindo o som da própria voz, toda a sua depressão desaparecera. Estava deliciado com a extraordinária direção que conseguira dar à conversa desde o início. Talvez um pouco mais de ingenuidade e encontraria uma desculpa para brindá-los com um pequeno Leopardi. Era muito divertido assombrar aqueles nativos.

As duas silhuetas estavam paradas a uma pequena distância. Quando o mr. Cardan concluiu sua macarrônica autoapresentação, a mais alta delas respondeu numa voz áspera e, para um homem, bastante aguda.

21. Em italiano no original: "Da nossa vida, no meio da jornada,/ Achei-me numa selva tenebrosa,/ cujo lado direito era seco./ Tendo perdido a minha estrada". Dante Alighieri, *A divina comédia*. (N. T.)
22. Em italiano no original: "Talvez possam dar-me alguma indicação". (N. T.)

— Não precisa falar italiano. Somos ingleses.

— Fico encantado — retrucou o mr. Cardan. E explicou longamente, na sua língua materna, o que havia lhe acontecido. Ao mesmo tempo, ocorria-lhe que aquele era um lugar muito estranho para encontrar um casal de turistas ingleses.

A voz áspera se manifestou outra vez.

— Há um caminho para Massarosa pelo campo — disse. — E outro na direção oposta, que vai dar na estrada de Viareggio. Mas nenhum deles é fácil de ser encontrado à noite com todos esses canais.

— Só se pode perecer nessa tentativa — disse o mr. Cardan galantemente.

Desta vez quem falou foi a mulher:

— Acho melhor o senhor passar a noite em nossa casa. Nunca irá encontrar o caminho. Eu mesma quase caí em um canal agora há pouco. — Ela riu com estridência e, para o mr. Cardan, muito além do necessário.

— Mas nós temos lugar? — perguntou o homem, num tom demonstrativo de que relutava em aceitar o hóspede.

— É claro que temos — respondeu a voz feminina, espantada como uma criança. — Embora seja rústico.

— Isso não tem importância — assegurou o mr. Cardan. — Fico muito agradecido pelo convite — acrescentou, deixando claro que o aceitava, antes que o homem voltasse atrás. Não tinha vontade de ficar vagando durante a noite no meio dos canais. Além disso, a perspectiva de ter companhia, embora bizarra, era animadora. — Muito agradecido — insistiu.

— Bem, se você diz que temos lugar... — disse o homem, de má vontade.

— É claro que sim — replicou a mulher ruidosamente. — Não temos seis quartos na casa? Ou seriam sete? Venha conosco, senhor... senhor...

— Cardan.

— Mr. Cardan. Estamos indo mesmo para lá. Que divertido! — acrescentou, repetindo o riso exagerado.

O mr. Cardan acompanhou-os, falando da maneira mais agradável possível durante todo o caminho. O homem ouvia num silêncio lúgubre. Mas sua irmã — o mr. Cardan descobriu que eram irmãos e que se chamavam Elver — ria ao final de cada frase, como se tudo o que ele dissesse fosse uma gloriosa piada; ria exageradamente e depois fazia algum comentário que mostrava não ter entendido nada do que acabara de ouvir. O mr. Cardan notou que suas frases foram se tornando cada vez mais elementares; e quando estavam quase chegando ao destino elas eram claramente dirigidas a uma criança de dez anos.

— Finalmente chegamos — disse a mulher, ao emergirem da escuridão da noite em uma pequena floresta de álamos. Adiante erguia-se um grande volume quadrado, a casa totalmente escura, exceto por uma única janela iluminada.

Eles bateram e a porta foi aberta por uma velha com uma vela na mão. O mr. Cardan pôde então ver os seus salvadores pela primeira vez. Que o homem era alto e magro ele já percebera na escuridão; agora se revelava uma criatura curvada, com o peito fundo e cerca de quarenta anos de idade; as pernas e os braços eram compridos e finos como os de uma aranha; o rosto estreito e amarelado, de nariz comprido e queixo alongado, era iluminado por um par de olhos cinzentos e furtivos, que quase todo o tempo estavam voltados para o chão, como se temessem encontrar os de outra pessoa. O mr. Cardan suspeitou algo de clerical na sua aparência. O homem devia ser um pastor arruinado — arruinado e, possivelmente, levando em conta o olhar furtivo, destituído da batina. Ele usava um terno preto bem-talhado e não muito velho, mas frouxo nos joelhos e abaulado na altura dos bolsos do casaco. As unhas das mãos ossudas e grandes estavam sujas e os cabelos acastanhados já encobriam as orelhas e a nuca.

A srta. Elver talvez fosse uns trinta centímetros menor do que o irmão; mas era como se a natureza tivesse pretendido originalmente fazê-la tão alta quanto ele. Porque a cabeça era grande demais para o corpo, e as pernas muito curtas. Um ombro era mais alto que o outro. O rosto de certa forma assemelhava-se ao do irmão. Via-se nele o mesmo nariz, embora mais delicado, o mesmo queixo fino; a boca, em compensação, era sempre sorridente e amável e os grandes olhos cor de avelã, não tão furtivos nem desconfiados, transmitiam, ao contrário, confiança, embora tivessem um brilho pálido e aguado e não fossem mais expressivos do que os de um recém-nascido. A idade dela, supunha o mr. Cardan, seria de vinte e oito a trinta anos. Ela usava um vestidinho esquisito, como um saco com buracos para a cabeça e os braços, feito de um tecido branco com grandes desenhos vermelho-vivos, uma versão inferior das estampas chinesas. Em volta do pescoço, duas ou três voltas de umas contas berrantes. Além de pulseiras nos braços, ela carregava uma sacola feita com correntes douradas e entrelaçadas.

Utilizando-se de gestos para complementar o vocabulário reduzido, o mr. Elver deu instruções à velha. Ela deixou a vela com ele e saiu. Segurando-a no alto, o mr. Elver os conduziu a uma sala grande. Todos se sentaram em cadeiras duras e desconfortáveis diante de uma lareira apagada.

— Esta casa não tem nenhum conforto — disse a srta. Elver. — Eu não gosto da Itália.

— Ora — disse o mr. Cardan — , isso é uma pena. Não gosta nem de Veneza? Todos aqueles barcos e as gôndolas? — E ao encontrar os olhos infantis teve vontade de continuar a brincadeira. O gato está no mato. O porco no toco é um porco gordo. O rato no saco é o rato fraco. E assim por diante.

— Veneza? — perguntou ela. — Nunca estive lá.

— E Florença? Também não gosta de Florença?

— Não, eu não conheço.

— Roma? Nápoles?

A srta. Elver balançava a cabeça negativamente.

— O único lugar em que já estivemos foi aqui — disse. — O tempo todo.

O irmão, que estava sentado com os cotovelos apoiados nos joelhos, as mãos entrelaçadas na frente e os olhos fixos no chão, rompeu o silêncio.

— O fato é — disse com sua voz áspera e fina — que minha irmã precisa ficar quieta; ela está em tratamento de repouso.

— Aqui? — perguntou o mr. Cardan. — Não é um lugar quente demais? Excessivamente modorrento?

— Sim, também acho muito quente — disse a srta. Elver. — Sempre digo isso a Philip.

— Talvez estivesse melhor perto do mar ou nas montanhas — aconselhou o mr. Cardan. O mr. Elver meneou a cabeça negativamente.

— Os médicos... — disse misteriosamente e não continuou.

— E o risco de malária?

— Isso é tudo besteira — cortou o mr. Elver, com tanta violência e indignação que o mr. Cardan só pôde supor que ele quisesse desenvolver em sua propriedade uma casa de saúde.

— Oh, certamente a malária já está erradicada — disse o mr. Cardan suavemente. — A marema não é mais o que era.

O mr. Elver não disse nada e, carrancudo, ficou olhando fixo para o chão.

CAPÍTULO 7

A sala de refeições também era ampla e quase vazia. Quatro velas ardiam sobre a mesa longa e estreita; nas extremidades, a luminescência dourada esvanecia num pálido lusco-fusco; as sombras eram negras e enormes. Nesse ambiente o mr. Cardan imaginou-se como Don Juan entrando na câmara mortuária do comandante para cear.

O jantar foi lúgubre e ao mesmo tempo excessivamente animado. Enquanto a irmã falava e ria sem parar com o convidado, o mr. Elver preservou todo o tempo um silêncio inquebrantável. Melancolicamente ele se serviu da refeição mista e fragmentada que a velha trazia da cozinha, um alimento após o outro, em pequenas vasilhas. Melancolicamente também, como quem bebe para dar coragem e ilusão de força a si mesmo, ele esvaziava um copo atrás do outro de um forte vinho tinto. A maior parte do tempo seus olhos se mantinham fixos na toalha da mesa, em frente ao prato; mas de tempos em tempos dava uma espiadela para os outros dois, só por um instante, e, então, temeroso de ser flagrado e ter que encontrar os olhos de alguém, voltava a olhar fixamente para a toalha.

O mr. Cardan apreciou o jantar. Não que a comida fosse particularmente boa. A velha era uma dessas ineptas praticantes da culinária que disfarçam suas limitações inundando tudo com molho de tomate levemente temperado com alho, para tornar o disfarce impenetrável. Não, o que o mr. Cardan apreciou foi a companhia. Havia muito tempo não se sentava à mesa com espécimes tão interessantes. Nosso círculo de relações, pensou ele, é extremamente pequeno e limitado. Não conhecemos muita gente, nossos relacionamentos não são suficientemente diversificados. Ladrões, milionários, imbecis, religiosos, hotentotes, capitães do mar, por exemplo; a nossa familiaridade com esses interessantíssimos espécimes é absurdamente pequena. Pareceu-lhe que naquela noite realmente ampliaria o seu círculo.

— Estou muito contente por termos encontrado o senhor — dizia a srta. Elver. — Em plena escuridão; não imagina o susto que levei! — Ela riu estridentemente. — Nós nos aborrecemos muito por aqui, não é mesmo, Phil? — Ela se dirigiu ao irmão, mas o mr. Elver não disse nada nem sequer a olhou. — É muito aborrecido. Estou realmente contente por termos encontrado o senhor.

— Não tanto quanto eu — disse o mr. Cardan, galantemente.

A srta. Elver dirigiu-lhe um olhar tímido mas confidencial; então cobriu o rosto com as mãos, como se estivesse se escondendo do mr. Cardan, e virou-se para abafar uma risada. Ela estava rubra. Olhava-o por entre os dedos e ria.

Ao mr. Cardan ocorreu que, se não tivesse cuidado, acabaria se metendo num caso de quebra de compromisso matrimonial. Taticamente mudou de assunto; perguntou a ela o que mais gostava de comer e soube que eram morangos, sorvete de creme e chocolates variados.

Depois de servida a sobremesa, o mr. Elver ergueu os olhos da toalha e disse:

— Grace, é hora de dormir.

O rosto da srta. Elver, resplandecente num largo sorriso, tornou-se instantaneamente anuviado. Com os olhos lacrimejantes ela suplicou ao irmão:

— Tenho mesmo que ir? Só desta vez — tentava comovê-lo. — Só desta vez!

Mas o mr. Elver não se deixou comover.

— Não, não — disse asperamente. — Precisa ir.

O irmão suspirou chorosamente. No mesmo instante ela se levantou e, obediente, dirigiu-se para a porta. Quase chegando lá, parou, deu meia-volta e veio correndo dizer boa-noite ao mr. Cardan.

— Estou feliz por tê-lo conhecido. Foi muito divertido. Boa noite. E não precisa me olhar desse jeito — disse, cobrindo novamente o rosto com as mãos. — Ah, assim não. — Rindo sempre, ela saiu correndo da sala.

Fez-se um longo silêncio.

— Beba um pouco de vinho — disse por fim o mr. Elver, empurrando a garrafa para o mr. Cardan.

Ele completou seu copo e polidamente fez o mesmo com o de seu anfitrião. Vinho: era a única coisa capaz de fazer com que aquele demônio sinistro falasse. Com um olho clínico e profissional, o mr. Cardan detectou na expressão do outro certos sintomas quase imperceptíveis de embriaguez. Não seria de esperar, pensou o mr. Cardan desdenhosamente, que uma criatura aracnídea como aquela assimilasse bem o álcool; bebera ininterruptamente durante todo o jantar. Um pouco mais e estaria maleável como o barro nas mãos de um interrogador sóbrio (o mr. Cardan podia contar com a sobriedade pelo menos por mais três garrafas de vinho, coisa que uma pobre criatura fraca como aquela não poderia suportar); ele falaria, falaria; a única dificuldade seria fazê-lo parar de falar.

— Obrigado — disse o mr. Elver, levando à boca o copo reabastecido.

Assim é que se faz, pensou o mr. Cardan; e no seu estilo mais eloquente começou a contar a história da escultura do irmão do merceeiro e de seu próprio empenho em encontrá-la, finalizando com uma versão de como se perdera ainda mais floreada do que a anterior.

— Consola-me a superstição — concluiu — de que o destino não me colocaria diante desses pequenos problemas e inconveniências se não pretendesse, no final, brindar-me com algo muito valioso. Só estou pagando adiantado; mas estou certo de que o faço por algo que realmente valerá a pena. De qualquer maneira, essa caça ao dinheiro é mesmo uma maldição.

O mr. Elver assentiu.

— É a raiz de todos os males — disse, esvaziando o copo.

Discretamente, o mr. Cardan encheu-o mais uma vez.

— Certíssimo — confirmou. — E dupla maldição, se me permite fazer o papel de Pórcia por um momento: maldito é o que tem. O senhor pode pensar em alguém de suas relações que seja realmente rico e que não seria menos avarento, menos tirano, amante da boa vida e obeso se não pagasse impostos altíssimos? E também maldito é o que não tem, porque é obrigado a cometer todo tipo de absurdos, humilhações e desabonos, coisas que jamais pensaria em cometer se das sebes crescessem frutas-pães, bananas e uvas suficientes para que a comida e o vinho fossem gratuitos.

— Maldito é o que não tem, é o que acontece na maioria das vezes — disse o mr. Elder, com uma animação súbita e selvagem. Obviamente ali estava um assunto que o interessava. Por um momento ele manteve um olhar profundo sobre o mr. Cardan e em seguida voltou a mergulhar o nariz no copo.

— Talvez — disse o mr. Cardan judiciosamente. — De qualquer maneira, as pessoas queixam-se mais dessa maldição do que da outra. Aqueles que não têm se queixam da própria sina. Os que têm não o fazem; mas somente os que estão perto deles... e, como os que têm são poucos, estes também o são... é que se queixam da maldição de ter. Na minha juventude, pertenci às duas categorias. Já tive uma vez; e vejo que para os meus companheiros eu devia ser intolerável. Hoje — o mr. Cardan deu um profundo suspiro e soprou o ar por entre os lábios apertados para indicar como o dinheiro desaparecera —, hoje não tenho mais. A maldição da insolência e da avareza foi afastada de mim. Mas a que baixos ardis, a que abjeções o não ter me obrigou! Por exemplo, a trapacear com camponeses por suas propriedades artísticas...

— Ah, mas isso não é quase nada diante do que eu tive que fazer — gritou o mr. Elver. — Não é nada! O senhor nunca foi um vendedor de anúncios publicitários.

— Não — admitiu o mr. Cardan —, nunca fui.

— Então não sabe realmente o que é a maldição de não ter. Nem faz ideia. Nem sequer tem o direito de falar em maldição. — A voz áspera e instável do mr. Elver mudava de intensidade enquanto ele falava. — Não tem o direito — repetiu.

— Talvez não — disse o mr. Cardan suavemente. Ele aproveitou a chance para despejar mais vinho no copo do outro. Ninguém tem o direito, refletia, de ser mais miserável do que somos. Cada um de nós é a criatura mais infeliz do mundo. Por isso é um grande crédito a nosso favor que consigamos suportar e prosseguir tão bem como o fazemos.

— Ouça — continuou o mr. Elver confidencialmente, tentando fixar o rosto do mr. Cardan —, deixe-me dizer-lhe. — Para enfatizar o que dizia e chamar a atenção do outro, ele inclinou-se para a frente e bateu com as mãos na mesa. — Meu pai era um pároco do interior — excitado, ele falava muito rápido. — Éramos muito pobres, muito pobres. Meu pai não se importava com isso; costumava ler Dante o tempo todo. Isso aborrecia minha mãe, não sei por quê. O senhor já sentiu o cheiro de comida de pobre? Chouriço defumado; só de pensar sinto-me enjoado — disse, dando de ombros. — Nós éramos quatro filhos. Meu irmão foi morto na guerra e minha irmã mais velha morreu de gripe. Restamos eu e a outra que o senhor conheceu. — Ele bateu o dedo na testa. — Ela nunca cresceu, ficou estacionada em algum ponto. É débil mental. — Ele riu, sem nenhuma compaixão. — Não sei por que estou lhe dizendo isso. É bastante óbvio, não é?

O mr. Cardan não disse nada. Seu anfitrião esquivou-se da meia piscadela, do meio olhar por baixo das sobrancelhas, fortalecendo-se com mais vinho do copo que um momento antes o mr. Cardan havia enchido.

— Quatro filhos — continuou. — Pode imaginar que não era fácil para meu pai. E minha mãe morreu quando ainda éramos pequenos. Mesmo assim, ele deu um jeito de nos mandar a uma espécie de escola bastante miserável. Nós poderíamos ter ido para a universidade e adquirido certa cultura. Mas nada disso aconteceu. — O mr. Elver, a quem o vinho começava a fazer efeito, riu estrondosamente, como se a piada fosse muito boa. — Então meu irmão começou a trabalhar numa firma de engenharia, e ficou decidido, sabe Deus à custa de que sacrifícios, que eu me tornaria um advogado, quando, plop!, meu pai foi vitimado por um ataque cardíaco. Para ele foi bom, ficou vagando pelo *paradiso*. Mas eu tive que pegar o primeiro trabalho que apareceu. Foi então que me tornei vendedor de anúncios. Oh, Deus! — Ele cobriu o rosto com as mãos, como se fugisse de uma visão desagradável. — Essa é a verdadeira maldição de não ter! Eu trabalhava para uma revista mensal, uma dessas com grande quantidade de pequenos anúncios para curar a indigestão; de cintas elétricas para modelar o corpo; de arte por correspondência; de "Por que usar braçadeiras?"; de supérfluos descolorantes para cabelos; de pílulas que arredondam as curvas femininas; de máquinas de lavar vendidas a prestação; de "Aprenda a tocar piano sem praticar"; de trinta e seis reproduções de nus do Salão de Paris por cinco xelins; de remédios especialmente embalados, estritamente confidenciais; e de tudo o mais. Eram centenas e mais centenas de pequenos anúncios. Eu passava os dias percorrendo lojas e escritórios, persuadindo antigos anunciantes e tentando conseguir novos. Deus, como era terrível! Arrastava-me como um verme para a sala de pessoas que não queriam me ver, para quem eu não passava de um incômodo, um mendigo insistente atrás de dinheiro. E como tive que ser delicado com os subalternos insolentes, fortalecidos por trás de suas mesas, esperando apenas uma oportunidade para bancar o tirano! E a gentileza, franqueza e coragem que era preciso ter o tempo todo! Usar o "permita-me mostrar-lhe, senhor" como um soco direto e bem aplicado; a honestidade persuasiva, a sinceridade e a falsa intimidade, sempre mantidas arduamente para que acreditassem no que se estava dizendo, vissem a velha revista como uma proposta esplêndida, considerassem o inventor dos anúncios como o maior benfeitor da raça humana. E a presença que era preciso ter! Não sei por que, isso nunca consegui. Nem sequer podia parecer limpo. Era necessário impressionar aqueles demônios, fazendo-me passar por um vendedor competente e incisivo. Oh, céus, era terrível! E a maneira como me tratavam! Como se eu fosse o chato mais execrável do mundo, isso era o melhor que eu podia esperar. Às vezes tratavam-me como um ladrão e um vigarista. Era minha culpa se um certo número de imbecis não comprasse as cintas galvanizadas ou não aprendesse a tocar piano como Busoni sem praticar. A culpa era minha; e eles começavam a xingar e a atacar, e eu sendo gentil, delicado, tático, mantendo o entusiasmo o tempo todo. Oh, Deus, não há nada pior do que enfrentar um homem irado. Não sei por que, mas acho profundamente humilhante participar de uma briga, mesmo sendo o agressor. Um cachorro se sentiria melhor. Mas ser vítima da ira alheia chega a ser terrível. Simplesmente horrível — repetiu, batendo as mãos na mesa para enfatizar as palavras. — Não fui feito para esse tipo de coisa. Não sou briguento nem valentão. Essas cenas deixavam-me doente. Eu não dormia pensando nelas, ou porque já haviam passado, ou porque ainda iriam acontecer. Fala-se dos sentimentos de Dostoiévski ao ser levado para o pátio do quartel, amarrado ao poste diante do pelotão alinhado para o fuzilamento e, com os olhos já vendados, ouvir a notícia de que a execução fora suspensa. Garanto-lhe que eu vivia experiências parecidas meia dúzia de vezes por dia, criando coragem para enfrentar alguma entrevista inevitável, que só de pensar me deixava doente. Para mim, a execução não podia ser adiada. Ela se processava até o final. Meu Deus, quantas vezes hesitei diante da porta do escritório de um valentão, molhado de suor, temendo cruzar a soleira! Quantas vezes no último instante voltei e corri para um bar em busca de um conhaque para acalmar os nervos ou de uma farmácia para um tranquilizante! O senhor não pode imaginar como sofri. — Ele esvaziou o copo, tentando afogar um pavor crescente. — Ninguém imagina — prosseguiu com a voz trêmula de angústia e autopiedade. — E o pouco que recebi de volta! Sofria torturas diárias pelo privilégio de ser capaz de viver. E eu pensava em todas as coisas que poderia fazer se tivesse dinheiro. Sabia com absoluta certeza que, se tivesse dez mil, poderia em dois anos transformá-los em cem mil. Planejava tudo nos mínimos detalhes, sabia exatamente como viveria se fosse rico, mas enquanto isso vivia na miséria, na imundície, na escravidão. Essa é a verdadeira maldição. Foi o que eu sofri. — Dominado pelo vinho e pelas emoções, o mr. Elver irrompeu em lágrimas.

O mr. Cardan deu palmadinhas no ombro dele. Era muito tático para oferecer ao seu anfitrião o consolo filosófico de que nove décimos da raça humana padeciam do mesmo sofrimento. O mr. Elver jamais o perdoaria por tamanho menosprezo à sua originalidade.

— É preciso ter coragem — disse o mr. Cardan, e, fechando a mão em torno do copo, ofereceu: — Beba um pouco mais. Vai lhe fazer bem.

O mr. Elver bebeu e enxugou os olhos.

— Mas eles vão se arrepender por tudo isso um dia — disse, golpeando a mesa com o punho cerrado. A violenta autocompaixão do momento anterior se transformara num ódio igualmente violento. — Eles me pagarão por todo esse sofrimento. Quando eu for rico.

— Assim é que se diz — encorajou-o o mr. Cardan.

— Treze anos nessa vida — continuou o mr. Elver. — E dois anos e meio na guerra, usando um uniforme e preenchendo formulários numa cabana de madeira em Leeds. Mas isso foi melhor do que correr atrás de anúncios. Treze anos de servidão penal acrescida de tortura! Mas eles me pagam, eles me pagam! — concluiu, golpeando a mesa.

— Entretanto — disse o mr. Cardan —, agora parece que o senhor já está livre de tudo isso. Viver aqui na Itália é um sinal dessa liberdade; pelo menos assim espero.

Ao ouvir isso, a ira do mr. Elver contra "eles" desapareceu instantaneamente. Seu rosto adquiriu uma expressão misteriosa e astuta. Ele sorriu de uma maneira pretensamente obscura, secreta, satânica; um sorriso que certamente não passaria despercebido aos olhos mais atentos. Mas o próprio mr. Elver descobriu que, em sua embriaguez, o sorriso se ampliava, tornava-se cada vez mais largo. Não que ele pretendesse mostrar os dentes, rir em voz alta ou que fosse muito engraçado o que ele pensava secretamente. Não era, nem se ele estivesse sóbrio. Mas agora o mundo parecia nadar em um mar borbulhante de hilaridade. Além do mais, os músculos de sua face, ao iniciar-se o riso satânico, fugiram-lhe do controle e começaram a transformar o que deveria ser a expressão dos pensamentos mais obscuros e temíveis de Lúcifer no riso forçado de um imbecil. Depressa o mr. Elver escondeu-se dentro do copo, na esperança de poder ocultar de seu hóspede o riso rebelde. Emergiu de dentro dele engasgado. O mr. Cardan voltou a dar tapinhas em suas costas. Quando tudo passou, o mr. Elver reassumiu a fisionomia misteriosa e meneou a cabeça significativamente.

— Talvez — disse de uma maneira dúbia, não tanto em resposta a qualquer coisa que o mr. Cardan tivesse dito sobre princípios gerais, por assim dizer, mas para indicar que a situação toda era, enfim, dúbia, obscura e contingente, contingente de toda uma cadeia de futuras contingências.

A curiosidade do mr. Cardan foi despertada pelo espetáculo dessa estranha pantomima; completou o copo do anfitrião.

— Entretanto, se o senhor não tivesse se libertado, como poderia estar aqui... — Ele quase acrescentou "neste pântano horrível", mas pensou melhor e disse: — Na Itália.

O outro balançou a cabeça.

— Vou lhe dizer — e novamente o riso satânico ameaçava expandir-se até a imbecilidade.

O mr. Cardan voltou a ficar em silêncio, satisfazendo-se em esperar. Na fisionomia do mr. Elver ele podia ver que o esforço para manter seu segredo era intoleravelmente grande. A fruta amadurecera na hora certa. Ele não disse nada e ficou olhando pensativo para um dos cantos escuros da câmara mortuária, como se estivesse ocupado com os próprios pensamentos.

Com o semblante carregado, o mr. Elver curvou-se sobre a mesa. De vez em quando bebia um gole de vinho. Seu humor, mutável com a embriaguez, de hilariante tornou-se profundamente melancólico. O silêncio, a escuridão amenizada funereamente pelas quatro velas tremeluzentes afetavam sua mente. O que no momento anterior parecera uma grande anedota apresentava-se-lhe agora como algo aterrador. Ele sentia grande necessidade de desabafar, de transferir responsabilidades para outros ombros, de ouvir conselhos que lhe confirmariam a própria maldição. Ele espiou furtivamente seu hóspede. Com que abstração e distanciamento fixava o vazio! Não havia nele nenhum pensamento, nenhum sentimento de solidariedade pelo pobre Philip Elver. Ah, se ele soubesse...

Por fim, rompeu o silêncio.

— Diga-me — começou bruscamente, e em sua embriaguez pareceu-lhe exibir uma incrível sutileza em seu método de abordar o assunto. — Acredita em vivissecção?

O mr. Cardan foi surpreendido pela pergunta.

— Se acredito? — repetiu. — Não sei como se pode acreditar em vivissecção. Acho útil, se é isso que quer saber.

— Não acha que seja errado?

— Não — disse o mr. Cardan.

— Acha que não tem importância dissecar animais?

— Não, se servir a algum propósito útil ao ser humano.

— Não acha que os animais possuem direitos? — prosseguiu o mr. Elver com uma clareza e tenacidade que, para um bêbado, chegaram a surpreender o mr. Cardan. Estava claro que esse era um assunto sobre o qual o mr. Elver tinha meditado longamente. — Tal como os seres humanos?

— Não — disse o mr. Cardan —, não sou um desses tolos que acham que uma vida é tão boa quanto outra, simplesmente porque é vida; um gafanhoto não vale tanto quanto um cão, nem um cão vale tanto quanto um homem. É preciso reconhecer a hierarquia da existência.

— A hierarquia — exclamou o mr. Elver, encantado com a palavra. — Hierarquia, é isso, é exatamente isso. Hierarquia. Também entre os seres humanos?

— Sim, é claro — afirmou o mr. Cardan. — A vida do soldado que matou Arquimedes não vale a vida de Arquimedes. É uma falácia fundamental da democracia e do humanismo cristão suporem que seja. Embora, é claro — acrescentou pensativamente —, não existam razões justas para se afirmar isso, exceto por uma questão de preferências instintivas. Porque, afinal, o soldado pode ter sido bom pai e bom marido, pode ter passado as porções não profissionais de sua vida oferecendo a outra face e fazendo crescer duas folhas de grama onde antes nascia apenas uma. Se, como Tolstói, nossas preferências forem pela paternidade, por oferecer a outra face e pela agricultura, então podemos dizer que a vida do soldado vale tanto quanto a de Arquimedes; muito mais até, porque Arquimedes era um mero geômetra que se ocupava de linhas e ângulos, de curvas e superfícies, e não do bem e do mal, dos relacionamentos conjugais e da religião. Mas, se, ao contrário, as preferências forem de uma cepa mais intelectual, então se pode pensar como eu: a vida de Arquimedes vale mais que a vida de vários bilhões dos mais corajosos soldados. Mas quanto a dizer qual dos pontos de vista é correto — o mr. Cardan encolheu os ombros —, companheiro, isso é com você.

O mr. Elver parecia desapontado com a circunvolução inconclusiva do discurso do seu hóspede.

— Mesmo assim — insistiu —, é óbvio que um sábio vale mais que um imbecil. Há uma hierarquia.

— Bem, pessoalmente eu diria que sim — concordou o mr. Cardan. — Mas não posso falar pelos outros. — Ele percebeu que se deixara levar pelos prazeres da especulação e dissera coisas que seu anfitrião não queria ouvir. Para quase todos os homens, mesmo quando sóbrios, a expectativa de uma opinião é algo extraordinariamente desagradável. E o mr. Elver estava longe da sobriedade; além disso, o mr. Cardan começava a suspeitar que aquela conversa filosófica era uma introdução tortuosa a confidências pessoais. Quando alguém queria fazer confidências precisava concordar com as possíveis opiniões do confidente. Isso era óbvio.

— Ótimo — disse o mr. Elver. — Então admite que um homem inteligente vale mais que um imbecil, um débil mental; ha, ha, um débil mental... — Com essas palavras ele soltou uma gargalhada violenta e selvagem, que, à medida que se prolongava, ia se transformando num choro convulsivo e incontrolável.

Da cadeira onde estava sentado, com as pernas cruzadas, os dedos de uma das mãos tamborilando delicadamente no copo e os da outra manipulando o cigarro, o mr. Cardan via as lágrimas escorrerem pelas faces de seu anfitrião, seu rosto magro e distorcido quase irreconhecível pelo riso e soluços alternados, ele jogado na cadeira, cobrindo o rosto com as mãos, e depois caído sobre a mesa com a testa descansando sobre os braços cruzados, o resto do corpo sendo sacudido pelos espasmos incontroláveis. Muito desagradável, pensou o mr. Cardan, é um tipo muito desagradável. Começou, então, a ter uma vaga ideia do que havia de errado com seu amigo. Bastava traduzir "homem inteligente" e "débil mental" por "eu" e "minha irmã" — em geral, deve-se sempre converter o que existe de filosófico no discurso de qualquer pessoa ao particular e pessoal, se se quiser entendê-la — e interpretar em termos pessoais o que ele dissera sobre vivissecção, direitos animais e hierarquia humana, e chegaria, pela decodificação do cifrado, a quê? A algo que parecia ser tremendamente ignóbil, pensou o mr. Cardan.

— Suponho, então — disse ele com muita tranquilidade, quando o outro se mostrou mais recomposto —, que sua irmã seja a dona do dinheiro.

O mr. Elver olhou-o com uma expressão de surpresa quase alarmada. Esquivou-se, então, do olhar fixo do mr. Cardan, buscando refúgio em seu copo.

— Sim — disse depois de beber. — Como adivinhou?

O mr. Cardan ergueu os ombros.

— Por acaso.

— Depois que meu pai morreu — começou a explicar o mr. Elver —, ela foi morar com a madrinha, a dona da maior casa da região. Era uma velha muito ruim. Mas recebeu Grace e adotou-a. Quando a galinha velha morreu, no começo deste ano, Grace soube que ela lhe havia deixado vinte e cinco mil libras.

O único comentário do mr. Cardan foi estalar a língua no céu da boca e erguer as sobrancelhas.

— Vinte e cinco mil — repetiu o outro. — Para uma débil mental, uma imbecil! O que ela vai fazer com tudo isso?

— Pode trazer o senhor para a Itália — sugeriu o mr. Cardan.

— Oh, é claro que podemos viver muito bem com os rendimentos desse dinheiro — disse o mr. Elver com desdém —, mas quando penso em como esse capital poderia ser multiplicado... — Ele inclinou-se, animado, pousando por alguns instantes os olhos no rosto do mr. Cardan, mas desviando-os em seguida e fixando-os em um dos botões da jaqueta de seu hóspede, de onde ocasionalmente ele os erguia para um rápido reconhecimento e logo retornava. — Eu já planejei tudo, ouça. — Começou a falar tão rápido que suas palavras tropeçavam umas nas outras, tornando-se quase incoerentes. — O ciclo comercial, sabe? Posso prognosticar exatamente o que poderá acontecer em determinado momento. Por exemplo... — E passou a divagar, fazendo uma série de complicadas explanações.

— Bem, se tem tanta certeza de tudo — disse o mr. Cardan, quando o outro concluiu —, por que não convence sua irmã a lhe emprestar o dinheiro?

— Por quê? — repetiu o mr. Elver, desanimado, encostando-se novamente na cadeira. — Porque a maldita velha prendeu todo o dinheiro. Ele não pode ser tocado.

— Talvez ela não confiasse no ciclo comercial — sugeriu o mr. Cardan.

— Maldita seja! — exclamou o outro ardentemente. — Quando penso no que poderia fazer com aquele dinheiro, multiplicá-lo muito mais... Ciência, arte...

— Sem falar na vingança contra seus velhos conhecidos — disse o mr. Cardan, cortando-o. — Já pensou nisso também?

— Pensei em tudo — disse o mr. Elver. — A vingança não poderia ser mais terrível. E essa maldita bruxa dá o dinheiro a uma débil mental, e ainda por cima impossibilita-me de tocar nele. — Seus dentes rangiam de ódio e desespero.

— Mas, se sua irmã morrer solteira, o dinheiro será seu.

O outro assentiu.

— É a própria questão hierárquica — concluiu o mr. Cardan. Na câmara mortuária fez-se um silêncio prolongado.

O mr. Elver atingira o último estágio da intoxicação. Começou a sentir-se fraco, profundamente cansado, extenuado. Raiva, hilaridade, sensação de poder satânico — tudo desaparecera. Restou-lhe apenas a vontade de ir para a cama o mais depressa possível; ao mesmo tempo, duvidava que pudesse chegar até lá. Ele fechou os olhos.

O mr. Cardan observou cientificamente a figura fraca e encharcada com seus olhos de especialista. Era claro que aquela criatura não faria mais nada; chegara a um estado em que não pensaria em outra coisa exceto na náusea crescente. Chegara a hora de mudar de tática. Ele se inclinou para a frente e, dando dois ou três tapinhas no braço do seu anfitrião, desferiu o ataque direto.

— Então o senhor trouxe a pobre moça para cá para se livrar dela?

O mr. Elver entreabriu pesadamente as pálpebras e dirigiu um olhar atormentado ao implacável perseguidor. Seu rosto estava lívido. Ele virou a cabeça.

— Não, não, isso não — a voz ia se dissolvendo num sussurro instável.

— Isso não? — ecoou o mr. Cardan com desprezo. — Mas é óbvio que sim! Foi só o que ouvi de sua boca na última meia hora.

O mr. Elver continuou murmurando:

— Não, não...

O mr. Cardan ignorou a negação.

— E como pretende fazer isso? Seja qual for sua escolha, é sempre arriscado; e eu não diria que o senhor é um homem especialmente corajoso. Como? Como?

O outro balançava a cabeça.

— Arsênico? — insistiu o mr. Cardan. — Um punhal? Não, o senhor não teria estômago para isso. Ou será que pretende que ela caia num daqueles canais tão convenientes?

— Não, não. Não!

— Mas eu insisto em que me conte — disse o mr. Cardan com truculência, batendo na mesa; os reflexos das velas nos copos cheios de vinho chegaram a tremer e balançar.

O mr. Elver chorava com o rosto entre as mãos.

— O senhor é tirânico — soluçou ele —, como todos os outros.

— Vamos lá — protestava o mr. Cardan. — Não leve tudo tão a sério. Sinto muito por estar aborrecendo o senhor. Não deve pensar — acrescentou — que eu tenha preconceitos vulgares contra essas coisas. Longe disso. Não usarei suas palavras contra o senhor. Só estou lhe perguntando por pura curiosidade. É pura curiosidade. Ânimo, vamos lá! Beba mais um pouco de vinho.

O mr. Elver estava deploravelmente mal para poder pensar em vinho sem sentir repugnância. Recuou, o corpo inteiro estremecendo.

— Não pretendo fazer nada — murmurou. — Só espero que aconteça.

— Só espera que aconteça? O senhor deve ser um homem muito crédulo — disse o mr. Cardan.

— Está em Dante, o senhor sabe. Meu pai me educou com Dante; e eu que tinha horror a tudo aquilo... — acrescentou, como se se tratasse de óleo de rícino. — Mas aquelas coisas acabaram ficando dentro de mim. Lembra-se da mulher que conta como morreu? "*Siena mi fe; disfecemi Maremma*"?[23] O marido prende-a num castelo nos pântanos e ela morre de febre? Lembra-se?

O mr. Cardan meneou a cabeça afirmativamente.

— Essa é a ideia. Eu tomo quinino; desde que cheguei tomo dez gramas por dia; só por segurança. Mas parece que não há mais malária por aqui. Já chegamos há nove semanas.

— E nada aconteceu! — O mr. Cardan jogou-se para trás na cadeira, soltando uma gargalhada. — Bem, a moral dessa história é — acrescentou ao recobrar o fôlego e conseguir falar: — Como as autoridades locais são modernas!

Mas o mr. Elver não entendeu a piada. Levantou-se cambaleando de sua cadeira e apoiou-se na mesa.

— Pode ajudar-me a ir para o quarto? — pediu debilmente. — Não estou me sentindo muito bem.

O mr. Cardan primeiro o ajudou a chegar ao jardim.

— Deve aprender a beber seu vinho com mais segurança — disse, quando o pior havia passado. — Essa é a outra moral da noite.

Depois de deitar seu anfitrião na cama, o mr. Cardan foi para o quarto que lhe fora indicado e se despiu. Ficou um longo tempo acordado. Em parte os mosquitos, em parte seus próprios pensamentos eram responsáveis pela insônia.

23. Em italiano no original: "Fez-me Siena, desfez-me a marema". Dante Alighieri, *A divina comédia.* (N. T.)

CAPÍTULO 8

Na manhã seguinte, o mr. Cardan desceu cedo. A primeira coisa que viu foi a srta. Elver, no jardim desolado em frente à casa. Ela vestia uma túnica cortada nas mesmas linhas do modelo saco que usava na noite anterior, mas de um tecido vistoso, com grandes estampas, que mais parecia desenhado para almofadas de poltronas e sofás do que para a figura humana. As contas no seu pescoço eram mais numerosas e brilhantes do que as anteriores e ela carregava uma sombrinha de seda florida.

Saindo da casa, o mr. Cardan flagrou-a no ato de amarrar um ramo de margaridas no rabo de um grande cachorro dos pântanos, que estava parado com a boca aberta, a língua rosada pendente e os grandes olhos castanhos fixos no horizonte, parecendo meditar enquanto aguardava que a srta. Elver concluísse a operação. Mas ela era muito lenta e desajeitada. Os dedos de sua mãozinha atarracada pareciam achar extraordinariamente difícil o processo de dar uma laçada numa tira de pano. Vez ou outra o cachorro virava a cabeça para trás para saber o que estava acontecendo na extremidade final de sua anatomia. Parecia também não se ressentir com as liberdades que a srta. Elver tomava com sua cauda, pois permanecia quieto e resignado, esperando. O mr. Cardan pensou na imensa tolerância demonstrada pelos cães e gatos diante das crianças mais perversas. Talvez, num lampejo de intuição bergsoniana, a besta entendesse a essência infantil do caráter da srta. Elver e houvesse reconhecido a criança disfarçada de mulher adulta. Os cães são bons bergsonianos, pensou o mr. Cardan. Os homens, por outro lado, são mais kantianos. Ele se aproximou devagar.

A srta. Elver tinha finalmente conseguido dar a laçada que pretendia; o rabo branco do cachorro terminava num buquê de flores também brancas. Ela se erguera e admirava seu trabalho manual.

— Pronto — disse por fim, dirigindo-se ao animal. — Agora pode ir. Você está lindo.

O cachorro entendeu a ordem e saiu trotando e abanando o rabo decorado.

O mr. Cardan deu um passo à frente.

— "Elegante, mas não exagerado" — citou —, "gracioso, mas não dispendioso, como o cão do jardineiro com um narciso preso à cauda." Bom dia — disse, tirando o chapéu.

Mas a srta. Elver não retribuiu a saudação. Apanhada de surpresa, ela parou petrificada, fitando-o com os olhos arregalados e a boca aberta, ouvindo-o falar. Ao "bom dia" do mr. Cardan, as únicas palavras que ela realmente entendeu, o encantamento de imobilidade se desfez. Ela explodiu num riso nervoso, escondendo o rosto entre as mãos — só por um instante —, e então se virou e começou a correr, desajeitada como um animal se movendo num elemento que não é o seu, e foi refugiar-se atrás de uns arbustos na extremidade do jardim. Vendo-a correr, o cachorro foi atrás, latindo alegremente. Uma margarida se desprendeu de seu rabo e caiu no chão, depois outra. Em pouco tempo não havia nenhuma flor nem a tira que as amarrava.

Lentamente, com muito cuidado, como se estivesse cercando um pássaro acuado, e com o ar tranquilo de quem está concentrado em tudo menos numa perseguição, o mr. Cardan foi procurar a srta. Elver. Por entre as folhas do arbusto ele vislumbrava as cores vistosas da túnica; às vezes, com infinita circunspecção e obviamente certa de que ele não a via, ela espiava pelos lados do arbusto. Saltando em volta dela, o cachorro continuava a latir.

A poucos metros do esconderijo, o mr. Cardan parou.

— Venha — tentou persuadi-la com agrados —, por que está tão assustada? Olhe para mim. Eu não mordo. Sou até bastante manso.

As folhas do arbusto se agitaram; de trás dele saiu um risinho nervoso.

— Também não fico latindo como esse seu estúpido cão — continuou o mr. Cardan. — E, se quiser prender flores em minha cauda, jamais terei os maus modos de me livrar delas nos primeiros minutos, como esse seu rude animal.

Mais risadinhas.

— Não vai sair daí?

Nenhuma resposta.

— Muito bem, então — disse o mr. Cardan, num tom de quem está profundamente magoado — adeus. — Ele recuou alguns passos e tomou um caminho à esquerda que seguia para o portão; já andara dois terços do caminho quando ouviu o som de passos se aproximando. Continuou como se nada tivesse ouvido. Sentiu um toque em seu braço.

— Não vá, por favor — implorou-lhe a srta. Elver. Ele olhou para trás como se tivesse levado um susto. — Não me esconderei mais. Mas não me olhe desse jeito.

— Olhá-la como?

A srta. Elver ergueu a mão na frente do rosto e virou-se.

— Como não sei o quê.

O mr. Cardan pensou ter entendido perfeitamente e decidiu mudar de assunto.

— Bem, se promete não se esconder mais — disse —, não irei embora.

A fisionomia da srta. Elver brilhava de prazer e gratidão.

— Obrigada — disse ela. — Quer ver as galinhas? Elas ficam lá atrás.

Eles foram. O mr. Cardan admirou as aves.

— Gosta de animais? — perguntou a ela.

— Acho que sim — disse a srta. Elver, enlevada, movendo a cabeça afirmativamente.

— Você já teve um papagaio?

— Não.

— Um macaco?

Ela meneou a cabeça.

— Nem um pônei shetland? — perguntou o mr. Cardan, como se estivesse surpreso.

A voz da srta. Elver estava trêmula quando mais uma vez disse “não”. Ao pensar em todas as coisas encantadoras que nunca tivera, as lágrimas subiram-lhe aos olhos.

— Em minha casa — disse o mr. Cardan, materializando castelos encantados com a mesma facilidade que Aladim — há centenas de animais. Eu lhe darei alguns quando for lá.

O rosto da srta. Elver voltou a brilhar.

— Dará mesmo? — disse ela. — Oh, será maravilhoso, maravilhoso! Você tem ursos também?

— Uns dois, acho — disse o mr. Cardan modestamente.

— Bem... — A srta. Elver olhava-o com os olhos brilhantes, abertos ao máximo. Inspirou profundamente e soltou o ar bem devagar. — Deve ser uma casa muito bonita — acrescentou, virando-se e balançando lentamente a cabeça a cada palavra. — Muito bonita. É só o que posso dizer.

— Você vai me visitar? — perguntou o mr. Cardan.

— Acho que irei sim — respondeu a srta. Elver, decidida, olhando novamente para ele. Então corou repentinamente e ergueu as mãos. — Não, não — protestou.

— E por que não?

Ela balançou a cabeça.

— Não sei por quê — e começou a rir.

— Lembre-se dos ursos — disse o mr. Cardan.

— Sim, mas... — ela não concluiu a frase. A velha surgiu na porta dos fundos e tocou o sino para o café da manhã. Desajeitada como um pássaro mergulhador andando em terra firme, a srta. Elver encaminhou-se apressada para a casa. Seu companheiro a seguiu mais devagar. Na sala de refeições, menos lúgubre à luz da manhã, o café estava servido. O mr. Cardan encontrou sua anfitriã já à mesa, comendo apaixonadamente, como se sua vida dependesse daquilo.

— Estou faminta — ela explicou com a boca cheia. — Phil está atrasado.

— Bem, não me surpreende — disse o mr. Cardan, sentando--se e desdobrando o guardanapo.

Quando o mr. Elver apareceu, sua figura era a de um clérigo tão obviamente destituído do hábito, tão deploravelmente amarfanhado e alquebrado que o mr. Cardan quase sentiu pena dele.

— Nada como um café forte — ele disse animadamente, enquanto enchia a xícara de seu anfitrião. O mr. Elver simplesmente olhava, fraco e melancólico demais para falar. Por longo tempo ficou imóvel em sua cadeira, sem força sequer para estender a mão e erguer a xícara.

— Por que não come, Phil? — perguntou a irmã, já decapitando o segundo ovo. — Em geral você come um bocado.

Irritado, como se tivesse sido insultado, ele segurou a xícara e levou-a à boca. Chegou a pegar uma torrada e cobri-la com manteiga, mas não conseguiu comer.

Às dez e meia o mr. Cardan saiu da casa. Disse ao seu anfitrião que iria buscar sua escultura e confortou a srta. Elver, que ao vê-lo pôr o chapéu e pegar a bengala começou a choramingar, prometendo-lhe que voltaria a tempo para o almoço. Seguindo as instruções da velha, o mr. Cardan logo chegou à margem do lago Massaciuccoli. Cerca de um quilômetro e meio mais adiante, na margem oposta, ele podia ver o agrupamento de casas rosa e brancas do vilarejo onde, ele sabia, o irmão do merceeiro morava e guardava seu tesouro. Mas em vez de seguir para lá o mr. Cardan acendeu um cigarro e deitou-se na relva à beira da estrada. O dia estava claro e brilhante. Sobre as montanhas pairavam grandes nuvens delineadas contra o fundo azul, firmes e maciças como se fossem talhadas em mármore, parecendo quase mais sólidas do que as próprias montanhas embaixo. A brisa encrespava a água azulada, lembrando o som do mar a distância. No meio dessa paisagem o mr. Cardan fumava pensativamente seu cigarro, espalhando no ar a fumaça levada pelo vento.

Vinte e cinco mil libras, pensava ele. Investidas a sete por cento no Crédito Húngaro renderiam setecentos e cinquenta ao ano. Vivendo na Itália, renderiam ainda mais; daria para se considerar uma pessoa rica. Uma bela casa em Siena, ou Perugia, ou Bolonha — Bolonha, decidiu, seria melhor; nada se comparava à comida bolonhesa. Um carro — daria para comprar um bom carro. Muitos livros, ótimas pessoas para se conviver, confortáveis excursões pela Europa. E uma velhice tranquila; os horrores da decrepitude na miséria estariam definitivamente afastados. A única desvantagem é que a mulher com quem se casaria era uma idiota. Mas, por outro lado, ela obviamente seria muito devotada; faria o melhor que pudesse para agradar. E fazê-la feliz não seria difícil; bastava permitir que ela tivesse um urso domesticado. Na verdade, assegurava-se o mr. Cardan, essa era a única chance de felicidade para a pobre criatura. Se ela ficasse com o irmão, ele encontraria um substituto para os ineficazes anófeles, mais cedo ou mais tarde. Se caísse nas mãos de um aventureiro, eram grandes as chances de ele ser muito mais patife do que Tom Cardan. Na verdade, pensava o mr. Cardan, poderia perfeitamente, por uma questão de necessidade e pelo bem da própria moça, casar-se com ela. Seria uma excelente oportunidade para os espíritos românticos como o de Lilian Aldwinkle. Para esses, ele seria um galante salvador, um Perseu, um cavalheiresco São Jorge. As almas menos entusiasmadas considerariam apenas as vinte e cinco mil libras e ririam. Que rissem! Afinal, perguntou-se o mr. Cardan, um riso a mais ou a menos, que diferença faria? Não, o verdadeiro problema, a dificuldade real era ele mesmo. Poderia fazer isso? Não seria, de certa forma, insuportável — uma idiota? Não seria... russo demais? Stavroginesco demais?

Na verdade, seus motivos eram diferentes dos do russo. Ele se casaria com uma idiota pelo conforto e por uma velhice tranquila — e não para fortalecer suas fibras morais por meio de um difícil exercício, não com a esperança voluptuosa de materializar novos escrúpulos e remorsos refinados, ou com a esperança religiosa de desenvolver uma consciência superior por intermédio de uma vida inferior. Mas, por outro lado, nada poderia garantir que a vida fosse, na realidade, completamente inferior; e ele não poderia evitar que estranhos escrúpulos surgissem em sua consciência. Setecentas e cinquenta libras anuais seriam compensação suficiente?

Durante mais uma hora o mr. Cardan permaneceu ali, fumando e contemplando o lago, as etéreas montanhas, as nuvens marmorizadas, ouvindo o vento bater nas folhas e os ocasionais sons de vida; o tempo todo ele ponderou. No final, decidiu que setecentas e cinquenta mil ou mesmo um rendimento menor, caso investisse em algo mais seguro do que empréstimos, seriam compensação suficiente. Levaria adiante o seu plano. O mr. Cardan se levantou, jogou fora o que restava de seu segundo cigarro e, devagar, tomou o caminho da casa. Ao se aproximar pela pequena plantação de álamos, a srta. Elver, que estivera esperando pelo seu retorno, correu ao portão para encontrá-lo. As cores vistosas da túnica resplandeceram quando ela atravessou a sombra da casa e entrou na luz do sol; as contas faiscaram. Dando gritinhos de excitação e rindo, ela correu. O mr. Cardan a observou. Via assustadores cormorões sacudindo a cabeça de um lado para o outro. Via pinguins agitando as asinhas curtas e correndo sem qualquer dignidade sobre as pequenas pernas. Via abutres com as asas abertas, manquejando e pulando de pés juntos no chão.

Todas essas visões surgiram em sua mente ao assistir à aproximação da srta. Elver. Ele soltou um profundo suspiro.

— Que bom que voltou — gritou ela quase sem fôlego. — Tive muito medo de que fosse embora. — Apertou a mão dele com sinceridade e olhou-o nos olhos. — Não se esqueceu dos macacos e dos pôneis shetland, não é? — acrescentou, ansiosa.

— É claro que não — respondeu o mr. Cardan, sorrindo, e acrescentou galantemente: — Como poderia esquecer de qualquer coisa que a faça feliz? — pegou-lhe a mão e, curvando-se, beijou-a.

A srta. Elver corou e em seguida seu rosto empalideceu assustadoramente. Sua respiração tornou-se acelerada e instável. Ela fechou os olhos. Seu corpo foi atravessado por um tremor e as pernas fraquejaram: parecia que estava caindo. O mr. Cardan segurou-a pelo braço e ajudou-a a firmar-se. Aquilo seria pior do que imaginara, pensou; mais stavroginesco. Desmaiar só porque ele lhe beijara a mão — e beijara quase com ironia — era demais. Mas era bem provável, refletiu, que nada semelhante houvesse acontecido a ela antes. Quantos homens já teriam ao menos lhe dirigido a palavra? Era compreensível.

— Minha criança, francamente — ele apertou de leve o braço dela. — Recomponha-se. Se continuar com esses desmaios, não poderei nunca deixá-la perto de um urso. Vamos, venha comigo.

Contudo, o fato de compreender alguma coisa não é capaz de alterá-la em nada. Continua sendo o que foi quando ainda não havia sido entendida. Setecentos e cinquenta libras por ano — mas, a esse custo, parecia-lhe que a quantia não seria suficiente.

A srta. Elver abriu os olhos. De dentro deles surgiu aquela expressão ansiosa e infeliz de uma criança para sua mãe quando acha que será abandonada. O mr. Cardan não teria sentido remorso maior se tivesse cometido um assassinato.

E todas as fraquezas, todos os vícios?
Tom Cardan, tudo era teu.

Da mesma maneira, havia certas coisas cuja prática dava a sensação de se estar cometendo uma atrocidade. Contudo, era preciso pensar nas setecentas e cinquenta libras; na velhice, na solidão e na miséria.

O mr. Cardan deixou a srta. Elver brincando no jardim e entrou na casa. Encontrou o irmão sentado atrás de uma veneziana fechada, na penumbra cinzenta, com a cabeça apoiada nas mãos.

— Sente-se melhor? — perguntou o mr. Cardan; não obtendo resposta, começou a contar uma longa história de como procurara o irmão do merceeiro e finalmente descobrira que ele estava fora e só voltaria no dia seguinte. — Portanto, espero que não se importe — concluiu — se eu abusar de sua hospitalidade por mais esta noite. Sua irmã disse-me muito gentilmente que ficasse.

O mr. Elver dirigiu-lhe um olhar concentrado de desprezo e desviou-o em seguida. Não disse nada.

O mr. Cardan puxou uma cadeira e se sentou.

— Há um livrinho muito interessante — disse, olhando para o seu anfitrião com um ar de cintilante jovialidade — de um certo W.H.S. Jones, que se chama *Malária: um fator nas histórias da Grécia e de Roma,* ou algo parecido. Ele mostra como a doença pode repentinamente assolar regiões até então imunes e, no decurso de algumas gerações, destruir toda uma cultura ou um poderoso império. Inversamente, mostra também como é possível livrar-se dela; saneamento básico, quinino, telas de arame... — O outro se agitou na cadeira, mas o mr. Cardan continuou impiedosamente. Quando tocou o sino para o almoço, ele falava ao mr. Elver sobre a única maneira de o perigo amarelo ser permanentemente afastado.

— Primeiro — disse, pousando o indicador da mão direita sobre o polegar da esquerda —, é preciso introduzir a malária no Japão. O Japão até agora está imune; isso é um escândalo gigantesco. Começa-se remediando esse erro. E, segundo — ele mudou para o dedo seguinte —, é preciso ver que os chineses não têm chance de eliminar a doença em seu próprio país. Quatrocentos milhões de chineses com malária entre as raças amarelas — disse o mr. Cardan, levantando-se da cadeira. — Uma causa à qual um bom europeu deveria se devotar lucrativamente. O senhor que se interessa tanto pelo assunto, mr. Elver, não poderia encontrar nada melhor. Vamos almoçar?

O mr. Elver se levantou cambaleante.

— Estou com um tremendo apetite — continuou o mr. Cardan, dando tapinhas nas costas curvadas do outro. — Espero que também esteja com fome.

O mr. Elver finalmente rompeu seu silêncio.

— O senhor é um maldito tirano — sussurrou num ímpeto de desprezo e raiva inútil —, um tirano maldito e fedorento.

— Vamos, vamos — disse o mr. Cardan. — Protesto contra o "fedorento".

CAPÍTULO 9

Bem cedo pela manhã, o mr. Cardan e a srta. Elver saíram de casa e seguiram rapidamente para os campos em direção ao lago. Disseram à velha que chegariam tarde para o café. O mr. Elver ainda não se levantara; o mr. Cardan deixou instruções para que ele não fosse despertado antes das nove e meia.

O chão ainda estava úmido de orvalho quando eles saíram; os álamos projetavam sombras muito maiores do que seu tamanho real. O ar estava fresco e era um prazer caminhar. O mr. Cardan mantinha uma marcha de quatro quilômetros por hora; e como um mergulhão fora da água, como um pássaro de grandes altitudes obrigado a andar na terra, a srta. Elver trotava ao lado dele, tropeçando e rolando, como se estivesse apoiada não sobre os pés, mas sobre um conjunto de rodas excêntricas de diferentes diâmetros. Seu rosto resplandecia de felicidade; de tempos em tempos, olhava para o mr. Cardan com tímida adoração, e, se acontecia de cruzarem o olhar, ela enrubescia, virava o rosto e ria. O mr. Cardan estava quase estarrecido com a extensão de seu sucesso e a facilidade com que o alcançara. Ele poderia fazer da criatura uma escrava, poderia mantê-la trancada numa gaiola de coelho e, desde que ele aparecesse de vez em quando para ser adorado, ela seria perfeitamente feliz. Esses pensamentos provocavam estranhas culpas no mr. Cardan.

— Quando nos casarmos — disse de repente a srta. Elver —, poderemos ter filhos?

O mr. Cardan sorriu quase sinistramente.

— O problema com as crianças — disse — é que os ursos poderão comê-las. Nunca se pode ter certeza com eles. Lembra-se dos ursos de Elias e aquelas crianças más?

A srta. Elver ficou pensativa. E permaneceu em silêncio o resto do tempo.

Eles chegaram ao lago, muito plácido e brilhante à pálida luz da manhã. A srta. Elver bateu palmas ao vento, de prazer; por um instante esqueceu-se de todas as suas preocupações. A fatal incompatibilidade entre ursos e crianças cessou de preocupá-la.

— Que água maravilhosa! — gritou; abaixando-se, pegou do chão uma pedrinha e atirou-a no lago.

Mas o mr. Cardan não permitiu que ela se demorasse.

— Não há tempo a perder — disse, pegando-a pelo braço e apressando-a.

— Aonde estamos indo? — perguntou a srta. Elver.

Ele apontou a aldeia na praia mais adiante.

— De lá tomaremos um tílburi ou uma charrete.

A perspectiva de viajar em um deles fez com que a srta. Elver se conformasse inteiramente em ter que se afastar do lago tão depressa.

— Será maravilhoso! — declarou, e apressou tanto o passo que o mr. Cardan precisou correr para alcançá-la.

Enquanto a pequena carruagem estava sendo preparada, e o cavalo, atrelado — sem pressa nenhuma, como são feitas essas coisas na Itália, com toda a dignidade e calma —, o mr. Cardan foi visitar o irmão do merceeiro. Agora que chegara até ali não seria tolo de perder a oportunidade de ver o tesouro. O irmão do merceeiro era ele próprio um merceeiro, e tão parecido com o outro que o mr. Cardan chegou a pensar que o simples e virtuoso amigo montanhês da srta. Thriplow era o homem com quem conversava agora na planície. Depois de tudo explicado, o merceeiro se curvou, desmanchou-se em sorrisos e soprou acetileno no rosto do mr. Cardan, tal como fizera o irmão. Discorreu longamente sobre a beleza e antiguidade do seu tesouro, e, quando o mr. Cardan implorou que se apressasse e mostrasse logo a escultura, ele não se incomodou de ser interrompido e continuou a descrevê-la com lirismo, repetindo incansavelmente as mesmas frases, gesticulando até começar a suar. Por fim, quando considerou que o mr. Cardan estava convencido e num estado de entusiasmo preliminar, o merceeiro abriu a porta dos fundos da loja e misteriosamente convidou o visitante a acompanhá-lo. Eles cruzaram um corredor escuro, passaram por uma cozinha apinhada de crianças, nas quais era preciso ter cuidado para não tropeçar, saíram para um pequeno pátio e chegaram a um quartinho nos fundos. O merceeiro ia na frente, andando todo o tempo na ponta dos pés e falando em voz baixa — o mr. Cardan não podia imaginar o porquê, a não ser que o quisesse impressionar com a profunda importância do fato, ao sugerir que um trabalho artístico de tamanha beleza e antiguidade só poderia ser admirado com os pés descalços e em silêncio.

— Espere aí — sussurrou ele, ao entrarem no quartinho.

O mr. Cardan esperou. O merceeiro foi na ponta dos pés até o outro lado do barracão. Misteriosamente enrolada num saco de aniagem, alguma coisa parecida com um homem emboscado permanecia imóvel na sombra. O merceeiro parou diante daquilo, ficou um pouco de lado para dar ao mr. Cardan uma visão completa da maravilha a ser revelada, segurou uma ponta do saco e, com um gesto magnificamente dramático, descobriu-a.

De dentro surgiu uma efígie de mármore, algo que na imaginação de um pedreiro monumental de 1830 devia figurar como um poeta. Um Byron emagrecido, com cabelos mais jacintinos e um perfil emprestado de um dos gregos de Canova, ele estava encostado numa coluna truncada, os olhos de mármore voltados para o alto em busca de uma musa voadora. Um manto pendia frouxamente de seus ombros e uma folha de parreira era todo o resto de seu traje. No alto da coluna havia um rolo de mármore semiaberto, sobre o qual pousava a mão esquerda do poeta, temeroso, talvez, de que o vento da inspiração o levasse. A direita, era evidente, originalmente pousara uma pena sobre a página virgem. Mas, infelizmente, a mão e todo o antebraço quase até o cotovelo tinham desaparecido. Na base da coluna havia uma pequena lousa, na qual, se a figura houvesse sido usada no monumento a que se destinava, estariam escritos o nome e a fama do poeta sobre cuja tumba a estátua deveria se erguer. Mas a lousa estava em branco. Na época em que a estátua fora esculpida, evidentemente deveria haver escassez de liristas no principado de Massa Carrara.

— *È bellissimo!* — disse o irmão do merceeiro, recuando para admirá-la com o entusiasmo de um *connoisseur.*

— *Davvero* — concordou o mr. Cardan. E com tristeza pensou no seu etrusco reclinado, no seu sarcófago de Jacopo della Quercia, no seu demônio românico. Contudo, refletiu, nem mesmo um baixo-‑relevo de Giotto poderia lhe render vinte e cinco mil libras.

CAPÍTULO 10

O mr. Cardan retornou ao palácio dos Cybo Malaspina para descobrir que o número de hóspedes aumentara durante sua ausência, com a chegada da sra. Chelifer. A sra. Aldwinkle não se sentira particularmente desejosa de receber a mãe de Chelifer em sua casa, mas, ao tomar conhecimento do fato de que ele estava preparado para partir tão logo a mãe chegasse à Itália, insistiu veementemente em oferecer sua hospitalidade à dama.

— É absurdo — argumentou ela — descer novamente para aquele horrível hotel em Marina de Vezza e ficar lá durante alguns dias sem conforto nenhum, depois ir a Roma de trem. Traga sua mãe para cá e, então, quando o mr. Falx tiver que ir para a conferência, iremos todos a Roma de carro. Será muitíssimo mais agradável.

Chelifer tentou recusar, mas a sra. Aldwinkle não aceitou recusas. Quando a sra. Chelifer chegou à estação de Vezza, encontrou Francis na plataforma, e ao seu lado a sra. Aldwinkle, vestida de seda amarela com um esvoaçante véu branco. As boas-vindas dela foram muito mais efusivas do que as do próprio filho. Um pouco surpresa, mas preservando toda a calma e nobre dignidade, a sra. Chelifer foi levada para o Rolls-Royce.

— Todos nós admiramos muito o seu filho — disse-lhe a sra. Aldwinkle. — Ele é tão... como devo dizer?... tão *post bellum*, tão essencialmente um de nós... — Ela fazia questão de estabelecer sua posição entre os mais jovens da nova geração. — Ele expressa tudo o que alguém é capaz de sentir apenas vagamente. Surpreende-a a nossa admiração?

A sra. Chelifer estava surpresa com tudo. Foi preciso algum tempo para ela se acostumar à sra. Aldwinkle. Tampouco a aparência do palácio fora calculada para minorar seu assombro.

— É um soberbo exemplo do barroco primitivo — assegurou-lhe a sra. Aldwinkle, apontando com a sombrinha. Mas mesmo depois de tomar conhecimento das datas, tudo parecia um bocado estranho para a sra. Chelifer.

A sra. Aldwinkle foi extremamente cordial com sua nova hóspede, mas secretamente a sra. Chelifer a incomodava demais. Quaisquer que fossem as circunstâncias do encontro, teria havido poucas razões para que a sra. Aldwinkle gostasse dela. As duas mulheres não tinham nada em comum; suas visões da vida eram diferentes e irreconciliáveis, viviam em mundos separados. Em tempos melhores, a sra. Aldwinkle teria considerado sua hóspede *bourgeoise* e *bornée*. Mas, no momento, naquelas circunstâncias, simplesmente a detestava. Não era de admirar; porque, com sua mãe, Chelifer tinha uma desculpa permanente e irreprochável para escapar da sra. Aldwinkle. Naturalmente, ela ressentia a presença em sua própria casa de uma justificativa viva e permanente à infidelidade. Ao mesmo tempo era preciso estar em bons termos com a sra. Chelifer, pois se se indispusesse com a mãe, obviamente o filho se retiraria. Agastada, a sra. Aldwinkle continuou a tratá-la com a mesma afeição esfuziante do primeiro dia.

Entre os outros hóspedes, a chegada da sra. Chelifer foi muito mais bem recebida. O mr. Falx encontrou nela uma pessoa mais compreensiva e solidária do que poderia existir em sua anfitriã. Para lorde Hovenden e Irene, significou a cessação completa dos deveres de espiã da moça; contudo, gostaram muito dela por ela mesma.

— Uma coisinha deliciosa — era como lorde Hovenden a resumia.

— Ela é tão maravilhosamente boa, simples e *integral,* se entende o que quero dizer — explicava a srta. Thriplow a Calamy. — Ser integralmente entusiasmada por canções folclóricas, direitos dos animais e todo esse tipo de coisa é mesmo maravilhoso. Ela é uma lição para todos nós — concluiu ela —, uma lição. — A sra. Chelifer foi então dotada de todas as qualidades que o merceeiro da vila infelizmente não possuía. O símbolo de suas virtudes, se é que ele as tinha, fora o avental branco; a integridade da sra. Chelifer foi posteriormente representada pelos seus clássicos vestidos cinzentos.

— Ela é uma das *Quakers* da Natureza — declarou a srta. Thriplow. — Ah, se todos fossem como ela! — Em certa época, não havia muito tempo, a srta. Thriplow aspirara a ser uma das Guardiãs da Natureza. — Eu nunca soube que alguém tão bom e columbino existisse fora de um quadro acadêmico de 1880. Você sabe o que quero dizer: a mãe puritana a bordo do Mayflower, ou algo parecido. Pode ser um absurdo na academia, mas na vida real é adorável.

Calamy estava de acordo.

Mas a pessoa que mais sinceramente gostou da sra. Chelifer foi Grace Elver. Desde o instante em que pôs os olhos nela foi sua fiel seguidora. E a sra. Chelifer praticamente adotou-a durante esse período. Ao tomar conhecimento da natureza das preferências e ocupações da dama, o mr. Cardan pôde explicar toda aquela gentileza, apoiando-se na hipótese de que Grace era o que havia de mais próximo de um cãozinho ou um gato abandonado que a sra. Chelifer poderia encontrar ali. E o amor à primeira vista de Grace devia-se à sua percepção de que lá estava uma protetora inata e uma amiga. De qualquer maneira, ele se sentia profundamente grato à sra. Chelifer por ter aparecido naquele momento. Sua presença na casa facilitou o que, de outra forma, teria sido uma situação difícil.

Que a sra. Aldwinkle ficaria impressionada com a história romântica do rapto de Grace, disso o mr. Cardan sempre tivera certeza. Quando soube da história, ela ficou impressionada, embora bem menos do que o esperado. Suas preocupações com os próprios assuntos eram demasiado grandes para que pudesse reagir com o entusiasmo costumeiro ao que, em outras épocas, teria sido de um apelo irresistível. A maneira como ela reagiu ao caso, então, e disso o mr. Cardan jamais cogitou duvidar, foi achá-lo romântico. O que não garantia que pudesse gostar da heroína. Pelo que ele conhecia da sra. Aldwinkle, e conhecia bastante, tinha certeza de que ela se cansaria muito depressa da pobre Grace. Conhecia bem sua falta de paciência e intolerância. Grace ficaria irritada, Lilian seria indelicada, e só Deus sabe que cenas se seguiriam. O mr. Cardan trouxera a moça ao palácio com a intenção de passarem um ou dois dias e depois a levaria embora, antes que a sra. Aldwinkle tivesse tempo de irritar a pobre Grace. Mas a presença da sra. Chelifer o fez mudar de ideia. Sua afeiçoada proteção era uma garantia contra a impaciência da sra. Aldwinkle; o mais importante é que ela causara o melhor efeito possível na própria Grace. Diante da sra. Chelifer, ela se portava com discrição e sensibilidade, como uma criança dando o máximo de si para causar boa impressão. A sra. Chelifer, além disso, mantinha um olhar carinhoso e atento na aparência e nos modos da moça; mantinha-a na linha quanto às mãos limpas e aos cabelos penteados, dando um toque gentil quando ela não se comportava tão bem quanto devia à mesa e cuidando de sua propensão a comer demais as coisas de que gostava. Era óbvio que a sra. Chelifer exercia a melhor influência sobre ela. Quando estivessem casados, o mr. Cardan decidiu que a convidaria com frequência para sua casa — preferivelmente, embora ela fosse uma coisinha delicada, enquanto estivesse fora. Enquanto isso, seguro de que sua residência no palácio dos Cybo não seria prejudicada por incidentes desagradáveis, escreveu ao seu advogado pedindo que fizesse os arranjos necessários para o casamento.

De sua parte, a sra. Chelifer estava encantada com Grace. Tal como conjeturara o mr. Cardan, ela sentia falta de seus cães e gatos, das crianças pobres e dos jogos tradicionais. Foi com muita relutância que desistiu, por fim, de sua velha casa em Oxford; relutou muito, embora os argumentos de Francis fossem inquestionáveis. Era grande demais para ela, cheia daqueles artifícios arquitetônicos medievais dos quais o mr. Ruskin e seus seguidores tanto se orgulhavam; não era saudável, principalmente no inverno; havia muitos anos que os médicos a aconselhavam a deixar o vale do Tâmisa. Sim, os argumentos eram inquestionáveis; mas levou muito tempo para que finalmente ela se convencesse a sair de lá. Quarenta anos de sua vida foram passados ali, e ela relutava em afastar-se de tantas memórias. Além disso, havia os cães e as crianças pobres, todos os seus velhos amigos e a caridade. No final, entretanto, se convenceu. A casa foi vendida e ficou acertado que ela passaria o inverno em Roma.

— Agora você está livre — disse-lhe o filho.

Mas a sra. Chelifer meneou a cabeça, bastante pesarosa.

— Não sei se aprecio tanto ser livre — respondeu. — Não terei o que fazer em Roma. Sinto-me apavorada por antecipação.

— Logo encontrará alguma coisa — assegurou-lhe Francis. — Não há o que temer.

— Será mesmo? — questionou a sra. Chelifer, duvidosa. Eles andavam pelo pequeno jardim atrás da casa; olhando o gramado e os canteiros floridos, ela suspirou.

Mas Francis estava certo; cães, crianças pobres e seus equivalentes felizmente não eram raros. Ao final do primeiro estágio de sua jornada, a sra. Chelifer encontrara em Grace Elver a compensação para o que abandonara em Oxford. Cuidando da pobre Grace, ela se sentia feliz.

Para os demais hóspedes, a chegada da srta. Elver não teve nenhuma importância especial ou pessoal. Era apenas a idiota do mr. Cardan; só isso. Mesmo Mary Thriplow, de quem se poderia esperar algum interesse por um exemplo tão genuíno de alma simples, prestou pouca atenção nela. O fato é que Grace era simples demais para ser interessante. A simplicidade não é uma virtude, a menos que se seja potencialmente complicada. A sra. Chelifer, sendo uma mulher inteligente, apesar de toda a sua simplicidade, emanava luz própria, sentia a srta. Thriplow. Grace era simples como uma criança ou um imbecil pode ser; seu valor didático era, portanto, praticamente nulo. A srta. Thriplow permaneceu fiel à sra. Chelifer.

CAPÍTULO 11

Era noite. Semidespida, Irene estava sentada na beira da cama e dava pontos em uma peça de roupa inacabada, de seda rosa-pálido. Seus grossos cabelos pendiam perpendicularmente nos lados da cabeça curvada sobre o trabalho e formavam um ângulo com o rosto inclinado. A luminosidade aderia ricamente aos seus braços e pernas nus e era refletida pela superfície curva e acetinada de suas meias esticadas. O rosto estava extremamente sério; a ponta da língua aparecia entre os dentes. Era um trabalho difícil.

Em volta, nas paredes do quarto que um dia pertencera ao cardeal Alderano Malaspina, voejava uma tropa de formas gesticulantes. Sobre a porta estava sentado Deus Pai, com uma túnica azul de crepe da China e envolvido num manto de veludo vermelho esvoaçante, espalhando a "divina inspiração com benevolência". Sua mão direita estava estendida e, em obediência ao gesto, um esquadrão de anjos voava em direção à janela de uma das paredes. Em um *prie-Dieu,* num canto mais afastado, ajoelhava-se o cardeal Malaspina, homem corpulento de meia-idade, com uma barbiche e um bigode que, juntos, lembravam a ideia corrente para os ingleses de um chef francês. O arcanjo Miguel, à frente de sua tropa de Principalidades e Poderes, pairava no ar sobre ele, e com uma expressão que era um misto de condescendência e respeito — condescendência por se tratar de um plenipotenciário do Pai Eterno, e respeito pelo fato de sua eminência ser irmão do príncipe de Massa Carrara — depositava sobre a cabeça do prelado o barrete vermelho, símbolo dos príncipes da Igreja. Na parede oposta, o cardeal era representado em batalha com os poderes da escuridão. Vestindo o hábito escarlate, ele se postava destemido à beira de um abismo sem fim. Atrás dele, uma réplica cuidadosa da vista do palácio Malaspina, um grupo de criados e belos instrutores a meia distância e, imediatamente atrás do eminente tio, a quem devotamente protegiam com suas orações, as sobrinhas do cardeal. Do abismo emergiam legiões de medonhos demônios, que enchiam o ar com suas asas adejantes. Mas o cardeal era para eles mais do que um exército inteiro. Com um crucifixo erguido sobre a cabeça, ele os esconjurava a voltar às chamas. E os demônios, derrotados, rilhando os dentes e trêmulos de terror, eram arremessados para dentro do abismo. De cabeça, de pé, em todas as posições possíveis, iam sendo atirados em direção ao soalho. Quando estava deitada em sua cama, Irene podia ver meia dúzia de demônios despencando em sua direção; e ao despertar, todas as manhãs, um par de pernas agitava-se freneticamente a um passo de seus olhos. No espaço de parede sobre as janelas, os lazeres do cardeal eram celebrados alegoricamente. Nove Musas e três Graças, cuidadas por um grupo de Horas, estavam reclinadas, em pé ou dançando em posições estudadas; o cardeal, entronizado no meio delas, ouvia-lhes a conversa e proferia suas opiniões, sem parecer notar o fato de que todas as damas estavam completamente nuas. Somente o homem mais polido e ilustrado do mundo poderia se comportar, nessas circunstâncias, com um *savoir-vivre* tão perfeito.

No meio da apoteose do cardeal e alheia a tudo, Irene costurava a peça de roupa cor-de-rosa. Ao começar a despir-se, vira num relance a *chemise* ali deixada na cesta de costura. Não resistiu à tentação de dar alguns pontos aqui e ali. Seria uma de suas obras-primas quando estivesse concluída. Ela a segurou nas mãos com os braços estendidos e olhou-a, crítica e apreciativamente. Era simplesmente encantadora!

Desde que Chelifer chegara ela tivera mais tempo de se dedicar às suas roupas de baixo. A sra. Aldwinkle, absorvida por sua paixão infeliz, esquecera-se completamente de que tinha uma sobrinha que devia estar escrevendo poemas e pintando aquarelas. Irene estava livre para devotar todo o seu tempo à costura e não perdeu a oportunidade. Mas de vez em quando sua consciência subitamente despontava, e ela se perguntava se devia, afinal, aproveitar-se das tristes preocupações da tia para fazer aquilo que ela não aprovava. Refletia se não seria mais adequado, por uma questão de lealdade, parar a costura e fazer um esboço ou rabiscar um poema. Algumas vezes, nos primeiros dias, chegou a agir de acordo com sua consciência. Mas, quando à noite levou para a tia Lilian um esboço do templo e um lírico começo de "Oh, lua, que calmamente brilha no céu noturno..." — sempre com um certo ar de triunfo, com a certeza de ações virtuosas devidamente executadas —, a dama, aturdida, mostrou um interesse tão pequeno por essas provas de obediência e afeição que Irene considerou-se dispensada, daí em diante, de qualquer esforço para praticar uma vida superior. Continuou a costurar. É verdade que às vezes sua consciência a incomodava, mas ela não fez nada contra isso.

Nessa noite não estava sentindo nenhum remorso. A roupa era tão linda que mesmo tia Lilian a aprovaria. Era um trabalho artístico — um trabalho que merecia esse honroso título tanto quanto "Oh, lua, que calmamente brilha no céu noturno"; talvez merecesse até mais.

Irene dobrou a peça inacabada, colocou-a de lado e terminou de se despir. Decidira que nessa noite, quando fosse escovar os cabelos da tia, diria a ela quão certa estivera a respeito de Hovenden. "Estou profundamente agradecida" — diria. E contaria, também, o quanto gostava dele. Quase, quase daquele jeito. Não exatamente ainda. Mas logo seria; de alguma maneira ela sabia que isso logo aconteceria. E seria real. Real e sólido, não efervescente ou imaginário como os episódios com Peter, Jacques e os outros.

Ela vestiu a camisola de dormir e saiu para o longo corredor que conduzia ao quarto de sua tia. O cardeal Alderano foi deixado a sós com seus demônios, os anjos obsequiosos, as nove Musas e o Pai Eterno.

Quando Irene entrou no quarto, tia Lilian estava sentada diante da penteadeira, espalhando creme no rosto.

— Ouvi falar — disse, olhando-se no espelho criticamente, tal como Irene fizera com sua obra-prima de fina seda — que existe um massageador elétrico maravilhoso. Não lembro quem me disse isso.

— Teria sido lady Belfry? — sugeriu Irene. A imagem do rosto de lady Belfry surgiu diante dela: macio, rosado, redondo, juvenil, mas com aquela juventude fictícia e terrivelmente precária de uma beleza preservada cientificamente.

— Talvez seja — disse a sra. Aldwinkle. — Preciso conseguir um. Por favor, querida, lembre-se de escrever à Harrods amanhã, perguntando se eles têm.

Irene começou a escovação noturna dos cabelos da tia. Fez-se um longo silêncio. Como poderia começar o assunto sobre Hovenden?, Irene pensava. Deveria começar de uma maneira que demonstrasse a real e genuína seriedade da questão. Deveria ser de uma maneira que tia Lilian não tivesse nenhuma justificativa possível para fazer qualquer ironia. Não iria permitir, custasse o que custasse, que ela usasse aquele tom tão conhecido e temido de caçoada, como se golpeasse com um porrete; e de modo algum daria a ela a chance de dizer: "Então a mocinha pensou que sua tola e velha tia não tivesse notado?", ou algo parecido. Mas encontrar a fórmula à prova de caçoada não era fácil. Irene buscou-a por longo tempo e com muito cuidado. Mas não estava destinada a encontrá-la. Porque tia Lilian, que também estivera pensando, de repente rompeu o silêncio.

— Às vezes duvido — disse — que ele tenha algum interesse por mulheres. Fundamentalmente, inconscientemente, acredito que seja homossexual.

— Talvez — disse Irene com gravidade. Ela conhecia aquele tom de Havelock Ellis.

Na meia hora seguinte, a sra. Aldwinkle e sua sobrinha discutiram essa interessante possibilidade.

CAPÍTULO 12

A srta. Thriplow escrevia em seu caderno de anotações secreto:

"Existem pessoas que parecem não ter capacidade de sentir qualquer coisa profunda e apaixonadamente. É uma espécie de impotência emocional, o que só é possível lamentar profundamente. Talvez haja mais gente assim nos dias de hoje do que em épocas passadas. Mas isso é só uma impressão; não há nada que o comprove, nenhum documento que o justifique. Contudo, se for verdade, deve-se, suponho, à nossa educação intelectualizante. É preciso possuir uma forte constituição emocional para ser capaz de suportá-la. E depois as pessoas vivem de maneira tão artificial que muitos dos instintos mais profundos raramente têm oportunidade de se manifestar. O medo, por exemplo, e todas as paixões desesperadas provocados pelo instinto de autopreservação diante do perigo ou do ódio. Milhares de pessoas civilizadas passam a vida condenadas à ignorância quase completa dessas emoções."

A srta. Thriplow traçou uma linha sob esse parágrafo e começou novamente, um pouco mais embaixo da página:

"Amar primitivamente, furiosamente. Não ser mais civilizado e sim selvagem. Não ser mais crítico e sim convictamente passional. Não ter mais uma mente dúbia e problemática e sim um corpo jovem e saudável, infalível e determinado nos seus desejos. A besta sabe de tudo, diz tio Yerochka em Tolstói. Tudo não. Mas sabe, de qualquer maneira, coisas que a mente não sabe. O espírito forte e completo deve conhecer o que sabe a besta, tanto quanto o que sabe a mente."

Escreveu em outra linha: "As mãos dele são fortes e firmes, e ao mesmo tempo tocam com muita suavidade. Seus lábios são macios. Onde o pescoço se une ao corpo, na frente, entre os dois grossos tendões, quando eles convergem para os ossos da clavícula, existe uma depressão audaciosamente marcada na carne, que parece ter sido feita pelo polegar de um deus artista, tal é a sua beleza. E tão belo...".

Ocorreu à srta. Thriplow que poderia escrever um excelente artigo sobre o tema da beleza masculina. No Cântico de Salomão ela é descrita com tanto lirismo quanto a feminina. É raro encontrar poetisas modernas que exprimam francamente sua admiração. Nos salões de Paris é o nu feminino que prevalece; o masculino é excepcional, e se for completo parecerá chocante. Como era diferente esse estado de coisas em Pompeia! A srta. Thriplow mordeu a ponta da caneta. Sim, decididamente daria um excelente artigo.

"A pele dele é branca e suave. Ele é tão forte! Seus olhos sonolentos às vezes parecem despertar, e então ele olha para mim de modo tão penetrante e exigente que chego a me assustar. Mas gosto de ser assustada — por ele."

Outra linha. A srta. Thriplow teria escrito mais sobre esse assunto, mas temia que alguém encontrasse seu caderno de anotações e o lesse. Não queria que isso acontecesse enquanto estivesse viva. Ela fez um asterisco ao lado da primeira anotação da noite. Na margem da folha em branco, do outro lado, rabiscou um sinal similar, indicando que o que iria escrever agora estava relacionado, como um apêndice ou corolário, ao que estava escrito na primeira nota.

"Certas pessoas incapazes de sentir profundamente estão convencidas, embora intelectualmente, de que devem fazê-lo. Acham que os mais primitivos possuem instintos formidáveis. Também querem tê-los. São os esnobes emocionais. Estou certa de que se trata de um novo tipo de pessoa. No século XVIII elas tentavam provar que eram racionais e educadas. No século XIX teve início o culto à emoção, que no século XX sofreu novo impulso com o bergsonismo e o rollandismo. Hoje está na moda ser exatamente o oposto do que se era no século XVIII. Por isso há pessoas impotentes que estimulam sua paixões com a cabeça. São os hipócritas do instinto, que em geral enganam parcialmente a si mesmos. Se são inteligentes, enganam completamente a todos, exceto aos mais observadores. Exercitam sua parte emocional muito mais do que aqueles que verdadeiramente sentem as emoções. É o paradoxo do ator de Diderot na vida real: quanto menos ele sente, melhor representa o sentimento. Mas, enquanto o ator representa no palco apenas para quem a ele assiste, as pessoas na vida real representam da mesma maneira, tanto para uma plateia externa quanto interna; pedem aplausos para si mesmas e, o que é pior, os recebem. Mas suponho que sempre com algumas reservas secretas. Que tipos curiosos! Conheço muitos exemplos deles."

A srta. Thriplow parou de escrever e pensou nos exemplos que conhecia. Era um número surpreendentemente grande. Em geral, todo ser humano vê nos outros suas próprias qualidades e fraquezas. É inevitável, já que os atributos mentais e morais de cada um são os únicos de que se tem alguma experiência pessoal. O homem que visualiza sua tábua de multiplicar numa imagem definida e fantástica acha que todos os demais devem fazer o mesmo; o músico não concebe uma mente que não seja receptiva à música. De modo similar, o ambicioso presume que todas as pessoas são movidas pelo seu próprio desejo de notoriedade e poder. O sensualista vê sensualidade em todo lugar. O homem mediano tem como certo que todos à sua volta são medianos. Mas não se deve pensar que o viciado, que vê sua própria fraqueza em todos os que o rodeiam, tolere, por isso, essa fraqueza. Raramente damos nomes específicos às nossas fraquezas e só temos consciência delas de maneira vaga e empírica. A nossa parte racional e educada condena o vício ao qual estamos congenitamente subjugados. Ao mesmo tempo, o conhecimento pessoal que temos dele, um conhecimento não racional ou intelectual, mas obscuro, prático e instintivo, tende a dirigir a atenção da parte mais superficial e educada da mente para as manifestações dessa determinada fraqueza, a fazer com que a mente detecte essas manifestações até quando elas não existem; e assim somos constantemente atingidos pelo espetáculo ridículo de um avarento condenando apaixonadamente a avareza em outros muito mais generosos do que ele; do lascivo acusando a lascívia; do usurário criticando a usura. A educação nos ensinou que essas fraquezas são censuráveis, mas o conhecimento pessoal e empírico provoca em nós um interesse especial por elas, fazendo-nos enxergar seus vestígios em todos os lugares.

Se era grande o número de amigos da srta. Thriplow que pertenciam ao tipo emocionalmente impotente, isso se devia à tendência da própria Mary Thriplow para essa fraqueza espiritual. Sendo por natureza mais perspicaz e autoanalítica do que a maioria dos homens e das mulheres que, indignados, condenam os próprios pecados arraigados, ela não deixava de perceber, ao criticar os outros, o defeito similar em si mesma. Não podia evitar a suspeita, ao ler Dostoiévski e Tchekhov, de que ela era organizada diferentemente daqueles russos. Parecia-lhe não sentir nada com tanta profundidade, com prazer ou sofrimento tão intrínsecos quanto eles. E mesmo antes de começar a ler os russos a srta. Thriplow chegara à dolorosa conclusão de que, se as irmãs Brontë eram emocionalmente normais, então ela devia ser anormal. E mesmo que as irmãs não fossem tão normais assim, mesmo que fossem febris, preferia ser como elas; pareciam-lhe admiráveis. Foi a consciência dessa anormalidade (que ela chegou a atribuir à falta de oportunidades causada por uma vida excessivamente protegida e artificial) que levou a srta. Thriplow a admirar tanto os sentimentos espontâneos. Simultaneamente, provocou-lhe desejos incontroláveis de abraçar todas as chances que se apresentassem para testar as suas reações. É a experiência que nos faz conscientes daquilo que somos; não fossem os contatos com o mundo exterior, não teríamos nenhuma emoção. Para poder conhecer o seu eu emocional latente, a srta. Thriplow desejava ter muitas experiências e estabelecer o máximo de contatos possíveis com a realidade exterior. Quando essa realidade tinha um caráter pouco comum e parecia ser particularmente fértil em revelações emocionais, ela a perseguia com uma ânsia especial. Dessa maneira, um envolvimento com Calamy lhe parecera repleto das possibilidades emocionais mais interessantes. Teria gostado dele mesmo que aquela sua sonolência não ocultasse fogos interiores. Mas a convicção de que havia alguma coisa "estranha", como dissera a sra. Aldwinkle, e perigosa naquele homem levou-a a imaginar, em cada estágio de sua intimidade, que gostasse dele mais do que realmente gostava. Ansiava por estágios mais avançados, na esperança de que, à medida que ele fosse se revelando, outras verdades mais amplas e interessantes de sua própria alma oculta estariam prontas para se mostrar. A srta. Thriplow fora recompensada. Calamy a assustara de verdade e já se revelara excitantemente brutal.

— Você me deixa tão exasperado — dissera ele — que sinto vontade de torcer o seu pescoço.

E houve momentos em que ela acreditou realmente que ele fosse matá-la. Era uma nova espécie de amor. Ela se entregava a esse amor com um fervor admirável. Era arrastada pela torrente de paixão; e durante o trajeto a srta. Thriplow ia anotando suas sensações, na esperança de que existissem outras ainda mais intensas a serem registradas no futuro.

CAPÍTULO 13

Deitado em sua cama, muito quieto, Calamy olhava para o alto, na escuridão. Estão ali, pensava ele; basta estender a mão e abrir essa cortina que os oculta; bem ali, acima de mim, pairam o grande segredo, a beleza, o mistério. Penetrar na profundidade desse mistério, fixar os olhos do espírito no seu brilho enigmático, ser absorvido pelo segredo até que seus símbolos cessem de ser opacos e a luz possa filtrar-se através deles — não há mais nada que importe na vida, ao menos para mim; não existe sossego ou possibilidade de me satisfazer com qualquer outra coisa.

Isso era óbvio para ele agora. E também era óbvio que não poderia fazer as duas coisas ao mesmo tempo; não podia repousar no silêncio que estava além do ruído fútil e do alvoroço — o silêncio mental que está além do corpo —; e não podia simultaneamente participar do tumulto. Se quisesse enxergar dentro das profundezas da mente não poderia sobrepor essa preocupação aos seus apetites corporais.

Ele aprendera isso muito bem e havia muito tempo; mesmo assim, seu estilo de vida não fora alterado. Sabia que devia mudar, fazer algo diferente, e ressentia-se profundamente desse conhecimento. Agia propositalmente contra ele. Em vez de se esforçar para afastar-se do ruído e do alvoroço, romper a escravidão e fazer o que profundamente sabia que devia ser feito, ele havia mais de uma vez estreitado deliberadamente suas amarras, quando elas pareciam a ponto de desatar-se. Ressentia-se dessa necessidade de mudança, mesmo que fosse uma necessidade imposta, não de fora, mas do que ele sabia ser a parte mais inteligente de seu próprio ser. Ele também tinha medo de que, se mudasse, pudesse se tornar ridículo. Não que desejasse viver como o fizera um ano atrás. A rotina monótona e fatigante do prazer tornara-se intolerável; rompera com ela definitivamente. Não, ele imaginava uma espécie de elegante acordo latino. O cultivo epicurista da mente e do corpo. Café da manhã às nove. Leitura séria das dez à uma. Almoço preparado por um excelente cozinheiro francês. À tarde, um passeio e uma conversa inteligente com amigos. Chá e pães de minuto com a mais adorável companhia feminina. Um jantar frugal, mas primoroso. Três horas de meditação sobre o Absoluto e depois, cama, não desacompanhado... Tudo isso soava encantador. Mas não daria certo. Para o vivenciador dessa perfeita Razão de Viver, o segredo, o mistério e a beleza, embora pudessem ser manipulados e estudados, recusavam-se a perder sua importância. Se quisesse realmente conhecê-los, seria preciso mais do que meditar sobre eles durante a noite, entre uma obra-prima do chef francês e o repouso noturno não desacompanhado. Nessas deliciosas circunstâncias latinas, o segredo, o mistério e a beleza seriam reduzidos a nada. Pensava-se neles apenas porque eram agradáveis para passar o tempo, mas não seriam mais importantes do que o chá com pães de minuto, o jantar vegetariano e o repouso amoroso. Se quisesse que fossem mais que isso, teria que se entregar absolutamente à sua contemplação. Não poderia haver qualquer outro compromisso.

Calamy sabia disso. Mas assim mesmo fizera amor com Mary Thriplow, não porque sentisse uma necessidade apaixonada e devastadora, mas porque ela lhe divertia, porque era bonita, seu ar de inocência irreal exasperava-lhe os sentidos, e mais que tudo porque ele sentia que um envolvimento com Mary Thriplow iria mantê-lo completamente ocupado, impedindo-o de pensar em qualquer outra coisa. Mas a beleza e o mistério continuavam presentes quando ele se deitava sozinho na escuridão. Permaneciam ali, e seu envolvimento com Mary Thriplow apenas adiava sua aproximação.

Lá embaixo, no vale, soou um relógio. O som o fez lembrar que prometera encontrá-la naquela noite. Pensou então no que aconteceria quando estivessem juntos, nos beijos, nas carícias dadas e recebidas. Com raiva, tentou desviar o pensamento para outros temas; tentou pensar no mistério e na beleza que flutuavam ali, acima dele, além da cortina de escuridão. Mas por mais veementemente que se esforçasse, as imagens de alcova retornavam à sua mente.

— Não quero ir — dizia consigo mesmo, mas sabendo que iria. Com extraordinária vividez imaginava-a deitada em seus braços, extenuada, lassa, trêmula, como se tivesse sido supliciada numa câmara de tortura. Sim, ele sabia que iria.

A ideia de tortura continuou a persegui-lo. Pensava naqueles pobres desgraçados que, acusados de bruxaria, admitiam depois de três dias de tormento que voavam soltos no vento, passavam pelos buracos de fechaduras, tomavam a forma de lobos e uniam-se aos íncubos; admitiam não apenas isso mas também, depois de mais uma hora de tortura, que tal homem, tal mulher ou tal criança também eram bruxos e servos do demônio. O espírito é forte, mas a carne é fraca. Fraca na dor, mas ainda mais, pensava ele, muito mais fraca no prazer. Porque sob os tormentos do prazer, que covardias, que traições, a si próprio ou aos outros, não eram cometidas! Com que facilidade se mentia e perjurava! Com que desembaraço, enfim, condenava-se os outros ao sofrimento! Com que servilismo rendiam-se a felicidade e quase a própria vida por um prolongamento da deliciosa tortura! A vergonha que surge depois é o ressentimento do espírito, é a tristeza indignada por tanto servilismo e humilhação.

Sob os tormentos do prazer, pensava ele, as mulheres são mais fracas do que os homens. Sua fraqueza exalta a força de seu amante, gratifica seu desejo de poder. Com alguém de seu sexo, o homem dará vazão à sede de poder infligindo sofrimento; mas, com uma mulher, fazendo-a gozar. O prazer de um amante está mais no tormento que ele inflige à mulher do que o que ele mesmo sente.

E já que o homem é mais forte, continuou a pensar Calamy, já que seu prazer nunca é tão aniquilante que ele não possa extrair outro maior do suplício de seu torturador, não seria por isso mais culpado por trair a confiança em si mesmo e nos outros sob a deliciosa tortura ou por desejar antecipá-la? O homem tem menos justificativas físicas para a fraqueza e a servidão. A mulher é por natureza feita para servir — ao amor e aos filhos. Mas de tempos em tempos nasce um homem que necessita ser livre. Para ele é uma desgraça sucumbir à tortura.

Se eu conseguisse me libertar, pensava ele, poderia fazer alguma coisa; nada útil, sem dúvida, no sentido comum, que seja particularmente proveitoso para os outros, mas algo que para mim seja da máxima importância. O mistério paira sobre mim. Se eu fosse livre, se tivesse tempo, se pudesse pensar, pensar, pensar e lentamente ir aprendendo a explorar os silêncios do espírito...

A imagem de Mary Thriplow estava novamente diante de seus olhos. Lânguida, ela repousava em seus braços, trêmula como se tivesse sido torturada. Ele fechou os olhos; balançou a cabeça com raiva. A imagem não o deixava. Se eu fosse livre, dizia a si mesmo, se eu fosse livre...

Finalmente saiu da cama e abriu a porta. O corredor estava claramente iluminado; uma lâmpada ficava acesa durante toda a noite. Calamy estava saindo do quarto quando ouviu outra porta mais adiante abrir-se com violência, e viu o mr. Falx, com as pernas finas e peludas à mostra sob a camisola, sair impetuosamente de seu quarto. Calamy escondeu-se no desvão escuro de sua porta. Com a fisionomia ansiosa e dilacerada de quem está sofrendo de cólicas, o mr. Falx passou depressa pelo corredor, sem olhar para os lados. Cruzou uma passagem poucos metros adiante e desapareceu; uma porta se fechou com estrépito. Fora de vista, Calamy saiu rápida e silenciosamente, abriu a quarta porta à esquerda e também desapareceu na escuridão. Pouco depois, o mr. Falx voltava, mais relaxado, ao seu quarto.

QUARTA PARTE

A viagem

CAPÍTULO 1

Fora de seu carro, lorde Hovenden era um ser inteiramente diferente daquele que se entregava langorosamente à direção do Vauxhall Velox. Meia hora ao vento estrondoso de sua própria velocidade transformava o moço acanhado e retraído num herói de sangue-frio, ousado, não apenas nas aventuras de estrada como nos desafios da vida. O vento levava em suas asas o acanhamento, a velocidade o intoxicava até ele se esquecer de si mesmo. Todas as suas vitórias tinham sido conquistadas dentro daquele carro. Fora nele, dezoito meses atrás, antes de ele atingir a maioridade, que se aventurara a pedir ao seu tutor um aumento de rendimentos; e aumentara sempre a velocidade, até que, simplesmente aterrorizado, o tutor concordou em atender-lhe o pedido. Fora também a bordo do Velox que ousara dizer à sra. Terebinth, dezessete anos mais velha do que ele, quatro filhos e esposa fiel, que ela era a mulher mais bonita do mundo; proclamara isso aos gritos, a noventa quilômetros por hora, na Great North Road. A setenta, setenta e cinco ou oitenta por hora sua coragem ainda era pequena para atingir o nível desejado de desembaraço; mas a noventa chegara ao ponto certo e lhe dissera. E, quando ela riu e lhe disse que era um rapaz impetuoso, ele não se sentiu nem um pouco embaraçado, mas riu também e pressionou um pouco mais o acelerador, até a agulha do velocímetro ultrapassar os noventa. Então gritou ao vento e acima do ruído do motor: "Mas eu a amo". Infelizmente, entretanto, logo depois o passeio terminou; mais cedo ou mais tarde, todos terminavam. O caso Terebinth não foi adiante. Se ao menos, suspirava lorde Hovenden pesaroso, pudesse passar a vida dentro do Velox... Mas o Velox também tinha desvantagens. Houve ocasiões em que o ego heroico, intoxicado pela velocidade, pegara de raspão um pedestre assustado. Certa vez, por exemplo, estando a setenta por hora, prometera levianamente a um de seus avançados companheiros políticos que faria um discurso num comício. A ideia, a setenta quilômetros por hora, parecera-lhe não apenas muito fácil como decididamente atraente. Mas que agonia, mais tarde em terra firme, depois que a viagem terminou! Como a promessa lhe parecia impossível de ser cumprida! Com que amargura ele se amaldiçoou pela tolice de ter aceitado o convite! No final, acabou por mandar um telegrama dizendo que seu médico lhe receitara inadiavelmente uma temporada no sul da França. Fugiu de maneira ignominiosa.

Até aquele dia o Velox continuara provocando nele o efeito de sempre. Em Vezza, quando partiram, ele era todo timidez e submissão. Concordava docilmente com tudo o que a sra. Aldwinkle dizia e tornava a dizer a cada cinco minutos, por mais contraditório e impossível que fosse. Não se aventurou a pedir que Irene fosse no seu carro; e não foi por sua iniciativa, mas por um mero capricho final da sra. Aldwinkle, um instante antes da partida, que finalmente ela se sentou ao lado dele, antes de cruzarem os portões do palácio. No banco de trás ia o mr. Falx sozinho, rodeado por malas. Lorde Hovenden chegara a prometer-lhe, embora não muito convicto, que não ultrapassaria sessenta quilômetros por hora. A subserviência do pedestre não poderia ser maior.

A limusine carregada da sra. Aldwinkle saiu na frente. A srta. Elver pedira, como um favor especial, para ir ao lado do motorista. Seu rosto irradiava uma felicidade absoluta e perfeita. Toda vez que o carro passava por alguém na estrada, ela fazia um ruído estridente com a voz e acenava o lenço. Por sorte não percebia os sentimentos de indignação e repulsa que sua conduta provocava no motorista; ele era inglês e enormemente formal, tinha que manter a reputação de sua nacionalidade e de seu carro impecável. E aquela criatura abanava lenços e gritava como se estivesse em um ônibus de excursão. A srta. Elver acenava até para vacas e cavalos, gritava até para gatos e galinhas.

Atrás estavam a sra. Aldwinkle, a sra. Chelifer, Chelifer e o mr. Cardan. Calamy e a srta. Thriplow decidiram que não tinham tempo para ir a Roma e ficaram no palácio — sem uma palavra de objeção da parte da sra. Aldwinkle. A paisagem movia-se suavemente pelas janelas do carro. Mr. Cardan e a sra. Chelifer conversavam sobre os jogos tradicionais.

Enquanto isso, alguns metros atrás, lorde Hovenden aspirava incomodado a poeira.

— Como o velho Ernest dirige absurdamente devagar! — disse à sua companheira.

— Tia Lilian não permite que ele vá a mais de quarenta quilômetros por hora — explicou Irene.

— Quarenta! — disse Hovenden, rindo com desdém. — E vamos ter que comer poeira atrás deles o tempo todo?

— Podemos ficar um pouco para trás — sugeriu Irene.

— Podemos ultrapassá-los.

— Bem... — disse Irene, duvidosa. — Não acho que devamos fazer a pobre tia Lilian comer a nossa poeira.

— Não será por muito tempo, se o velho Ernest continuar a quarenta por hora.

— Nesse caso — disse Irene, sentindo que sua dúvida em relação à tia estava solucionada —, nesse caso...

Lorde Hovenden acelerou. A estrada era larga, plana e reta. Não havia trânsito. Em dois minutos a sra. Aldwinkle tinha comido uma pequena, mas inevitável porção de poeira, e o ar estava novamente limpo. À frente, na estrada vazia, uma nuvem que diminuía rapidamente era tudo o que se podia ver do Velox de lorde Hovenden.

— Graças a Deus — estava ele dizendo, satisfeito. — Agora podemos continuar numa velocidade razoável. — Ele riu como um gigante jovem e extasiado.

Irene também achava excitante a velocidade. Sob a máscara de seda fina com grandes buracos para os olhos, seu pequeno lábio se ergueu num sorriso, deixando à mostra uma fileira de dentes brancos.

— É adorável! — disse ela.

— Que bom que você gosta — retrucou Hovenden. — É esplêndido!

Mas um tapinha em seu ombro lembrou-lhe que havia mais alguém no banco de trás. Mr. Falx estava longe de achar esplêndido o presente estado de coisas. Voando ao vento, sua barba branca sacudia e tremulava como uma coisa viva em estado de agitação terminal. Por trás dos óculos de proteção havia um olhar ansioso.

— Você não está correndo muito? — gritou ele, inclinando-se para o banco da frente de modo a se fazer ouvir.

— Nem um pouco — gritou Hovenden de volta. — É a velocidade normal. É perfeitamente seguro. — Seu lado pedestre jamais sonharia contrariar qualquer desejo do venerado mestre. Mas o jovem gigante sentado à direção do Velox não se importava com ninguém. Ele continuou à sua maneira.

Passaram pelos arredores pobres de Viareggio e depois pelos aromáticos pinheirais, soberbos em sua coloração verde-escura. Isolados na pradaria cercada por muralhas ameadas, a igreja branca, a torre de arcos branca, inclinada milagrosamente a ponto de quase cair, e o batistério circular branco pareciam, na solidão, meditar sobre as glórias ancestrais de Pisa — o domínio, as artes e o pensamento —, sobre os mistérios da religião, do destino inescrutável e o Ente Supremo, sobre a insignificância e a grandeza do homem.

— Por que diabos ela não cai — disse lorde Hovenden ao ver a torre inclinada — não posso imaginar.

Fora da cidade, passaram pela casa sobre a água onde Byron havia se entediado por uma eternidade de meses. Depois de Pontedera, a estrada se tornou mais desolada. Pela vastidão de colinas áridas e inférteis, cobertas por um capim amarelado nascido em solo branco e cadavérico, eles subiram para Volterra. A paisagem tomou então um aspecto infernal. O panorama de morros crestados e vales ressecados, como as ondulações de um oceano petrificado, estendia-se a perder de vista em toda a volta. E na crista da onda mais alta ficava Volterra, a capital desse estranho inferno. Três torres contra o céu, um domo, uma muralha inexpugnável, e do lado de fora da muralha, avançando inexoravelmente ano após ano em sua direção, o abismo voraz que abria caminho no flanco da montanha, devorando os trabalhos de civilização após civilização: tumbas etruscas, vilas romanas, fortalezas medievais, igrejas renascentistas e as construções de ontem.

— A vida numa cidade como esta deve ser bem calma — disse Hovenden, entrando em alta velocidade nas curvas fechadas com um virtuosismo tranquilo que apavorava o mr. Falx.

— Imagine ter nascido neste lugar — disse Irene.

— Bem, se nós dois tivéssemos nascido aqui — retrucou lorde Hovenden, corado pela insolência e pela velocidade, — não teria sido tão mau.

Volterra ficou para trás. A paisagem infernal foi sendo temperada gradualmente por uma vegetação mais terrena. Eles desceram pela rua íngreme de Colle. Os campos estavam agora completamente verdes. As montanhas tinham o solo tão vermelho quanto aquele do qual Deus fez Adão. Nas campinas cresciam fileiras de álamos, de cujos galhos retorcidos pendiam parreiras. Aqui e ali, por entre as árvores, arrastava-se pesadamente uma parelha de bois puxando um arado.

— Para variar, uma boa estrada — disse lorde Hovenden.

Numa reta eles atingiram noventa quilômetros por hora. A barba do mr. Falx debatia-se e contorcia-se como os movimentos agoniados de um animal capturado. Foi com imenso alívio que ele viu o carro parar diante do hotel em Siena.

— Que máquina maravilhosa, não acha? — perguntou-lhe Hovenden enquanto esperava na recepção do hotel.

— Você corre demais — disse severamente o mr. Falx.

A fisionomia de lorde Hovenden murchou.

— Sinto imensamente — desculpou-se. O gigante dera lugar ao pedestre submisso. Ele consultou o relógio. — Os outros não chegarão antes de uma hora, acho — acrescentou, na esperança de apaziguar a ira do mr. Falx.

Não conseguiu; e na hora de pegarem a estrada para Perugia, depois do almoço, o mr. Falx expressou indubitável preferência por um espaço na limusine da sra. Aldwinkle. Decidiu-se que trocaria de lugar com a srta. Elver.

A srta. Elver não tinha nenhuma objeção à velocidade; na verdade, a excitava. Quanto mais rápido, mais estridentes eram seus gritos de saudação e adeus, mais animada ela acenava com o lenço à passagem de cães e crianças. O único problema era que o vento forte arrancava os lenços de seus dedos e os carregava irrecuperavelmente para o espaço. Depois de perder os quatro que tinha em sua bolsinha de renda, ela começou a chorar. Lorde Hovenden parou o carro e emprestou-lhe sua echarpe de seda colorida. A srta. Elver ficou encantada com sua beleza vistosa; para assegurar-se contra os assaltos do vento larápio, pediu a Irene que amarrasse uma ponta em torno de seu pulso.

— Agora não há mais perigo — disse, triunfante; ergueu os olhos arregalados e enxugou os últimos resquícios de seu recente pesar.

Lorde Hovenden acelerou. Acima da linha do horizonte do platô no qual viajavam, elevava-se o solitário e azulado monte Amiata, que lhes acenava a distância. Seguindo para o sul, tornavam-se mais longos os chifres dos bois brancos atrelados a carretas. Com um espirro deles, corria-se o risco de sofrer uma perfuração;

com um súbito arremesso das cabeças para o lado, podia-se ser empalado pelas pontas duras e polidas. O carro passava por San Quirico; daquele jardim secreto e melancólico, cercado pelas muralhas da cidadela arruinada, chegou até eles o cheiro de madeira aquecida pelo sol. Em Pienza tiveram a ideia platônica de cidade; cidade com "C" maiúsculo: muros com um portão no meio, uma rua curta, uma praça com catedral e palácios nos outros três lados, outra rua curta, outro portão e então os campos, ricos em milho, vinho e azeite; o pico do monte Amiata encimava as terras férteis. Em Montepulciano, mais palácios e mais igrejas; mas a beleza intelectual da simetria foi substituída por uma confusão pitoresca e precipitada.

— Céus! — exclamou lorde Hovenden enquanto deslizavam em marcha lenta por uma rua planejada para mulas e burros de carga.

Das janelas dos palácios, com frontões triangulares entre pilastras, rostos curiosos os espiavam. Eles desceram deslizando por entre a alta Renascença, passaram por um arco medieval e entraram pelos campos eternos e atemporais. De Montepulciano continuaram descendo para o lago Trasimeno.

— Não foi aqui que aconteceu uma batalha ou algo parecido? — perguntou Irene, ao ver o nome no mapa.

Lorde Hovenden parecia se lembrar de que acontecera de fato algo desse tipo nas vizinhanças.

— Mas não faz muita diferença, faz?

Irene assentiu; certamente não fazia muita diferença.

— Nada faz diferença — disse lorde Hovenden com alguma dificuldade ao vento, cuja velocidade atingia sessenta quilômetros por hora. — A não ser — o vento o encorajava —, a não ser você. — E acrescentou rapidamente, caso Irene tentasse ser severa: — Essas estradas cheias de curvas são muito aborrecidas. Não se pode ir mais depressa.

No entanto, quando a estrada voltou a ficar plana, ao contornar a margem leste do lago, o rosto dele brilhou.

— É melhor assim — disse. O vento em seu rosto transformara-se de lufada em quase ventania, de quase ventania em verdadeira ventania, de verdadeira ventania em quase vendaval. A animação de lorde Hovenden crescia com a velocidade. Seus lábios exibiam um sorriso permanente de euforia. Por trás das lentes dos óculos de proteção, seus olhos brilhavam. — Assim é que é bom! — exclamou ele.

— Muito bom — ecoou Irene. Sob a máscara, ela também sorria. Entre as orelhas e as abas do boné de couro, o vento rugia gloriosamente. Ela estava feliz.

A estrada virava para a esquerda e contornava agora a margem sul do lago.

— Logo estaremos em Perugia — disse Hovenden com tristeza. — Que pena!

E Irene, mesmo sem dizer nada, concordou com ele.

Seguiram com o vento em seus rostos. A estrada se bifurcou; lorde Hovenden virou o bico do automóvel para a esquerda. Não se via mais a água azulada do lago.

— Adeus, Trasimeno — disse Irene, pesarosa. Era um lago adorável; não iria mais se esquecer do que acontecera lá.

A estrada subia em curvas e a ventania foi reduzida à metade. No alto da montanha, Irene se surpreendeu ao avistar o lago cem ou duzentos metros abaixo, à esquerda. A srta. Elver gritava e aplaudia a vista maravilhosa.

— Ei — disse Irene, surpresa, — é estranho, não é?

— Pegamos a estrada errada — explicou lorde Hovenden. — Estamos voltando para o norte, pela margem leste do lago. Prefiro dar a volta novamente. É melhor do que parar e voltar.

Foram em frente. Por um longo tempo ninguém disse nada. No banco de trás, a srta. Elver saudava qualquer criatura viva que passasse.

Eles estavam esfuziantes; gostariam de permanecer assim eternamente, viajando em alta velocidade. Na margem norte do lago, a estrada se estreitou e ficou novamente plana. O vento os refrescava.

Ao longe, em suas respectivas montanhas, Cortona e Montepulciano moviam-se lentamente como as estrelas. E agora eles estavam na margem oeste. Empoleirada em sua península projetada, Castiglione del Lago lançava complacente o seu reflexo na água.

— Muito bonito — gritou lorde Hovenden nas asas do vendaval. — A propósito, não foi Aníbal ou algum outro que travou uma batalha por aqui? Com elefantes ou algo parecido?

— Talvez tenha sido — disse Irene.

— Não que isso tenha alguma importância.

— Não tem importância. — Irene riu sob a máscara.

Hovenden também riu. Ele estava feliz, estava esfuziante, estava ousado.

— Você se casaria comigo? — A pergunta surgiu naturalmente, como por uma espécie de lógica do que ele dissera sobre Aníbal e os elefantes. Não olhou para ela ao fazer a pergunta. Quando se está entre cem e cento e dez por hora, não se pode tirar os olhos da estrada.

— Não diga bobagens — disse Irene.

— Não é bobagem — protestou lorde Hovenden. — É só uma pergunta direta. Quer se casar comigo?

— Não.

— Por quê?

— Eu não sei — disse Irene.

Passaram por Castiglione. As estradas de Montepulciano e Cortona também tinham ficado para trás.

— Não gosta de mim? — gritou Hovenden. O vento voltara a transformar-se em vendaval.

— Você sabe que sim.

— Então, por que não?

— Porque, porque... Ora, eu não sei. Quer parar de falar sobre isso?

O automóvel corria. Mais uma vez eles estavam na margem sul. Pouco antes da bifurcação, lorde Hovenden quebrou o silêncio.

— Quer se casar comigo? — perguntou.

— Não — disse Irene.

Lorde Hovenden virou a direção para a esquerda. A estrada subia em curvas e o vento amainou.

— Pare — disse Irene. — Você entrou novamente na estrada errada.

Lorde Hovenden não parou. Ao contrário, acelerou mais. Se o carro conseguia fazer as curvas era mais por milagre do que em obediência às leis de Newton ou da natureza.

— Pare! — gritou outra vez Irene.

Mas o carro não parou. Do alto da montanha, novamente o lago.

— Quer se casar comigo? — insistiu lorde Hovenden, com os olhos fixos na estrada. Arrebatadoramente, triunfantemente, ele sorria. Jamais se sentira tão bem, tão corajoso, tão forte e poderoso. — Vai se casar comigo?

— Não — disse Irene. Aquilo começava a aborrecê-la. Ele estava se comportando muito mal.

Por alguns minutos ninguém disse nada. Em Castiglione del Lago ele repetiu a pergunta. Irene deu a mesma resposta.

— Você não vai usar outra vez esse truque sem graça, vai? — perguntou ela, ao aproximarem-se da bifurcação.

— Depende de você — disse ele, desta vez com uma risada contagiante, e Irene, cuja irritação era apenas superficial diante de tanta felicidade, riu também. — Vai se casar comigo? — insistiu.

— Não.

Lorde Hovenden virou para a esquerda.

— Será bem tarde quando chegarmos a Perugia — disse.

— Ooohh! — gritou a srta. Elver, quando atingiram o topo da montanha. — Que lindo! — ela aplaudiu. E então, aproximando--se do banco da frente, tocou o ombro de Irene. — Quantos lagos existem por aqui!

Na margem norte, lorde Hovenden voltou a perguntar. Cortona e Montepulciano reinavam no momento da pergunta.

— Não entendo por que tenho de ser provocada — disse Irene.

Lorde Hovenden achou essa resposta mais promissora do que as anteriores.

— Mas você não está sendo provocada.

— Estou — insistiu ela. — Você está me forçando a responder sem pensar.

— Francamente — disse Hovenden. — Acho isso um tanto exagerado. Forçando você a responder sem pensar! Pois é exatamente isso o que não estou fazendo. Estou lhe dando tempo demais até. Passaremos a noite dando voltas nesse lago, se quiser.

A quinhentos metros da bifurcação, ele fez novamente a pergunta.

— Você é um bruto — disse Irene.

— Isso não é resposta.

— Não quero responder.

— Não precisa ser agora, se não quiser — concedeu ele. — Só quero que diga que vai pensar no assunto. Diga apenas talvez.

— Não quero — insistiu Irene. Eles estavam muito próximos agora da bifurcação.

— Somente talvez. Diga que vai pensar.

— Bem, vou pensar — disse Irene. — Mas lembre-se, isso não me obriga...

Ela não terminou a frase, porque o carro, que já estava entrando à esquerda, deu uma guinada para a direita tão inesperada que Irene teve que se agarrar ao banco para não ser atirada para fora.

— Meu Deus!

— Está tudo bem — disse lorde Hovenden.

Eles iam mais devagar agora na estrada da direita. Dez minutos depois, do alto de um pequeno desfiladeiro, avistaram Perugia em sua montanha, resplandecente à luz do sol. Quando chegaram ao hotel, o resto do grupo já estava lá.

— Erramos o caminho — explicou lorde Hovenden. — A propósito — acrescentou, dirigindo-se ao mr. Cardan — , aquele lago por onde passamos, não foi lá que Aníbal...

— Tantos lagos — dizia a srta. Elver à sra. Chelifer. — São tantos!

— É apenas um, minha querida — insistiu pacientemente a sra. Chelifer.

Mas a srta. Elver não ouvia.

— Muitos, muitos...

A sra. Chelifer suspirou compassivamente.

Antes do jantar Irene e lorde Hovenden foram andar pela cidade. Grandes casas de pedra curvavam-se à sua passagem. O sol já estava tão baixo que somente as janelas mais altas, os telhados e as cornijas recebiam luz. A sombra cinzenta da Terra acercava-se de seus flancos, mas no alto uma luminosidade coral e dourada ainda os envolvia.

— Gosto deste lugar — disse lorde Hovenden. Nas circunstâncias ele teria gostado igualmente de Wigan ou Pittsburg.

— Eu também — concordou Irene. Pela abertura retangular dos cabelos, ela sorria, feliz como uma criança.

Da parte plana da cidade eles entraram em um labirinto de becos íngremes, de passagens e escadarias tortuosas, atrás da catedral. As casas altas, construídas sem nenhum critério nas encostas, pareciam trepar uma nas outras como se fossem partes de uma imensa e fantástica construção para a qual os becos serviam de corredores. Uma rua estreita penetrava por entre as casas, um longo túnel escuro, e se alargava numa pequena área, semelhante a um pátio a céu aberto. Das portas abertas, no alto das escadarias, viam-se, sob as luzes acesas, as famílias sentadas em volta de uma terrina de sopa. Essa rua se transformava em degraus que desembocavam em outro túnel, este muito animado e iluminado pelas luzes de uma taberna. Da boca dessa caverna sentia-se o aroma do vinho e ouviam-se vozes e risadas reverberantes.

E então, ao sair desse túnel, eles estavam sobre um declive escarpado, aberto para a imensa expansão do céu noturno, festonado com as silhuetas azuladas das montanhas sob a lua cheia, já alta, reinando serena e solene sobre a paisagem. Debruçados no parapeito eles olharam lá embaixo os telhados das casas que ficavam do outro lado da cidade, centenas de metros abaixo. As cores do dia disputavam com a escuridão, mas a municipalidade generosa já adornara as ruas com luzes coloridas. Um cheiro suave de madeira queimando e de fritura inundava sutilmente o ar. O silêncio era tão vasto, tão superior e abrangente que os ruídos da cidade, assim como tantos objetos aparentemente pequenos e indistintos espalhados pela pradaria, de nada serviam senão para intensificar aquele silêncio e tornar o ouvinte mais consciente de sua imensidão, em contraste com o trivial matraquear da cidade.

— Gosto deste lugar — repetiu Hovenden.

Durante longo tempo eles ficaram ali, debruçados sobre o parapeito, sem dizer nada.

— Preciso lhe dizer — ele voltou para a companheira seu rosto, que recuperara a timidez e a autodepreciação do pedestre — que estou muito envergonhado por ter cometido aquela imbecilidade de ficar dando voltas no lago. — O jovem gigante que se sentava à direção do Velox tinha se recolhido à garagem juntamente com a máquina. E deixara em seu lugar um Hovenden muito menos formidável para dar continuidade à campanha magistralmente iniciada. A lua, a mágica beleza daquela que o olhava tão pensativa por entre a fresta de seus grossos cabelos, o perfume da madeira queimando e das costeletas fritas, tudo influenciava e conspirava para abrandar a exultação de lorde Hovenden, transformando-a numa suave e açucarada melancolia. Seu comportamento anterior parecia-lhe agora, nesse estado de ânimo alterado, repreensivelmente violento. Ela o perdoaria por aquilo? A autorreprovação o atormentava. A única saída era implorar que o perdoasse.

— Estou profundamente arrependido.

— É mesmo? — Uma fileira de pequenos dentes brancos brilhou sob o lábio erguido; os olhos infantis e incrivelmente abertos fulguravam de felicidade. — Pois eu não estou. Não me importei nem um pouco.

Lorde Hovenden pegou a mão de Irene.

— Não mesmo? Nem um pouquinho?

Ela balançou a cabeça.

— Lembra-se daquele dia sob as oliveiras? — perguntou.

— Comportei-me como um bruto.

— E eu como uma tola — disse Irene. — Mas agora sinto-me outra pessoa.

— Está querendo me dizer que...

Ela concordou. Eles voltaram para o hotel de mãos dadas. Hovenden não parou de falar e rir durante todo o caminho. Irene ficou em silêncio. O beijo também a deixara feliz, mas de um jeito diferente.

CAPÍTULO 2

Tempo e espaço, mente e matéria, sujeito e objeto — tudo se misturou inextricavelmente nas estradas de Roma, no dia seguinte. O viajante menos esclarecido que se imaginasse indo da Úmbria ao Lácio sentir-se-ia ao mesmo tempo despencando numa montanha-russa pelos períodos da história, rolando desengrenado pelos sistemas de política econômica, escalando as alturas da filosofia e da religião, zunindo de uma estética à outra. As dimensões se multiplicavam ao infinito, e a máquina, que parecia deslizar suavemente pela estrada, ia, na verdade, tão veloz quanto podiam suportar seus quarenta cavalos, enquanto as mentes humanas a bordo seguiam por uma variedade de outras estradas, simultaneamente e em todas as direções.

A manhã estava clara quando eles saíram de Perugia. No céu azul de Subásio flutuavam grandes nuvens brancas. Desceram em silêncio a estrada cheia de curvas. Ao pé da montanha, protegidos da luz do sol no delicioso frescor da redoma familiar, os obesos Volumni inclinavam-se sobre a tampa de suas panelas de mármore, como se estivessem deitados em divãs ao redor da mesa de jantar. Numa eterna antecipação da próxima e suculenta refeição, eles riam, e não paravam nunca de rir. Gostamos da vida, pareciam dizer, e encaramos destemidamente a morte: a ideia da morte é apenas o tempero que torna os nossos vinte e cinco mil jantares nesta terra muito mais apetitosos.

Alguns quilômetros adiante, em Assis, a múmia de uma santa repousava numa caixa de vidro ricamente iluminada por luzes indiretas. Pense na morte, dizia a santa, pondere incessantemente sobre o declínio de todas as coisas, a transitoriedade desta vida sublunar. Pense, pense; e no final a vida perderá todo o seu sabor; será corrompida pela morte; a carne parecerá uma vergonha e uma desgraça. Pense na morte com força suficiente e conseguirá negar a beleza e a santidade da vida. E, na verdade, a múmia foi outrora uma freira.

— Quando Goethe veio para Assis — disse o mr. Cardan, ao saírem da câmara mortuária de santa Clara —, a única coisa pela qual se interessou foi o pórtico de um templo romano de segunda categoria. Ele não deve ter sido tão tolo quanto pensamos.

— Um ótimo lugar para o jogo de *halma*[24] — disse Chelifer, quando entraram no Teatro Metastasio.

Naquele palco rococó, a arte deveria adorar a si mesma. Em todos os lugares agora, durante os últimos duzentos anos ou mais, ela vinha se adorando.

Mas nas duas igrejas superpostas de são Francisco, Giotto e Cimabue mostravam aquela arte que um dia adorou outra coisa além de si mesma. Lá, a arte serve à religião — ou, como diriam os psicanalistas de uma maneira mais científica, o erotismo anal é sempre concomitante à homossexualidade incestuosa.

— Eu me pergunto — disse o mr. Cardan, pensativo — se São Francisco realmente conseguiu tornar a pobreza tão digna, atraente e encantadora quanto fizeram parecer. Conheço muito poucos pobres hoje em dia que tenham uma aparência graciosa. — Ele olhou para a srta. Elver, que andava bamboleando pela rua como um pássaro aquático em terra firme, um pouco à sua frente. Uma ponta da vistosa echarpe de lorde Hovenden se arrastava pelo chão; a outra ponta estava amarrada em seu pulso, e ela parecia totalmente alheia a isso. Vinte e cinco mil libras, pensava o mr. Cardan, suspirando. são Francisco, Gautama Buda, todos eles tinham administrado seus

24. Espécie de jogo de xadrez. (N. E.)

interesses de modo muito diferente. Mas nos dias de hoje era difícil mendigar e manter algum grau de dignidade.

Eles entraram nos carros; acenando a echarpe vermelha, a srta. Elver dava adeus aos santos que pensaram tanto na morte que foram obrigados a mortificar suas vidas. Em suas frescas redomas os obesos Volumni sorriam desdenhosamente. Nós não pensamos na morte, geramos nossos filhos, multiplicamos nossos rebanhos e nossos acres, glorificamos a vida... Lorde Hovenden acelerou; as duas sabedorias, a lei nova e a antiga se distanciaram.

Spello desceu a montanha para vê-los passar. Em Foligno era dia de feira. Havia tanta gente na estrada que a srta. Elver ficou exausta de tanto acenar. Trevi, em sua colina cônica, era como uma cidade desenhada num livro ilustrado. Ao lado da estrada, na planície, havia fábricas; as altas chaminés copiavam as delgadas torres dos castelos empoleirados nas encostas. Nestes tempos mais seguros e civilizados, os assaltantes descem de seus esconderijos nas montanhas e constroem torres de observação na planície. Os carros passavam diante do progresso; o progresso de um quilômetro por minuto. E então o milagre sereno e reluzente do Clitumnus surgiu à direita deles. O sagrado manancial descia pelo flanco da montanha e se transformava no grande lago. Suas margens verdejantes lembravam os gramados ingleses. No meio dele, ilhas cobertas pela vegetação; os salgueiros curvados sobre a água e as pequenas pontes transformavam o sítio romano na paisagem original de onde um artista chinês teria desenhado o seu primeiro salgueiro.

— Mais um lago — gritou a srta. Elver.

Em Espoleto eles pararam para o almoço e pelos afrescos de Filippo Lippi, um artista que a sra. Aldwinkle admirava muito pela sua coragem, embora fosse monge, de fugir com uma jovem interna num convento. A abside sombria era suavizada pelas formas piedosas e elegantes, pelas cores claras e puras. O erotismo anal servia ainda à homossexualidade incestuosa, mas não exclusivamente. Havia naquelas formas brilhantes mais do que uma insinuação ao erotismo anal pelo erotismo anal. Mas o desenhista daquele vestíbulo do *cinquecento* romano, na extremidade oeste da igreja, certamente era um coprófilo dos mais puros e autênticos. Como é encantadora a filosofia divina! Astrologia, alquimia, frenologia e magnetismo animal, os raios-N, ectoplasmas e os cavalos calculadores de Elberfeld — todos tiveram a sua vez e passaram. Não se deve sentir falta deles; porque podemos nos orgulhar de uma ciência tão ricamente popular, tão fácil e todo explicativa como sempre o foram a frenologia e a magia. Gall e Mesmer cederam lugar a Freud. Filippo Lippi teve uma vez uma possível tendência para o erotismo anal. Quem ousará duvidar de que a inteligência humana possa progredir ainda mais? Daqui a cinquenta anos, qual será a interpretação corrente de Filippo Lippi? Algo mais profundo, mais fundamental até que os excrementos e o incesto infantil; disso se pode ter certeza. Mas o quê, precisamente o quê, só Deus sabe. Como é encantadora a filosofia divina!

— Gosto dessas pinturas — sussurrou lorde Hovenden no ouvido de Irene.

Partiram novamente. Pelo desfiladeiro de Somma, e depois pela longa e sinuosa garganta até Terni.

Atravessaram a planície (em toda a volta, as montanhas denteadas brilhavam) e então subiram para Narni, precariamente pendurada à beira de seu vale profundo; por fim chegaram às colinas Sabinas.

Ah, as Sabinas! Com que força esse simples nome desviava o carro de seu curso! *Eheu, fugaces,* como os dias são curtos — não foram essas palavras ditas pela primeira vez, com elegância, numa fazenda sabina? E as mulheres sabinas! Somente Rubens sabia como elas eram e de que forma deviam ser raptadas. Grandes e loiras! Com túnicas acetinadas e pérolas! E os raptores romanos tinham a pele tão bronzeada quanto a dos indianos. Seus músculos palpitavam; seus olhos e suas armaduras polidas reluziam. Montados em seus tordilhos mergulhavam com frenesi no mar espumante de carne feminina, espirrando e ondulando ao seu redor. A própria arquitetura tornou-se tumultuada e orgiástica. Esses foram os grandes e velhos tempos. Subindo para Narni, eles entravam no cerne dessa era.

Mas outros artistas além de Peter Paul passaram por ali. Ele pintou apenas o nome Sabina; os outros, o cenário. Um velho pastor, extraviado de uma das ruínas de Piranesi, observava-os de uma pedra, curvado sobre seu bastão. Um rebanho de cabras ruminando à sombra de um carvalho, as barbichas negras e os chifres retorcidos delineados contra o fundo azul, agrupava-se profissionalmente — bons animais, tinham estudado a arte da composição pictórica com os melhores mestres —, aguardando a chegada da Rosa de Tívoli. E o mesmo holandês italianizado foi certamente o responsável pelas ovelhas empoeiradas, os cães, os meninos segurando bastões, e por aquele pastor vestido como um caprípede, com seu calção de pele, montado num pequeno burro cuja pequenez contribuía para dignificar a imponente figura de seu cavaleiro. Mas os holandeses e flamengos não foram os únicos pintores estrangeiros desse cenário italiano. Havia árvores, clareiras abertas nos bosques, havia rochas que por direito de conquista pertenciam a Nicolas Poussin. Fechando-se um pouco os olhos, a pedra cinzenta se transformava num sepulcro em ruínas: *Et ego in Arcadia*...; a aldeia ao longe, no alto da colina do outro lado do vale, flores no meio de uma cidadezinha de colunatas e cúpulas e arcos triunfais, e os camponeses que trabalham os campos são habitantes de uma Arcádia transcendental, séria e soberbamente engajada em perseguir a Verdade, o racionalmente Bom e Belo. Tudo isso em primeiro e médio planos. Mas de repente, do alto de uma longa descida, um remoto e vasto último plano do mundo ideal de Poussin se revela: o vale do Tibre, a planície interrompida da Campagna e, no meio, fantástico e improvável, o cone solitário do monte Soratte, difuso e azulado contra o fundo azul do céu.

CAPÍTULO 3

Das alturas do Pincio, o mr. Falx descreveu a cidade que se estendia larga a seus pés.

— Deslumbrante, não é? — dissera a sra. Aldwinkle. Roma era uma de suas propriedades privadas.

— Mas cada uma daquelas pedras — protestou o mr. Falx — erguida pelo trabalho escravo. Cada uma delas! Milhões de desgraçados suaram, dobraram-se e morreram ali — sua voz ia crescendo, a linguagem se tornava mais rica, ele gesticulava como se estivesse diante de um grande público — para que os palácios, as imponentes igrejas, os foros, os anfiteatros e todas as imensas cloacas pudessem existir para gratificar seus olhos desocupados. Será que valeu a pena?, pergunto. Será que a gratificação momentânea de alguns ociosos justifica a opressão secular de milhões de seres humanos, seus irmãos e semelhantes aos olhos de Deus? Valeu a pena?, insisto. Não, milhares de vezes não — com o punho direito, o mr. Falx golpeava a palma de sua mão esquerda. — Não!

— Mas o senhor se esquece — disse o mr. Cardan — de que existe uma coisa chamada hierarquia natural. — Essas palavras o fizeram lembrar-se de outra coisa. Ele olhou em volta. Numa das pequenas mesas agrupadas ao redor de um coreto, do outro lado da rua, a srta. Elver, vestida com sua tapeçaria florida em forma de saco, comia bombas de chocolate e merengues, desleixadamente, com uma expressão de êxtase no rosto lambuzado de creme. O mr. Cardan desviou o olhar e continuou: — Existem alguns poucos britânicos escolhidos que nunca, nunca se deixariam escravizar, e uma grande maioria que não só se escravizou como ficaria completamente perdida se fosse livre, não é assim?

— É capcioso — disse severamente o mr. Falx. — Mas esse argumento justifica a opressão de milhares de seres humanos em nome de algumas obras de arte? Quantos milhares de trabalhadores e suas famílias levaram uma vida degradante para que a Capela de São Pedro existisse?

— Bem, a Capela de São Pedro nem é tão artística assim — disse a sra. Aldwinkle com desdém, sentindo que marcara um ponto decisivo na discussão.

— Em se tratando de vidas degradantes — acrescentou Chelifer —, prefiro protestar em favor das classes médias, mais do que pelos trabalhadores. Materialmente, talvez, elas vivam um pouco melhor; mas moral e espiritualmente, asseguro-lhes, colocam-se no próprio âmago da realidade. Do ponto de vista intelectual, é claro, não diferem muito dos trabalhadores. Todos, menos uma minoria insignificante e excêntrica de ambas as classes, pertencem às três categorias inferiores de Galton. Mas moral e espiritualmente estão em muito pior situação; sofrem de um maior respeito pela opinião pública, são torturados pelo esnobismo, vivem eternamente cercados de medo e ódio. Se os trabalhadores temem perder seus empregos, o mesmo ocorre com os burgueses, e quase com mais motivos — porque têm mais a perder, o tombo pode ser muito maior. Despencam de um precário paraíso de civilidade para os abismos da pobreza desassistida, para os asilos atulhados e os centros de colocação de mão de obra. Imaginem o medo em que vivem essas pessoas! Quanto ao ódio, pode-se falar daquele do proletariado pela burguesia, mas que não é nada, asseguro-lhes, diante do ódio que a burguesia sente pelo proletariado. O burguês tem repugnância pelo trabalhador, porque o teme; apavora-se diante de uma revolução que possa empurrá-lo de seu paraíso para o inferno. É com inveja e ressentimento que o burguês vê a mais leve melhora na vida do trabalhador. Parece-lhe que ela acontece sempre à sua custa. Durante a guerra e no período de prosperidade imediatamente posterior, quando pela primeira vez na história os trabalhadores receberam salários que lhes permitiam viver mais próximo do conforto, vocês se lembram com que fúria, com que transbordamento de ódio a classe média denunciou os excessos libertinos dos pobres ociosos? Ora, aqueles monstros chegaram a comprar pianos, pianos! Mas depois os pianos foram todos vendidos. Toda a mobília desnecessária teve o mesmo destino de tudo o que era supérfluo. Até os casacos de inverno foram penhorados. O burguês, embora também viva tempos difíceis, sente-se mais feliz; está vingado. Hoje ele pode viver numa tranquilidade relativa. Mas que vida! Vive para suas luxúrias, mas timidamente e de maneira convencional; as diversões lhe são proporcionadas pelas empresas. Não tem religião, mas grande respeito pelas convenções mais refinadas, que não possuem sequer a justificativa de uma origem divina. Ele ouve falar em arte e filosofia e respeita ambas, porque são respeitadas pelas melhores pessoas; mas sua capacidade intelectual e a falta de educação não lhe permitem extrair delas nenhuma satisfação real. Por isso ele é mais pobre do que um selvagem, pois se este nunca ouviu falar em arte ou filosofia tem ao menos a religião e as tradições culturais. A vida de um animal selvagem possui certa dignidade e beleza; só é degradante a vida de um animal domesticado. É por esse motivo — acrescentou Chelifer — que se alguém verdadeiramente deseja viver no coração da realidade humana tem que fazê-lo no meio da burguesia. Em pouco tempo, contudo, não será mais necessário estabelecer diferenças injustas entre as classes, porque logo todos serão burgueses. No passado, o charme das classes trabalhadoras consistia no fato de elas serem compostas de animais humanos em estado de relativa selvageria. Eles tinham a sabedoria e as superstições tradicionais; possuíam seus próprios divertimentos antigos e simbólicos. Minha mãe pode falar melhor sobre isso — acrescentou, como um parêntese. — É compreensível que Tolstói tenha preferido os camponeses russos a seus amigos ricos e letrados; os camponeses eram selvagens, e os outros, embora no fundo fossem igualmente rudes, eram degradantemente domesticados. Mais que isso, eram bichinhos de estimação de uma casta absolutamente inútil. Os camponeses, ao menos, faziam alguma coisa para justificar sua existência. Em outros países da Europa e do Novo Mundo, essa classe está desaparecendo rapidamente. Os jornais e o rádio estão domesticando a todos com uma velocidade vertiginosa. Na Inglaterra de hoje é possível andar por muito tempo sem encontrar um único ser humano genuinamente selvagem. Mesmo assim eles continuam existindo no campo e nas partes mais fétidas das cidades. É por isso, repito, que é preciso viver entre a burguesia suburbana. Os degradados e domesticados são, hoje em dia, os únicos animais humanos autênticos; eles herdarão a terra nas próximas gerações; são a característica da realidade moderna. Não existem mais selvagens; é ridículo querer ser tolstoiano nos dias de hoje, na Europa ocidental. E quanto aos homens e mulheres genuínas, em oposição aos animais humanos, selvagens ou domesticados, são tão excepcionais que não se pode sequer considerá-los. Aquela cúpula — ele apontou a silhueta da Capela de São Pedro acima das casas, do outro lado da cidade — foi desenhada por Michelangelo. Mas o que tem ela, ou mesmo ele, a ver conosco?

— Blasfêmia! — gritou a sra. Aldwinkle, lançando-se em defesa de Buonarrotti.

O mr. Falx retomou seu antigo ressentimento:

— A maligna natureza humana! — disse.

— Tudo isso é verdade, e bastante óbvio — foi o comentário do mr. Cardan. — Mas não entendo por que não podemos nos entreter com Michelangelo se assim o quisermos. Deus sabe quanto é difícil a um homem adaptar-se às circunstâncias; por que privá-lo de seus pequenos auxílios nessa difícil tarefa? Como o vinho, por exemplo, a leitura, o cigarro e a boa conversa, a arte, a comida, a religião para os que gostam, o amor, o esporte, o humanitarismo, o haxixe e tantas outras coisas. Cada homem tem sua própria receita para facilitar o processo de adaptação. Por que ele não pode usar a sua droga em paz? Vocês, jovens, são muito intolerantes. Quantas vezes já tive oportunidade de dizer isso? Na verdade, são um bando de proibicionistas; todos vocês.

— No entanto — disse a sra. Chelifer com sua voz delicada e musical —, não se pode negar que a proibição tenha dado bons resultados na América.

Eles voltavam para as mesas ao redor do coreto, de onde tinham se afastado pouco antes para admirar a vista. A srta. Elver terminava de comer uma bomba de chocolate. Na frente dela havia dois pratos vazios.

— Comeu bem? — perguntou-lhe o mr. Cardan.

Ela assentiu com a cabeça; sua boca estava muito cheia para falar.

— Quer mais algum doce? — sugeriu ele.

A srta. Elver olhou para os dois pratos vazios, depois para o mr. Cardan. Parecia que ia dizer sim. Mas a sra. Chelifer, sentada ao lado dela, pousou a mão em seu braço.

— Acho que Grace não quer comer mais — disse.

Grace virou-se para ela; um olhar desapontado e melancólico inundou-lhe o rosto, mas logo em seguida cedeu lugar a uma expressão mais feliz. Ela sorriu, pegou a mão da sra. Chelifer e beijou-a.

— Gosto da senhora — disse.

Nas costas da mão da sra. Chelifer ficou uma mancha escura de chocolate.

— Acho que é melhor você limpar o rosto com o guardanapo — sugeriu ela.

— A senhora não poderia umedecê-lo antes com água quente?

Fez-se um silêncio. Da pista de dança ao ar livre, a poucos metros dali, sob as árvores, chegava até eles o som de uma banda de jazz, um pouco abafado pela distância e pelo ruído que se elevava de Roma. Monótonos e incessantes, os banjos tangiam o ritmo dançante. Um chiado ocasional acusava a presença de um violino. Ouvia-se também um trompete de uma terrível persistência, soprando a tônica e a dominante; e claramente, sobre todo o resto, um saxofone miava voluptuosamente. Daquela distância, todas as notas pareciam exatamente iguais. De repente, no coreto do jardim, um pianista, dois violinistas e um violoncelista iniciaram o Coro dos Peregrinos, de *Tannhauser*.

Enquanto isso, Irene e lorde Hovenden, fortemente abraçados, dançavam com leveza e precisão sobre a pista de cimento. Obedientes à música, quarenta casais dançavam lentamente em volta deles. Filtrando-se insidiosamente pela cerca que isolava a pista de dança do resto do mundo, finas lufadas do Coro dos Peregrinos se intrometiam, sobrepondo-se levemente ao jazz.

— Está ouvindo? — perguntou Hovenden a Irene. — É engraçado ouvir ambas as melodias ao mesmo tempo.

Mas a música distante não era suficiente para atrapalhar-lhes o ritmo. Eles ouviram por um instante, sorrindo do absurdo daquela outra música lá fora, mas não pararam de dançar. Em pouco tempo já nem se preocupavam com ela.

CAPÍTULO 4

O mr. Falx esperava não ter dificuldade, quando chegassem a Roma, de recuperar seu discípulo para o que ele considerava uma atitude espiritual superior e mais séria. Na acolhedora atmosfera da Conferência Internacional do Trabalho, esperava que lorde Hovenden recobrasse seu tom moral e intelectual. Ao assistir às palestras, ao reencontrar os camaradas estrangeiros, ele esqueceria os corruptos encantos da vida sob o teto da sra. Aldwinkle, e certamente se voltaria para coisas mais nobres e importantes. Além disso, para um espírito jovem e generoso como o dele, a perspectiva de uma possível perseguição por parte dos fascistas agiria como estimulante. O fato de estar do outro lado o faria sentir com mais ardor a causa impopular. Era o que imaginava o mr. Falx.

Mas os fatos demonstraram que o mr. Falx calculara mal. Desde que chegara a Roma, lorde Hovenden parecia menos interessado pela política do que nas últimas semanas em Vezza. Ele consentira, mas com uma relutância que só o mr. Falx era capaz de perceber, em participar de algumas poucas reuniões da conferência. A atmosfera intelectual não produzira nenhum efeito tonificante sobre ele, que passara a maior parte das reuniões bocejando e consultando o relógio com extraordinária frequência. À noite, se o mr. Falx quisesse levá-lo para ver um camarada notável, ele dava uma desculpa vaga, ou, mais frequentemente, não era encontrado em lugar algum. No dia seguinte, o mr. Falx ficava sabendo que ele passara metade da noite num salão de danças com Irene Aldwinkle. Restava-lhe somente aguardar com ansiedade o dia em que a sra. Aldwinkle voltasse para casa. Lorde Hovenden permaneceria em Roma com ele até o final da conferência, e isso ficara combinado antes de deixarem a Inglaterra. Com a remoção de todas aquelas frívolas tentações, o rapaz deveria retomar seu melhor lado.

No entanto, a consciência de lorde Hovenden às vezes o incomodava.

— Sinto que estou abandonando o mr. Falx — confidenciou ele a Irene, na segunda noite em Roma. — Mas não se pode esperar que fiquemos juntos o dia inteiro, não é?

Irene também achava que não.

— Por outro lado — continuou ele, tentando se afirmar —, ele não está sozinho. Há muita gente com quem pode conversar. Na verdade, acho que estamos mais juntos do que nunca.

Irene concordou. A banda voltou a tocar. No mesmo instante, os jovens se levantaram e começaram a se mover juntos pela pista. Estavam num cabaré sórdido, com luzes brilhantes, frequentado pelo pior tipo de público italiano *e* internacional. As mulheres eram na maioria prostitutas; um grupo barulhento de ingleses e americanos bêbados se reunia a um canto com um par de morenas nativas que pareciam sóbrias demais; na pista, os casais dançavam com excessiva intimidade. Irene e lorde Hovenden discutiam a data do casamento; achavam o cabaré um lugar adorável.

Durante o dia, se lorde Hovenden conseguia escapar das reuniões, andava pela cidade com Irene, comprando o que imaginavam ser antiguidades para seu futuro lar. Todo o processo era um tanto supérfluo porque, absorvidos pelo prazer das compras, esqueciam-se de que o futuro lar era também uma residência sumamente ancestral.

— Gosto muito daquele aparelho de jantar — dizia lorde Hovenden, e eles entravam na loja e o compravam imediatamente. — Pena que esteja um pouco lascado — comentava, balançando a cabeça —, mas não faz mal. Entre os vinte e três valiosos aparelhos de jantar já existentes no seu futuro lar, havia um de ouro maciço e outro de prata dourada para ocasiões menos importantes. Ainda assim, era tão divertido comprar, tão divertido xeretear pelas lojas! Sob a palidez do céu de outono, a cidade ficava dourada e negra. Dourada onde os raios de sol incidiam nas paredes de estuque ou travertino, e negra na sombra, muito mais negra sob os arcos e dentro das igrejas, e de um negro brilhante nas fontes esculpidas em pedra, sempre molhadas com o incessante jorro de água. A céu aberto o sol estava quente; mas a brisa leve que vinha do mar refrescava a atmosfera, e um delicioso frescor exalava das bocas dos becos estreitos, que havia mais de mil anos não recebiam o calor do sol. Eles andavam durante muito tempo e não se cansavam.

Enquanto isso, a sra. Aldwinkle circulava pelos pontos turísticos com Chelifer. Tinha esperanças de que a Capela Cistina, a Via Apia ao pôr do sol, o Coliseu à luz da lua ou os jardins da Villa d'Este pudessem despertar em Chelifer emoções que, por sua vez, o predispusessem ao romance. Por experiência própria, ela sabia que as diferentes emoções não estão armazenadas separadamente, como em casas de pombos; e que, quando uma delas é estimulada, provavelmente outras despertariam. Mais propostas são feitas dentro de um táxi, ao retornar-se de uma ópera de Wagner, diante de uma vista esplêndida ou nos labirintos de um palácio em ruínas do que nos insípidos salões ou nas ruas de West Kensington. Mas nem na Via Apia, com seus pinheiros solitários enegrecidos ao pôr do sol e seus fantasmas tocando oboés de dentro das ruínas; nem no Coliseu ao luar; nem diante dos ciprestes, das cascatas e das fontes cor de jade do Tívoli; nada foi eficaz. Chelifer jamais se comprometia; suas atitudes permaneciam irrepreensivelmente corteses.

Sentada em uma coluna caída, nas ruínas de Villa Adriano, a sra. Aldwinkle insistiu em contar a Chelifer algumas passagens amorosas de seu passado. Descreveu, com pequenas alterações dos fatos, nas quais havia muito tempo ela passara a acreditar, a história de seu envolvimento com Elzevir, o pianista. Que artista! Que dedos! E com lorde Trunion: um *grand seigneur* à moda antiga! Mas se calava sobre o mr. Cardan. Não que suas faculdades mitômanas não pudessem transformá-lo em algo romântico e extraordinário. Não, não; ela sempre o descrevia para os que não o conheciam como uma espécie de Hampden de aldeia, um inglório e calado Fulano de Tal que teria feito qualquer coisa, realmente qualquer coisa, se apenas resolvesse dar-se ao trabalho. Era um grande dom-juan real, verdadeiro neste caso, e não meramente potencial. Um irônico advogado do Diabo, ou mesmo o próprio Diabo. Mas isso porque ninguém o compreendia — ninguém exceto a própria sra. Aldwinkle. Secretamente, ele era um homem muito sensível e tinha um bom coração. Mas era preciso ter grande intuição para descobrir isso. E assim por diante; ela fazia dele uma figura mítica de primeira. Mas o instinto de cautela a impedia de expor seus mitos livremente diante de pessoas que conheciam bem os originais. Chelifer nunca vira lorde Trunion ou o imortal Elzevir. Mas conhecia o mr. Cardan.

O efeito de suas confidências, porém, foi tão insignificante quanto o dos cenários românticos ou o das estupendas obras de arte. Chelifer não se sentiu estimulado a retribuir com confidências nem a seguir os exemplos de lorde Trunion ou de Elzevir. Ouviu tudo com atenção e, quando ela concluiu, deu vazão a bem escolhidas expressões de solidariedade, semelhantes às usadas ao se escrever a pessoas conhecidas pela morte de suas avós. E depois de um considerável silêncio olhou o relógio e disse que era hora de voltar; ele prometera tomar chá com a mãe e depois, acrescentou, sairiam para visitar algumas *pensions*. Como ela passaria todo o inverno em Roma, deveriam se preocupar em encontrar um bom lugar para hospedá-la. A sra. Aldwinkle foi obrigada a concordar. Eles tomaram o caminho pela Campagna crestada, de volta à cidade. Durante todo o trajeto a sra. Aldwinkle preservou um melancólico silêncio.

Ao dirigirem-se do hotel a uma casa de chá na Piazza Venezia, a sra. Chelifer, a srta. Elver e o mr. Cardan passaram pelo Foro de Trajano. As duas pequenas igrejas projetavam seus domos gêmeos e dourados em direção ao céu. Do chão do foro, afundado muito abaixo do nível da rua — trinta centímetros a cada cem anos —, erguia-se uma grande coluna, com pilares caídos e blocos de alvenaria espalhados caoticamente ao redor de sua base. Eles pararam para olhar.

— Sou protestante — disse a sra. Chelifer depois de um minuto de contemplação —, mas sempre que venho aqui sinto que Roma foi um lugar muito especial. Deus destinou-a, dentre outras cidades e de uma maneira peculiar, a ser o centro de grandes acontecimentos. É uma cidade portentosa, muito significativa, embora eu não possa explicar exatamente por quê. Só sei que é portentosa; só isso. Vejam esta praça, por exemplo. Duas igrejinhas espalhafatosas da Contrarreforma, ridiculamente pretensiosas e sem nenhuma religiosidade, essa confusão de casas sem nenhuma importância rodeando a praça e, no meio, esse monumento idólatra à carnificina. Ao mesmo tempo, por alguma razão, tudo me parece ter um alcance e um significado espirituais; é importante. O mesmo se aplica a tudo nesta cidade extraordinária. Não posso olhá-la com indiferença, como se fosse outra qualquer.

— E apesar disso — disse o mr. Cardan —, um grande número de turistas e todos os seus habitantes o fazem naturalmente.

— Mas é porque eles nunca a olham realmente — disse a sra. Chelifer. — Se olhassem mesmo...

Ela foi interrompida por um grito da srta. Elver, que se afastara deles e olhava por cima da grade o grande foro afundado.

— O que foi? — perguntou o mr. Cardan, e ambos correram até ela.

— Vejam — gritava a srta. Elver, apontando para baixo. — Vejam todos aqueles gatos!

E lá estavam eles. Sobre o mármore quente de um pilar caído, uma grande gata malhada aquecia-se ao sol. Uma família inteira de filhotes amarelados brincava no chão. Pequenos tigres se arrastavam por entre os blocos de alvenaria. Uma pantera em miniatura estava sentada sobre as patas traseiras e afiava as unhas na casca de uma pequena árvore. Ao pé da coluna jazia um cadáver esquelético.

— Gatinho, gatinho — chamava a srta. Elver com estridência.

— Não adianta — disse o mr. Cardan. — Eles só entendem italiano.

A srta. Elver olhou para ele.

— Será que devo, então, aprender um pouco de italiano dos gatos?

Enquanto isso a sra. Chelifer olhava lá embaixo com interesse.

— Há pelo menos uns vinte — disse. — Como entraram lá?

— Para livrar-se deles, as pessoas vêm aqui e os jogam lá embaixo por cima da grade — explicou o mr. Cardan.

— E eles não podem sair?

— É o que parece.

Uma expressão de angústia surgiu no rosto bondoso da sra. Chelifer. Ela estalou de leve a língua entre os dentes e balançou a cabeça.

— Pobrezinhos! Como se alimentam?

— Nem imagino — disse o mr. Cardan. — Talvez comam uns aos outros. Certamente as pessoas jogam comida de vez em quando.

— Há um morto lá no meio — disse a sra. Chelifer; e um tom de quase reprovação surgiu em sua voz, como se ela achasse que o mr. Cardan era o culpado por aquele pequeno cadáver ao pé da coluna.

— Bem morto — disse o mr. Cardan.

Eles continuaram seu caminho. A sra. Chelifer não disse mais nada. Parecia preocupada.

CAPÍTULO 5

— *An pris caruns flucuthukh.* — O mr. Cardan acenou para o guia. — Traga a luz mais para perto — disse em italiano, e quando o homem aproximou a lanterna ele continuou a ler lentamente a inscrição em grego antigo, na parede do túmulo: — *Flucuthukh nun tithuial khues khathc anulis mulu vizile ziz riin puiian acasri flucuper pris an ti ar vus ta aius muntheri flucuthukh.* — Ele se ergueu. — Que língua adorável! — disse. — Adorável! Desde que eu soube que os etruscos chamavam o deus do vinho de Fufluns, tomei profundo interesse por sua língua. Fufluns... é incomparável, tão mais apropriado que Baco, Líber ou Dionísio! Fufluns, Fufluns — repetiu com ênfase. — Melhor impossível. Aquelas criaturas possuíam o verdadeiro gênio linguístico. Que poetas devem ter dado! "Quando Fufluns *flucuthukhs* o *ziz*..." Imagine as odes ao vinho que começavam assim. Você não seria capaz de juntar em inglês tantas sílabas suculentas e embriagantes quanto essas, seria?

— O que acha de "Ale in a Saxon rumkin"?[25] — sugeriu Chelifer.

Mr. Cardan balançou a cabeça.

— Não se compara aos etruscos. Não possui consoantes suficientes. É leve demais, é efervescente e trivial. Sem dúvida, você poderia estar falando de água gaseificada.

25. "Cerveja no frasco de um saxão." (N. T.)

— Mas até onde se sabe — disse Chelifer — *flucuthukh*, em etrusco, pode significar água gaseificada. Fufluns, garanto-lhe, é apropriado. Mas talvez seja apenas uma coincidência. Não há qualquer evidência de que os etruscos adequassem o som ao sentido com tanta competência em outras palavras. "Quando Fufluns *flucuthukhs* o *ziz*" poderia ser traduzido por "Quando Baco gaseificou o vinho branco". O senhor não sabe.

— Você tem razão — concordou o mr. Cardan. — Não sei. E ninguém sabe. Deixei-me levar pelo entusiasmo que Fufluns me causou. *Flucuthukh* pode não ter a saborosa conotação que uma palavra com esse som deveria ter; talvez, como você diz, signifique mesmo água gaseificada. Mesmo assim, tenho esperanças; acredito nos meus etruscos. Um dia, quando descobrirem a chave dessa linguagem fossilizada, creio que me farão justiça; *flucuthukh* se revelará tão apropriada quanto Fufluns, escreva o que estou lhe dizendo! É uma grande língua, insisto; uma grande língua. Quem sabe? Talvez dentro de algumas gerações surja um novo Busby ou Keats para percutir a sintaxe e a prosódia etruscas nas costas das criancinhas britânicas. Nada me proporcionaria maior satisfação. O latim e o grego possuem um valor prático infinitesimal. Mas o etrusco é total e absolutamente inútil. Poderia existir uma base melhor para a educação de um cavalheiro? Será a grande língua morta do futuro. Se o etrusco não existisse, teria que ser inventado.

— É exatamente o que os pedagogos terão que fazer — disse Chelifer —, uma vez que não há outra literatura etrusca além das inscrições e palavras desconexas nas múmias de Agram.

— Melhor ainda — retrucou o mr. Cardan. — Se nós próprios a escrevêssemos, poderíamos achar a literatura etrusca muito interessante. Aquela criada pelos próprios etruscos seria tão aborrecida quanto qualquer outra literatura antiga. Mas, se você escrevesse os épicos, eu os diálogos de Sócrates, e um mestre da ficção como a srta. Thriplow escrevesse a história, teríamos então um arcabouço pelo qual os raros estudantes que aproveitam alguma coisa do estudo mostrariam algum interesse real. E daqui a uma geração, quando nós nos tivermos tornado tão obsoletos quanto nossas ideias, tal como Tully ou Horácio, a literatura da Etrúria seria então reescrita por nossos descendentes. Cada geração usaria essa língua morta para expressar suas ideias. E, expressas em um idioma tão rico quanto me parece o etrusco, essas ideias parecerão mais significativas e memoráveis. Porque venho notando com frequência que uma ideia que se expressa na língua nativa parece ser sempre estúpida, comum e sem brilho; mas se for materializada numa língua estrangeira e não familiar tornar-se-á transparente aos olhos da mente e ganhará nova importância. Um mote jocoso em latim soa muito mais pesado e verdadeiro do que o mesmo mote em inglês. Se o estudo das línguas mortas tem de fato alguma importância, o que lamento muito refutar, essa importância reside no fato de nos ensinar o significado do meio verbal por intermédio do qual os pensamentos são expressos. Conhecer a mesma coisa em várias línguas é sabê-la, quando se tem sensibilidade, de maneira mais profunda e mais rica do que se fosse apenas em uma. Se a juventude soubesse que em etrusco o deus do vinho é chamado Fufluns, teria um conhecimento muito maior dos atributos dessa personalidade divina do que os que só a conhecem pelo nome de Baco. Se desejo que os arqueólogos descubram a chave da linguagem etrusca é meramente para que eu tenha uma percepção muito mais profunda da coisa ou da ideia que palavras suntuosas como *flucuthukh* ou *khathc* conotam. O resto não importa. Se descobrirão ou não o significado dessas inscrições é, para mim, absolutamente indiferente. Porque, afinal, o que descobririam eles? Nada que já não soubéssemos. Descobririam que antes de os romanos conquistarem a Itália os homens comiam e bebiam, faziam amor, acumulavam bens, oprimiam os vizinhos mais fracos e assim por diante. Poder-se-ia deduzir a mesma coisa andando por Piccadilly num dia de semana. Além disso, temos os desenhos. — Ele estendeu o braço.

O guia, que estivera ouvindo pacientemente esse discurso incompreensível, reagiu ao gesto erguendo sua lanterna de acetileno. Chamadas magicamente à vida pelo brilho da luz, uma multidão de formas alegres e coloridas surgiu na parede da câmara mortuária em que se encontravam. Emoldurados por um cenário de árvores estilizadas, dois lutadores com a tez marrom-avermelhada, olhos egípcios e perfil grego, desses que se veem nas laterais dos vasos mais antigos, estavam prontos para atracar-se. De cada lado, atrás das árvores, viam-se dois pares de cavalos negros, de longas pernas. Acima deles, no segmento de um círculo entre a linha superior dos desenhos e o teto abobadado da câmara mortuária, estava deitado um grande leopardo de pele clara com uma decoração de pintas negras como a dos cães e gatos de porcelana chinesa de uma época posterior. Na parede da esquerda, festejava-se: etruscos de tez marrom-avermelhada estavam reclinados em seus divãs; sentadas a seu lado, mulheres brancas como porcelana, que contrastavam voluptuosamente com seus escuros companheiros, como as pálidas e roliças ninfas de Boucher com seus morenos amantes pastorais. Com gestos hieráticos de amor recíproco, bebiam à saúde um do outro em gamelas de vinho. Na parede oposta, caçadores de aves se ocupavam com suas atiradeiras; outros, com redes. O céu enxameava de pássaros. Embaixo, no mar azulado, eles bicavam os peixes. Uma longa inscrição cruzava a parede da direita para a esquerda. O teto da câmara mortuária era quadriculado de vermelho, preto e branco. Sobre a porta baixa e estreita, que levava da tumba à antecâmara, estava deitado um touro branco. Dois mil e quinhentos anos antes, era ali que se pranteavam os que acabavam de morrer.

— Nós os vemos caçando, bebendo, divertindo-se e fazendo amor — continuou o mr. Cardan. — O que mais se esperava que fizessem? Essa inscrição não diz nada além do que já sabemos. É verdade que eu preferia saber o que significa, mas só porque espero que o homem moreno esteja dizendo à dama branca: "*Flucuthukh-*

-*me* apenas com teus olhos", ou algo da mesma intensidade, "e eu te *flucuthukh* com os meus". Se estiverem mesmo dizendo isso, uma luz inteiramente nova seria lançada sobre a noção de beber; uma luz inteiramente nova...

— Mas não haveria nada de novo quanto ao amor, se eles forem amantes — disse a sra. Aldwinkle melancolicamente.

— Será que não? — retrucou o mr. Cardan. — Imagine que *flucuthukh* signifique, em vez de beber, amor. Asseguro-lhe que os sentimentos que essa palavra denota são bem diferentes dos que nós costumamos resumir como "amor". Pode-se adivinhar pelo som da palavra, seja em que língua for, o que quer dizer uma pessoa quando fala de amor. *Amour,* por exemplo. Esse som "*u*" prolongado, ligado ao "r" gutural no fim da palavra, é muito significativo. "U"... os lábios formam um bico como se fossem beijar. Depois "rrr", rapidamente; o rosnado de um cão. Não seria possível expressar melhor a prosaica lascívia traduzida por amor em nove décimos da ficção e do teatro franceses. E *Liebe*... Que som pálido, lunático e sentimental possui esse "i" prolongado! E como é adequado também o balido labial que o segue: "be". É um carneiro com a voz abalada pela emoção. Todo o romantismo germânico está implícito no som dessa palavra. E o romantismo germânico, um pouco *détraqué,* se transforma com cena lógica no expressionismo e na selvagem extravagância erótica da ficção germânica contemporânea. Quanto ao inglês *love,* é caracteristicamente esquivo e hesitante. Esse pequeno e obscuro som monossilábico ilustra a relutância dos ingleses em chamar uma coisa pelo seu nome. É o símbolo da repressão nacional. Toda a nossa hipocrisia e o belo platonismo da nossa poesia estão aí. *Love*... — o mr. Cardan sussurrou a palavra e, erguendo o dedo para pedir silêncio, voltou uma orelha para o alto de modo a captar os leves ecos de sua voz ressoando entre as paredes. — *Love*... A emoção inglesa é completamente diferente da que conota a palavra *amore. Amore*... A segunda sílaba é cantada com alegria, em um timbre de barítono saindo do fundo do peito e um leve vibrato superficial na garganta que torna o som mais palpitante. *Amore* é o nome daquela qualidade que Stendhal tanto admirava nos italianos e cuja ausência em seus próprios conterrâneos, especialmente nas mulheres, o fez classificar Paris abaixo de Milão ou Roma. Eis o nome adequado e perfeitamente expressivo da paixão!

— É verdade — disse a sra. Aldwinkle, reluzindo por um instante por trás de sua melancolia. O elogio à língua e ao caráter italianos, que lhe pertenciam, a agradou. — O som de *amore* é apaixonado. Se os ingleses soubessem o que significa a paixão, teriam encontrado uma palavra mais expressiva do que *love*. Isso é certo. Mas eles não sabem — suspirou.

— Isso mesmo — continuou mr. Cardan. — *Amore,* como vimos, nada mais é do que a paixão do sul. Mas então suponhamos que *flucuthukh* seja a palavra etrusca para amor. Se *amour* conota lascívia, *Liebe,* sentimento, e *amore,* paixão, a que aspecto do complexo fenômeno do amor se refere *flucuthukh*? O micróbio *Staphylococcus pyagenes* produz furúnculos em alguns pacientes; em outros, inflamação nos olhos; em outros casos ainda, é responsável pela *keratitis punctata*. O mesmo se dá com o amor: os sintomas variam de indivíduo para indivíduo. Mas, graças à ilimitada sugestionabilidade e capacidade imitativa do homem, os sintomas mais comuns em uma dada época tendem a tornar-se universais a toda uma sociedade. Todos os povos são contaminados de uma maneira ou de outra; uns sofrem de *amour*; outros, de *Liebe*; e assim por diante. Agora imaginem um povo que sofria de *flucuthukh;* quais teriam sido os sintomas de um mal amoroso que recebeu esse nome? Não é possível saber. Mas ao menos é fascinante especular.

Um atrás do outro, o grupo passou pela porta estreita, cruzou a antecâmara do sepulcro e subiu um lance de escadas para a superfície. Depois de adaptar os olhos à claridade do sol da tarde, saíram para a colina escalvada, onde o vento soprava forte.

Era um lugar solitário. Os arcos de um aqueduto arruinado se repetiam ao longo das elevações, e, seguindo suas reentrâncias, o olho finalmente descansava nos muros e nas altas torres de Corneto. À esquerda, as colinas escarpadas desciam para o mar; a distância, ao lado de uma estreita planície aos pés das colinas, via-se o Mediterrâneo. Do lado direito havia um vale profundo, fechado num dos lados por um morro alto e arredondado. Os flancos desse morro haviam sido vincados e esculpidos por mãos humanas. Outrora existira ali a cidade sagrada dos etruscos, Tarquínia. O longo declive em que eles estavam fora — por quantos séculos? — a necrópole desse povo. Inúmeros mortos repousavam naquelas câmaras escavadas na pedra gredosa. Às vezes o teto de uma delas ruía e desse buraco escuro emanava, mesmo em pleno verão, um frescor imemorial; outras, a superfície do declive se inchava em túmulos cobertos de relva. Foi de dentro de um destes que eles tinham acabado de sair. O guia desligou a lanterna e fechou a porta sobre os fantasmas etruscos. Eles continuaram a andar através do tempo geológico: entre o mar e as colinas, sob as nuvens que flutuavam no céu azul, a Idade Média espetava o horizonte com suas torres; sob a relva, as relíquias arrasadas da Etrúria formavam ondulações quase imperceptíveis; da estrada romana que cruzava a planície chegava até eles o ronco distante dos motores.

Uma buzina despertou Irene do transe em que, tristonha e infantil, agora quase patética, ela acompanhava os outros. Estivera calada e melancólica desde a manhã do dia anterior, quando deixaram Roma. Lorde Hovenden ficara lá com o mr. Falx. O longo gemido da buzina parecia lembrar-lhe alguma coisa. Ela ficou olhando a planície à beira-mar. Uma nuvem branca de poeira avançava pela estrada da marema, vinda da Civita Vecchia. Opaca, pairava sobre a estrada e ia esvanecendo lentamente até tornar-se transparente em sua cauda. Na frente, onde a poeira era mais densa, um pequeno objeto negro se movia como um inseto rastejante, cruzando a planície em toda a sua extensão e arrastando a nuvem atrás de si. Na direção oposta vinha outro cometa de poeira com a cabeça negra. Como duas serpentes, as nuvens se aproximavam uma da outra para travar uma batalha. Chegavam cada vez mais perto. Irene as observava em silêncio, tomada por uma terrível apreensão. Era impossível que não colidissem. Mais perto, mais perto... As cabeças quase se tocavam agora. E se num dos carros estivesse o seu... A colisão era inevitável agora. Oh, que horror! Irene fechou os olhos. Logo em seguida voltou a abri-los. As duas serpentes haviam se fundido e estavam agora muito mais densas e opacas. Por um terrível momento Irene pensou que estivessem destruídas. Mas elas reapareceram logo em seguida, afastando-se uma da outra e não se aproximando mais. As duas serpentes eram ainda uma só, mas com duas cabeças, uma longa anfisbena. Então, gradualmente, o meio da anfisbena começou a afinar-se e diluir-se; um pequeno arvoredo surgiu através dela, a princípio indistinto, depois mais nítido. A anfisbena se dividira ao meio e as duas serpentes brancas arrastavam-se agora uma para o norte, outra para o sul, e entre as duas caudas esvanecidas o espaço vazio ia se tornando cada vez maior. Irene deu um profundo suspiro de alívio e correu para alcançar os outros. Fora a observadora de uma catástrofe milagrosamente evitada. Sentia-se agora muito mais feliz do que durante todo o dia. Numa estrada larga, dois automóveis tinham se cruzado. Foi só isso que aconteceu.

O guia destrancara a porta de acesso a outro túmulo escavado. Acendeu novamente a lanterna e seguiu na frente, descendo os íngremes degraus da tumba. Em uma das paredes figuras corriam a cavalo e lutavam com gestos hieráticos, todos de perfil. Uma deusa, ou talvez fosse apenas a prefeita da cidade, usando um daqueles penteados altos em forma de touca que mais tarde as matronas romanas emprestaram de suas vizinhas, distribuía prêmios. Nas outras paredes festejava-se. Homens de tez marrom-avermelhada e mulheres brancas reclinavam-se sobre divãs. Havia ao lado deles um músico que tocava uma flauta dupla; uma bailarina que parecia usar um traje persa dançava, para divertir os comensais, a dança dos véus.

— Parece que eles tinham gostos simples — disse o mr. Cardan. — Aqui não se vê nada muito sofisticado ou *fin de siècle*. Não há acrobatas nuas perseguindo touros, como em Cnossos, nem lutas de gladiadores, matanças de animais ou boxeadores com luvas metálicas, como nas arenas romanas. É um povo encantador, quase infantil, não acham? E também não tão civilizado a ponto de ser *exigeant* quanto aos *seus* prazeres.

— Nem tão civilizado — acrescentou Chelifer — para ser realmente vulgar. Quanto a isso, estão muito aquém dos romanos. Vocês já viram aquele imenso mosaico que está no museu Lateran? Veio de um dos balneários imperiais, não me lembro de qual, e é composto de retratos dos principais heróis desportistas da época, lutadores de boxe e gladiadores, juntamente com seus treinadores e financiadores; estes últimos, tratados com muito respeito pelo autor do mosaico, que os representa de toga e em posições nobres. Vê-se logo que são *gens bien*, esportistas e amadores. Em resumo, o interesse financeiro. Os atletas são retratados em estado natural, na verdade tão exageradamente naturais que facilmente se pode confundir aqueles pesos-pesados com gorilas sem os pelos supérfluos. Sob cada retrato há uma legenda com o nome do herói. O mosaico lembra uma página de revista esportiva, só que uma página com doze metros de largura por nove de altura e feita não de polpa de madeira, mas com os materiais mais duráveis já descobertos pela engenhosidade do homem para a materialização e a eternização visual de seus pensamentos. Penso que sejam precisamente a dimensão e a eterna durabilidade dessa coisa assustadora o que a tornam pior do que as páginas similares de nossas revistas ilustradas. Fazer dos esportistas profissionais e disputadores de prêmios heróis efêmeros já é bastante mau; mas querer imortalizar-lhes a fama é certamente indicativo de profunda vulgaridade e degradação. Tal como a turba romana, as turbas de nossas modernas capitais deleitam-se com esportes e exercícios que elas próprias não praticam; mas, de qualquer maneira, a fama de nossos esportistas dura apenas alguns dias após os seus triunfos. Não gravamos suas efígies em mármore para que atravessem centenas de gerações. Gravamo-las em polpa de madeira, que é quase o mesmo que os gravar na água. É confortante pensar que por volta do ano 2100 todo o nosso jornalismo, a literatura e a filosofia estarão reduzidos a pó. O mosaico, entretanto, permanecerá em seu estado atual, perfeitamente preservado. Nada menos que uma dinamite ou um terremoto poderá destruir totalmente as efígies daqueles boxeadores imperiais. Mas também é uma boa coisa para os futuros historiadores de Roma. Porque ninguém poderá dizer que entende realmente o Império Romano até ter estudado esse mosaico. Lá está contida a quintessência da realidade romana. Uma gota dessa realidade bastará para encolher todas as utopias já criadas pelos historiadores, ou que ainda serão criadas, ao escreverem suas crônicas sobre a antiga Roma. Depois de ver aquele mosaico não se pode mais ter ilusões generosas sobre as pessoas que o admiraram ou sobre a época em que foi feito. Ficará claro que a civilização romana não foi apenas tão sórdida quanto a nossa, mas até um pouco mais. Nestes túmulos etruscos — acrescentou Chelifer, olhando os afrescos ao redor — não se tem a impressão de bestialidade organizada e eficiente como a transmitida pelo mosaico romano. Como o senhor diz, mr. Cardan, há uma pureza, uma certa alegria infantil nessas diversões aí representadas. Mas não duvido, é claro, de que essa impressão seja inteiramente falaciosa. Esta arte tem certo charme arcaico; mas seus artistas talvez tenham sido tão sofisticados e repulsivos quanto seus sucessores romanos.

— Ah — disse o mr. Cardan —, mas você se esquece de que eles chamavam Baco de Fufluns. Dê-lhes ao menos esse merecido crédito.

— Os romanos também tinham uma bela língua — refutou Chelifer. — Ainda assim, fizeram imensas ampliações de uma página de esportes do *Daily Sketch* em mosaicos de mármore sobre bases de cimento.

Eles subiam para a superfície. Os degraus eram altos e as pernas da srta. Elver tão curtas que foi preciso que a ajudassem. Suas risadas e gritinhos estridentes ressoavam por toda a tumba. Por fim, emergiram para a luz do sol.

Sobre uma elevação mais alta, a cem ou duzentos metros de onde eles estavam, havia um homem parado, seu contorno bastante nítido contra o azul do céu. Ele protegia os olhos da luz com a mão e procurava alguma coisa. Irene subitamente enrubesceu.

— Acho que é Hovenden — disse, num tom de voz que tentava ser o mais casual possível.

Quase ao mesmo tempo, o homem virou a cabeça na direção deles. Com a mão que protegia os olhos começou a acenar. Um alegre "Ei!" soou por sobre as tumbas, e o homem desceu o morro aos saltos, correndo para onde eles estavam. Era Hovenden. Irene enxergara bem.

— Procurei vocês por toda parte — falou quase sem fôlego. Com muita animação, foi apertando a mão de todos os presentes, exceto, diplomaticamente, a de Irene. — Disseram-me na cidade que um grupo de estrangeiros fora visitar um cemitério ou algo parecido. Então vim correndo atrás de vocês, até encontrar o velho Ernest com o carro, do outro lado da estrada. Estavam dentro do túmulo, então? — Ele olhou para a entrada escura. — Foi por isso que não os vi...

A sra. Aldwinkle interrompeu-o:

— Você não devia estar em Roma com o mr. Falx?

O rosto infantil e cheio de sardas de lorde Hovenden tornou-se instantaneamente vermelho.

— Na verdade — disse, olhando para o chão —, eu não estava me sentindo muito bem. O médico recomendou que eu saísse logo de Roma. O ar da cidade, sabe... Então deixei um bilhete para o mr. Falx e... aqui estou. — Ele ergueu novamente os olhos e sorriu.

CAPÍTULO 6

— Mas em Montefiascone — dizia o mr. Cardan, concluindo a história do bispo alemão que batizara o famoso vinho local com um curioso nome — o ajudante do bispo Defuk encontrou bom vinho em todas as lojas e tabernas; e então, quando seu senhor chegou, deparou com o sinal combinado escrito com giz em centenas de portas: *Est, Est, Est;* a cidade estava cheia deles. E o bispo ficou tão maravilhado com a bebida que decidiu estabelecer-se em Montefiascone por toda a vida. Mas bebia tanto que em curto tempo ficou demonstrado que ele se estabelecera lá para morrer. Foi enterrado numa pequena igreja aqui perto. Na sua lápide, o ajudante mandou gravar o retrato do bispo e este breve epitáfio: "*Est Est Jo Defuk. Propter nimium hic est. Dominus meus mortuus est*". Desde então o vinho chama-se Est Est Est. Para nós, mais sérios, pediremos uma garrafa do seco. E para as mulheres e os mais frívolos, um doce *moscato* para acompanhar a sobremesa. Agora vejamos o que temos aqui para comer. Ele pegou o cardápio e, afastando-o dos olhos (porque o mr. Cardan, como todos os de sua idade, só enxergava de longe), começou a ler devagar, comentando cada item. Era sempre o mr. Cardan que fazia os pedidos (embora geralmente fossem lorde Hovenden ou a sra. Aldwinkle que pagassem), sempre ele. Porque era tacitamente aceito por todos os presentes como um especialista em comidas e vinhos, um gastrônomo profissional, um acadêmico em bebidas.

Ao ver o mr. Cardan com a carta, o proprietário aproximou-se esfregando as mãos e sorrindo gentilmente — o que deveria ser feito quando chegava um Rolls-Royce cheio de estrangeiros. Estava pronto para anotar os pedidos e aconselhar.

— O peixe está especial — confidenciou ele ao mr. Cardan, beijando as pontas dos dedos. — Vem de Bolsena, do lago lá embaixo. — Apontou pela janela a noite escura. Em algum lugar por ali estava o lago Bolsena.

O mr. Cardan ergueu a mão.

— Não, não — recusou decidido e balançou a cabeça. — Nem fale em peixe. Não são confiáveis nestes lugares pequenos — explicou aos companheiros. — Principalmente neste calor. Além disso, imagine comer os peixes de Bolsena, um lugar em que se operam milagres, em que a hóstia sagrada sangra pela edificação dos piedosos e como prova da transubstanciação. Não, não — repetiu —, os peixes de Bolsena são por demais duvidosos. Fiquemos com os ovos fritos e depois filé e vitela. Ou um franguinho assado...

— Quero peixe — disse a srta. Elver. A sinceridade apaixonada de seu tom de voz criou um admirável contraste com a ironia do mr. Cardan.

— Eu não aconselharia — disse ele.

— Eu gosto de peixe.

— Mas pode não estar bom. E impossível ter certeza.

— Eu quero — insistiu a srta. Elver. — Adoro peixe. — Seu grande lábio inferior começou a tremer e os olhos se encheram de lágrimas. — Eu quero!

— Bem, se é assim, podemos pedir peixe — disse o mr. Cardan, esforçando-se para consolá-la. — Se você gosta tanto... Só espero que esteja bom. E provavelmente estará...

A srta. Elver foi confortada, assoou o nariz comprido e sorriu.

— Obrigada, Tommy — disse, corando ao dizer o nome.

Depois do jantar eles foram à praça beber café e licor. Estava cheia de gente e iluminada com lâmpadas coloridas. No centro, a banda da sociedade filarmônica local dava seu concerto vespertino de todos os domingos. Plantada num plano mais alto, a igreja de Sammicheli olhava solenemente. Suas pilastras estavam iluminadas e a cúpula alta se ocultava na noite.

— A escolha — dizia o mr. Cardan, olhando ao redor da praça — parece recair entre o Café Moderno e o Bar Ideale. Pessoalmente prefiro o ideal ao real, embora seja muito desagradável ter que ficar de pé num bar. Já num café, por mais materialista que seja, poderemos nos sentar. Temo que o Moderno imponha-se à força sobre nós.

Eles foram para o café.

— Por falar em bares — disse Chelifer, depois de se sentarem a uma pequena mesa —, já lhe ocorreu enumerar as palavras inglesas que são de uso corrente internacional? De certa forma é uma seleção curiosa e que me parece lançar alguma luz sobre a natureza e importância da nossa civilização anglo-saxônica. As três palavras da língua de Shakespeare que são completamente aceitas em todo o mundo são *bar, sport* e *W.C.* Atualmente servem tanto para o finlandês quanto para o inglês. Cada uma delas possui o que se pode chamar de uma família. Em torno da ideia de bar agrupam-se várias outras palavras como *bitter, cocktail, whisky* e assim por diante. *Sport* também arrasta atrás de si uma enorme família. *Match,* por exemplo, *Touring Club,* o verbo *to box, cycle-car, performance* (no sentido esportivo) e várias outras. Já a ideia de saneamento hidráulico tem um único filho de que me lembro, que é *tub.* Eis aí um som estranhamente antiquado para o inglês atual; mas na Iugoslávia é extremamente moderno. O que nos leva a outra classe de palavras inglesas internacionais que nunca serviram para nada em inglês. Um *smoking,* por exemplo, um *dancing,* um *five o'clock* nunca existiram senão no continente europeu. Assim como *high-life,* tão popular em Atenas, onde se soletra iota, gama, lambda, fi, e que data de uma época remota, a vitoriana, da história da nossa cultura nacional.

— E *spleen* — disse o mr. Cardan. — Você se esqueceu de *spleen,* que vem de muito antes. Uma palavra aristocrática, essa; fomos tolos em permitir que se extinguisse. Hoje temos que ir à França para ouvi-la.

— A palavra pode ter morrido — disse Chelifer —, mas imagino que a emoção jamais tenha florescido com tanta exuberância como agora. Quanto maior o progresso material, quanto maiores as riquezas e o tempo disponível e mais estandardizadas as diversões, maior será a depressão. É inevitável, é uma lei da natureza. As pessoas que sempre sofreram de depressão e que são suas principais vítimas são as mais prósperas, instruídas e educadas. Atualmente são uma minoria relativamente pequena; mas, no Estado utópico em que todos são prósperos, instruídos e educados, todo mundo sofre de depressão, a menos que por alguma razão desconhecida as mesmas causas deixem de produzir os mesmos efeitos. Somente duas ou três centenas de pessoas sobreviveriam a todo um período de vida em um Estado utópico realmente eficiente. A maioria morreria de depressão. Dessa maneira, talvez, a seleção natural venha a agir em função da evolução de um super-homem. Só os inteligentes poderão suportar a carga quase intolerável de prazeres e prosperidade. Os demais simplesmente sucumbirão ou cortarão seus pescoços; ou, o que talvez seja mais provável, retornarão desesperados aos prazeres do barbarismo e cortarão os pescoços uns dos outros, sem mencionar os dos inteligentes.

— Parece-me um final mais adequado e natural — disse o mr. Cardan. — Se, entre duas alternativas, uma se harmoniza com as nossas aspirações mais altas e a outra, humanamente falando, é completamente sem sentido e descartável, pode ter certeza de que a natureza escolherá a segunda.

Às dez e meia da noite a srta. Elver queixou-se de que não se sentia muito bem. O mr. Cardan suspirou e balançou a cabeça.

— Aqueles peixes milagrosos... — disse.

Eles voltaram ao hotel.

— Felizmente — disse a sra. Aldwinkle nessa noite, quando Irene escovava seus cabelos — nunca tive filhos. Eles destroem a silhueta de maneira irremediável. — Mesmo assim — Irene atreveu-se a discordar —, acho que deve ser muito divertido tê-los.

A sra. Aldwinkle pretextou uma dor de cabeça e mandou-a logo para a cama. Às duas e meia da madrugada, Irene foi acordada por um gemido terrivelmente melancólico e um grito pavoroso, vindos do quarto ao lado.

— Ai, ai, ai!

Era a voz de Grace Elver. Irene saltou da cama e correu para ver o que estava acontecendo. Encontrou a srta. Elver deitada na cama desarrumada, contorcendo-se de dor.

— O que é? — perguntou.

A srta. Elver não deu uma resposta articulada.

— Ai, ai, ai — repetia, virando a cabeça de um lado para o outro, tentando livrar-se da dor constante.

Irene correu ao quarto da tia, bateu à porta e, não obtendo resposta, entrou.

— Tia Lilian — chamou no quarto escuro. — Tia Lilian! — agora mais alto.

Ninguém respondeu. Irene procurou o interruptor e acendeu a luz. A cama da sra. Aldwinkle estava vazia. Irene ficou olhando sem entender, especulando, imaginando. No corredor, os gemidos incessantes continuavam: "Ai, ai!". Irene foi despertada de sua imobilidade momentânea. Saiu para o corredor e foi bater na porta do mr. Cardan.

CAPÍTULO 7

Seleções de Francis Chelifer

No calendário esportivo, os eventos mais interessantes são marcados durante os meses de outono. Não se caça na primavera. Mesmo na Itália, há um breve período de proibição à caça de pássaros canoros, que dura da chegada dos rouxinóis à partida da última andorinha. A diversão, a verdadeira diversão, começa somente no outono. A caça ao galo silvestre e à perdiz são apenas as preliminares. O grande dia mesmo é 1º de outubro, quando tem início o massacre dos vistosos faisões. Pá! Pá! — as armas de cano duplo enchem de música as florestas descoloridas. Logo em seguida os sonoros cães também participam, e suas patas, como diz com muita propriedade o poeta latino, sacodem os campos pútridos com um som quadrupedante. O inverno se torna alegre com os ruídos de uma caçada.

O mesmo acontece com algumas vidas femininas em seus anos mais avançados... Pá, pá! — no dia 1º de outubro lá vão elas caçar suas perdizes. Algumas semanas depois estarão caçando raposas. E no dia de Guy Fawkes, quando se inicia a estação de caça ao homem [26] Minha anfitriã, ao escolher-me na praia da marina de Vezza, chegara

26. Na Inglaterra, o dia 5 de novembro, quando se costuma queimar um boneco, uma espécie de Judas. (N. T.)

a um ponto de sua vida exatamente entre a caça à perdiz e a caça ao homem. Dizem que as raposas gostam de ser caçadas; aventuro-me a duvidar dessa confortadora hipótese. Por experiência própria, como o paizinho da sra. Micawber (dito pelo mr. Toft — ha! ha!)... *et cetera*.

Se amar sem ser amado pode ser classificado como uma das mais dolorosas experiências, ser amado sem amar é certamente das mais aborrecidas. Talvez nenhuma experiência seja mais adequada para que se perceba a insensatez da paixão. O espetáculo de alguém bancando o tolo é cômico. Mas aquele que banca o tolo chora. Quando não se é nem o imbecil ativo nem o espectador desinteressado, e sim a causa involuntária da insensatez do outro, é então que se sente o fastio e o desgosto, reações humanas típicas a qualquer demonstração de estupidez animal, que é a raiz de todo o problema.

Duas vezes em minha vida experimentei os salutares horrores desse fastio: uma por minha própria culpa, porque pedi para ser amado sem amar; e outra porque tive o azar de ser encontrado na praia, mole como uma alga marinha, entre 1º de outubro e o dia de Guy Fawkes. Ambas as experiências foram muito desagradáveis enquanto duraram; por outro lado, foram bem didáticas. A primeira delas completou satisfatoriamente, por assim dizer, a lição que aprendi com Bárbara. O segundo episódio foi preparado pela Providência, alguns anos depois, para lembrar-me da primeira experiência e imprimir o que os americanos chamariam de sua "mensagem" de forma indelével em minha mente. A Providência tem sido notadamente persistente em seus esforços para tornar-me ajuizado.

Pobre srta. Masson! Era uma ótima secretária. No final de 1917 sabia tudo o que era possível sobre tubos de borracha e óleo de mamona. Foi um infortúnio para todos os envolvidos que a Providência tivesse lhe destinado a missão de instruir-me mais profundamente sobre os temíveis mistérios do amor. É verdade que fui o único responsável. Aceitei espontaneamente, uma vez que pelos meus atos ficou demonstrado claramente quais foram as terríveis consequências da minha estupidez. Há uma certa satisfação em se pôr à prova as verdades da própria sabedoria, desafiando seus preceitos.

Sim, fui o único responsável. Porque eu fiz os primeiros avanços. Fui eu que, por pura lascívia, provoquei o tigre adormecido, ou ao menos bem disciplinado, que se escondia no coração de Dorothy Masson. Encostei a ponta de meu bastão em suas costelas e, contrariando todas as regras, cutuquei entre elas. Ganhei o que mereci.

Fui como o insolente Blackamoor num daqueles misantrópicos e cômicos livros ilustrados de Busch.

Ein Mohr aus Bosheit und Pläsier
Schiesst auf das Elefantentier.

Com sua pequena flecha ele cutuca o plácido paquiderme; e o paquiderme se vinga elaboradamente, nas catorze xilogravuras subsequentes.

Minha única desculpa — a recente e ridícula catástrofe com a qual se encerrara a tragédia de Bárbara — foi uma desculpa que poderia ter servido também como uma razão a mais para eu ter feito o que fiz; eu devia, depois de ter sido atingido uma vez, ter me mostrado duplamente retraído. Mas no estado miserável em que me encontrava achei que uma segunda vez pudesse me livrar da angústia da primeira. Mas isso também não é muito correto, porque jamais previ que seria realmente atingido da segunda vez. Eu só procurava alguma diversão e não algo doloroso. É verdade que, ao descobrir que aquele envolvimento com Dorothy Masson estava se tornando muito sério, deveria ter desconfiado que se tornava sério também para mim e me afastado. Mas, inspirado pela alegre irresponsabilidade que desde então passei a admirar no rude e natural espécime humano, recusei-me a considerar as possíveis consequências e continuei o que havia começado. Eu não estava nem um pouco apaixonado por ela nem ela me inspirava qualquer desejo específico. As forças que me moviam eram a miséria, acrescida de certa exasperação, além de uma vaga ansiedade provocada pelo apetite recorrente. Mais da metade dos envolvimentos não tem razões definidas para ocorrer. Tédio e ansiedade são as principais causas. Subsequentemente, a imaginação poderá intervir e o amor nascerá. Ou a experiência poderá gerar desejos específicos e, assim, tornar uma pane necessária à felicidade da outra, ou reciprocamente. Pode ser também que não haja qualquer avanço e a relação termine tão placidamente como começou, em tédio e ansiedade.

Mas há casos, entre os quais o meu, em que uma das partes pode ser inspirada por mera lascívia, a mesma que já descrevi, e a outra é realmente levada pela imaginação e se apaixona. Pobre Dorothy! Quando eu a beijava havia em seus olhos uma expressão que jamais vi em outro ser humano. O mesmo olhar de um cão quando seu dono se zanga e ergue o chicote para puni-lo — um olhar de absoluto autoaviltamento e terror. É decididamente apavorante estar diante de alguém que nos olha dessa maneira. É chocante ter nos braços um ser humano reduzido à condição de um cão fiel e apavorado. E, no meu caso, o pior é que me era completamente indiferente se ela estava ou não em meus braços. Mas, quando ela erguia o rosto e olhava-me com aquela expressão aviltante e terrível, não era só indiferente; era decididamente repulsivo. A visão daquelas pupilas dilatadas, nas quais não havia nenhum sinal de uma alma racional, mas somente terror e aviltamento, provocava imediatamente em mim um sentimento de culpa e logo em seguida raiva, ressentimento e hostilidade.

— Por que me olha desse jeito? — perguntei a ela certa vez. — Você tem medo de mim?

Ela não respondeu; apenas escondeu o rosto em meu ombro e abraçou-me com mais força. Seu corpo foi sacudido por tremores involuntários. Casualmente, por força do hábito, eu a acariciei. O tremor tornou-se mais violento.

— Não — implorou-me ela num sussurro rouco —, não faça isso. — Mesmo assim, apertou os braços em torno de mim.

Ela parecia assustada, não comigo, mas consigo mesma, com aquilo que dormitava nas profundezas de seu ser e que, se acordasse, ameaçava dominá-la, apagar por um momento aquela alma organizada e racional que normalmente regrava sua vida. Ela temia essa força interior que poderia transformá-la em algo diferente do ser com que estava habituada. Seu medo era perder o autodomínio. Ao mesmo tempo, não queria outra coisa. A força interior dormente começava a se agitar e nada poderia detê-la. Inutilmente ela tentava o impossível. Resistia, e a própria resistência acelerava o despertar do desejo. Ela temia e ao mesmo tempo provocava meus beijos. Sussurrando, implorava, como que por misericórdia, e me apertava em seus braços. Enquanto isso, eu começava a vislumbrar as potencialidades de fastio implícitas na situação. E como tudo se tornou entediante! Ser perseguido por carícias ardentes quando só se deseja tranquilidade; ser acusado, com certa justiça, de descuido em relação ao amor e ter que negar a acusação, por pura polidez; ser obrigado a ficar durante horas ao lado de uma pessoa que entedia. Que aflição, que tortura era tudo isso! Cheguei a lamentar profundamente por aquelas belas mulheres que estão sempre sendo cortejadas pelos homens. Mas elas, pensava eu, tinham uma vantagem sobre mim: eram por natureza muito mais interessadas no amor. Tinham nele uma atividade natural, a razão de sua existência; por mais desagradáveis que os pretendentes pudessem lhes parecer, não iriam achá-los tão aborrecidos e insuportáveis quanto seriam para uma pessoa, em circunstâncias parecidas, para quem o amor é algo basicamente desinteressante. Para a mulher cortejada, as qualidades mais insuportáveis de um amante aborrecido são compensadas em parte pelo fato genérico de ele ser um amante. Como me faltava o entusiasmo inato pelo amor, era-me difícil suportar o martírio de ser amado pela srta. Masson.

Mas esse tipo de envolvimento, dirá você, é um aspecto típico da realidade. É verdade; mas naquela época eu não acreditava tanto no lado real e sincero da vida como creio agora. E mesmo hoje eu consideraria um trabalho supérfluo associar-me a realidades de natureza tão excepcionalmente penetrante. Um homem sensato, se for lógico e corajoso, está destinado a passar sua vida entre Gog's Court e a casa da srta. Carruthers. Mas não é obrigado a fazer amor com a srta. Carruthers ou atrair a afeição de Fluffy. Isso seria demais — é o que penso hoje; ou talvez possa chegar a hora em que eu me sinta forte o suficiente para assumir minha realidade em doses tão pesadas. Existe um aparelho usado pelos massagistas que serve para aplicar iodo nas juntas enrijecidas. O ato do amor é como esse aparelho: injeta a personalidade do amante na mente da pessoa amada. Sinto-me bastante forte atualmente para banhar-me nas personalidades de animais humanos comuns; mas sei que sufocaria, que sucumbiria se essa lavagem fosse bombeada no meu sistema espiritual pela penetrante eletricidade do amor.

A srta. Masson classificava-se, na escala galtoniana, acima da srta. Carruthers e de Fluffy. Uma entre quatro pessoas é uma Fluffy; apenas uma entre seis é uma Dorothy Masson. Isso faz uma leve mas perceptível diferença. Não foi à toa que sofri tanto. Quando levei orquídeas de presente para ela, comentando que pareciam artificiais, ela agradeceu-me dizendo que adorava orquídeas e acrescentou, após um instante de pausa para pensar, que gostara delas porque pareciam artificiais. E riu suavemente, olhando-me como se esperasse aplausos confirmatórios. Unicamente por esse seu pequeno hábito eu sentia às vezes que poderia matá-la. Mas sua solicitude e suas reprimendas, quase sempre, eram expressadas sem palavras; raramente ela fazia cenas; apenas olhava para mim com seus tristes olhos castanhos, o desejo incessante de estar perto de mim, tocar-me, beijar e ser beijada — o que era quase suficiente para levar-me ao suicídio. Isso durou mais de um ano, uma eternidade. E tecnicamente permanece até hoje; porque nunca rompi com ela, nunca a deixei dramaticamente, mas de forma lenta e gradual fui desaparecendo de sua vida como o Gato que Ri. Ainda hoje, de vez em quando nos encontramos. E ainda, como se nada houvesse acontecido, eu a tomo em meus braços e a beijo, até que aquela estranha expressão de terror abjeto surja em seus olhos e ela implore, com a voz enfraquecida pelo desejo insaciável, que eu poupe sua alma cotidiana bem disciplinada e não a abandone ao poder daquela coisa terrível que desperta dentro dela. Enquanto isso, abraça-me com mais força e oferece o pescoço aos meus beijos. Antes e depois, conversamos sobre política e os amigos que temos em comum. Como antes, ela ainda repete a minha última frase, ri suavemente e, como antes, espera que eu admire seus pensamentos originais. Por fim eu me preparo para ir embora.

— Você voltará logo? — ela pergunta, olhando-me fixamente com uma profunda expressão de tristeza e apreensão, de perguntas não formuladas, de reprimendas não expressadas. Eu beijo sua mão.

— É claro — digo. E vou embora, esforçando-me, ao andar pela rua, para não especular sobre o tema de seus pensamentos.

Mas parece que a Providência considerou minha ligação com Dorothy Masson inadequadamente instrutiva. Dorothy, afinal, tinha apenas vinte e seis anos quando o episódio teve início. Estava ainda naquela estação florida e primaveril durante a qual, mesmo na Itália, os pássaros canoros não podem ser caçados. Ela levaria ainda vinte anos para chegar ao 1º de outubro; trinta, talvez, até que começasse a estação de caça ao homem. E fui eu o responsável pelos primeiros avanços. Mas, para a minha exibição de *Bosheit und Pläsier,* essa aborrecida história jamais teria sido apresentada. Porém, a ansiosa Providência, por alguma razão inescrutável, quis ensinar-me uma lição ainda mais memorável e foi mais longe, até quase afogar-me, determinada a me jogar nas mãos de uma mestra adequada. Eu ainda tinha que aprender como o amor pode ser ridículo e incômodo, além de muito entediante.

Nessa ocasião não fui responsável por qualquer avanço. Desde o princípio só me retraí. Os perigosos faróis azuis da sra. Aldwinkle incidiram sobre mim; como um ágil pedestre do trânsito de Londres, eu saltei de lado. Quando ela me perguntava quais as mulheres que tinham me inspirado, respondia que nada me inspirava exceto os subúrbios londrinos e a vulgaridade de lady Giblet. Se ela dizia que podia ver em meu rosto o quanto eu tinha sido infeliz, eu comentava que achava isso estranho; sempre me sentira perfeitamente feliz. Se falava de experiências, referindo-se ao que as mulheres geralmente têm em mente quando usam essa palavra — simplesmente amor —, eu retrucava com uma discussão sobre experiência relacionada à Teoria do Conhecimento. Se ela me acusava de usar uma máscara, eu protestava, dizendo que exibia minha alma desnuda a quem quisesse vê-la. Quando perguntava se eu já me apaixonara, eu dava de ombros e sorria, para não ter que responder. Mas, quando perguntou, aproximando-se demasiadamente, se eu já havia sido amado, respondi com bastante honestidade que sim, mas que achara muito aborrecido.

Mesmo assim ela retornou, indômita, ao ataque. Poderia haver algo de grandioso em sua firme determinação, algo magnífico, se não fosse grotesco. A Providência ensinava-me mais uma vez que uma vida não sábia é algo enfadonho e inútil, mas que, para todos os efeitos, é a única que existe, e é vivida em toda parte por todos, salvo algumas raras exceções. Enfim, presumo que era isso que a Providência pretendia deixar marcado em mim. Mas no processo ela usava a sra. Aldwinkle, a meu ver de maneira um tanto exagerada. Cheguei a sentir pena da pobre dama. Alguma força irracional oculta dentro dela a impelia a dar tantas cambalhotas, colocar-se em situações ridículas, dizer palavras estúpidas e contorcer o rosto em terríveis esgares. Ela não tinha outra saída, apenas cumpria ordens e o fazia da melhor maneira possível; mas era uma maneira ridícula. Não só ridícula como aterrorizante. Ela parecia um bufão carregando uma caveira.

Infatigável, representava o deplorável papel que lhe coubera. Trazia-me flores diariamente.

— Que elas desabrochem em seus versos — dizia.

Eu lhe assegurava que o único odor que provocava meus versos era o dos açougues, nas noites de inverno da Harrow Road. Ela sorria.

— Não pense que não posso entendê-lo — dizia. — Entendo-o, e muito bem.

Ela se inclinava para a frente, seus olhos brilhavam, seu perfume me envolvia quando soprava heliotrópio em meu rosto. Eu via, então, as pequenas rugas ao redor daqueles olhos, as descuidadas manchas de batom nos cantos da boca.

— Eu o entendo — repetia ela.

E ela me entendia... Uma noite (foi em Montefiascone, quando regressávamos de Roma), eu lia em minha cama quando ouvi um ruído; ergui os olhos e deparei com a sra. Aldwinkle fechando cuidadosamente a porta do meu quarto atrás de si. Ela usava camisola de seda verde-água. Duas grossas tranças pendiam em suas costas. Quando se virou, percebi que o rosto estava maquiado com um cuidado maior do que de costume. Ela cruzou o quarto em silêncio e se sentou na beira da minha cama. Uma aura de heliotrópio e âmbar-cinzento a envolvia.

Eu sorri palidamente, fechei o livro (mantendo um dedo entre as páginas, contudo, para marcar onde eu havia parado) e ergui de leve as sobrancelhas, interrogativamente. A que, fiz meu rosto perguntar, devia aquela honra?

Esse era o meu dever, pensava eu, diante da necessidade que minha anfitriã demonstrava de dizer mais uma vez que era capaz de me entender.

— Eu não suportava mais — ela disse, quase sem fôlego. — Não podia mais pensar que você estava só. Só com seu misterioso segredo. — Quando tentei protestar, ela ergueu a mão. — Oh, não pense que não vejo isso por trás de sua máscara. Só com seu misterioso segredo...

— Não, realmente... — eu comecei. Mas a sra. Aldwinkle jamais permitia que a interrompessem.

— Não suportava mais pensar nessa sua terrível solidão — continuou ela. — Saiba que existe ao menos uma pessoa que o entende. — Ela se inclinou sobre mim, sorrindo, mas com os lábios trêmulos. No mesmo instante seus olhos se encheram de lágrimas e o rosto se contorceu numa terrível máscara de sofrimento. Soltando um leve gemido, ela se jogou para a frente e caiu de rosto contra os meus joelhos. — Eu o amo, eu o amo — repetia com voz abafada. Seu corpo foi sacudido por seguidos espasmos de choro.

Eu não sabia o que fazer. Aquilo não estava no programa. Quando se sai para caçar homens ou perdizes, não é normal que se caia chorando sobre a vítima. *Hinc illae lacrimae.* É impossível dois seres humanos concordarem inteiramente sobre alguma coisa. *Quot homines;* agora que abri o *Dicionário de citações familiares* vou continuar a fazer uso dele; *quot homines, tot disputandum est.* Nem mesmo sobre as verdades da ciência existe acordo. Um homem é um geômetra, outro só pode entender a análise. Um é incapaz de acreditar em qualquer coisa que não possa ser utilizada como modelo, outro quer que sua verdade seja tão abstrata quanto possível. Mas, quando chega a hora de decidir qual deles é a vítima e qual o caçador, não há nada a fazer senão desistir da tentativa. Cada uma das partes deve permanecer com sua própria opinião. Os homens mais bem-sucedidos são aqueles que nunca admitem a validade da opinião alheia; chegam mesmo a negar que ela possa existir.

— Minha querida Lilian — comecei (ela insistira em que eu a chamasse de Lilian nos primeiros dias em que me hospedara em sua casa) —, minha querida Lilian... — Eu não encontrava mais nada para dizer. Suponho que um homem bem-sucedido diria alguma coisa franca e brutal, deixando claro à sra. Aldwinkle qual de nós era a vítima e qual o carnívoro. Faltaram-me forças. Ela continuava chorando.

— Eu o amo. Não pode me amar um pouquinho que seja? Só um pouquinho? Eu seria sua escrava. Sua escrava, seria sua escrava — e ficou repetindo isso.

— Isso não é bom — protestei. — É impossível...

Ela recomeçou, desesperada.

Por quanto tempo mais essa cena se prolongaria e o que teria acontecido se se prolongasse eu não sei. Felizmente um extraordinário tumulto irrompeu dentro do hotel. Portas batendo, vozes alteradas, passos indo e vindo no corredor. Assustada e alarmada, a sra. Aldwinkle se levantou, foi até a porta, abriu-a com cuidado e espiou lá fora. Alguém passou correndo; rapidamente, ela fechou a porta. Quando a passagem ficou livre, ela se esgueirou para o corredor e saiu na ponta dos pés, deixando-me sozinho.

O tumulto fora causado pelo princípio da agonia de morte da srta. Elver. Ao considerar que meu aprendizado fora longe demais, a Providência interrompeu a aula. Devo dizer que os meios empregados para isso foram um pouco violentos. Qualquer homem teria se sentido gratificado ao saber que uma mulher teve que se humilhar e outra morrer — como o rei João, empanturrando-se de lampreias — para que sua lição fosse interrompida antes de ir longe demais. Mas, como se vê, eu não sou um homem qualquer.

CAPÍTULO 8

Desde o princípio ninguém confiou muito no médico local; sua própria aparência já inspirava desconfiança. Mas quando, sobre o corpo prostrado da paciente, ele se gabou de ter se diplomado na Universidade de Siena, o mr. Cardan achou que era hora de procurar outro.

— Siena é famosa — cochichou ele. — É para lá que vão os imbecis que não são aprovados em Bolonha, Roma ou Pisa, para se graduar em medicina.

A sra. Aldwinkle, que surgira de repente no meio do tumulto (Irene não sabia de onde), expressou seu horror. Os médicos eram uma de suas especialidades, sua experiência com eles era muito grande. Ela já contraíra algumas doenças interessantes no decorrer de sua vida: três colapsos nervosos, uma apendicite, gota e várias gripes, pneumonias e similares, mas todas reconhecidamente aristocráticas; porque a sra. Aldwinkle fazia distinções muito claras entre os males vulgares e aqueles do tipo mais cavalheiresco. Constipação crônica, hérnia e varizes ("perna ruim", como diziam os pobres, grotescamente) eram doenças vulgares das quais nenhuma pessoa decente poderia padecer ou mesmo mencioná-las. As dela tinham sido refinadas e caras. Se ela não conhecesse um especialista francês, inglês, suíço, alemão, sueco ou mesmo japonês, não valia a pena. A observação do mr. Cardan sobre a Universidade de Siena deixou-a muito impressionada. .

— A única coisa que se tem a fazer — disse, decidida — é pedir a Hovenden que vá até Roma e traga um especialista. Imediatamente. — Era um conforto para ela, em seu presente estado de infortúnio, poder fazer alguma coisa, providenciar, dar ordens, mesmo que fosse para si mesma. — A princesa deu-me o nome de um homem maravilhoso. Eu o escrevi em algum lugar. Vamos. — E lançou-se para fora do quarto.

Obediente, lorde Hovenden seguiu-a, anotou o nome talismânico e saiu. Chelifer o esperava ao pé da escada.

— Se não se importa, gostaria de ir também — disse. — Eu só atrapalharia ficando aqui.

Eram quase cinco e meia da manhã quando eles partiram. O sol ainda não nascera, mas estava quase claro. Um céu cinzento de nuvens escuras cobria o horizonte. Havia neblina nos vales e o lago Bolsena estava encoberto pelo que pareciam águas de um mar esbranquiçado. Fazia frio. Saindo da cidade, eles encontraram uma caravana de mulas carregadas, subindo devagar uma rua íngreme em meio ao retinir de sinos, a caminho do mercado.

Viterbo ainda dormia quando a atravessaram. Do alto dos montes Ciminianos avistaram pela primeira vez o sol. Por volta das sete horas estavam chegando a Roma. Os obeliscos, os telhados e as cúpulas surgiam dourados da sombra contra a palidez azul do céu. Eles seguiram para Corso. Na Piazza Venezia pararam para um café e, enquanto esperavam, procuraram no catálogo o endereço do médico da sra. Aldwinkle. Ele morava num bairro novo, perto da estação.

— Explique você o que está acontecendo — disse Hovenden, enquanto bebiam o café. — Não sou muito bom com o italiano.

— Como se arrumou quando precisou de um médico no outro dia? — perguntou Chelifer.

— Bem — disse lorde Hovenden, corando —, na verdade ele era inglês. Mas já não está mais aqui — acrescentou rapidamente, com medo de que Chelifer sugerisse que levassem também esse médico. — Foi para Nápoles — especificou em seguida, esperando que o acúmulo de detalhes circunstanciais tornasse a história mais verossímil — fazer uma cirurgia.

— Ah, é um cirurgião — disse Chelifer, erguendo as sobrancelhas.

Hovenden assentiu.

— Um cirurgião — ecoou, mergulhando o rosto dentro da xícara de café.

Eles seguiram caminho. Ao saírem da praça e entrarem no Foro de Trajano, Chelifer notou uma pequena multidão, a maioria de meninos de rua, espremidos contra as grades, do outro lado do foro. No meio deles havia uma mulher magra, de vestido cinza, que mesmo a distância era impossível não reconhecê-la como inglesa ou certamente não italiana. Essa senhora estava debruçada sobre a grade e baixava com muito cuidado a ponta de uma corda à qual estava engenhosamente presa, por quatro cordas laterais que passavam por buracos feitos em sua parede, uma panelinha de alumínio cheia de leite. Balançando lentamente enquanto descia, a panelinha tocou o chão do foro afundado. No mesmo instante, meia dúzia de gatinhos, miando e ronronando, veio correndo e começou a lamber o leite. Outros os seguiram; cada fresta tinha o seu gato. Alguns, mais espertos, saltavam de seus pedestais de mármore e vinham trotando pelo espaço aberto com a marcha ondulada e decidida de um leopardo. Os mais novos cambaleavam sobre as pernas tortas. Em poucos minutos, a panelinha estava sitiada por uma horda de gatos. Os meninos de rua gritavam de alegria.

— Quem diria! — exclamou lorde Hovenden, que diminuíra a velocidade para observar a cena curiosa. — Não é sua mãe?

— Acho que sim — disse Chelifer, que desde o princípio a reconhecera.

— Devemos parar? — perguntou Hovenden.

Chelifer balançou a cabeça.

— É melhor encontrarmos logo esse médico.

Enquanto o carro se afastava, Chelifer viu sua mãe, fiel a seus princípios vegetarianos, atirar para dentro do covil de gatos pedacinhos de pão e batatas fritas. Sabia que à noite ela estaria lá novamente. Não levara muito tempo para encontrar com que se ocupar em Roma.

CAPÍTULO 9

O funeral não deveria acontecer antes do pôr do sol. Os carregadores, o coro, o coroinha e o próprio padre estariam provavelmente nos campos, colhendo uvas. Tinham coisas mais importantes a fazer enquanto ainda era dia, além de enterrar pessoas. Que os mortos enterrassem seus mortos. Os vivos deviam fazer vinhos.

O mr. Cardan estava só na igreja vazia. Só; o que fora Grace Elver estava ali, deitado no caixão, sobre um estrado no meio da igreja. Não se podia contar com aquilo como companhia; lá dentro só havia matéria. O rosto dele, vermelho e congestionado, parecia ter se congelado na imobilidade; toda sua alegria, a inquieta mobilidade tinham desaparecido. Poderia ser o rosto de um homem morto, de um daqueles cujo trabalho é enterrar os mortos. Ele permanecia ali, sério e empedernido, inclinado para a frente, o queixo apoiado na mão, o cotovelo no joelho.

Três mil, seiscentos e cinquenta dias, pensava ele; é o que me resta, se eu viver mais dez anos. Três mil, seiscentos e cinquenta dias e, então, o fim, os vermes.

Há muitas maneiras horríveis de morrer, pensava. Certa vez, anos atrás, ele tivera uma bela gata angorá. Ela comera algumas baratas envenenadas na cozinha e morrera vomitando pedaços de seu estômago dilacerado. Ele sempre pensava nessa gata. Todos deviam morrer assim, expelindo a própria vida.

Não que para isso devessem comer baratas, é claro. Mas sempre havia os peixes podres, os efeitos não eram muito diferentes. Pobre idiota!, pensou, olhando para o caixão. Tivera uma morte muito desagradável. Dores, vômitos, o colapso, o coma e o caixão — e agora os fermentos de putrefação e os vermes. Não era um final digno e inspirado. Nenhum discurso, nem serenidades consoladoras, nem Little Nells ou Paul Dombeys. O mais próximo que esteve de Dickens foi quando, num breve momento de lucidez, ela lhe perguntou sobre os ursos que ele lhe daria quando estivessem casados.

— Já serão crescidos ou ainda bebês? — ela perguntara.

— Bebês — respondera ele, e a vira sorrir de prazer.

Essas foram quase as únicas palavras articuladas por ela. Ao longo da agonia de morte, foram os únicos indícios da existência de uma alma. O resto do tempo, Grace fora apenas um corpo doente, que chorava e murmurava coisas sem sentido. A tragédia do sofrimento do corpo até se extinguir não foi catártica. Ele seguiu seu curso lento de degradação ponto a ponto, ato após ato, até o final. Só a tragédia do espírito é capaz de liberar, de elevar. Mas a grande tragédia é que o espírito, mais cedo ou mais tarde, sucumbirá à carne. Mais cedo ou mais tarde os pensamentos deixarão de existir e só haverá dor, vômitos e estupor. A tragédia do espírito é apenas uma exuberância acidental, um produto da energia vital sobressalente, como o penacho de um mocho ou as inumeráveis populações de espermatozoides inúteis e condenados. O espírito não tem importância nenhuma; só o corpo existe. Enquanto jovem, é belo e forte. Mas envelhece, as juntas estalam e tudo se torna ressecado e malcheiroso; e então entra em colapso, a vida se desprende e a matéria apodrece. Por mais belo que seja o penacho de um mocho, desaparecerá com ele. E o espírito, que é um dos mais belos ornamentos, perecerá também. A farsa é horrenda e de muito mau gosto.

Os tolos não percebem que é tudo uma farsa. São os mais abençoados. Os sábios percebem, mas esforçam-se para não pensar nisso. É onde reside sua sabedoria. Eles se entregam a todos os prazeres, do espírito e do corpo, especialmente aos do espírito, que são de longe os mais variados, prazerosos e adoráveis; e quando chega a hora resignam-se dignamente com a decadência do corpo e a extinção de sua parte espiritual. Enquanto isso não acontece, não pensam demais na morte — não é um tema muito estimulante. Não insistem muito na natureza farsesca do drama que representam, com medo de que eles próprios se tornem por demais enfadonhos e não sejam capazes de extrair grandes prazeres de todo o espetáculo.

As comédias mais ridículas são aquelas sobre pessoas que pregam uma coisa e praticam outra, que fazem declarações importantes mas falham lamentavelmente na hora de cumpri-las. Pregamos a imortalidade e praticamos a morte. Tartufo e Volpone estão fora disso.

Os sábios não pensam na morte a fim de não estragar seus prazeres. Mas há momentos em que os vermes se introduzem na mente com demasiada insistência para serem ignorados. Outras vezes, a morte impõe-se à força e então se torna difícil extrair prazer seja do que for.

Aquele caixão, por exemplo. Como é possível sentir prazer diante da beleza da igreja na qual ele repousa, cheio de matéria em decomposição? Não há nada melhor do que erguer os olhos para o teto de uma grande nave e ver que no final de uma longa fileira de arcos arredondados existe um segmento brilhantemente iluminado da circunferência de uma cúpula: o círculo horizontal em harmonioso contraste com os semicírculos perpendiculares dos arcos. Não há nada mais lindo entre todos os trabalhos do homem. Mas o caixão estava ali, sob os arcos, para lembrar ao *connoisseur* do belo que não existe mais nada além do corpo e que este sofre uma degradação, morre e é comido pelos bichos.

O mr. Cardan perguntava-se como seria a sua morte. Seria súbita ou lenta? Sofreria uma longa agonia? Seria inteligente, apesar de humana? Ou morreria como um idiota, um animal queixoso? Fosse como fosse, agora ele morreria pobre. Os amigos se cotizariam e lhe mandariam algum dinheiro de vez em quando. Que aborrecimento! Era fantástico como ele conseguira viver tanto tempo! Mas sempre fora um bode velho. Pobre Cardan!

Uma porta bateu; sons de pessoas ecoaram na igreja vazia. Era o sacristão. Vinha dizer a omr. Cardan que logo poderiam começar. Tinham apressado a volta do campo para isso. As uvas não eram tantas nem tão boas como foram no ano anterior. Mesmo assim, agradeciam a Deus por Suas graças, fossem quais fossem.

Abençoados os tolos, pensou o mr. Cardan, por não enxergarem nada. Talvez enxergassem e ainda assim acreditassem em confortáveis consolos futuros e na justiça da eternidade. Em qualquer dos casos, não enxergando ou enxergando mas acreditando, eram tolos. Acreditar é provavelmente a melhor das soluções, refletiu o mr. Cardan. Porque permite que se enxergue e não se ignore. Aceitam-se os fatos e por isso podem ser justificados. Para um crente, um ou dois caixões não interfeririam na apreciação da arquitetura de Sammicheli.

Os carregadores se alinharam, trazendo do campo um cheiro saudável de suor. Estavam vestidos para a ocasião com trajes que deveriam, sem dúvida, ser sobrepelizes, mas que de fato não passavam de guarda-pós brancos, amarrotados e encardidos. Pareciam onze árbitros de um jogo de críquete, perfeitamente alinhados. Atrás dos carregadores entrou o padre, seguido por um árbitro em miniatura que usava um guarda-pó tão curto que não chegava a esconder os joelhos descobertos. O serviço começou. O padre desenrolava suas fórmulas latinas como se estivesse recolhendo apostas; os carregadores, num uníssono imperfeito e desafinado, vociferavam entre eles sobre a vindima. O pequeno coçou a cabeça, depois a nuca e por fim enfiou o dedo no nariz. O padre rezava tão rápido que as palavras se misturavam e se tornavam uma só. O mr. Cardan perguntou-se por que a Igreja Católica não adotava máquinas de rezar. Um pequeno e simples motor, girando a seiscentas ou oitocentas rotações por minuto, daria conta de um número espantoso de serviços piedosos num único dia e custaria muito menos que um padre.

— Baa baba, baa baa, Boo-oo-baa — balia o padre.

— Boooo-baa — balia de volta o rebanho.

Sem parar um instante de cutucar o nariz, o árbitro em miniatura, que parecia conhecer tão bem o seu papel quanto um cachorro treinado de um show de variedades, entregou um turíbulo ao padre. Balançando-o e desfiando seu piedoso latim, ele começou a dar voltas em torno do caixão. Perfume simbólico e religioso! Fora espalhado nos estábulos de Belém, em meio ao cheiro de amoníaco dos animais, como um sinal e um símbolo do espírito. A fumaça azulada espalhava-se pelo ar, levada pelo vento. Na superfície da terra as bestas propagavam incessantemente sua espécie; a terra inteira é um pântano de carne viva. Seu cheiro morno e pesado envolve todas as coisas. Em todos os lugares queima-se incenso; a fumaça logo desaparece. O cheiro das bestas permanece.

— Baa, baba — continuava o padre.

— Baa — respondia o coro, uma quinta abaixo na escala.

O pequeno forneceu água e uma espécie de vassourinha. Mais uma vez o padre deu a volta no caixão, aspergindo a água acumulada nos pelos da vassourinha; o pequeno árbitro ia atrás dele, segurando a ponta do paramento. Os carregadores, enquanto isso, sussurravam entre eles sobre as uvas.

Às vezes, pensava o mr. Cardan, o espírito representa tão bem e de maneira tão solene o seu papel que é difícil não acreditar na sua existência e máxima importância. Um ritual cumprido com seriedade é muito convincente. Mas basta que seja feito sem cuidado e casualmente, por pessoas que não estejam pensando no que o rito simboliza, para que se perceba que não há nada por trás dos símbolos, que só o ato importa — a ação criteriosa do corpo. E que o corpo, decadente e condenado, é a única estarrecedora realidade.

O serviço terminou; os carregadores ergueram o caixão e levaram-no para o carro fúnebre, estacionado à porta da igreja. O padre pediu ao mr. Cardan que o acompanhasse à sacristia. Lá, enquanto o pequeno árbitro guardava o turíbulo e a vassourinha, ele apresentou a conta. O mr. Cardan pagou.

QUINTA PARTE

Conclusões

CAPÍTULO 1

— Em que você está pensando?

— Em nada — disse Calamy.

— Estava sim. Devia estar pensando em alguma coisa.

— Nada em particular — ele repetiu.

— Conte-me — insistiu Mary. — Quero saber.

— Bem, se quer mesmo saber — começou Calamy lentamente... mas ela o interrompeu.

— Por que ergueu a mão daquele jeito? E abriu os dedos contra a janela? Eu vi, sabe? — O quarto estava escuro, mas do outro lado da janela aberta as estrelas brilhavam.

Calamy riu; um riso bastante sem graça.

— Ah, você viu... a mão? Bem, pois era exatamente nela que eu estava pensando.

— Em sua mão? — perguntou Mary, incrédula. — Que coisa estranha para se pensar!

— Mas interessante, quando se pensa seriamente.

— As suas mãos — disse ela suavemente, em outro tom de voz —, as suas mãos. Quando elas me tocam... — Com um movimento feminino de gratidão, de reconhecimento pelos benefícios recebidos, ela se aproximou dele; na escuridão, beijou-o. — Eu o amo demais — sussurrou —, amo muito. — E nesse momento era quase verdadeiro. O espírito forte e completo, escrevera ela em seu caderno de notas, deve ser capaz de amar com fúria, selvageria e insensatez. Ela se orgulhava de sentir-se forte e completa. Certa vez saíra para jantar com um argentino moreno, de pele azeitonada; desdobrando o guardanapo, ele deu início à conversa da noite, num fantástico francês transpirenaico, o único substituto para o seu castelhano, e disse, revirando os olhos para cima e com um sorriso de marfim: "*Jé vois qué vous avez du temmperramenk*". "*Oh, à revendre*", respondera ela jovialmente, arriscando seu humor parisiense. Que deliciosa diversão! Mas aquilo era Vida, e somente Vida. Ela havia transformado o incidente num conto, havia muito tempo. Mas o argentino a vira com olhos de especialista; e estava certo.

— Eu o amo demais — sussurrou mais uma vez na escuridão. Sim, era verdade, quase verdade naquele momento, naquelas circunstâncias. Pegou a mão dele e beijou-a. — É isso o que penso de sua mão — disse.

Calamy permitiu que sua mão fosse beijada e, tão logo foi decentemente possível, retirou-a com delicadeza. Invisível na escuridão, seu rosto se contraiu numa ligeira careta de impaciência. Naquele momento não estava interessado em beijos.

— Sim — disse meditativamente —, é uma maneira de pensar nesta minha mão; é uma das maneiras de ela existir e ser real. Certamente. E era nisso que eu pensava: em todas as diferentes possibilidades de estes cinco dedos — ele ergueu novamente os dedos e os abriu contra a luminosidade pálida e oblonga da janela — ganharem realidade e existirem. As várias possibilidades — repetiu devagar. — Quando penso nisso, mesmo que por alguns minutos, vejo-me mergulhado até os olhos num dos mais portentosos mistérios. — Ficou um momento em silêncio, e então acrescentou num tom muito sério: — Acredito que se alguém pudesse suportar o esforço de pensar com firmeza em alguma coisa, nesta mão, por exemplo, com muita firmeza e por muitos dias, meses e até anos, seria possível escavar o caminho até o âmago do mistério e chegar realmente a alguma coisa, a algum tipo de verdade ou explicação. — Ele fez uma pausa.

Submergir na escuridão, pensou. Lentamente, penosamente, como o Demônio de Milton, abrindo caminho através do caos; no final é possível emergir para a luz, enxergar o universo, esfera dentro de esfera, penduradas no teto do céu. Mas seria um processo lento e trabalhoso; seria preciso tempo e liberdade. Sobretudo liberdade.

— Por que não pensa em mim? — perguntou Mary Thriplow. Erguendo-se com o cotovelo, ela se inclinou sobre ele; com a outra mão, acariciava-lhe a cabeça. — Não mereço que pense em mim? — Ela tinha entre os dedos um punhado de cabelos dele; delicadamente, começou a puxá-los, testando-o, como se estivesse se preparando para algo pior, firmando a mão para um puxão mais violento. Sua vontade era machucá-lo. Mesmo em seus braços, pensava ela, ele lhe escapava, simplesmente não estava ali. — Não mereço que pense em mim? — repetiu, puxando o cabelo com mais força.

Calamy não disse nada. A verdade, refletia ele, é que ela não merecia. Assim como muitas outras coisas. A vida das pessoas é um deslizar sobre gelo fino, uma corrida de baratas-do-mar sobre a pele invisível do oceano. Basta pisar um pouco mais forte, apoiar-se um nadinha a mais, para atravessá-la e afundar num elemento perigoso e desconhecido. O amor, por exemplo, não é algo em que se possa pensar; só se pode suportá-lo quando não se pensa nele. Mas pensar é necessário, é preciso atravessar as suas profundezas, mergulhar nelas. Mesmo assim, de maneira desesperada e insana, permanece-se deslizando na fina superfície.

— Você me ama?

— É claro — respondeu ele, mas o tom de voz não demonstrava muita convicção.

Ameaçadoramente, ela puxou a mecha de cabelos presa em seus dedos. Irritava a que ele pudesse escapar, que não se entregasse completamente. E o ressentimento por não se sentir amada produzia a convicção complementar de que o amava demais. A raiva e a gratidão física misturadas faziam-na sentir-se, nesses momentos, peculiarmente apaixonada. Ela representava o papel da *grande amoureuse,* a apaixonada de Lespinasse, e o fazia espontaneamente, sem a menor dificuldade.

— Eu poderia odiá-lo — disse, ofendida — por fazer com que eu o ame tanto.

— E eu? — disse Calamy, pensando em sua liberdade. — Não deveria odiá-la também?

— Não. Porque não me ama tanto.

— Mas isso não importa — disse Calamy, evitando declarar seu protesto contra aquela maldita acusação. — Ninguém se ressente do amor por si mesmo, mas sim por aquilo em que ele interfere.

— Ah, entendo — disse Mary amargamente. Ela estava tão ofendida que só desejava puxar o cabelo dele. Virou-se de costas. — Sinto muito por ter interferido nas suas importantes ocupações — disse com sarcasmo. — Como pensar em sua mão — riu desdenhosamente. Houve um longo silêncio. Calamy nada fez para quebrá-lo; estava magoado com aquele tratamento derrisório dado a um assunto que, para ele, era sério, quase sagrado. Foi Mary quem primeiro falou.

— Por que não me diz, então, no que estava pensando? — perguntou, submissa, virando-se novamente para ele. O amor exige que se engula o orgulho e que se renda. — Por que não me diz? — repetiu, inclinando-se sobre ele. Começou a beijar-lhe uma das mãos, e então mordeu a ponta de um dedo com força. Calamy gritou de dor.

— Por que me faz tão infeliz? — perguntou ela entre os dentes cerrados. Ao dizer isso, viu-se deitada de bruços, chorando desesperadamente. Era preciso ter um espírito muito forte para suportar tanta infelicidade.

— Fazê-la infeliz? — perguntou Calamy, irritado; ainda sentia a dor da mordida. — Isso não é verdade. Eu a faço incrivelmente feliz.

— Sinto-me miserável — respondeu ela.

— Bem, nesse caso é melhor eu ir embora e deixá-la em paz. — Ele retirou o braço que estava sob os ombros dela, como se estivesse realmente se preparando para sair.

— Não, não — implorou Mary. — Não vá. Não fique aborrecido comigo. Desculpe-me. Comportei-me muito mal. Diga-me, por favor, o que pensava sobre sua mão. Estou realmente interessada. Estou interessada de verdade — ela falava com sinceridade, quase infantilmente, como uma garotinha nas palestras da Royal Institution.

Calamy não pôde evitar o riso.

— Mas agora já destruiu o meu entusiasmo pelo assunto — disse. — É difícil retomá-lo assim, a frio.

— Por favor, por favor — insistiu Mary. Errara e devia conseguir o perdão, persuadi-lo com agrados. Quando se ama...

— Você tornou impossível falar de qualquer coisa importante — objetou Calamy. Mas, por fim, deixou que ela o persuadisse. Envergonhado, quase canhestramente, porque a atmosfera na qual as ideias tinham sido ruminadas já se dissipara e era no vazio, por assim dizer, que seus pensamentos agora tentavam retomar fôlego, ele começou sua explicação. Mas aos poucos, à medida que ia falando, o estado de espírito retornava; começava a sentir-se à vontade com o que estava dizendo. Mary ouvia com total atenção, o que, mesmo na escuridão, ele podia perceber de alguma forma.

— Bem, como vê — ele parou, hesitante —, é assim. Eu pensava sobre as várias possibilidades de uma determinada coisa existir; a minha mão, por exemplo.

— Entendo — disse Mary, compreensiva e inteligente. Ela estava ansiosa para provar que ouvira tudo, entendera perfeitamente; podia enxergar até onde não houvesse nada para ver.

— É algo extraordinário a quantidade de maneiras diferentes que uma coisa tem para existir, quando se começa a pensar — continuou Calamy. — E quanto mais se pensa, mais obscura e misteriosa ela se torna. O que parecia sólido se desfaz; o que era óbvio e compreensível torna-se um mistério. Abismos começam a se abrir em toda a volta, mais e mais abismos, como se o chão rachasse num terremoto. Estar na escuridão provoca uma sensação estranha de insegurança. Mas acredito que pensar muito e com firmeza é o caminho para sair dessa escuridão e chegar a algum lugar. Mas aonde se chega, precisamente aonde? Essa é a questão. — Ele ficou em silêncio. Se eu fosse livre, pensava, poderia explorar a escuridão. Mas a carne é fraca; sob a ameaça da deliciosa tortura ela se acovarda e trai.

— E depois? — perguntou Mary, chegando mais perto e delicadamente roçando o queixo dele com os lábios, deslizando as mãos de leve em seu ombro e ao longo do braço. — Continue.

— Muito bem — disse ele, agora muito interessado, afastando-se um pouco dela. Ergueu novamente a mão contra a luminosidade da janela. — Veja: é apenas uma forma que interrompe a luz. Para uma criança que ainda não aprendeu a interpretar o que vê, não passa de um borrão colorido, tão importante quanto um daqueles alvos que representam a cabeça e os ombros de um homem quando se aprende a atirar. Agora, vamos olhá-la como se fôssemos um físico.

— Certo — disse Mary; e pelo movimento dos cabelos arrastando em seus ombros Calamy sentiu que ela balançava a cabeça afirmativamente.

— Nesse caso, então — continuou ele —, devemos imaginar um número quase inconcebível de átomos, cada um deles composto por um número maior ou menor de partículas de eletricidade negativa, que gira vários milhões de vezes por minuto ao redor de um núcleo de eletricidade positiva. As vibrações dos átomos próximos da superfície peneiram, por assim dizer, as radiações eletromagnéticas que caem sobre eles, fazendo com que apenas essas ondas alcancem nossos olhos e nos deem a sensação de uma cor rosada. Rapidamente, poder-se-ia ressaltar que o comportamento da luz é explicado por uma teoria da eletrodinâmica, enquanto o comportamento dos elétrons no átomo só pode ser explicado por uma teoria totalmente inconsistente. Sabe-se que dentro do átomo os elétrons se movem de uma órbita para outra sem levar tempo algum para percorrer esse caminho e sem percorrer qualquer espaço. Na verdade, dentro do átomo não há tempo nem espaço. E assim por diante. Tenho que confiar na maior parte disso, porque na verdade não entendo quase nada dessas coisas. Apenas o suficiente para me sentir mais confuso quando penso nelas.

— Sim, confuso — disse Mary. — É esta a palavra: confuso. — Ela prolongou e acentuou o som do *s*.

— Bem, são então duas maneiras de esta mão existir — continuou ele. — Há ainda o ponto de vista da química. Esses átomos compostos de mais ou menos elétrons, que giram em torno de um núcleo de maior ou menor carga, são átomos de elementos diferentes que se edificam dentro de um determinado padrão arquitetônico e formam complicadas moléculas.

Compreensiva e inteligente, Mary repetiu:

— Moléculas.

— Mas se, como Cranmer, eu puser minha mão direita no fogo para puni-la por ter cometido algo errado ou indigno (diga-se de passagem que essas palavras nada têm a ver com a química); se eu puser minha mão no fogo, essas moléculas se desagruparão e voltarão a ser os átomos que a constituem, que, por sua vez, se edificarão em outras moléculas. Mas isso nos leva a um conjunto de realidades totalmente diferentes. Porque se eu puser minha mão no fogo sentirei dor; e a menos que, como Cranmer, faça um esforço enorme para mantê-la, ela própria se afastará, independentemente de minha vontade, antes que eu possa perceber. Porque estou vivo, e esta mão faz parte de um ser vivo; e a primeira lei da existência é preservar a vida. Por estar viva, esta minha mão, se for queimada, dará um jeito de se recuperar. Vista por um biólogo, então, ela se revelará um conjunto de células agrupadas que jamais ultrapassarão umas às outras, jamais se proliferarão em loucas aventuras de crescimento, mas que vivem, morrem e se desenvolvem até o final, desde que o todo que elas compõem tenha alcançado o seu propósito, como se obedecessem a um plano preestabelecido. Digamos que a mão se queime: ao redor da queimadura as células saudáveis produzirão novas células, a partir delas mesmas, para recuperar e cobrir os pontos danificados.

— A vida é maravilhosa — disse Mary. — A vida...

— A mão de Cranmer — continuou Calamy — cometeu um ato ignóbil. Ela faz parte não só de um ser humano mas de um ser que conhece o bem e o mal. Esta minha mão pode fazer coisas boas e más. Ela mata um homem, por exemplo; escreve todo tipo de palavras; auxilia um ferido; toca este seu corpo. — Ele pousou a mão sobre um seio; ela levou um susto e estremeceu involuntariamente sob a carícia. Ele devia ter achado isso bastante lisonjeiro, um símbolo de seu poder sobre ela, ou do poder dela sobre ele. — E quando minha mão toca em seu corpo, está tocando também em sua mente. Ela se move, assim, tanto em sua consciência quanto aqui, em sua pele. É minha mente que a ordena; e ela traz o seu corpo até minha mente. Ela existe, então, em minha mente; tem realidade como parte da minha alma e parte da sua.

A srta. Thriplow não pôde deixar de pensar que naquilo tudo havia material para uma profunda digressão, numa de suas novelas. "Esta escritora jovem e séria...", rabiscariam os revisores na contracapa de seu próximo livro.

— Continue — disse ela.

Calamy continuou:

— São essas, então, algumas das maneiras, existem muitas outras, de minha mão existir e ser real. Esta forma que interrompe a luz: basta pensar nela por cinco minutos para perceber que existe simultaneamente em uma dúzia de mundos paralelos. Existe como cargas elétricas; como moléculas químicas; como células vivas;

como pane de um ser moral; como instrumento do bem e do mal; existe no mundo físico e mental. A partir disso é inevitável que se pergunte quais as relações entre esses diferentes modos de existir. O que há em comum entre vida e química, entre bem e mal e cargas elétricas; entre um conjunto de células e a consciência de uma carícia. É neste ponto que os abismos começam a se abrir. Porque não há nenhuma conexão visível. O universo repousa no topo dele próprio, em camadas distintas e separadas.

— Como um sorvete napolitano — a mente de Mary voou imediatamente para essa fantástica e inesperada comparação. "Esta escritora jovem e espirituosa..." Isso já estava escrito na contracapa de seu livro.

Calamy riu.

— Sim — concordou —, como um sorvete napolitano. O que é verdadeiro para a camada de chocolate, na base do sorvete, pode não valer para a última camada de baunilha. E uma verdade para o sorvete de limão é diferente da que o é para o sorvete de morango. E cada um deles tem tanto direito de existir e de se considerar real quanto todos os outros. Certamente não se pode explicar um em termos dos outros, como a baunilha em termos de quaisquer das outras camadas inferiores. Não se explica a mente como mera vida, química ou física. Essa é a única coisa perfeitamente clara e evidente.

— É claro — concordou Mary. — E qual é o resultado de tudo isso? Realmente não consigo perceber.

— Nem eu — disse Calamy, com uma explosão melancólica de riso. — A única esperança é que, se continuarmos a pensar com firmeza e por muito tempo, talvez possamos chegar a uma explicação do chocolate, do limão, do morango e da baunilha. Quem sabe seja tudo baunilha, tudo mente ou tudo espírito. O resto será só aparência, só ilusão. Mas ninguém pode afirmar uma coisa dessas se não estiver livre para pensar muito.

— Livre?

— É preciso ter a mente aberta, tranquila, vazia, vazia de pensamentos irrelevantes, silenciosa. Os pensamentos não entrarão na mente ruidosa; eles são tímidos, permanecem em seus obscuros esconderijos sob a superfície, onde não podem ser alcançados se a mente estiver repleta de bobagens e ruídos. Muitos de nós passamos pela vida sem saber sequer que esses pensamentos existem. Se quisermos convidá-los a sair, teremos que abrir espaço para eles, limpar a mente e esperar. E não poderão existir preocupações irrelevantes espreitando por trás das portas. É preciso estar livre desse tipo de problema.

— Suponho que eu seja uma dessas preocupações irrelevantes — disse Mary Thriplow, depois de um tempo.

Calamy riu, mas não negou.

— Se é assim — continuou ela —, por que fez amor comigo?

Calamy não respondeu. Por que, realmente? Ele já se fizera essa mesma pergunta muitas vezes.

— Acho que é melhor — disse ela, após um silêncio — terminarmos tudo por aqui. — Ela se retiraria, se mortificaria por ele.

— Terminar? — ecoou ele. Desejava isso, é claro, mais que qualquer outra coisa: acabar com tudo, ver-se livre. Mas acabou acrescentando, com uma espécie de riso contido na superfície da voz: — Você acha que pode terminar?

— Por que não?

— E se eu não permitir? — Pensava ela que não estava sob seu poder, que não era obrigada a obedecer a tudo o que ele desejasse? — Pois não permito que o faça — disse com a voz trêmula de júbilo. Curvou-se sobre ela e começou a beijá-la na boca; suas mãos a prendiam e a acariciavam. Que insanidade, dizia para si mesmo!

— Não, não — Mary resistiu um pouco, mas no final deixou que ele a dominasse. Permaneceu deitada, trêmula, como se acabasse de ser torturada.

CAPÍTULO 2

Ao retornarem de Montefiascone, a sra. Aldwinkle e seu grupo, bastante desanimado, encontraram Mary Thriplow sozinha no palácio.

— E Calamy? — perguntou a senhora.

— Foi para as montanhas — disse Mary, séria e determinada.

— Por quê?

— Sentiu vontade — respondeu Mary. — Queria estar só para pensar. A perspectiva da volta de vocês deixou-o apavorado. Ficará fora por dois ou três dias.

— Nas montanhas? — repetiu a sra. Aldwinkle. — Dormirá na floresta, numa caverna ou algo parecido?

— Alugou um quarto na hospedaria de um camponês, na estrada que sobe para as pedreiras. É um lugar adorável.

— Isso me parece atraente — disse o mr. Cardan. — Acho que subirei até lá para dar uma espiada.

— Tenho certeza de que Calamy preferiria que não o fizesse — disse a srta. Thriplow. — Ele quer ficar só. Eu entendo isso muito bem — acrescentou.

O mr. Cardan olhou-a com curiosidade; o rosto dela expressava uma serenidade brilhante e séria.

— Surpreende-me que você também não tenha se retirado do mundo — disse ele, piscando. Não se sentia tão bem desde o lúgubre dia do funeral de Grace.

A srta. Thriplow deu um sorriso cristão.

— O senhor pensa que estou brincando — disse, balançando a cabeça. — Sabe que não estou.

— Tenho certeza disso — apressou-se em responder o mr. Cardan — Acredite-me, nunca pretendi dizer isso. Nunca, palavra. Disse apenas, e garanto-lhe que com muita seriedade, que fiquei surpreso por você...

— Bem, como vê, não tive necessidade de me afastar fisicamente — explicou a srta. Thriplow. — Sempre achei que, quando se quer, é possível levar uma vida de eremita mesmo no centro de Londres ou em qualquer lugar.

— Certo — concordou o mr. Cardan. — Você está absolutamente certa.

— Ele deveria ter esperado até eu voltar — disse a sra. Aldwinkle, quase ofendida. — Ou no mínimo ter escrito um bilhete. — Olhou com raiva para a srta. Thriplow, como se fosse ela a culpada pela falta de polidez de Calamy. — Bem, preciso livrar-me destas roupas empoeiradas — acrescentou bruscamente e foi para o seu quarto. A irritação era apenas um disfarce e uma manifestação pública de sua profunda depressão. Estavam todos indo embora, pensava ela, todos a abandonavam. Primeiro Chelifer, agora Calamy. Como os outros. Chorosa, ela revia sua vida. Não só as pessoas como todas as coisas estavam sempre escorregando de seus dedos. Perdia tudo o que era realmente importante e excitante; as coisas aconteciam sempre em outro lugar, longe de sua vista. E os dias eram tão curtos e tão poucos agora. A morte se aproximava. Por que Cardan trouxera aquela terrível criatura idiota para morrer bem na sua frente? Ela não queria se lembrar da morte. A sra. Aldwinkle ergueu os ombros. Estou ficando velha, pensou; e o pequeno relógio sobre o console da lareira de seu imenso quarto repetia o refrão: ficando velha, ficando velha — a sra. Aldwinkle olhou-se no espelho — e o massageador elétrico não chegava. Já estava a caminho, é verdade, mas levaria semanas para chegar. Os correios são tão lentos... Tudo conspirava contra ela. Se o tivesse comprado há mais tempo, talvez parecesse mais jovem... Será? Ficando velha, ficando velha, ficando velha, repetia o reloginho. Em poucos dias Chelifer estaria voltando à Inglaterra; iria embora, viveria longe dela uma vida bela e maravilhosa. E ela não estaria presente. Calamy já se fora; o que estaria fazendo lá naquelas montanhas? Pensando em coisas maravilhosas, que ocultavam o segredo que ela estava buscando e nunca encontrava, os pensamentos que lhe trariam consolo e tranquilidade para aquilo que sempre necessitara. E ela jamais saberia quais eram. Ficando velha, ficando velha. A sra. Aldwinkle tirou o chapéu e jogou-o sobre a cama. Era a mulher mais infeliz do mundo.

À noite, enquanto escovava os cabelos da tia, Irene, disposta a enfrentar os perigos de suas terríveis brincadeiras, armou-se de coragem e disse:

— Jamais poderei agradecer-lhe por ter me falado sobre Hovenden.

— Falado o quê? — perguntou a sra. Aldwinkle, de cuja mente os fatos dolorosos das últimas semanas tinham obliterado as memórias mais triviais.

Irene enrubesceu. Essa pergunta não estava prevista. Seria mesmo possível que tia Lilian houvesse esquecido aqueles momentos e suas palavras memoráveis?

— Bem — começou ela, tartamudeante —, o que a senhora disse... quero dizer... quando disse que ele me olhava como se.... bem, como se gostasse de mim.

— Ah, sim — disse a sra. Aldwinkle, desinteressada.

— Lembrou-se?

— Sim, sim — concordou ela. — O que tem isso?

— Bem — continuou Irene, ainda penosamente embaraçada —, como vê... fez-me... fez-me prestar atenção, entende?

— Humm — fez a sra. Aldwinkle. Silêncio. Ficando velha, ficando velha, repetia o reloginho sem nenhum remorso.

Irene inclinou-se para a frente e subitamente começou a despejar confidências.

— Eu o amo muito, tia Lilian — falava repetidamente. — Muito, muito. Desta vez é para valer. Ele também me ama. Vamos nos casar no ano-novo, muito discretamente; sem confusão, sem muita gente metida onde não é de sua conta; discretamente, num cartório. E depois iremos com o Velox para...

— Do que é que você está falando? — vociferou a sra. Aldwinkle, furiosa, e virou para a sobrinha um rosto cuja fisionomia expressava tanta raiva que Irene afastou-se não apenas assustada mas realmente aterrorizada. — Você não está querendo dizer... — começou, mas não encontrou palavras para prosseguir. — No que os jovens tolos estiveram pensando? — explodiu finalmente.

...Velha, ficando velha; o tique-taque cruel impunha-se sobre o silêncio. O rosto infantil de Irene, antes alegre e excitado, estava agora assustado e infeliz. Ela estava pálida, os lábios trêmulos. — Pensei que a senhora ficaria contente — disse. — Ficaria muito contente.

— Contente porque vocês se comportam como tolos? — perguntou a sra. Aldwinkle, resfolegando selvagemente.

— Mas foi a senhora mesma quem sugeriu — começou Irene.

A sra. Aldwinkle interrompeu-a antes que pudesse dizer qualquer outra coisa, com uma brutalidade que uma psicóloga mais prática do que Irene entenderia como mera consciência do erro.

— Absurdo — disse. — Suponho que vá dizer agora — continuou, sarcástica — que fui eu quem lhe disse para se casar com ele.

— Não, a senhora não disse isso.

— Ainda bem — seu tom de voz era de triunfo.

— Mas disse que não entendia por que eu não me apaixonava...

— Bah! — fez a tia. — Eu só estava brincando. Namorico de crianças...

— E por que não deveria me casar com ele? — perguntou Irene. — Eu o amo e ele me ama. Por que não deveria?

Por que não? Sim, era uma pergunta intrigante. Ficando velha, ficando velha, martelava o relógio no breve silêncio que se fez. Talvez a pergunta não estivesse completa. Ficando velha! Estavam todos indo embora; primeiro Chelifer, depois Calamy, agora Irene. Ficando velha, ficando velha; logo estaria completamente só. E não era apenas isso. Era também o seu orgulho que estava ferido, seu prazer de dominar que padecia. Irene fora sua escrava; ela a adorara, tomara suas palavras como leis, as opiniões como verdades evangélicas. Agora transferia sua felicidade. A sra. Aldwinkle estava perdendo um súdito para um rival mais poderoso. Isso era intolerável.

— Por que não? — A sra. Aldwinkle repetiu com ironia essa frase duas ou três vezes enquanto buscava uma resposta. — Por que não deveria se casar com ele?

— Sim, por que não? — insistiu Irene. Tinha lágrimas nos olhos; mas, apesar da infelicidade, havia uma determinação em sua atitude, obstinação no rosto e no tom da voz. A sra. Aldwinkle tinha razões para temer o rival.

— Porque você ainda é muito jovem — disse ela por fim. A resposta era pouco convincente, mas não conseguira pensar em outra.

— Mas, tia Lilian, a senhora não se lembra? Sempre disse que as pessoas deveriam se casar jovens. Lembro-me muito bem de quando conversamos sobre Julieta ter apenas catorze anos ao ver Romeu pela primeira vez. Então a senhora disse...

— Isso não tem nada a ver. — A sra. Aldwinkle interrompeu bruscamente a exposição mnemônica da sobrinha. Sempre tivera razões para se queixar da ótima memória de Irene.

— Mas a senhora disse... — começou a outra novamente.

— Romeu e Julieta eram muito diferentes de você e Hovenden — retrucou a tia. — Insisto: você é muito jovem.

— Tenho dezenove anos.

— Dezoito.

— Praticamente dezenove — insistiu Irene. — Meu aniversário será em dezembro.

— Case-se correndo e arrependa-se com calma — disse a sra. Aldwinkle, lançando mão de qualquer arma, até mesmo um provérbio. — Daqui a seis meses você voltará se lamentando, pedindo-me que a tire dessa confusão.

— Por que faria isso? — perguntou Irene. — Nós nos amamos.

— Todos eles dizem a mesma coisa. Você não conhece os homens. — A sra. Aldwinkle decidiu então mudar de tática. — E o que a deixa tão ansiosa para fugir de mim? Não pode ficar comigo mais um pouco? Serei tão intolerável, tão odiosa... e... brutal e... — ela gesticulava como se arranhasse o ar. — Será que me odeia tanto assim?

— Tia Lilian! — protestou Irene, começando a chorar.

Com a falta de tato e as atitudes desmesuradas que lhe eram tão características, a sra. Aldwinkle empilhava perguntas sobre perguntas, até conseguir estragar completamente o efeito que tencionara, tornando ridículo o que, ao contrário, deveria ser comovente.

— Você não me suporta. Eu a maltratei? Diga-me. Judiei de você, repreendi-a... não a alimentei o suficiente? Diga-me!

— Como pode dizer isso, tia Lilian? — Irene enxugou os olhos com a barra da camisola. — Como pode dizer que não a amo? A senhora sempre disse que eu deveria me casar — acrescentou, explodindo em novas lágrimas.

— Como posso dizer que você não me ama? — ecoou a sra. Aldwinkle. — Não é verdade que está querendo me abandonar o mais depressa possível? É verdade ou não? Só estou querendo saber por quê; nada mais.

— Porque eu quero me casar. Eu amo Hovenden.

— Porque você me odeia — persistiu ela.

— Eu não a odeio, tia Lilian. Como pode dizer isso? Sabe que a amo.

— Mesmo assim está ansiosa para afastar-se de mim o mais depressa possível — disse a sra. Aldwinkle. — E eu ficarei sozinha, completamente sozinha — a voz estava trêmula; ela fechou os olhos e contorceu o rosto, esforçando-se para mantê-lo fechado e rígido. As lágrimas brotavam entre as pálpebras. — Sozinha — repetia entre soluços. Ficando velha, insistia o reloginho no console, ficando velha, ficando velha...

Irene ajoelhou-se ao lado da tia, tomou-lhe as mãos entre as suas e beijou-as, pressionando-as de encontro ao rosto umedecido pelas lágrimas.

— Tia Lilian — implorava —, tia Lilian...

A sra. Aldwinkle soluçava.

— Não chore — disse Irene. Imaginava ser a única responsável pela infelicidade da tia. Na verdade, era só um pretexto. A sra. Aldwinkle chorava por toda a sua vida, lamentava a aproximação da morte. Num primeiro momento de compaixão e autorreprovação, Irene estava a ponto de declarar que desistiria de Hovenden para ficar com a tia pelo resto da vida. Mas alguma coisa a impediu. No fundo tinha certeza de que não adiantaria nada, isso era impossível, seria mesmo um erro. Ela amava tia Lilian e amava Hovenden. De certa forma, amava mais a tia do que Hovenden. Mas alguma coisa dentro dela enxergava profeticamente o futuro, algo que estava com ela havia muitas vidas, vindo dos obscuros esconderijos do tempo para habitar em seu interior e impedi-la. A parte racional e individual de seu espírito inclinava-se para a tia. Mas a consciência e a individualidade, de modo precário, quase irrelevante, floresciam das raízes ancestrais da vida, plantadas nas profundezas do seu ser! As flores eram para tia Lilian, as raízes para Hovenden.

— A senhora não ficará só — prometeu. — Nós estaremos constantemente com a senhora. Quero que venha sempre nos visitar.

A promessa não consolou muito a sra. Aldwinkle, que não parava de chorar. O relógio trabalhava tão depressa como sempre.

CAPÍTULO 3

Ao longo dos últimos dias, as anotações no caderno da srta. Mary Thriplow tinham mudado de caráter. De amorosas, passaram a ser místicas. A paixão selvagem e insensata dera lugar à plácida contemplação. De Lespinasse cedera a Guyon.

"Lembra-se, querido Jim", escrevera ela, "quando tínhamos dez anos, como costumávamos discutir sobre quais seriam os pecados que se podem cometer contra o Espírito Santo? Lembro-me de que ambos concordávamos em que usar o altar como W.C. era provavelmente um pecado imperdoável. Sinto muito dizer que não o é, pois então seria muito fácil não cometê-lo. Temo que não seja assim tão direito pecar contra o Espírito Santo. Asfixiar as vozes interiores, encher a mente com todo esse lixo terreno e impedir que Deus tenha espaço para entrar, não dar ao espírito nenhuma chance, isso sim é pecar contra o Espírito Santo. E são pecados que não merecem perdão porque são irremediáveis. Os arrependimentos de última hora não valem. O pecado e a sua virtude correspondente são ocupação para toda uma vida. E quase todos os cometem; morrem sem obter perdão e imediatamente iniciam uma nova vida. Somente quando alguém leva uma vida com as virtudes do Espírito Santo é que o perdão pode ser obtido, é que se está livre das dores da vida e se tem permissão para unir-se ao Todo. Não é esse o significado do texto? É terrivelmente difícil não pecar. Sempre que paro para pensar nisso, espanto-me com as maldades em minha própria vida. Oh, Jim, Jim, como se esquece com facilidade, como as pessoas impensadamente deixam-se soterrar por avalanches de interesses terrenos tão pequenos! Calam-se as vozes, bloqueia-se a mente, não se dá lugar para o Espírito Santo. Se estou trabalhando, sinto que está tudo bem. Porque então estou fazendo o melhor que posso. Mas, o resto do tempo, vou muito mal. Não se pode trabalhar o tempo todo nem se dar incessantemente. É preciso ser passivo e receber. Por isso falho ao fazer. Dou voltas e mais voltas, encho minha mente com bobagens, impossibilito a mim mesma receber. Não é possível continuar dessa maneira, não se pode seguir pecando contra o Espírito Santo. Não depois de se ter entendido isso."

Uma linha em branco e começou a anotação seguinte: "Pensar com firmeza e intensamente sobre alguma coisa é um excelente exercício mental; serve para desvendar os mistérios que residem por baixo da superfície comum da existência. Talvez seguir pensando com muita persistência torne possível ir além do mistério para chegar à sua explicação. Se penso, por exemplo, em minha mão...". A anotação era longa; preenchia, na escrita clara e correta da srta. Thriplow, mais que duas páginas do caderno.

"Recentemente", escrevera depois, "voltei a fazer minhas orações como quando era criança. Pai nosso, que estais no céu — palavras que ajudam a clarear a mente, a livrá-la do lixo e deixá-la limpa para a chegada do espírito."

As três anotações seguintes estavam ali por engano. O lugar delas não era no caderno secreto, mas em outro volume, onde eram registrados pequenos trechos que poderiam ser úteis aos romances. É claro que as anotações desse caderno secreto poderiam ser usadas eventualmente nas ficções da srta. Thriplow, mas não eram registradas ali com esse propósito.

"Um homem vestindo culote faz leves ruídos ao caminhar, roçando tecido contra tecido, tal como os cisnes, ao voar, adejando suas imensas asas brancas."

Depois duas linhas de um diálogo cômico:

"Eu: — Achei *A queda da casa de Usher* uma história de coagular o sangue.

Francês: — Sim, sim, sangrou também o meu coágulo."

A terceira anotação lembrava que "o musgo ao ser regado num dia de sol é como uma esponja ainda úmida depois de um banho quente".

Em seguida, um corolário sobre a nota da oração: "Não há dúvida de que a técnica utilizada para orar, de joelhos, o rosto entre as mãos, as palavras pronunciadas em voz audível e dirigidas para o nada, ajuda, pela mera dessemelhança com as ações da vida diária, a colocar a pessoa num estado mental de devoção...".

Nessa noite ela ficou sentada algum tempo diante do caderno aberto, caneta na mão, mas sem escrever. Numa atitude reflexiva, mordiscava a ponta da caneta. Finalmente conseguiu escrever que "santo Agostinho, são Francisco e santo Inácio de Loyola tiveram vidas dissolutas antes de converterem-se". Depois, abrindo o outro caderno não secreto, escreveu: "X e Y são amigos desde a infância. X é arrojado, Y é tímido; Y admira X; Y se casa, enquanto X está na guerra, com uma criatura ardente que o aceita mais por pena do que por amor (Y está muito triste). Eles têm um filho. X retorna e apaixona-se por A, mulher de Y. Um grande amor nasce em meio à crescente angústia — dela, por estar enganando Y, a quem ama e respeita, e não ousa separar-se dele por medo de perder o filho; dele, por sentir que deve desistir de tudo e devotar-se a Deus etc.; na verdade, sentem-se premonições da conversão. Uma noite eles decidem que é hora de se separar; não podem mais continuar — ela, pela infidelidade; ele, pelo misticismo etc. A cena é das mais comoventes: resta-lhes uma última e casta noite. Infelizmente Y descobre, por alguma razão — a criança adoece ou qualquer outra coisa —, que A não está na casa da mãe como dissera, mas em algum outro lugar. Logo pela manhã, Y chega ao apartamento de X para pedir que o ajude a procurar A. Vê o casaco e o chapéu dela sobre o sofá da sala e entende tudo. Furioso, avança sobre X, que, para defender--se, mata o amigo. Fim. Contudo, uma pergunta: não termina de repente demais? Epigramaticamente demais, digamos? No século xx, posso me permitir a luxúria de artifícios dramáticos tão efetivos? Não deveria ser mais horizontal? Mais terra a terra, mais vida real? Sinto que concluir dessa maneira é quase me aproveitar indelicadamente do leitor. Teria que ser diferente. Mas como? Fazer com que se separem e mostrar como vivem, ela *en bonne mère de famille,* ele como um cenobita? Isso não iria prolongar à exaustão? Pensar sobre isso com cuidado".

Ela fechou o caderno e tampou a caneta com a certeza de que tivera uma boa noite de trabalho. Calamy estava a salvo na montanha, esperando para ser consumido sempre que ela estivesse desprovida de recursos ficcionais.

Depois de despir-se, lavar-se, escovar os cabelos, polir as unhas, passar creme no rosto e limpar os dentes, a srta. Thriplow apagou a luz e se ajoelhou ao lado da cama para dizer em voz alta algumas orações. Depois se deita de costas na cama, com todos os músculos relaxados, e começou a pensar em Deus.

Deus é espírito, dizia para si mesma, espírito, espírito. Tentava visualizar algo imenso e vazio, mas vivo. Uma grande extensão plana de areia; e, sobre a areia, tudo tremulando e bruxuleando por causa do calor — vazio, mas mesmo assim vivo. Um espírito, espírito todo--penetrante. Deus é espírito. Três camelos surgiram no horizonte de areia plana, caminhando pachorrentamente, com incrível deselegância, movendo-se da esquerda para a direita. A srta. Thriplow esforçou-se para fazê-los desaparecer. Deus é espírito, disse em voz alta. Mas de todos os animais os camelos são os mais estranhos; quando se pensa naquelas pálpebras assustadoras, nos lábios protuberantes como os dos últimos Habsburgos, reis de Espanha... Não, não. Deus é espírito, todo-penetrante, onipresente. Todos os universos se encontram Nele. Camadas e mais camadas... Um sorvete napolitano surgiu diante dela na escuridão. Nunca mais provou sorvete napolitano, desde aquela feira franco-britânica, quando depois de tomar um foi passear numa daquelas Máquinas Voadoras de Sir Hiram Maxim. Voltas e mais voltas, Senhor, como passara mal, mais tarde, na Gruta Azul de Capri! "Seis *pennies* por pessoa, senhoras e senhores, apenas seis *pennies* para um passeio na famosa Gruta Azul de Capri; a famosa Gruta Azul, senhoras e senhores..." Que náusea! Para os adultos devia ser pior... Mas Deus é espírito. Todos os universos encontram-se Nele. Mente e matéria, em todas as suas manifestações, unidas no espírito. Todas — ela, as estrelas, as montanhas, as árvores, os animais, o espaço entre as estrelas e os peixes... os peixes... peixes do Aquário de Mônaco. Belos peixes! Fantasias extravagantes! Não mais extravagantes que as mulheres pintadas e cobertas de joias do outro lado do vidro. Isso daria um bom episódio em um livro: um par de velhas como aquelas, olhando através do vidro dos aquários. Descritas com delicadeza e de uma forma bonita; a similaridade fundamental com as criaturas dentro do aquário estaria delicadamente implícita; não de uma maneira evidente; não, isso não. Seria demasiado vulgar, estragaria tudo; mas implícita na descrição, de modo que o leitor inteligente percebesse. E depois no cassino... Bruscamente, a srta. Thriplow interrompeu a si mesma. Deus é espírito. Sim, onde estava? Todas as coisas são uma só. Ah, sim, sim. Todas, todas, todas, repetiu. Mas para chegar à compreensão dessa unidade é preciso alcançar o espírito. O corpo separa, o espírito une. É preciso desistir do corpo, do eu; é preciso perder a vida para alcançar a unidade. Perder a própria vida, esvaziar-se do eu separatista. Ela cruzou as mãos com força, muita força, como se quisesse espremer entre elas sua vida pessoal. Se conseguisse, se pudesse esvaziar-se, outra vida viria correndo para ocupar o lugar.

A srta. Thriplow ficou muito quieta, mal respirava. Vazia, dizia para si mesma de vez em quando, muito vazia. Sentia uma incrível tranquilidade. Certamente Deus estava por perto. O silêncio tornou--se mais profundo, o espírito mais calmo e mais vazio. Sim, Deus estava por perto.

Talvez tenha sido o ruído de um trem passando ao longe no vale que a fez lembrar de uma broca espiralada; talvez o estreito facho de luz que entrava por uma fresta da velha porta empenada e incidia no meio do teto, acima de sua cabeça; quem sabe essa longa sonda brilhante a fizesse lembrar de um instrumento cirúrgico. Qualquer que tenha sido a causa, a srta. Thriplow viu-se pensando em seu dentista. Um homem adorável, aquele; havia um buldogue de porcelana sobre o console da lareira do consultório, ao lado da fotografia da mulher e dos gêmeos. Os cabelos dele nunca estavam penteados. Os olhos eram cinzentos. E era um entusiasta. "Este é um instrumento do qual me orgulho particularmente, srta. Thriplow", dizia ele, tirando uma pinça curva de dentro do armário. "Abra um pouco mais a boca, por favor..." Que tal a história de um dentista que se apaixona por uma de suas pacientes? Ele lhe mostra todos os instrumentos, entusiasmado, e quer que ela aprecie da mesma forma os seus favoritos. Finge que há um problema sério com os dentes dela para poder vê-la com mais frequência.

O dentista desvanecia; repetia várias vezes o mesmo gesto, muito lentamente, sem jamais concluí-lo, esquecendo-se, no meio do caminho, do que pretendia fazer. Por fim tudo desapareceu. A srta. Thriplow caíra num sono tranquilo e profundo.

CAPÍTULO 4

Passada a tempestade, o vento começara a amainar e por entre as nuvens carregadas havia sol. Os castanheiros amarelados, agora quase imóveis, reluziam no ar claro. Um murmúrio de água correndo enchia os ouvidos. A grama nas encostas brilhava à luz do sol. Calamy deixou seu quarto escuro na hospedaria e começou a subir a trilha íngreme para a estrada. De vez em quando parava para olhar em volta. A trilha, nesse ponto, debruçava-se sobre o lado de um profundo vale. Para cima, o terreno erguia-se abruptamente, em alguns pontos quase um penhasco. Abaixo, os verdes prados de montanha, brilhando ao sol e adornados aqui e ali com aglomerados de castanheiros, desciam até o fundo, que o sol da tarde já deixara envolto numa sombra enfumaçada. Profundamente ensombrecidas, no lado oposto dessa garganta estreita, as montanhas eram grandes massas negras encobertas pela mesma névoa que flutuava no fundo do vale, erguendo suas silhuetas contra a luz brilhante. Por trás dos cumes, o sol espiava, atravessando o vale e tocando a vertente em que se encontrava Calamy com uma claridade que, em contraste com as montanhas escuras à sua frente, parecia quase irreal. À direita, na cabeceira do vale, um pico de rocha nua marrom, marcada por veios brancos de mármore, atravessava as nuvens e seu topo resplandecia à luz do sol como uma pedra preciosa. Uma faixa de vapor branco rodeava os flancos da montanha. Abaixo dela viam-se os contrafortes rochosos e longos declives cobertos de vegetação, que adentravam o vale todo coberto pela bruma, sombrio e morto, salvo em alguns pontos onde um grande raio dourado atravessava a massa cinza e tocava a floresta, a relva ou a rocha, dando-lhes uma vida intensa e fugaz.

Calamy ficou durante um longo tempo admirando a paisagem. Como era linda! Quanta beleza! As árvores úmidas e brilhantes pareciam prontas para uma festa — e no entanto era a morte e o inverno que as esperavam. Belas eram as montanhas, mas ameaçadoras e terríveis. Terrível o profundo abismo de sombras enfumaçadas abaixo do verde brilhante. E as sombras subiam a cada segundo, à medida que o sol baixava. Belo, terrível e misterioso, impregnado de que enorme segredo, símbolo de que fantástica realidade?

Da direção de uma cabana abaixo da estrada chegavam sons de sinos e de uma estridente voz infantil. Meia dúzia de cabras brancas e pretas, de longas barbichas negras e chifres retorcidos, os olhos amarelos e pupilas estreitas, trotava montanha acima, soando seus sinos monótonos. O garotinho se arrastava atrás delas, brandindo um cajado e gritando palavras de comando. Ele tocou o boné ao cruzar com Calamy; trocaram algumas palavras em italiano sobre a tempestade, as cabras, a melhor maneira de conduzi-las; depois, acenando o cajado e gritando peremptoriamente para o seu pequeno rebanho, a criança continuou subindo pela estrada. As cabras iam na frente, os cascos batendo nas pedras; de vez em quando paravam para arrancar com a boca um tufo de grama do barranco lateral. Mas o garotinho não as deixava parar. "*Via*!", gritava, batendo nelas com o cajado. Elas voltavam a andar. Logo, o pastor e as cabras ficaram fora de vista.

Se tivesse nascido como aquele garotinho, imaginou Calamy, estaria ali no meio daquelas montanhas, trabalhando sem questionar, tocando os animais ou cortando madeira, de vez em quando conduzindo uma carroça de lenha ou de queijos pela longa estrada para Vezza? Faria tudo sem questionar? Veria que as montanhas são belas e terríveis? Ou aquela terra seria para ele meramente ingrata por exigir tanto trabalho e devolver muito pouco em troca? Acreditaria em céu e inferno? E frequentemente, quando algo saísse errado, invocaria com toda a sinceridade o auxílio do Menino Jesus, da Virgem Santíssima e de são José, a trindade familiar patriarcal — pai, mãe e filho — dos camponeses italianos? Teria se casado? Nessa época, provavelmente, seus filhos mais velhos teriam dez ou doze anos e estariam conduzindo cabras pelos campos, gritando estridentemente e brandindo cajado. Levaria uma vida tranquila e satisfeita como um jovem patriarca com sua mulher, seus filhos e os rebanhos? Seria feliz vivendo dessa maneira, ligado à terra, uma vida antiga, instintiva, de uma sagacidade animal? Parecia algo impossível de se imaginar. Mesmo assim, apesar de tudo, era bastante possível. O espírito tem que ser muito forte, ardentemente apaixonado, para desligar-se das tradições da infância e das circunstâncias impostas pela vida. Teria ele um espírito assim?

Calamy foi arrancado de suas especulações ao ouvir o próprio nome chamado a curta distância. Ele se virou e viu o mr. Cardan e Chelifer subindo a passos largos a estrada em sua direção. Acenou e foi ao encontro deles. Estava satisfeito por vê-los ou não? Impossível saber.

— Alô — disse o mr. Cardan, piscando jovialmente ao se aproximar. — Como vai a vida aqui em Tebas? Tem alguma objeção a receber um par de ímpios visitantes de Alexandria?

Calamy riu e, sem responder, apertou-lhes as mãos.

— Vocês se molharam? — perguntou, mudando de assunto.

— Escondemo-nos numa caverna — disse o mr. Cardan, olhando a paisagem em volta. — Muito bonito — elogiou, como se Calamy fosse o autor. Muito bonito mesmo.

— Wordsworthiano — acrescentou Chelifer com sua voz precisa.

— Onde você está hospedado? — perguntou o mr. Cardan.

Calamy apontou a cabana. O mr. Cardan assentiu com a cabeça.

— Corações de ouro, mas um tanto servis, hein? — perguntou, erguendo mais alto as sobrancelhas brancas.

— Nem fale — concordou Calamy.

— Moças bonitas? — continuou o mr. Cardan. — Ou um pouco gordas?

— Nem uma coisa nem outra.

— E quanto tempo pretende ficar por aqui?

— Não tenho ideia.

— Até que tenha atingido o fundo do cosmo, não?

Calamy sorriu.

— Isso mesmo.

— Esplêndido — disse o mr. Cardan, dando tapinhas no braço de Calamy —, esplêndido. Eu o invejo. Meu Deus, o que não daria para ter a sua idade. O que não daria! — Ele balançou a cabeça com tristeza. — Mas, ai de mim, o que teria para dar, na verdade? No momento, no máximo duzentas libras. Essa é toda a minha fortuna. Não deveríamos nos sentar? — acrescentou, em outro tom de voz.

Calamy desceu com eles pela trilha. Em frente à hospedaria, sob as janelas, havia um longo banco. Os três homens se sentaram, agradavelmente aquecidos sob o sol que os atingia em cheio. Abaixo deles estava o vale estreito e oculto pelas sombras; na frente, as montanhas negras com seus topos encobertos, mas cujo contorno era nítido contra o céu claro iluminado pelo sol.

— E a viagem a Roma — perguntou Calamy —, foi boa?

— Tolerável — disse Chelifer.

— E a srta. Elver? — ele dirigiu a pergunta ao mr. Cardan.

— Você não soube? — perguntou ele.

— Soube o quê?

— Ela morreu. — Imediatamente, sua fisionomia tornou-se rígida e contraída.

— Sinto muito — disse Calamy. — Eu não sabia. — Achou melhor não prosseguir com outras condolências.

Fez-se silêncio.

— Eis aí algo que se tem grande dificuldade em admitir, por mais que se olhe misticamente para o próprio umbigo — disse por fim o mr. Cardan.

— O quê? — perguntou Calamy.

— A morte — respondeu o mr. Cardan. — Ninguém pode aceitar o fato de que, no fim de tudo, a carne se apodera do espírito e espreme a vida para fora, até transformar o homem em algo comparável a um animal doente. À medida que a carne adoece, o espírito também adoece. Então a carne morre e começa a apodrecer; e presumivelmente o espírito também apodrece. E termina aí o exame onfalógico, com todos os seus subprodutos: Deus, justiça, salvação e todo o resto.

— Pode ser — disse Calamy. — Podemos até admitir que esteja certo, mas não acho que isso faça a menor diferença...

— A menor diferença?

Calamy meneou a cabeça.

— A salvação não está no outro mundo e sim neste. Ninguém se comporta bem aqui para ganhar harpas e asinhas depois de morto, ou para contemplar por toda a eternidade o bem, a verdade e o belo. Se alguém deseja a salvação, é aqui e agora. O reino de Deus está dentro de você; desculpe-me a citação — acrescentou sorrindo para o mr. Cardan. — Conquistar este reino aqui, nesta vida, essa é a ambição salvacionista. Pode ser que haja outra vida, pode ser que não; isso é irrelevante para a questão principal. Preocupar-se porque a alma pode decair com o corpo é realmente medieval. Os teólogos medievais compensaram seu cinismo assustador em relação a este mundo com um otimismo infantil em relação ao outro. A Justiça futura compensaria os horrores do presente. Suprima a vida após a morte e os horrores permanecerão sem nenhuma moderação.

— Exatamente — disse Chelifer.

— Do ponto de vista medieval, a perspectiva é inquietante. Os hindus, e nesse sentido os fundadores do cristianismo, fornecem a doutrina correlata da salvação nesta vida independentemente da vida após a morte. Cada um alcança a salvação à sua própria maneira.

— Alegra-me que admita isso — disse o mr. Cardan. — Temia que começasse a dizer que todos devemos sobreviver de vegetais e olhando para o próprio umbigo.

— Fui informado por ninguém menos que uma autoridade como o senhor — disse Calamy, rindo — de que existem... quantas... oitenta e quatro mil, não é isso?, maneiras diferentes de alcançar a salvação.

— Exato — disse o mr. Cardan —, e muitas mais para alcançar-se o Diabo. Mas tudo isso, meu jovem amigo — prosseguiu ele —, de maneira nenhuma atenua o fato desagradável de o homem lentamente se tornar gagá, morrer e ser comido pelos vermes. Ele pode alcançar a salvação nesta vida, certamente; é claro que isso torna menos intolerável que, no fim das contas, a alma sucumba inevitavelmente ao corpo. Eu, por exemplo, estou velho... estou citando um caso hipotético, note bem... vivo num estado de integridade moral e de salvação neste mundo há cinquenta anos, desde que atingi a puberdade. Digamos que isso seja verdadeiro. Teria eu, por esse motivo, a mínima razão para ser atormentado pela perspectiva de dentro de alguns anos vir a me tornar um idiota senil, cego, surdo, desdentado, desmemoriado, sem interesse por coisa alguma, parcialmente paralisado, um ser revoltante para os meus amigos e todo o resto do catálogo burtoniano? Se minha alma está à mercê de um corpo que apodrece lentamente, de que me servirá a salvação?

— Terá aproveitado nesses cinquenta anos de vida saudável — disse Calamy.

— Mas estou me referindo aos anos de debilidade — insistiu o mr. Cardan —, quando a alma está à mercê do corpo.

Calamy ficou em silêncio por alguns momentos.

— É difícil — disse, pensativo. — Terrivelmente difícil. Mas a questão fundamental é: pode o senhor falar de alma à mercê do corpo, dar uma explicação para a mente em termos materiais? Quando se pensa que foi a mente humana que inventou o espaço, o tempo e a matéria, extraindo-os da realidade de uma maneira arbitrária, é possível querer explicar alguma coisa em função de outra que ela própria inventou? Eis a questão fundamental.

— É como a questão da autoria da *Ilíada* — disse o mr. Cardan. — O autor do poema foi Homero, ou, se não Homero, alguém que tinha o mesmo nome. De maneira similar, filosófica ou cientificamente falando, como querem os novos físicos, a matéria pode na realidade não ser matéria. Mas permanece o fato de que algo com todas as propriedades que sempre atribuímos à matéria está sempre cruzando nosso caminho, e nossa mente é dominada por certa porção dessa matéria, conhecida como corpo, mudando quando ele muda, acompanhando lado a lado sua decadência.

Calamy, perplexo, correu os dedos pelos cabelos.

— Sim, é mesmo muito difícil — disse. — É impossível não agir como se as coisas fossem realmente o que parecem. Ao mesmo tempo, existe uma realidade totalmente diferente, da qual poderíamos nos aproximar com uma mudança no nosso meio físico, a remoção de nossas limitações corporais. Talvez, se pensarmos com firmeza... — Ele parou, balançando a cabeça. — Quantos dias Gautama passou sob aquela árvore? Se eu ficasse o mesmo tempo e tivesse o mesmo tipo de mente, talvez conseguisse, de alguma maneira bizarra, ultrapassar as limitações da existência comum. Então saberia que o que parece real é, na realidade, inteiramente ilusório... *maya,* a ilusão cósmica. Além dela vislumbraria a realidade.

— Quanto disparate seus místicos dizem a respeito disso! — falou o mr. Cardan. — Você já leu Boehme, por exemplo? Luzes e escuridão, rodas e compunções, doces e amargos, mercúrio, sal e enxofre... um palavreado sem sentido.

— Não poderia se esperar outra coisa — disse Calamy. — Como poderia um homem descrever algo totalmente diferente do fenômeno da existência conhecida numa linguagem inventada para descrever esse fenômeno? O senhor poderia dar uma explicação verbal detalhada da *Quinta sinfonia* a um surdo, mas ele não aprenderia nada e acharia que o senhor só falou asneiras. O que do ponto de vista dele estaria certo...

— É verdade — disse o mr. Cardan. — Mas duvido que o fato de alguém ficar sentado debaixo de uma árvore, seja por quanto tempo for, lhe possibilite livrar-se das amarras humanas e chegar a compreender os fenômenos.

— Bem, estou inclinado a pensar que seja possível — disse Calamy. — Nesse ponto, concordo que pensamos diferentemente. Mas, mesmo que não seja possível chegar à realidade, o fato é que ela existe e se manifesta de uma maneira muito diferente do que comumente pensamos; isso esclarece de certa forma a terrível questão da morte. Certamente, do modo como as coisas parecem ocorrer, é como se o corpo se apoderasse da alma e a matasse. Mas a realidade nesse caso pode ser muito diferente. O corpo como o conhecemos é uma invenção da mente. Qual é a realidade sobre a qual a mente abstrata e simbólica trabalha sua abstração e simbolismo? É possível que, na morte, venhamos a saber. Mas, em todo caso, o que é a morte, *realmente*?

— É uma pena — colocou Chelifer com sua voz pura, clara e precisa — que a mente humana não tenha executado melhor seu trabalho de invenção, enquanto era tempo. Por exemplo, as nossas abstrações simbólicas da realidade poderiam ter sido feitas de modo que a alma criativa, possivelmente imortal, não precisasse se preocupar com as hemorroidas.

Calamy riu.

— Você é um sentimental incorrigível!

— Sentimental! — ecoou Chelifer, surpreso.

— Um sentimental invertido — disse Calamy, assentindo. — Acho até que um romantismo tão desvairado como o seu esteja extinto desde a deposição de Luís Felipe.

Chelifer riu.

— Talvez esteja certo — disse. — Contudo, saiba que eu mesmo daria o prêmio de sentimentalismo àqueles que veem o que comumente se conhece por realidade, a Harrow Road, por exemplo, ou o Café de la Rotonde, em Paris, como mera ilusão; aqueles que fogem dessa realidade e devotam seu tempo e energia a atividades que o mr. Cardan resumiu e simbolizou na expressão "exame onfalógico". Não são eles uns imbecis supersuscetíveis e sentimentais?

— Ao contrário — retrucou Calamy —; do ponto de vista histórico, geralmente são homens de grande inteligência. Buda, Jesus, Lao-Tsé, Boehme, apesar de suas rodas e compunções, do sal e do enxofre, e Swedenborg. Sem falar em *sir* Isaac Newton, que praticamente trocou a matemática pelo misticismo depois que completou trinta anos. Não que ele tenha sido um bom místico; não era. Mas tentou ser; não se pode dizer que se notabilizou por sua limitação mental. Não, não são os tolos que se tornam místicos. É necessária certa dose de inteligência e imaginação para compreender a extraordinária estranheza e o mistério do mundo em que se vive. Os tolos, os inumeráveis tolos acreditam em tudo, deslizam alegremente pela superfície sem jamais se perguntar o que existe por baixo. Contentam-se com as experiências, como a Harrow Road ou o Café de la Rotonde, chamam-nas de realidade e insultam qualquer um que se interesse pelo que existir sob esses símbolos superficiais, chamando-o de imbecil romântico.

— Mas é covardia fugir — insistiu Chelifer. — Ninguém tem o direito de ignorar o que é a realidade para noventa e nove entre cem seres humanos. Mesmo que não seja de fato verdade. Ninguém tem esse direito.

— Por que não? — perguntou Calamy. — Qualquer um tem o direito de ter um metro e noventa de altura e calçar quarenta e quatro. Qualquer um tem esse direito, embora não sejam mais que três ou quatro em cem. Então, por que não ter também o direito de nascer com uma mente incomum, que não se contenta apenas com a aparência superficial?

— Mas uma mente assim é irrelevante por ser uma anomalia — disse Chelifer. — Na vida real, ou se você preferir na vida considerada real, são as outras mentes que preponderam, que são a regra geral: as mentes rudes. Repito que não se tem o direito de fugir disso. Se você quer saber o que é a mente humana, deve ter coragem para viver como a grande maioria dos seres humanos. Asseguro-lhe que é singularmente revoltante.

— Aí está você novamente com seu sentimentalismo — reclamou Calamy. — É mesmo o tipo comum do sentimental invertido. O sentimental comum pretende que a vida real seja mais cor-de-rosa do que realmente é. O sentimental invertido, ao contrário, exalta seus horrores. Mas o princípio maligno é o mesmo em ambos os casos: uma preocupação excessiva com o que é ilusório. O homem sensível não vê o mundo das aparências tão cor-de-rosa nem tão amargo, mas segue adiante. Há uma realidade ulterior para ser vista; e é mais interessante...

— Então você condena inclementemente todos esses incontáveis seres humanos que passam a vida na superfície?

— É claro que não — retrucou Calamy —, eu não cometeria essa tolice. Toda essa gente existe, é claro, e pode escolher um dos oitenta e quatro mil caminhos do mr. Cardan para se salvar. O que eu escolhi possivelmente é diferente dos outros, só isso.

— É bem provável — disse o mr. Cardan, que estivera ocupado acendendo o charuto — que eles encontrem o caminho para a salvação com mais facilidade do que você. Por serem mais simples, terão menos motivos para criar desarmonias interiores. Muitos vivem ainda em estado tribal, obedecendo cegamente ao código social que lhes foi sugerido ainda na infância. É um estado prelapsário; ninguém comeu ainda o fruto da árvore do conhecimento do bem e do mal; em geral é toda a tribo, não só o indivíduo, que come. E ele está tão integrado nela que nem lhe ocorre agir contra as suas regras, assim como não ocorre aos meus dentes morder a língua com força quando bem entendem. Essas almas simples, e elas existem aos milhares, descobrirão facilmente seu caminho para a salvação. A dificuldade começa quando cada indivíduo passa a tomar consciência de si mesmo, independentemente da tribo. Há um grande número de pessoas que devem ser selvagens tribais, mas que têm consciência de sua individualidade. Não podem obedecer cegamente às leis da tribo, mas são fracas demais para agir por si mesmas. Eu diria que a maioria das pessoas se encontra nesse estágio, no Estado democrático moderno: são muito cônscias de si mesmas para obedecer cegamente, mas também incapazes de se comportar razoavelmente por conta própria. Por isso esse delicioso estado de coisas atual, que tanto agrada ao nosso amigo Chelifer. Todos vacilamos terrivelmente entre a tribo e a sociedade dos seres humanos conscientes.

— Acho confortante pensar — disse Chelifer — que a civilização moderna esteja fazendo o que pode para restabelecer o regime tribal, só que em escala nacional e até internacional. Livros a baixo preço, telefones sem fio, trens, carros motorizados, gramofones e tudo o mais vêm tornando possível consolidar as tribos não de milhares, mas de milhões de pessoas. A julgar pelos novelistas do Meio-Oeste, o processo parece estar bem adiantado na América. Dentro de algumas gerações, talvez todo o planeta esteja ocupado por uma única e vasta tribo de língua americana, composta de inúmeros indivíduos, todos pensando e agindo da mesma maneira, como as personagens de uma novela de Sinclair Lewis. É uma das especulações mais prazerosas, mesmo que, é claro — acrescentou cautelosamente —, o futuro não nos pertença.

O mr. Cardan concordou, soprando a fumaça do charuto.

— É certamente uma possibilidade — disse. — É uma probabilidade até; porque acho no mínimo provável que possamos gerar uma raça de seres, pelo menos daqui a mil anos, suficientemente inteligente para formar uma sociedade não tribal duradoura. A educação tornou impossível o velho tribalismo e nada fez, nem fará, para viabilizar a sociedade não tribal. Se queremos a estabilidade social, é necessário, portanto, que criemos um novo tipo de tribalismo sobre as bases de uma educação universal para imbecis, usando a imprensa, o telefone sem fio e tudo o mais como instrumentos para estabelecer essa nova ordem. Depois de uma ou duas gerações de educação constante e consciente, talvez seja possível, como disse Chelifer, transformar todos, menos cem ou duzentos em cada milhão de habitantes do planeta, em Babbitts.[27]

— Talvez seja necessária uma estimativa um pouco menor — sugeriu Chelifer.

— É notável — prosseguiu o mr. Cardan meditativamente — como o maior e mais influente reformista dos tempos modernos, Tolstói, também propõe a reversão ao tribalismo como único remédio para a inquietação civilizada e a incerteza de objetivos. Mas enquanto propomos um tribalismo baseado em fatos... ou seriam aparências?... — o mr. Cardan piscou amigavelmente para Calamy — da vida moderna, Tolstói propôs o tribalismo primitivo, genuíno e rude do selvagem. Esse não daria certo, é claro; porque é improvável que, uma vez tendo-o provado, os homens aceitem perder *le confort moderne,* como se diz nos hotéis. Nossa sugestão é mais prática: propomos a criação de um planeta inteiro de Babbitts. Irão se espalhar com muito mais facilidade, hoje, do que os mujiques. Mas em ambos os projetos permanece o mesmo princípio: o retorno ao estado tribal. E, se Tolstói, Chelifer e eu concordamos com

27. Personagem da obra de mesmo nome de Sinclair Lewis. (N. T.)

uma coisa, podem acreditar que nela há uma verdade. A propósito — acrescentou —, espero não estar ferindo sua suscetibilidade, Calamy. Não está pretendendo se fazer passar por um mujique aqui, não é? Cavar a terra, manter porcos e outras coisas desse tipo. Está? Espero que não.

Calamy meneou a cabeça, rindo.

— Pela manhã corto madeira para fazer exercício — disse ele. — Mas não por princípio, asseguro-lhe, não por princípio.

— Ah, ainda bem — disse o mr. Cardan. — Temia que você pudesse fazê-lo por princípio.

— Seria tolice — disse Calamy. — Por que fazer mal uma coisa para a qual não tenho aptidão? E que além disso me impediria de fazer o que a mim parece ser uma capacidade inata?

— E o que é, posso saber? — perguntou o mr. Cardan com assumida desconfiança e cortesia. — O que poderia ser?

— Isso é bastante mordaz — disse Calamy, sorrindo. — Mas o senhor pode perguntar. Porque certamente até agora tinha sido difícil ver qual é o meu talento peculiar. Nem eu mesmo sei. Fazer amor, talvez? Ou cavalgar, matar antílopes na África, comandar um batalhão de infantaria, ler desconexamente com muita velocidade, beber champanhe? Talvez cultivar a boa memória ou minha voz grave, ou o quê? Chego a pensar que seja a primeira: fazer amor.

— Não é um mau talento — disse o mr. Cardan.

— Mas não pode ser cultivado indefinidamente — prosseguiu Calamy. — Com os demais é a mesma coisa, embora sejam verdadeiros para mim. Não, se eu já não tivesse essas aptidões, certamente devotaria toda a minha vida a cavoucar a terra. Mas começo a descobrir em mim mesmo certa facilidade para a meditação, que me parece valer a pena cultivar. E duvido que seja possível cultivar simultaneamente a meditação e a terra. Corto madeira só como exercício.

— Isso é bom — disse o mr. Cardan. — Eu não gostaria de pensar que você estivesse fazendo algo ativamente útil. Você possui os instintos de um cavalheiro; e isso é excelente...

— Satanás! — exclamou Calamy, rindo. — Mas o senhor acha que não sei muito bem que pode criar o caso mais terrível contra o pacífico anacoreta que fica olhando para o próprio umbigo enquanto os outros trabalham? Acha que não pensei nisso?

— Tenho certeza de que pensou — respondeu o mr. Cardan, piscando suavemente.

— Pode ser condenável, realmente; mas só é mesmo convincente quando o anacoreta não faz o seu trabalho de maneira apropriada, se nasceu para ser ativo e não contemplativo. Os imbecis que andam proclamando que o objetivo da vida é a ação, e que o pensamento não vale nada a menos que leve à ação, estão falando apenas por eles mesmos. Existem oitenta e quatro mil caminhos. O contemplativo puro tem direito a um deles.

— Eu seria o último a negar uma coisa dessas — disse o mr. Cardan.

— E, se eu descobrir que não é esse o meu caminho — prosseguiu Calamy —, retornarei e verei o que posso fazer na vida prática. Até agora posso garantir que não vislumbrei nada para mim nesse caminho. Talvez não tenha procurado em algum no qual provavelmente eu encontraria.

— O que sempre me pareceu a mais importante objeção ao exame onfalógico prolongado — disse o mr. Cardan, depois de um breve silêncio — é o fato de se deixar muito de lado os recursos pessoais; é preciso alimentar-se da própria gordura mental, por assim dizer, em vez de se nutrir daquilo que está fora. E conhecer a si mesmo acaba por se tornar impossível; porque só nos conhecemos em relação às outras pessoas.

— É verdade — concordou Calamy. — Uma parte do indivíduo certamente só se conhece em relação ao que está fora. Depois de doze ou quinze anos de vida adulta, acho que conheço essa minha parte completamente. Relacionei-me com muitas pessoas, meti-me nas situações mais curiosas e, assim, quase todas as potencialidades latentes ligadas a essa parte de meu ser tiveram a chance de ser desdobradas e transformadas em realidade. Mas por que deveria continuar? Não há mais nada que eu queira saber sobre essa parte de mim; imagino que não haja mais nada importante para ser extraído do meu contato com o mundo exterior. Mas há um outro universo desconhecido dentro de mim, esperando para ser descoberto. Um universo inteiro que só posso conhecer pela introspecção e pelo pensamento paciente e ininterrupto. Só pela curiosidade vale a pena explorá-lo. Mas tenho razões mais fortes do que a curiosidade a me convencer. Sei que o que posso encontrar lá é tão importante que empreender essa busca tornou-se uma questão de vida ou morte.

— Humm — murmurou o mr. Cardan. — E o que acontecerá depois de três meses de casta meditação, se alguma adorável jovem tentação surgir por esta estrada, "balançando o traseiro", como diria Zola, e pousar seus grandes olhos negros sobre você? O que poderia acontecer com as suas explorações do universo interior?

— Bem — disse Calamy —, espero que não sejam interrompidas.

— Espera? Sinceramente?

— Vou me esforçar ao máximo para que continuem.

— Não será fácil — garantiu o mr. Cardan.

— Eu sei.

— Talvez você descubra como explorar simultaneamente a tentação e o universo interior.

Calamy balançou negativamente a cabeça.

— Lamentavelmente, acho que não é possível. Se fosse, seria maravilhoso. Mas há algumas razões para que não o seja. Não daria certo, mesmo que houvesse moderação. Sei disso, mais ou menos, por experiência. E todas as autoridades também concordam.

— Apesar disso — disse Chelifer —, tem havido algumas religiões que prescrevem a indulgência nessa atenção em particular como disciplina e ritual em certas estações e para celebrar determinadas festas.

— Mas elas não alegam — respondeu Calamy — que seja uma disciplina que facilite, para aqueles que se submetem a ela, a exploração desse universo interior.

— Pode ser que não — objetou Chelifer. — Afinal, não existe uma regra. Numa certa época e em determinado lugar respeitam os pais quando eles envelhecem; em outra época e em outro lugar batem na cabeça deles e os põem num *pot-au-feu*. Tudo está certo ou errado, dependendo de quando e onde.

— Isso é verdade, com algumas restrições — disse Calamy. — E as restrições são a parte mais importante. Parece-me que há um paralelo entre o mundo físico e o moral. No mundo físico, a realidade não conhecível é chamada de *continuum* quadridimensional. O *continuum* é o mesmo para todos os observadores; mas, quando querem desenhá-lo, selecionam diferentes eixos para seu gráfico, segundo suas diferentes inclinações e de acordo com suas mentes e limitações físicas diferentes. Os seres humanos selecionaram para seus eixos o espaço e o tempo tridimensionais. Não poderiam ter feito de outro modo, sendo como são a mente, o corpo e a terra onde vivem. Espaço e tempo são ideias necessárias e inevitáveis para nós. E, quando queremos desenhar essa outra realidade na qual vivemos... ela é diferente ou, incompreensivelmente, é de certa forma a mesma?... escolhemos, é inevitável; não podemos deixar de escolher esses eixos de referência a que chamamos bem e mal; as leis do nosso ser nos obrigam a ver as coisas sob os aspectos bons e maus. A realidade permanece a mesma, mas os eixos variam com a posição mental, por assim dizer, e com as capacidades diversas dos diferentes observadores. Alguns deles têm visão mais clara e de certa maneira estão mais bem posicionados do que outros. A mudança incessante das convenções sociais e dos códigos morais no decurso da história representa o deslocamento dos eixos de referência escolhidos pelos que são menos curiosos, mais míopes ou mal posicionados. Mas os que são escolhidos pelos melhores observadores têm sido surpreendentemente semelhantes. Gautama, Jesus e Lao-Tsé, por exemplo, viveram bastante longe um do outro no espaço, no tempo e na escala social, mas seus desenhos da realidade são muito parecidos. Quanto mais perto de um deles um homem consegue chegar, mais os eixos de referência morais de um e de outro corresponderão. E, se a maioria dos observadores mais atentos concorda em dizer que a entrega a esses prazeres particulares interfere na exploração do mundo espiritual, então pode ter certeza de que é verdade. Não há dúvida de que a satisfação natural e moderada dos instintos sexuais é, em si, um assunto bem diferente da moralidade. É somente em relação a outras coisas que a satisfação do instinto natural pode ser considerada boa ou má. Pode ser má, por exemplo, se houver enganos e crueldade. Certamente também é má quando escraviza uma mente que, no íntimo, sente que poderia ser livre. Livre para contemplar e tornar-se serena.

— Sem dúvida — disse o mr. Cardan. — Mas, como homem prático, posso apenas dizer que será terrivelmente difícil preservar essa liberdade. Aquele balançar de ancas... — Ele moveu o charuto de um lado para o outro. — Dentro de seis meses voltarei a procurá-lo e então veremos como você estará com tudo isso. É extraordinário o efeito que os apetites naturais causam a uma boa resolução. Estando saciada, a pessoa acha que a regeneração será fácil; mas, quando a fome volta, como é difícil...

Ficaram os três em silêncio. Das profundezas do vale, as sombras enfumaçadas já atingiam a colina. As outras já estavam totalmente negras e as nuvens que as encobriam tornavam-se escuras e ameaçadoras, exceto nos pontos mais altos, onde o sol poente as tocava com uma luz cada vez mais densa. A sombra já chegava aonde eles estavam e não demorou a envolvê-los. Batendo os sinos com força e os pequenos cascos nas pedras, as seis cabras desciam a colina em direção à estrada. O garotinho vinha atrás, brandindo a bengala. "Eia-oo!", gritava com uma espécie de fúria homérica; mas, ao avistar os três homens sentados fora da cabana, calou-se subitamente, enrubesceu e afastou-se sem qualquer heroísmo, ousando apenas murmurar de vez em quando qualquer coisa às cabras, enquanto as conduzia ao estábulo para dormir.

— Meu Deus! — exclamou Chelifer, que estivera acompanhando o movimento dos animais com certa curiosidade. — Acho que é a primeira vez que vejo uma cabra ou sinto seu cheiro, desde que comecei a escrever sobre elas para o jornal. É muito interessante. Cheguei a esquecer que essas criaturas existem.

— Tendemos a esquecer que qualquer coisa ou pessoa realmente existe além de nós mesmos — disse o mr. Cardan. — É sempre um choque descobrir que elas existem.

— Dentro de três dias — disse Chelifer, pensativo — estarei de volta ao escritório. Coelhos, cabras, ratos; Fetter Lane, a *pension* familiar. Todos os conhecidos horrores da realidade.

— Sentimental — brincou Calamy.

— Lilian decidiu viajar para Monte Carlo — disse o mr. Cardan. — Irei com ela, é claro; não se pode rejeitar uma oferta de refeições gratuitas. — Ele jogou fora o charuto e levantou-se, esticando o corpo. — Acho melhor descermos antes que anoiteça.

— Quando os verei novamente? — perguntou Calamy.

— Voltarei aqui em seis meses, não se preocupe — disse o mr. Cardan. — Mesmo que tenha que ser à minha custa.

Eles galgaram a trilha íngreme até a estrada.

— Adeus.

— Adeus.

Calamy ficou vendo-os se afastarem até perdê-los de vista numa curva. Uma profunda melancolia desceu sobre ele. Sentia como se sua antiga vida estivesse indo embora com os dois. Ele ficara só, com alguma coisa nova e estranha. O que iria acontecer?

Talvez nada acontecesse, refletiu; talvez fosse tolice sua.

Agora a cabana estava na sombra. Olhando para a colina, ele podia ver as copas das árvores ainda brilhando, como se estivessem prontas para uma festa, acima da escuridão crescente. Na cabeceira do vale, como uma imensa pedra preciosa, irradiando seu brilho interior, o rochedo atravessava as nuvens e tocava o céu. Talvez tivesse agido como um tolo, pensou Calamy. Mas alguma coisa naquele pico resplandecente lhe dizia que não.

OBRAS DE ALDOUS HUXLEY PELA BIBLIOTECA AZUL:

Admirável mundo novo
Contos escolhidos
Contraponto
Os demônios de Loudun
O gênio e a deusa
A ilha
O macaco e a essência
Moksha
As portas da percepção
Céu e inferno
Sem olhos em Gaza
A situação humana
O tempo deve parar
Também o cisne morre

ESTE LIVRO, COMPOSTO NA FONTE FAIRFIELD, FOI IMPRESSO
EM PAPEL POLEN SOFT 70 G/M² NA GRÁFICA CORPRINT.
SÃO PAULO, BRASIL, DEZEMBRO DE 2021.